Roland Weis

**Geisterturm**
Ein Kriminalroman

Roland Weis

# Geisterturm

Ein Kriminalroman

rombach verlag

Auf dem Umschlag: Hochfirstturm bei Titisee-Neustadt,
© Roland Weis

© 2020. Rombach Verlag KG, Freiburg i.Br./Berlin/Wien
1. Auflage. Alle Rechte vorbehalten
Umschlag: Bärbel Engler, Rombach Verlag KG, Freiburg i.Br./Berlin/Wien
Satz: rombach digitale manufaktur, Freiburg im Breisgau
Herstellung: Rombach Druck- und Verlagshaus GmbH & Co. KG, Freiburg i.Br.
ISBN 978-3-7930-5191-6

# INHALT

# VORREDE

Dies ist der neunte Fall für den Lokalreporter Alfred aus dem Hochschwarzwald. Diesmal spielt die Geschichte rund um den Hochfirst-Aussichtsturm, der auf dem 1197 Meter hohen Neustädter Hausberg Hochfirst steht. Weder der Berg, noch der Aussichtsturm sind erfunden. Auch das Hochfirst Rasthaus, das hier eine Rolle spielt, ist nicht erfunden, ebenso wenig die Wirtsleute, die das Rasthaus betreiben. Auch viele weitere Akteure in diesem Krimi gibt es wirklich. Es ist nämlich so wie immer: Alfred schlappt durch den realen Hochschwarzwald und trifft dabei reale, tatsächlich existierende Personen, sitzt in realen Gasthäusern, redet mit real existierenden Menschen und präsentiert dem Leser damit einen authentischen Hochschwarzwald, so wie er wirklich ist. Viele Schwarzwaldkrimis, die sich so nennen, begnügen sich mit ein bisschen Titisee-Folklore oder mit Bollenhut und Kuckucksuhren, um Schwarzwaldatmosphäre vorzutäuschen. Das sei dem Leser versprochen: Hier geht es echter zu. Auch die historischen Ereignisse, die in diesem Krimi eine Rolle spielen, sind im Kern so überliefert, haben sich tatsächlich zugetragen.

Tja, was ist denn dann erfunden, was ist schriftstellerische Fantasie, so mag sich der Leser fragen. Alfred vielleicht, die Hauptperson? Auch nur bedingt. Es gibt da jemanden, auf den würde dieser Alfred ganz gut passen, wenn es auch schon ein paar Jahre her ist.

Erfunden sind auf jeden Fall die Tat, der oder die Täter, der oder die Opfer. Alle Bösewichte sind erfunden, bisweilen vielleicht solchen Zeitgenossen nachempfunden, die dem Autor da oder dort mal über den Weg gelaufen sind. Aber sie sind in diesem Krimi von der Art beschrieben, dass sie sich sowieso nicht wiedererkennen würden.

Auch der strenge Winter in diesem Krimi ist erfunden. Zweieinhalb Meter Schnee auf dem Feldberg sind eine reine Erfindung. So etwas gibt es schon lange nicht mehr. Da ist mit dem Verfasser die Fantasie durchgegangen. Oder ist er schon so alt, dass er sich noch an solche Winter erinnern kann?

Und bevor ich es vergesse: An zwei Menschen möchte ich erinnern, die in den letzten Jahren häufig in diesen Alfred-Krimis eine Rolle gespielt haben, beide aber seit dem letzten Krimi gestorben sind: Feldbergs Bürgermeister Stefan Wirbser und der Wirt aus der Neustädter Spritz, Günter Hipp. Zwei echte Schwarzwälder, die leider nicht nur in den künftigen Alfred-Krimis fehlen werden, sondern viel mehr noch im realen Leben.

Roland Weis im Juli 2020

# DER BALZER HERRGOTT

Es war eine dämliche Idee gewesen, Mitglied im Verein der Neustädter Hornochsen zu werden. Alfred wusste es schon am ersten Abend. Dass diese Schnapsidee ihn aber zu einem rätselhaften Toten führen würde, das hätte er im Traum nicht gedacht.

Die Hornschlittenfahrer vom Verein „Hornochsen" hielten in ihrer Stammkneipe, im Dennenbergstüble, ihre Jahresversammlung ab, und Alfred, der dort mit seinem Kumpel Linus am Stammtisch herumlümmelte und sich langweilte, ließ sich überreden, Mitglied zu werden. Linus ebenso.

Wer Mitglied bei den Hornochsen wird, muss einigermaßen trinkfest sein. Kein Problem für Alfred und Linus. Sie hielten kräftig mit, als die „Hornis", wie sie sich selbst nennen, eine Runde Hornschnaps nach der anderen in Umlauf brachten. Bis dahin hatte Alfred zwar all die bekannten klaren Schwarzwälder Schnäpse gekannt, nicht aber den Hornschnaps. Der war im Dennenbergstüble etwas Besonderes. Die Wirtin Rosi hatte auf ihrer Theke ein kleines Holzfässchen stehen. Dort zapfte sie den Hornschnaps. Was Alfred erst später erfuhr: Im Laufe des Jahres wird im Dennenbergstüble aus jeder Schnapsflasche jeweils der Rest in dieses Fass hineingeschüttet. Dort gärt dann der Mix aus Obstler, Zwetschgenwasser, Kirschwasser, Williams und Hefeschnaps bis in den Winter hinein vor sich hin, um dann während der Hornschlittensaison als Hornschnaps ausgeschenkt zu werden.

Der etwas aus der Bahn geratene Lokalreporter Alfred, derzeit Student für Geschichte und Politik an der Albert-Ludwigs-Universität in Freiburg, nebenbei aber auch Lebenskünstler, Schwerenöter, Detektiv und Nichtsnutz im

Hochschwarzwald, zog Unglück magisch an. An all seinen Missgeschicken und Schwierigkeiten war Alfred in der Regel selbst schuld. So auch diesmal, als er den Toten auf dem Hochfirstturm entdeckte. Selber schuld. Er hätte ja nicht Mitglied bei den Hornochsen werden müssen. Und dann hätte er nicht so mitsaufen müssen, an jenem Abend. Hätte er nämlich nicht so viele Hornschnäpse getrunken, dann wäre er nüchtern geblieben und hätte auch nicht im Zustand der Unzurechnungsfähigkeit zugesagt, mit Linus auf einem echten Hornschlitten vom Hochfirst abzufahren.

Die Hornochsen, die mit von der Partie waren, hießen Pöff, Peter, Micky, Harry, Matze, Tschorli. Eine Mischung aus Spitz- und Echtnamen, jedenfalls verwegene Kerle, die schon einiges erlebt hatten in ihrer langen Hornschlittenfahrerkarriere. Nur einen tiefgefrorenen Toten, den hatte noch keiner von ihnen jemals zu Gesicht bekommen.

Aber von Beginn an: Dem Klimawandel zum Trotz hatte es bereits Mitte November im Hochschwarzwald kräftig geschneit wie schon lange nicht mehr. Auf dem Feldberg lief bei einer Schneehöhe von zweieinhalb Metern der Liftbetrieb bereits auf vollen Touren. Der Schneeberglift in Waldau konnte erstmals seit zehn Jahren wieder auf Echtschnee die Saison eröffnen. Es lag so ungewöhnlich viel Schnee, dass das Continentalcup-Skispringen auf der großen Hochfirstschanze wegen Lawinengefahr abgesagt werden musste. Alfreds roter Flitzer, der Sportwagen mit Sommerreifen, stand seit vier Tagen eingeschneit unten in der Kurve an der Einmündung der Schwarzwaldstraße in die Vöhrenbacher-Straße, da wo Alfred hängengeblieben war, beim Versuch, den Wagen in die Garage bei seinem Kumpel Linus zu retten. Neustadts Straßen waren alle nur noch schmale Gassen, mit weißen Wänden links und rechts. Am Zirkusplatz türmten die städtischen Bauhofmitarbeiter meterhohe

Schneeberge auf, doch sie kamen mit dem Abtransport der Schneemassen nicht mehr nach. Anfänglich hatten sie den Schnee einfach an der Brücke beim Hirschenbuckel in die Gutach gekippt. Doch der kleine Fluss, der die Unterstadt durchfloss, hatte sich dort aufgestaut. Das Wasser schaffte es nicht, die Schneeberge wegzuschwemmen, stattdessen überflutete es die Keller des Kneipp-Kurmittelhauses und der benachbarten Volkshochschule. Die Stadt stand kurz vor dem Katastrophenalarm, deshalb war es auch kein Wunder, dass das kleine Teersträßchen, welches hinauf auf den Hausberg Hochfirst führte, in diesen Tagen nicht geräumt und gespurt war. Idealverhältnisse, um mit einem Hornschlitten auf der Straße abzufahren. Man kam nur mit Allrad-SUV dort hinauf, so wie der Wirt des Hochfirst Rasthauses oben auf dem Berg einen hatte.

Selbstverständlich besaßen auch die Hornochsen Allrad-SUVs und Geländewagen, um ihre Hornschlitten auf den Berg zu bringen. Auch den Schlitten, auf dem Alfred mit seinem Kumpel Linus die Straße hinunterfahren sollte. Dafür, dass weder Alfred noch Linus jemals zuvor auf einem solchen Hornschlitten gesessen hatten, strahlten sie überraschende Zuversicht aus. Linus der Versicherungsmakler scherzte: „Bin ja gut versichert!" So ein Hornschlitten ist etwa zwei Meter lang, seine Kufen enden an der Spitze in gebogenen Hörnern, die diesem charakteristischen Schlitten seinen Namen gaben. Einst haben die Bauern im Hochschwarzwald mit solchen Schlitten im Winter Heu und Holz transportiert. Heute sitzen die Piloten auf der Ladefläche und steuern diese Schlitten bei den sagenumwobenen Hornschlittenrennen in Waldau, St. Märgen, Menzenschwand oder Hinterzarten mit Geschwindigkeiten bis zu 70 Stundenkilometern zu Tal. Dabei sind bisweilen noch Originalschlitten aus der Zeit der Urgroßväter am Start, meistens jedoch moderne Nachbauten.

Alfred und Linus standen oben auf dem zugeschneiten Parkplatz am Hochfirst Rasthaus vor dem Schlitten, den die Hornochsen ihnen zugedacht hatten, und schoben ihn probeweise ein paar Meter durch den Tiefschnee. Flutscht! Dass Alfred kein Profi war, sah man ihm an. Als einziger stand er in völlig ungeeigneten Turnschuhen im Schnee. Die Hornochsen hingegen steckten alle in schweren Stiefeln oder klobigen Wanderschuhen, die aussahen, als wären sie ringsum mit Panzerplatten gefüttert. Die Hornochsen trugen auch alle wind- und wetterfeste Skihosen und Gore-Tex Anoraks. Alfred stand in Jeans da, Linus in einem teuren Fellmantel, den ihm irgendein Herrendesigner im Urlaub in Davos aufgeschwatzt hatte. Auch einen Helm hatte Alfred nicht, so wie die Hornochsen. Stattdessen trug er ein läppisches Barett, ein Franzosenkäppi, das vielleicht im Kreise seiner Freiburger Studentenkumpels die richtige Kopfbedeckung war, hier oben auf dem über 1190 Meter hohen Neustädter Hausberg aber völlig fehl am Platze. Vor allem für jemanden, der im Begriff stand, mit dem Hornschlitten abzufahren.

„Wir trinken erst noch einen", kommandierte mit breitem Grinsen Peter, der Hornschlittenpräsident und Vereinsvorsitzende. Er trug immer dieses breite Grinsen im Gesicht. Freute er sich etwa auf Alfreds Blamage? Jedenfalls gab es noch eine Galgenfrist, denn „wir trinken noch einen", bedeutete zunächst einmal ein längeres Warm-up im Hochfirst Rasthaus. Hätten sie sich nur gleich auf die Schlitten gesetzt und wären losgefahren. Dann wäre ihnen jedenfalls der Tote im Eis erspart geblieben. So aber nahm das Unheil seinen Lauf.

Das Rasthaus ist ein gemütliches Wanderheim des Schwarzwaldvereins, ein paar einfache Übernachtungszimmer im Obergeschoss, eine urige, holzgetäfelte Wirtschaft mit Kachelofen im Erdgeschoss. Weitgehend als Einsiedlerfamilie lebt hier im Winter lediglich der Pächter Reinhard Ulrich mit seiner Frau Eva und dem einen oder anderen Hund. Sie halten das bereits seit fast drei Jahrzehnten aus, und dass es auskömmlich sein muss, sieht man an der Leibesfülle des Wirtes. Er trägt ungefähr so viele Kilo am Leib wie seine Frau Sommersprossen im Gesicht. Hinter seiner Theke nimmt er sich wie ein leibhaftiger Schwarzwald-Buddha aus. Man erkennt an der weißen Schürze, dass sein Platz in der Küche am Herd ist, und das Ergebnis seiner Arbeit scheint ihm selbst mindestens so gut zu schmecken wie den begeisterten Gästen.

Alfred, Linus und die Hornochsen nahmen den Stammtisch in Beschlag. Sie waren die einzigen Gäste. Kein Wunder. Wer sollte sich auch bei mehr als einem halben Meter Schnee, bei Sturmgebraus und Eiseskälte an einem Freitagabend hier herauf verirren?

Alfred, der noch nie zuvor in seinen Neustädter Jahren hier oben auf dem Hochfirst gewesen war, hatte draußen staunend den etwas abseits vom Haus stehenden mächtigen Hochfirst-Aussichtsturm wahrgenommen. Es handelt sich um ein stählernes Ungetüm, 25 Meter hoch, oben vollkommen in Schnee und Eis gehüllt, die Streben und Stahltrossen ebenfalls vereist und umhüllt von bizarren Schneeformen. Wie gefrorene Wasserspeier hingen die vom Wind geformten Schneefiguren an den Streben und Stützmasten.

„Kann man eigentlich auch auf den Turm hinauf", wollte Alfred wissen. Der Schwarzwald-Buddha wehrte ab: „Jetzt im Winter nicht. Da ist der Turm geschlossen. Zu gefährlich." Drei Bier und einen Wurstsalat später fiel Alfred der Turm wieder ein: „Was ist daran gefährlich, wenn man auf den Turm geht?"

Die Hornochsen ringsum am Stammtisch, ebenfalls schon um drei Bier weiter, verharmlosten die Sache nach Kräften: „Niemals ist das gefährlich", meinte einer, den alle nur Pöff nannten. „Drinnen sind Metallstufen. Die könnten vielleicht gefroren sein und rutschig. Man muss halt aufpassen."

„Man muss sowieso aufpassen, immer", fügte der Hornochse Micky hinzu. „Es ist nämlich ziemlich dunkel im Turm. Da tastet man sich die Treppen hinauf."

„Und oben ist alles voll mit Schnee und Eis", wusste der Hornochsenpräsident Peter hinzuzufügen. „Wahrscheinlich kriegt man oben die Türen gar nicht auf."

„Moment mal", wandte Alfred ein, ehe sich die gesammelte Stammtischrunde an die vierte Runde Bier machte, die soeben von der Wirtin Eva an den Tisch gebracht wurde. „Wieso redet ihr von den Türen und den Treppen? Da geht doch nur eine Treppe hinauf?"

„Falsch!", korrigierte der Hornochse Harry. „Der Turm hat zwei Treppen. Zwei Wendeltreppen. Die laufen gegeneinander. Eine führt hinauf, eine hinunter. Deshalb unten zwei Türen, Ein- und Ausgang, oben zwei Türen."

„Interessant!", befand Alfred und widmete sich Bier Nummer vier. Danach folgten eine Runde Schnaps und zwei weitere Biere. Niemand machte Anstalten, jetzt bald zur Schlittenfahrt zu schreiten. Die Nacht zog über den Hochfirst. Draußen heulte der Wind und türmte neue Schneemassen auf. Drinnen war es warm und gemütlich und man erzählte sich alte Geschichten aus der Hornschlittenszene. Das war abendfüllend. Grandiose Legenden: Wie einst der Hornochse Pöff mit seinem Bruder Harry auf dem Hornschlitten die Hochfirstschanze hinunter gefahren ist; wie zwei Hornschlittenfahrer beim Lachenhäusle-Parkplatz mit dem Schlitten in den Ferndobel abgestürzt sind; wie ein alter Originalschlitten sich in alle Einzelteile zerlegte, als er führerlos in einen Hochspannungsmasten donnerte; wie Neustädter Hornschlittenfahrer Triumphe beim Waldauer Hornschlittenrennen feierten – ein mehrfach an diesem Abend bemühtes Genre – untermauert mit lautstarken Schlachtgesängen; wie man auf dem Herzogenhorn der Hammerwerfer-Nationalmannschaft einmal das Hornschlittenfahren beigebracht habe. Alfred und Linus hörten staunend zu, konnten aber wenig beitragen, weil sie außer beim Trinken mit nichts mithalten konnten. Vielleicht war das der Grund, warum Alfred, inzwischen wie alle Übrigen schon leicht beseelt, unbekümmert einschlug, als plötzlich der Tschorli eine Wette vorschlug: Wenn doch dieser Hochfirstturm da draußen über zwei Treppen verfüge, dann könnte man doch mal unten an beiden Treppen starten und um die Wette nach oben steigen, einer auf der Abwärts-Treppe, einer auf der Aufwärts-Treppe. Der Tschorli war berüchtigt für seine Wetten. Von den Hornochsen schlug niemand ein. Aber Alfred war jung und brauchte den Ruhm. Deshalb nahm er an. Zur Erinnerung: Er trug Turnschuhe.

Widerwillig zwar, aber am Ende doch eher amüsiert, rückte Rasthaus-Wirt Ulrich den Turmschlüssel heraus, nicht ohne sich zuvor mehrfach bedenkenträgerisch durch den Stoppelbart zu fahren und zu mahnen: „Aber erzählt es bloß keinem!"

Aber nein! Wo käme man da hin? Die Hornschlittenfahrer erzählen nie von ihren Heldentaten.

Der Tschorli war ein kleiner, verwitterter Gnom, ein Typ mit tausend Runzeln und zwei listigen kleinen Äuglein im Gesicht. Er wirkte schief und vollkommen eingerostet und war bestimmt doppelt so alt wie Alfred. Außerdem qualmte er wie ein Schlot. Nun gut, das tat Alfred auch. Kein Problem also, so dachte dieser: „Diesen hüftlahmen Opa hänge ich doch locker ab!" Die Wette ging um nichts Geringeres als um die nächste Runde.

Alle Hornis packten sich in ihre Allwetterjacken, wühlten sich draußen durch den Tiefschnee zu den zwei Turmeingängen, öffneten mit sanfter Gewalt die sich am Fuße des Turms gegenüberliegenden Blechtüren und drückten Alfred und Tschorli jeweils eine vom Rasthaus-Wirt ausgeliehene Taschenlampe in die Hand. Man rauchte noch schnell eine Zigarette, Tschorli filterlose Reval, Alfred selbstgedrehten Tabak, dann gab Hornschlittenpräsident Peter das Kommando: „Auf die Plätze, fertig, los!"

Und während Alfred und Tschorli losstürmten wie Bergweltmeister Charly Doll zu seinen besten Zeiten, bejubelten die Hornochsen das Ereignis „mit einem dreifach kräftigen Horn – Heil, Horn – Heil, Horn – Heil!" So lautete nämlich der Schlachtruf der Hornschlittenfahrer.

Alfred hetzte die in der Tat eisüberzogenen und damit extrem rutschigen Treppen empor. Es dröhnte im Turm wie in einer Blechschüssel voller Schrauben. Die Trampelschritte von Tschorli auf der gegenüberliegenden Treppe entfernten sich nach oben. Der Kerl lag also schon vorne. Alfred keuchte, rutschte, kletterte und rutschte, und bekam den Drehwurm von der sich stetig um die Turmachse windenden Metalltreppe. Er zählte mit: 30 Stufen, 40 Stufen, 50 Stufen. Die Treppe hatte 123 Stufen. Schon auf halber Strecke war Alfred erledigt. Bald ging er nur noch im Schritttempo, erklomm Stufe um Stufe und hörte schon weit über sich den Tschorli an der Ausgangstür rütteln. Die Wette war verloren, soviel stand fest. Er gönnte sich eine Atempause. Der Wind heulte um den Turm. Alfred war, als hörte er Stimmen im Treppenhaus. „Alarm, Alarm, Alarm", so säuselten die Stimmen kratzig durch das Turminnere. Alfred schüttelte sich. So ein Quatsch!

Endlich hatte es auch Alfred geschafft. Schnaufend stemmte er sich gegen die Blechtür, die hinaus auf die 24 Meter hoch gelegene Aussichtsplattform führte. Da Tschorli, der längst diese Plattform erreicht hatte, freundlicherweise Alfreds Tür bereits aufgestemmt hatte, flog Alfred kopfüber ins Freie und landete im Tiefschnee, der fast die gesamte Plattform unter sich begraben hatte. Im Sturz verlor Alfred die Taschenlampe. Sie polterte hinter ihm die Blechtreppe hinunter und verhallte dann irgendwo in der Tiefe, wie ein Stein, den man in einen Tiefbrunnen geworfen hat.

Alfred lag im Schnee, das Gesicht nach unten. Um ihn herum Dröhnen und Brausen. Schneesturm. Der Wind pfiff. Auch Alfred pfiff. Vor Anstrengung. Er keuchte wie ein asthmatischer Ziegenbock. Tschorli stand bis zum Bauch neben ihm im Schnee, grinste, zündete sich die nächste Reval-Zigarette an und gab mit der Taschenlampe Leuchtzeichen nach unten. Obwohl er im Schnee lag, fror Alfred nicht. Er war noch heiß von der Anstrengung. Der Wind heulte um die Turmspitze und jagte Schneeflocken wild durch die Dunkelheit. Alfred, immer noch japsend im Schnee, fühl te die Schwankungen des Turms. Wie auf dem Mast eines Hochseeseglers, dachte er noch, dann musste er sich übergeben. Zum Glück schluckte der Schnee den ganzen Wurstsalat und sämtliche Biere, die ihn wieder emporgespült hatten. Alfred raffte sich auf. Er wischte sich den Mund mit Schnee sauber. Keuchend und schnaubend lehnte er sich an die Absperrung der Aussichtsplattform. Um ihn herum nur Wind, Schnee, Gebrause und Dröhnen. Die benachbarten Tannenwipfel machten dumpfe Geräusche im Wind. „Wapp, wapp, wapp", so hörte es sich für Alfred an. Von ganz fern, wie aus einer anderen Welt, hörte er die Rufe der Hornochsen unten am Turm: „Ein dreifach kräftiges Horn Hhhhhhuuuu …" Es verlor sich im Getöse.

Tschorli bot Alfred eine Reval an, und Alfred nahm dankend an. Im Schein des Feuerzeugs blitzte kurz die von

Schnee und Eis überzogene Turmwand neben der Treppentür auf. Was für ein Bild. Alfred schien es, als blickte ihm eine bärtige Fratze entgegen. Das Eis schuf seltsame Hirngespinste.

„Mach doch noch mal die Taschenlampe an", rief er Tschorli zu. „Leuchte mal da gegen die Wand."

Tschorli befolgte brav die Anweisung. Er leuchtet auf eine bizarre Eisformation, die die gesamte Wand überzog. In der Mitte zeichnete sich die Fratze eines Dämons ab. Ein verzerrtes Antlitz, wie im Eis festgefroren. Alfred zückte sein Smartphone und machte Fotos.

„Sieht aus wie der Balzer Herrgott", staunte der Tschorli. Jeder im Hochschwarzwald kannte den Balzer Herrgott bei Neukirch. Das war eine steinerne Christusfigur, eingewachsen in eine Weidbuche, an der die Figur einst an einem eisernen Kreuz aufgehängt worden war. Im Zuge der Jahre, Jahrzehnte oder gar Jahrhunderte war die Figur dann immer mehr vom Holz umwuchert und eingeschlossen worden. Jetzt schaute nur noch das Antlitz der Figur aus dem Holz heraus.

Tschorli ließ den Schein der Taschenlampe über die Eisfratze wandern, von oben nach unten. Er kicherte dabei. Alfred hingegen gefror das Lachen buchstäblich im Halse. Er fand den Anblick nicht mehr lustig. Das war viel zu real. „Näher ran", kommandierte er. Ungeduldig nahm er Tschorli die Taschenlampe ab und leuchtete selbst. Ja, jetzt wurde es zur Gewissheit. Das war kein Eisgebilde. Das war keine Laune der Natur. Die Fratze war echt. Im Eis steckte ein Mensch. Ein Toter. Tiefgefroren und festgefroren an der stählernen Außenwand des Hochfirstturms.

# GOODWOOD WÄLDER-NEWS

„Das ist doch die richtige Knüllergeschichte, um loszulegen", begeisterte sich der smarte Jochen Schiller und schlug die rechte Faust in die offene linke Hand. „So ein Ding! Das kommt wie gerufen."

„Ich weiß aber noch gar nichts", wehrte Alfred ab. „Ich habe keine Ahnung, um was es da geht. Tappe völlig im Dunkeln."

„Ist doch wurstegal. Du hast die Bilder von dem Toten."

„Hab ich!"

„Und du warst dabei. Live!"

„War ich!"

„Du hast den Toten gefunden!"

„Habe ich!"

„Na also. Warum dann so zimperlich?"

„Man weiß ja noch nicht einmal seinen Namen. Seine Herkunft."

Jochen Schiller schob sich auf seinem abgesessenen Büro-Drehstuhl vom Schreibtisch und vom Bildschirm weg, als wolle er Abstand zu den Ereignissen gewinnen. Vanessa, die dürre Studentin, sprang zur Seite. Fast wäre ihr die Zigarette aus der Hand gefallen. Soviel war schon einmal klar, hier handelte es sich um ein Raucherbüro. Jochen Schiller drehte sich mit dem Stuhl einmal um 360 Grad. Der uralte Stuhl war von der Art, dass er solche Drehungen erlaubte. Er stammte noch von einem der Vor-Vorgänger in diesem Büro. Der Rechtsanwaltsohn Jochen Schiller, soeben selbst frisch examinierter Einser-Jurist, gehörte zu Alfreds Studenten-WG in Freiburg, gleichzeitig war er einer von Alfreds besten Partykumpels in Freiburg, und in gewisser Weise auch sein Mentor, Mäzen und Schutzpatron. Wie oft hatte

Jochen ihn schon aus der Kacke rausgehauen? Alfred wollte gar nicht dran denken.

Linus mischte sich ein: „Ich bin Augenzeuge. Ich kann alles bestätigen."

„Du warst nicht einmal oben auf dem Turm!"

„Ich bin doch nicht blöd."

Alle waren sie hinaufgestürmt auf den Turm, als Alfred die Gruselgeschichte nach unten getragen hatte: „Da oben hängt ein Toter im Eis!" Pöff, Harry, Micky, Peter, Matze, alle Hornochsen, nichts hatte sie gehalten. Sie wollten es alle mit eigenen Augen sehen. Und Tschorli, die Revalkippe im Mund, war gleich ein zweites Mal wieder hinauf auf den Turm, um den anderen den Schrecken zu zeigen. Nur Linus hatte sich in sein 3000-Euro teures Bärenfell gehüllt und geweigert, auf den Turm zu steigen. „Tu ich mir nicht an. Muss ich mir nicht antun!" Zusammen mit dem Rasthaus-Wirt Reinhard war er der Einzige, der in dieser Nacht den Toten nicht besichtigte. Selbst Reinhards Frau Eva wagte sich auf den Turm hinauf, um anschließend sogleich Polizei, Schwarzwaldverein, ihre Verwandtschaft und halb Neustadt anzurufen, und von dem grausigen Fund zu erzählen.

Inzwischen war der Turm in der Hand der Kripo und der Hochfirstgipfel weiträumig abgesperrt. Das war vor zwei Tagen gewesen.

Nun saßen Alfred, Vanessa, Jochen Schiller und Linus gemeinsam mit dem Fünften im Bunde, dem WG-Kumpel Hugo, in diesem kleinen, schäbigen Büro, vier auf vier Meter im Obergeschoss eines halbleeren Hauses am Adlerbuckel in Neustadt, rauchten mit Ausnahme von Jochen wie die Schlote, und berieten, wie sie mit dem Exklusivwissen umgehen wollten. Die kleine Gruppe bildete nämlich zusammen so etwas wie die Gründungsherausgeber der Onlineplattform „Goodwood Wälder-News", die kurz vor ihrem Go-live stand. Es sollte ein Nachrichten- und Tratsch-portal für den Hochschwarzwald werden. Jochen Schillers Idee. Seit einigen Monaten schon bastelte er daran. Von ihm kamen auch das Betriebskapital, die angemieteten Räum-lichkeiten, die nötigen steuer- und gesellschaftsrechtlichen Kenntnisse und das Know-how, um sämtliche Existenzgrün-der-Fördertöpfe Europas anzuzapfen. Als Digital-Start-up im Bereich Medien und Kommunikation konnten die Good-wood Wälder-News sich vor Startkapital nicht retten. Aber Jochen war der Kassenwart und Alleingeschäftsführer. Er saß auf dem Geld. Alfred sollte Chefredakteur dieser On-lineplattform werden. Mit echtem Monatsgehalt. Soviel Geld war da. Hugo, der südamerikanische Verfechter der Weltrevolution, war als Allzweckwaffe und politischer Chef-kommentator gedacht, Vanessa sah sich als Feuilletonche-fin, Linus war als Vertriebschef auf Provisionsbasis dabei. Jochen Schiller war nämlich der Meinung, wer Versiche-rungsverträge verkaufen könne, der könne auch Anzeigen für eine Onlineplattform akquirieren. Das war die Ge-schäftsidee: Sie boten diese Onlineplattform mit News und Geschichten aus dem Hochschwarzwald, klassischer Lokal-journalismus sozusagen, Alfreds Metier, generierten mög-lichst viele Klicks und verkauften Anzeigenfenster, Banner, Flashs, Gimmicks aller Art. Es sollte keine Bezahlschranke geben. Alle Infos umsonst. Aber jeder Klick verteuerte die Anzeigenpreise. „Idiotensicher", versprach Jochen. Und er überzeugte Alfred, Hugo und Vanessa, dass sie das locker nebenher während des Studiums machen könnten. „Aus dem Home-Office. Von Freiburg aus. Ihr müsst nicht einmal in den Hochschwarzwald fahren." Dennoch hatte er dieses kleine Büro mitten in der Stadt angemietet. Da war er ein Mann der alten Schule: „Wir brauchen einen Briefkasten und eine Geschäftsstelle."

Sie hatten noch einen sechsten Verbündeten: Drunten in Freiburg im Stadtteil Wiehre, in ihrer gemeinsamen WG in einer der Schiller-Villen, saß der Programmierer Tim Joy, der den gesamten digitalen Support managte. Er war allerdings ein unsicherer Kantonist, denn er stand unter der Aufsicht der Justiz und war von einer längeren Haftstrafe – wegen Online-Betrugs – lediglich zur Bewährung auf freiem Fuß. Aber damit war das ganze Team von Goodwood Wälder-News aufgezählt: Alfred, Linus, Jochen, Vanessa, Hugo und Tim.

Alfred hatte die Geschichte vom Toten auf dem Hochfirstturm mitgebracht. Das war am Freitagabend gewesen. Jetzt war Sonntag. Noch keine Zeitung berichtete, obwohl sich die Geschichte in Neustadt natürlich längst herumgesprochen hatte. Damit nahm das Projekt Goodwood Wälder-News nun unversehens Fahrt auf. Jetzt oder nie!

„Wir schalten unsere Plattform noch heute live", beharrte erneut Jochen Schiller. Er sah aus wie ein Broker von der Börse, trug einen feinen Anzug und war gebügelt und gestriegelt wie immer. Ein Herrensöhnchen. Aber ein feiner Kerl. Alfred ließ nichts auf ihn kommen, wenngleich sie miteinander ein Problem hatten. Jochen war nämlich in Alfred verknallt und machte keinen Hehl mehr daraus. Alfred war aber alles andere als schwul. Er konnte manchmal Jochens schmachtende Blicke nicht ertragen. Noch weniger seine Berührungen, auch wenn sie ohne Hintergedanken oder zufällig geschahen. Wieso konnte dieser blöde Jochen nicht einfach auf Frauen stehen? Er war doch so ein unglaublicher Charming Boy, ein absoluter Frauentyp. Aber nein, der Blödmann musste sich in Alfred verlieben. Das war noch ein ungelöstes Problem.

„Wir hatten eigentlich vereinbart, dass wir erst die Plakate kleben, die Anzeigen in der BZ und im Kurier schalten, die

Spots bei baden.fm und SWR4 senden, und damit fett auf unseren Start aufmerksam machen", erinnerte Linus an den ursprünglichen Plan. „So kennt uns doch niemand. Wer soll uns anklicken?"

„Ich habe mit Tim geredet", verwies Jochen Schiller auf den allmächtigen Programmierer unten in Freiburg. „Er wird uns in sämtliche Facebook- und Instagram-Accounts aus dem Hochschwarzwald einspielen. Fragt nicht, wie er das macht, aber er macht es. Man kann uns dann zwar wieder wegklicken, aber einmal mindestens werden wir bei allen auftauchen."

„Das ist sicher illegal", argwöhnte Linus.

„Ich finde es genial", widersprach Alfred.

Hugo knurrte nur dazu. Der alte Azteke war generell nicht sehr gesprächig.

„Also Alfred, auf was wartest du noch. Hau in die Tasten!", forderte Jochen auf.

„Die Geschichte wird heißen ‚Balzer Herrgott im Eis‘, wie findet ihr das?", fragte Alfred. Er scrollte am Bildschirm durch die Galerie der Aufnahmen, die er mit seinem Handy in jener Nacht von dem Toten im Eis gemacht hatte. „Hier, hier sieht er besonders gruselig aus. Schaut nur, wie entsetzt die Augen aufgerissen sind. Da muss etwas Schreckliches passiert sein."

„Ja, und das da, nimm auch das Bild da", sagte Jochen und zeigte mit den Fingern auf das Motiv. „Das zeigt mal die ganze Gestalt, die da im Eis steckt."

„Was ist denn das da unten im Schnee auf dem Bild?", wollte Linus wissen.

„Ach nichts, wehrte Alfred ab. Das ist Kotze!"

# SCHNEESCHIPPEN

Inzwischen lag Neustadt unter einer 50 Zentimeter dicken
Schneedecke. Alfred beim Schneeschippen. Es war höchste
Zeit, dass er seinen roten Flitzer ausgrub. Der Schneepflug
häufte sonst täglich neue Massen auf den Haufen, unter dem
der Wagen begraben lag. Und es war auch nicht sicher, ob
sich irgendjemand aus der Räummannschaft noch daran erinnerte, dass sich unter diesem Schneeberg ein roter Sportwagen verbarg. Also grub Alfred seinen Flitzer aus. Linus
half ihm dabei. Es war freilich keine schlaue Idee, so eine
Herkulesarbeit in Turnschuhen anzugehen. Und ohne Handschuhe. Da Alfred aber keine Handschuhe und nur dieses
eine Paar Schuhe besaß, im Spätsommer gekauft, nachdem
alle anderen Schlappen, Schlipper, Sandalen und Espadril-
les, die er über den Sommer noch zuschanden geritten hatte,
endgültig das Zeitliche gesegnet hatten. Seither lief er in diesen Turnschuhen herum, die eine gute Allzweckwaffe gewesen waren, solang es nicht schneite. Es wurde höchste Zeit,
dass Schiller das erste Monatsgehalt überwies. Dann mussten Winterschuhe her, Handschuhe, ein Schal, eine Mütze.
Eine warme Jacke wäre auch nicht schlecht gewesen. Im Augenblick hatte sich Alfred von Linus den Bärenfell-Mantel
ausgeliehen. Der gab wenigstens warm, war aber dennoch
in vielerlei Hinsicht ein fragwürdiges Kleidungsstück.
Mit vereinten Kräften schaufelten sie. Linus besaß natürlich
vom Anorak über die Handschuhe bis zur wasser- und reiß-
festen Überzieherhose all die Kleidungsstücke, die ein echter Schwarzwälder um diese Jahreszeit so haben musste. Aus
Linus' Doppelgarage hatten sie ein fahrbares Räumgerät der
Marke Lumag mitgenommen, laut Linus eine 2000 Euro teure Schneefräse mit 12 PS und mit einer Schneekanone, die

den geräumten Schnee 15 Meter weit werfen konnte, außerdem mehrere Schneeschaufeln in Holz- und in Blechausführung, eine Schneehexe, einen Eispickel und zwei Schaufeln. Linus mangelte es an nichts. Nur erwies sich die Schneefräse als ein Benzinfahrzeug, dessen Tank nach zweieinhalb Minuten bereits leer war, weil Linus es versäumt hatte, nach dem letzten Winter wieder nachzutanken. So stand die Fräse jetzt im Schneebord, und Linus und Alfred mussten schaufeln. Immerhin waren sie schon bis zum Heck vorgedrungen und hatten einen hinteren Kotflügel freigelegt.

Linus wütete wie ein Berserker, und Alfred wusste auch warum. Er hatte schließlich die Nacht bei Linus gepennt und dort erfahren, dass der arme Kumpel seit ein paar Tagen solo war. Die Freundin war ihm abgehauen, die blonde Cindy mit der Piepsstimme. Jetzt musste Linus sich abreagieren.

„Sie war eh blöd!", wollte Alfred den Kumpel trösten, obwohl er selbst Cindy eigentlich gemocht und überhaupt nicht für blöd gehalten hatte. Aber der Trost ging nach hinten los: „Ein falsches Wort, Alfred, und ich haue dir die Schneeschaufel über den Schädel. Cindy ist nicht blöd."

Drohend schwebte die Schneeschaufel über Alfred. Dieser ruderte sofort zurück: „Nein, nein, sie ist nicht blöd. So habe ich das nicht gemeint. Es ist blöd von ihr, dass sie mit dir Schluss gemacht hat."

„Genau! Das ist …, das ist … diese blöde Kuh!"

Alfred sagte lieber nichts mehr. Vielleicht würde sich alles wieder einrenken. Dann wollte er nicht zwischen die Fronten geraten.

Als sie bei der Fahrertür angekommen waren, spürte Alfred plötzlich eine Hand auf seiner Schulter. Er hatte niemanden sich nähern gehört. Der Schnee schluckte alle Geräusche. Alfred fuhr herum: „Was …?"

„Ganz ruhig. Kriminalpolizei", sagte eine kratzige Stimme, die Alfred wohlbekannt war. „Ich hätte da ein paar Fragen."

Vor Alfred stand Polizeioberkommissar Siegfried Junkel vom Morddezernat der Kripo Freiburg. Ein alter Bekannter. Junkels Aufzug war wenig wintertauglich. Wie Alfred hätte er einen Bärenfellmantel gut gebrauchen können. Er trug einen deutlich zu engen und zu dünnen Regenmantel über seinem speckigen Jackett, und der Schnee quoll in seine Halbschuhe und bis auf die Haut in die Hosenbeine, was Junkel aber nicht zu spüren schien.

„Sie haben mir gerade noch gefehlt", brummte Alfred. „Wo kommen Sie jetzt her?" Er drückte Junkel eine Schneeschaufel in die Hand. „Hier, helfen Sie mit. Bevor mein Auto nicht freigeschippt ist, sage ich nichts."

Junkel betrachtete die Schneeschaufel wie ein Ding aus einer anderen Galaxie. Er hielt sie weit von sich. „Ich ermittle", informierte er trocken. „Ich habe deinen Artikel gelesen. Auf Goodbums Dingsbums."

„Goodwood News", korrigierte Alfred.

„Was ist das wieder für ein Scheiß! Wieso breitest du die ganze Geschichte im Netz aus?"

„Ist doch ne tolle Story, oder?"

„Liest doch keine Sau", schalt Junkel.

„Sie haben es schonmal gelesen", hielt Alfred dagegen und schrubbte mit dem Ärmel das Türschloss am roten Flitzer frei. „Und dreitausendachthundert Klicks am ersten Abend. Das ist gar nicht so schlecht."

„Kokolores!", brummte Junkel. Er schlug sich mit gekreuzten Armen die Hände gegen die Schultern. Anscheinend begann er zu frieren.

„Wieso warst du da oben auf dem Turm?", fragte er.

Alfred ignorierte die Frage und machte sich stattdessen wieder über den Schnee her. Wenn er zu lange ohne Bewegung stehen blieb, fraß die Kälte zu sehr an ihm. Deshalb war Schaufeln die beste Heizung. Polizeioberkommissar Junkel würde das schon noch merken, wenn er lange so herumstand.

Fürs Erste steckte Junkel sich eine Zigarette an. Interessiert schaute er Alfred und Linus beim Schneeschaufeln zu. Polizeioberkommissar Siegfried Junkel war ein älterer Herr mit einer leichten Neigung zur Verwahrlosung, ein Polizeiermittler aus einem anderen Jahrhundert, jedenfalls ein völliger Außenseiter bei der Kripo Freiburg. Da er aber kurz vor seiner Pensionierung stand und außerdem verblüffende Fahndungserfolge und Aufklärungsquoten aufweisen konnte, ließen ihn seine Vorgesetzten in der Regel gewähren. Junkel trug einen Siebzehntagebart, der langsam zum Vollbart zu werden drohte. Sein dürftiges Resthaar war vom Schnee nass geworden und hing ihm in trostlosen Strähnen über die Stirn und hinter den Ohren bis in den Kragen. Ein Friseurbesuch wäre keine schlechte Idee für Junkel gewesen. Seine Anzughose hatte Hochwasser, so dass er mit seinen bleichen Waden kalte Bekanntschaft mit dem Hochschwarzwälder Schnee machte. Seelenruhig qualmte er an seiner Zigarette. „Nochmal! Wieso warst du auf dem Turm?"

„Eine Wette", warf Alfred ihm hin, ohne vom Schaufeln aufzuschauen. „Wer schneller auf die Aussichtsplattform kommt."

„Das soll ich glauben. Du bist wie immer ein Hauptverdächtiger."

„Sie liegen wie immer falsch! Und der Polizei habe ich schon alles gesagt. Lesen Sie das Protokoll der Vernehmung. Und überhaupt, was heißt hier Verdächtiger?" Jetzt hielt Alfred doch kurz in seiner Arbeit inne. „Haben Sie denn überhaupt eine Tat?"

„Wir haben einen Toten. Den Mann vom Hochfirstturm."

„Der ist erfroren."

„Ja, aber bestimmt nicht freiwillig." Junkel schnippte Alfred die Zigarettenkippe vor die Füße.

„Ich habe ihn jedenfalls nicht tiefgefroren", erwiderte Alfred patzig. Vorsichtig versuchte er, die inzwischen komplett freigelegte Fahrertür des roten Flitzers zu öffnen. Zugefroren!

„Das wird sich noch herausstellen. Wir werden alle deine Begleiter aus diesem Ochsenverein einzeln vernehmen. Und die Wirtsleute auch. Die sind ebenfalls Hauptverdächtige."

Alfred merkte auf. Die Wirtsleute verdächtig. Wieso das?

„Was können die Wirtsleute dafür?"

Junkel grunzte: „Weiß ich noch nicht. Aber sie sagen nicht die Wahrheit. Das ist schon mal verdächtig."

„Lass mich mal", unterbrach Linus und machte sich an der Fahrertür zu schaffen. Er war nicht so zimperlich wie Alfred. Mit Gewalt ging Vieles. Die Tür sprang auf.

„Darf ich die Infos auf Goodwood verwenden?", fragte Alfred.

„Welche Infos?"

„Na das, was Sie mir die ganze Zeit erzählen. Dass Sie einen Mord vermuten. Und dass die Wirtsleute die Hauptverdächtigen sind."

„Hey, mal langsam!", unterbrach Junkel. „Das habe ich nie gesagt. Dreh mir bloß die Worte nicht im Mund herum."

„Ich kann es bezeugen", mischte sich Linus ein, der inzwischen allen Schnee vom Fahrersitz gebürstet hatte, der beim Öffnen der Tür ins Innere gefallen war. „Sie haben das gesagt."

„Ich habe nichts von einem Mord gesagt", empörte sich Junkel. „Was habt ihr auf den Ohren? Ich habe nur gesagt, dass der Mann bestimmt nicht freiwillig erfroren ist."

„Und die Verdächtigen?", fragte Alfred lauernd. „Die Wirtsleute?"

Junkel stöhnte: „Euch kann man aber auch gar nichts erzählen. Sie sind verdächtig, weil sie sich verdächtig verhalten. Sie behaupten, sie hätten den Toten noch nie zuvor gesehen. Insbesondere behaupten sie, der Tote sei nie in ihrer Wirtschaft gewesen."

„Und? Wie wollen Sie das Gegenteil beweisen?", fragte Alfred, während er sich hinter das Steuer zwängte. Er drehte den Zündschlüssel im Schloss. Der Wagen machte keinen Mucks. Alfred drehte am Radioknopf. Ebenfalls keine Reaktion. Nochmal Zündschlüssel. Alles tot! Fluchend hämmerte Alfred auf das Lenkrad. „So ein Mist. Wir brauchen ein Überbrückungskabel."

Junkel erwies sich als nützlich: „Vielleicht kann ich helfen. Ich hab eins im Kofferraum. Mein Wagen steht da hinten." Er stapfte durch den Schnee zur Karosserie eines uralten Ford Fiesta, den er tatsächlich mühelos in Gang setzte und im Schritttempo neben Alfred roten Flitzer platzierte. Sie öffneten die Motorhauben, hängten das Überbrückungskabel an, und Junkel startete seinen Fiesta, Alfred mit Hilfe des Fremdstroms seinen roten Flitzer. Es funktionierte einwandfrei. Der rote Flitzer furzte schwarzen Qualm in den Schnee hinein, der sich hinter ihm auftürmte, stotterte und verschluckte sich, aber er lief und machte dabei einen Höllenlärm.

Junkel kletterte wieder aus seinem Fiesta, nahm die Klemmen des Überbrückungskabels ab, klopfte sich zufrieden die Hände sauber und schenkte Alfred einen undurchsichtigen Blick aus seinen geröteten Triefaugen: „Wir wissen, was der

Tote wenige Stunden vor seinem Erfrierungstot gegessen hat", verkündete er triumphierend.

„Was beweist das?", wollte Alfred wissen. Atemwölkchen hingen über der Szene. Der rote Flitzer tuckerte.

„Wir haben den Wurstsalat aus dem Hochfirst Rasthaus in unserem Labor untersucht. Er ist absolut identisch mit dem Wurstsalat, den der Tote gegessen hat."

„Und woher wissen Sie, dass der Tote diesen Wurstsalat gegessen hat?"

Junkel grinste diabolisch. Das Grinsen besagte in etwa: Ich bin schlauer als du! Er sagte: „Kurz bevor er starb, hat der Mann noch gekotzt. Oben auf dem Turm. Wurstsalat! Verstehst du?"

„Verstehe!", erwiderte Alfred und dachte sich seinen Teil über den Wurstsalat. „Lassen Sie mich den roten Flitzer in Linus' Garage bringen. Ist nicht weit von hier", schlug er vor. „Dann können wir weiterreden."

Junkel war einverstanden.

# DER KLEINE STOWASSER

„Das ist ein neuer Fall für dich, Alfred", beschwor ihn Vanessa am übernächsten Abend, während sie zusammen mit dem Mitbewohner Hugo am Küchentisch in Alfreds Studenten-WG in Freiburg Wiehre saßen, rauchten und Bier tranken. Diese Küche war eine Raucher-Küche, diese WG war eine Raucher-WG. Die großzügige Vier-Zimmer-Wohnung gehörte wie das ganze Jugenstilhaus dem Vater von Jochen Schiller. Deshalb besaß Jochen Schiller hier auch ein Zimmer, das Zimmer Nummer eins, das er allerdings nicht ständig bewohnte, weil er es in der Millionenvilla seines Vaters in Freiburg Herdern doch komfortabler und standesgemäßer fand.

Alfred wohnte ständig hier. In Zimmer Nummer zwei. Er schüttelte energisch den Kopf: „Das ist ganz bestimmt kein Fall für mich. Ich habe von Fällen aller Art die Schnauze voll."

„Ein tiefgefrorener Toter auf dem Aussichtsturm am Hochfirst", erinnerte ihn Vanessa. „Das soll kein Fall für dich sein? Bist du krank?" Sie blies ihm den Rauch ihrer Zigarette ins Gesicht. Alfred blies zurück. Vanessa wohnte nicht hier. Aber sie verkehrte hier, blieb oft auch über Nacht, denn sie war Alfreds Studienkollegin und beste Freundin. Eigentlich seine einzige Freundin, denn Anna, die BZ-Redakteurin aus Neustadt, in die Alfred jahrelang verliebt gewesen war, zählte nicht mehr. Sie hatte kürzlich geheiratet.

„Ich bin nicht krank", widersprach Alfred. „Im Gegenteil. Ich bin endlich vernünftig. Ich lass die Finger weg von dem Toten."

„Aber du musst recherchieren", wandte Hugo ein, der Dritte im Bunde. Hugo war ein peruanischer Argentinier mit chilenischen Wurzeln und bolivianischem Pass. Außerdem war er ein linker Terrorist, aber das wusste nur Alfred. Vorgeblich studierte er irgendetwas an der Freiburger Uni, aber in Wahrheit bastelte er an der Weltrevolution und war ständig auf der Suche nach Gras und härterem Stoff. Er sah aus wie der letzte Inkaherrscher, hatte eine knarrende Stimme, einen quadratischen Brustkorb, der bei jedem Atemzug rasselte wie eine rostige Hundekette, ein breites Gesicht mit einer markanten Indianernase und einen Mund voller gelber Zähne. Auch er wohnte hier. In Zimmer Nummer drei. Es gab noch Zimmer Nummer vier. Dort wohnte Tim Joy, der vorbestrafte Computer-Hacker. Ein fettleibiger Nerd, den man bei Tageslicht nie zu Gesicht bekam.

„Immer wenn ich recherchiere", so dozierte Alfred und brachte den Tisch zum Wackeln, weil er etwas zu energisch seine Kippe in einer Untertasse ausdrückte, „immer dann passiert irgendetwas und ich gerate in den schlimmsten Schlamassel."

„Der Tisch wackelt!", monierte Vanessa.

„Ein Bein ist kürzer. Er wackelt immer", informierte Hugo. Er klopfte Alfred mit ausgestrecktem Zeigefinger auf die Brust: „Du …! Du musst recherchieren. Du bist Chefredakteur von Goodwood. Schon vergessen?"

„Das ist Sache der Polizei", widersprach Alfred. „Der alte Junkel wird den Fall schon aufklären. Gestern hat er eine Presseinformation herausgegeben, dass die Identität des Toten geklärt sei. Markus Haber. Ein junger Mann, zweiundzwanzig, aus Breitnau."

„Umso spannender", nuschelte Vanessa beiläufig, während sie sich von ihrem klapprigen Stuhl erhob und nach einem dicken Buch auf der Spüle griff, welches dort zwischen dreckigen Kaffeetassen und zwei leeren Raviolibüchsen lag. Sie ging auf die Knie und versuchte, das Buch unter das verkürzte Tischbein zu quetschen.

„Was soll das?", fragte Alfred genervt, da seine Bierflasche bedenklich schwankte.

„Ich lege das Buch unter. Damit der Tisch nicht mehr wackelt."

Alfred protestierte: „Hol das wieder raus. Das ist der kleine Stowasser. Den brauche ich noch."

„Was? Schopenhauer?", fragte Hugo.

„Nein, Stowasser", korrigierte Alfred. Er bückte sich und zog das Buch wieder unter dem Tischbein hervor. Prompt wackelte der Tisch erneut und Alfreds Bierflasche kippte um. Er fing sie mit der freien Hand im Sturz auf. Schaum floss über. Der kleine Stowasser bekam die Hauptladung ab.

„Lateinisches Wörterbuch", informierte Alfred die beiden anderen, während er mit dem Ärmel den giftgrünen Buchdeckel vom Bierschaum säuberte. „Das brauche ich gerade. Muss so eine blöde Latein-Klausur machen."

„Ich dachte, du studierst Geschichte", wunderte sich Hugo. Vanessa hielt unterdessen Ausschau nach einem Ersatz, den sie unter das Tischbein schieben konnte. Sie wurde fündig auf dem Kühlschrank, wo ein hölzernes Speckbrettchen lag. Es trug noch Reste von Senf und Spuren von Petersilie. Aber es passte.

„Ich studiere Geschichte, das stimmt. Aber um für die Prüfung zugelassen zu werden, muss ich zwei Fremdsprachen und Latein nachweisen. Englisch und Französisch habe ich schon hinter mir. Für Latein habe ich extra einen Kurs belegt, um meine Schulkenntnisse wieder aufzufrischen. Ist aber ein ziemlicher Murks. Ohne Wörterbuch bin ich aufgeschmissen."

„Der kleine Stowasser", staunte Hugo, der sich das Wörterbuch gegriffen hatte. Er schlug mittendrin wie zufällig eine Seite auf und zitierte: „Mortalis, mortalitas, mortuus, Mortuus! Heißt tot, oder als Substantiv Leichnam!" Vielleicht doch kein Zufall? Er grinste und bleckte dabei die gelben Zähne.

„Ein Mortuus aus Breitnau", griff Vanessa das Stichwort auf und kehrte zur eigentlichen Diskussion zurück. „Wir haben also einen toten Zweiundzwanzigjährigen aus Breitnau, den du höchstpersönlich als Erster gefunden hast. Er hing festgefroren im Eis auf dem Hochfirstturm, was du höchstpersönlich als Erster und exklusiv veröffentlicht hast. Wir haben noch keine Todesursache, wie du höchstpersönlich selbst festgestellt hast."

„Totgefroren!", warf Alfred renitent dazwischen.

„Papperlapapp! Da ist irgendetwas passiert. Das rieche sogar ich. Und dazu haben wir einen Chefermittler namens Siegfried Junkel, von dem wir exklusive Informationen beziehen können, weil wir ihn alle kennen, den vor allem aber du höchstpersönlich als deinen Freund bezeichnest ..."

„Gott bewahre!", protestierte Alfred. „Der und mein Freund ..."

„Den du höchstpersönlich so gut kennst wie kein anderer Journalist weit und breit", verbesserte sich Vanessa, um dann fortzufahren: „Und jetzt willst du die Hände in den Schoß legen und diesen Fall anderen überlassen. Vielleicht deiner Freundin Anna von der BZ!"

Dieser Satz kam etwas zu bissig. Vanessa betrachtete Anna immer noch als ihre Rivalin, obwohl sie Alfred längst exklusiv für sich hatte. Jedenfalls manchmal. Anna, die Schwarzwaldschönheit, das Rotkäppchen. Alfred wurde nur ungern an sie erinnert. Der Stachel schmerzte immer noch. Dass sie diesen Langweiler Peter Sterzer geheiratet hatte, den BZ-Fotografen, diesen farblosen, glatten, höflichen, geschleckten, immer netten, immer sympathischen Musterschwiegersohn, das nagte an Alfred. Und wie. Hätte er aber niemals zugegeben. Und vor Vanessa schon gar nicht. Deshalb fuhr er sie um eine Nuance zu barsch an: „Lass mich mit Anna in Ruhe. Das ist eine Schreibtischredakteurin. Die löst doch keine Kriminalfälle."

„Aber du!", triumphierte Hugo und klopfte Alfred mit seiner Pranke auf die Schulter. „Du wirst herausfinden, was auf diesem Turm genau passiert ist. Du bist der investigative Journalist. Das kannst du dir doch nicht entgehen lassen." Zur Bekräftigung nahm Hugo einen tiefen Schluck Bier aus seiner Flasche.

Alfred wusste, dass Hugo und Vanessa Recht hatten. Sie kannten ihn zu gut. Natürlich würde er der Sache auf den Grund gehen. Das war ja immer sein Dilemma, dass er seine Neugier nicht zügeln konnte. Er wagte noch einen schwachen Versuch: „Beim letzten Mal, als ich einen Fall recherchiert habe, wurde ich fast in einer Bauernsäge in zwei Stücke geschnitten. Erinnert ihr euch? Und ein wahnsinniger Pole hat mich verprügelt und auf einer Burgruine ausgesetzt. Außerdem wäre ich fast im Hinterzartener Hochmoor versunken. Mein Bedarf an solchen Fällen ist absolut gedeckt."

„Ich pass auf dich auf!", versprach Hugo. Alfred empfand es als Drohung. Wenn Hugo dabei war, waren die Schwierigkeiten doppelt vorprogrammiert.

Er hatte sich so fest vorgenommen, nun endlich seriös und zügig sein Studium zu Ende zu bringen. Er brauchte nur noch die Masterarbeit. Ein Semester. Und davor noch die Lateinklausur bei Dr. Silvia Winkrewcz. Die Frau war eine Herausforderung, in vielerlei Hinsicht. Optisch, menschlich, inhaltlich. Aber Alfred hatte gute Vorsätze und er wollte diese Schlacht annehmen und gewinnen. Nur noch dieses bisschen Latein – dann war er endlich am Ziel und konnte sein Studium abschließen und endlich wieder ans Geldverdienen gehen. Geräuschvoll ließ er den kleinen Stowasser auf den Tisch plumpsen. „Das hier geht vor", sagte er mit bedauerndem Unterton.

Hugo kicherte. „Wir werden ja sehen", prophezeite er belustigt. „Auf diesem Turm warst du nicht zum letzten Mal."

„Ich könnte dich abhören", schlug Vanessa vor. „Vokabeln abhören. Zu zweit ist das immer leichter."

Das war ein seriöses Angebot, das genau zu Alfreds guten Vorsätzen passte. Alfred schaute auf seine leere Bierflasche, dann auf den kleinen Stowasser, der auf dem Tisch lag. Büffeln mit Vanessa. Sehr vernünftiger Vorschlag. Er musste nicht lange nachdenken: „Lass uns in die Stadt gehen, ein Bier trinken! Ins Légère. Ich geb' einen aus. Ich kenn dort einen Typen aus der Küche, dort kann ich anschreiben."

Unterwegs übten sie Latein: Cervesiam Vocatus est – und andere schwierige Sätze.

# DER GROSSE STOWASSER

Dr. Silvia Winkrewcz besaß tatsächlich ein historisches Exemplar des großen Stowasser. 1000 Seiten dick, alles in Frakturschrift. Dieses lateinische Schul- und Handwörterbuch aus dem Jahr 1894 lag in jeder Unterrichtsstunde auf ihrem Pult, und es sah so aus, als würde sie es täglich benutzen. Der Einband war fleckig und an den Ecken und Kanten abgestoßen. Die Bindung war stark gelockert, einige Blätter hingen bereits lose im Block. Viele Seiten waren an den Ecken abgestoßen und speckig. Das Papier war gelbbraun gefärbt wie die Raucherfingernägel von Hugo. Kein normaler Mensch, auch wenn er Latein-Dozent war, arbeitete mit diesem antiquarischen Schinken, der letztmals 1938 gedruckt worden war. Dr. Silvia Winkrewcz zelebrierte gerne ihren großen Stowasser. Wenn heikle oder mehrdeutige Vokabeln zur Diskussion standen, dann pflegte sie die Studenten aufzufordern „Schlagt doch mal in eurem kleinen Stowasser nach", während sie dann ihren Schinken öffnete und ihn feierlich in beiden Händen hielt, wie Nostradamus seine Weissagungen. Dann rezitierte sie aus einer verstaubten und längst vergangenen Epoche des humanistischen Unterrichts Deutungen und Wortklaubereien, die selbstverständlich im kleinen Stowasser nicht zu finden waren. Denn alle Neubearbeitungen des Stowasser in den vergangenen hundert Jahren hatten ausgemistet und entrümpelt.
Dr. Silvia Winkrewcz war insgesamt aus der Zeit gefallen. Zumindest optisch. Intellektuell und politisch war sie ihrer Zeit voraus, mehr oder weniger die Spitze der Bewegung. Sie war perfekt gegendert, lebte Diversity bis zur Perfektion und fehlte bei keiner Klimademonstration. Sie trug enganliegende Kostüme, die in ihrem Schnitt an die 1920er Jahre

erinnerten, und eine strenge Pagenfrisur, welche direkt dem Setting der Fernsehserie Raumschiff Enterprise entnommen zu sein schien. Dabei war sie noch keine vierzig Jahre alt. Sie hatte ein sehr strenges Gesicht, hohe Wangenknochen, klare Kinnlinien, eine Nase wie mit dem Lineal gezogen. Eine perfekte, akkurate Schönheit. Ihre Augen waren unklar, eine Mischung aus verschiedenen Grautönen, mit denen sie sehr böse, unnahbare und herrische Blicke entfalten konnte. In ihren enganliegenden Kostümen steckte eine Traumfigur, und das wusste sie. Sie pflegte sich mit übergeschlagenen Beinen so auf den Pult zu setzen, dass auch härtere Naturen als Alfred dahingeschmolzen wären. Alfred war seit der ersten Unterrichtsstunde hin und weg. Silvia Winkrewcz war seither die Hauptfigur in seinen erotischen Träumen. Aber gleichzeitig war sie auch sein Albtraum. Denn sie war eine unerbittliche Lateinlehrerin. Mit Alfreds Dackelblick, mit eifrigen Wortmeldungen voller Geschwafel oder mit Fleißarbeiten war sie nicht zu beeindrucken.

„So werden Sie das kleine Latinum niemals schaffen", prophezeite sie ihm jetzt mit ihrem typischen kalten Lächeln, als sie ihm seinen Bogen mit der Probeklausur zurückgab. Alfred nahm das Blatt resigniert in Empfang. Er versuchte dabei, ihre Hand zu berühren. Es misslang. Fünf minus! Dr. Silvia Winkrewcz hatte die Angewohnheit, Zensuren nach alter Schule zu verteilen. Alfred warf ihr einen schmachtenden Hundeblick zu. Dieser Blick gehörte zu seinen stärksten Waffen. Er weckte in Frauen den Beschützerinstinkt. Das wusste Alfred, der ansonsten ein flegelhafter Macho war, wie er im Buche steht.

„Was kann ich noch tun?", fragte er flehentlich. „Ich muss doch unbedingt diesen Latein-Schein haben."

Die Winkrewcz blieb vor ihm stehen und musterte ihn kühl. Vermutlich wog sie ab, ob bei diesem Versager noch irgendetwas zu retten war.

„Wenn Sie es ernst meinen", sagte sie dann, „ich gebe Nachhilfe. Einzelunterricht. Aber dann müssen Sie ranklotzen. Per aspera ad astra!"

Sie pflegte gerne, ihre Ansichten mit lateinischen Weisheiten zu garnieren. „Kommen Sie heute Nachmittag in meine Sprechstunde!"

„Oh, ich könnte Sie umarmen", entfuhr es Alfred, und er meinte es ernst.

„Noli me tangere", erwiderte die Lateindozentin. Alfred wusste sogar, was das heißt: „Rühr mich nicht an!"

Selbstverständlich hatte Alfred längst in den einschlägigen Uni-Publikationen zu Dr. Silvia Winkrewcz recherchiert. Sie war ein besonders schwerer Fall. Nicht nur, dass sie Latein, Griechisch und Hebräisch unterrichtete, sie war eine gefürchtete Feministin in Freiburgs Kommunalpolitik. Das wollte etwas heißen, denn in der Diversity-Hochburg Freiburg, der Stadt der Gleichberechtigung, Emanzipation und Correctness, war es eine besondere Leistung, aus den Reihen der vielen ruhmreichen Kriegerinnen, die sich hier auf dem Emanzipationsschlachtfeld tummelten, herauszuragen. Alfred war also vorgewarnt und vorbereitet, als er am folgenden Nachmittag zu seiner ersten Nachhilfestunde im Büro der Dozentin erschien. Der große Stowasser lag erwartungsgemäß auf ihrem Schreibtisch und strahlte Geheimwissen aus. Alfred wagte nicht, ihn anzufassen. Silvia Winkrewcz fühlte Alfred gehörig auf den Zahn. Sie fragte Vokabeln ab, ließ ihn konjungieren und deklinieren, laut das komplette Weihnachtsevangelium auf Lateinisch vorlesen, und dazwischen schüttelte sie immer wieder mal verzweifelt den Kopf. Manchmal seufzte sie auch. Einmal griff sie nach ihrem großen Stowasser und machte Anstalten, ihn Alfred auf den Kopf zu schlagen. „Wie kriegen wir das bloß in Ihr Hirn hinein", stöhnte sie. „Civitate Nazareth in Iudaeam. Civitate, … tate, … tate", wiederholte sie, weil Alfred das Wort allzu englisch ausgesprochen hatte.

„Sie können ja gar nichts", fasste sie schließlich zusammen. Plötzlich hatte sie ihre Hand auf Alfreds Unterarm gelegt und drückte ihn sanft: „Ich stelle Hausaufgaben für Sie zusammen. Sie müssen lernen, lernen, lernen. Non scolae …"

„Ja, ja, ich weiß", unterbrach Alfred sanftmütig: „Sed vitae discimus. Ich lerne nicht für die Schule, sondern fürs Leben."

„Da wir auf die Adventszeit zumarschieren, scheint mir das Weihnachtsevangelium ein geeigneter Übungstext zu sein", sagte sie, ohne die Hand von Alfred zu lassen. Sie lächelte sogar und ihr Mund, sonst ein schmaler Strich, bekam einen warmen Anstrich. „Da stecken viele schöne unvollständige Verben drin, außerdem können Sie das überall laut aufsagen, im Zug, in der Mensa, beim Spazierengehen."

Alfred nickte ergeben.

Zu Alfreds völliger Überraschung wanderte ihre Hand von seinem Unterarm zu seiner Wange und tätschelte ihn dort aufmunternd. „Sie schaffen das schon." Die Hand blieb länger an Alfreds Wange, als es nur für eine freundliche Geste nötig gewesen wäre. Solche Dinge registrierte er sofort, auch wenn er gerade gelähmt war, wie nach einer Attacke mit dem Elektroschocker. Aus ihrem Tätscheln wurde sogar ein Streicheln. Sehr zärtlich. Was ging hier vor? Der große Stowasser verschwamm vor seinen Augen.

Er wankte aus dem Büro und anschließend wie betäubt durch die Innenstadt. Wow! In dieser Nacht hatte er einen sehr lateinischen Traum.

# GERECHTE RECHTE

„Komm mal rüber!", brüllte Tim Joy mit seiner schönen Bärenstimme quer über den Flur der Wohngemeinschaft hinüber in die Küche, wo sich wieder Alfred und Hugo tummelten. Hugo hatte einen Artikel über die ins Stocken geratene bolschewistische Weltrevolution in Südamerika verfasst, und Alfred mühte sich nunmehr seit über eine Stunde, dem WG-Genossen klar zu machen, dass dies kein Artikel für die regionale Newsplattform „Goodwood Wälder-News" war. „Das interessiert im Hochschwarzwald keine Sau. Und das hat auch nichts mit der Region zu tun. Das ist nicht regional, das ist international." Was Alfred vermied zu sagen: Der Artikel war auch grottenschlecht geschrieben und viel zu lang. Ein wirres Durcheinander von Theorien, Proklamationen und ideologischen Phrasen. Garniert mit ein paar gefährlichen Gewaltfantasien. Mit Journalismus hatte das nichts zu tun.

„Das muss in jeder Region interessieren", widersprach Hugo und schob beleidigt seine Unterlippe vor. „Das ist Zukunft. Die Lösung der Weltprobleme. Das Ende des Kapitalismus. Die Herrschaft des Geldes und der Reichen muss endlich gebrochen werden. Wusstest du, dass weltweit ein Prozent der reichsten Menschen über 90 Prozent des gesamten Vermögens verfügen?"

Ja! Alfred wusste das schon lange. Es verging ja kein Tag, an dem Hugo das nicht erwähnte. Er kannte Hugos immer wiederkehrenden Themen und Argumente. Aber er war Chefredakteur von Goodwood, und er nahm diese Aufgabe ernst: „Es ist trotzdem kein Regionalthema für den Hochschwarzwald", beharrte er. Auf keinen Fall durfte dieser Artikel auf Goodwood erscheinen. Das wäre das sofortige

Ende der Plattform gewesen. Aber eine Einigung war nicht in Sicht.

Da kam der Zwischenruf von Tim Joy gerade zur rechten Zeit. Alfred und Hugo trotteten hinüber in Tims Zimmer. Dort sah es aus wie im Kontrollzentrum von Cape Canaveral. Eine Wand war komplett mit Bildschirmen bedeckt, von denen einige dunkel waren, auf den meisten flimmerten aber irgendwelche Zahlen, Grafiken und kryptische Datenreihen. Tim Joy, ein Zwei-Zentner-Mann mit dem bleichen Gesicht eines Nacktmulls, saß vor einem mehrstufigen technischen Aufbau mit Mischpult, Konsolen, Reglern, Armaturen, diversen Lautsprechern, Telefonen, Rechnern und einer Mini-Bar. Letztere war vollgestopft mit Cola und Red Bull Büchsen sowie einem Stapel noch verpackter und längst er kalteter Big Macs. Tim Joy pflegte sich diese Vorräte am frühen Morgen zu bestellen, per Lieferservice bringen zu lassen und dann im Laufe des Tages und durch die Nacht zu vertilgen. Er wechselte zwischen Burgern, Döner, Pizzen und Chicken Nuggets. Mehr Abwechslung war nicht.

Jetzt saß er mit seinem fetten Leib wie eine tausendjährige Unke vor seiner Cockpitwand und deutete mit dicken Fingern auf einen Monitor, der verschwommen ein Hakenkreuz zeigte.

„Was glaubt ihr, was das ist?", fragte er. Seine einschmeichelnd sonore Stimme, die so gar nicht zu seinem monströsen Körper passen wollte, klang, als hätte der Moderator einer Quiz-Show eine Frage gestellt. Er beantwortete die Frage selbst: „Das ist ein Tattoo! Ein Hakenkreuz, wie ihr unschwer erkennen könnt."

„Nazi-Scheiße!", knurrte Hugo. Man musste befürchten, dass er den Bildschirm zertrümmern würde, wenn das Bild nicht bald verschwand.

„Wo hast du das her? Was soll das?", fragte Alfred.

„Passt auf!", rief Tim. „Das ist ein extremer Zoom. Ich habe das Foto gezoomt, das Alfred mit seinem Smartphone von dem Toten auf dem Hochfirstturm gemacht hat." Er nahm den Zoomfaktor zurück. Das Hakenkreuz wurde kleiner, ein dünner Strich nur, dann erschien ein Ohr, der Hals, das Kinn, schließlich das ganze Gesicht des Toten. Da es von einer eisigen Frostschicht überzogen war, verschwammen die Details in Originalgröße noch mehr. „Markus Haber hat dieses Tattoo unten im Ohrläppchen, seht ihr", sagte Tim Joy, und zoomte hin und her. „Man kann es mit bloßem Auge fast nicht erkennen, denn er trägt oben drüber noch diesen Ohrstecker."

„Sieht aus wie der Schatten des Ohrsteckers", bestätigte Alfred. „Erst im Zoom wird deutlich, dass es ein Hakenkreuz ist."

„Das siehst du nur in meinem Bildbearbeitungsprogramm. Ich habe mehrere Filter eingebaut", erläuterte Tim nicht ohne Stolz. „Der Tätowierer muss mit einer starken Lupe und einer extrem feinen Nadel gearbeitet haben", kombinierte er. „Das kann nicht jeder."

„Das ist absichtlich so gemacht", vermutete Hugo sogleich. „Vielleicht ein geheimes Erkennungszeichen."

„Das ist noch nicht alles", verkündete Tim Joy. Er verschob den Bildausschnitt nach unten. Jetzt sah man den Hals und die Brust des Toten. Dann wanderte der Ausschnitt nach links zum Arm und dort hinunter bis zum halb mit Schnee bedeckten Handgelenk. Wieder ließ Tim Joy den Bildausschnitt wachsen, gleichzeitig eliminierte er Schatten, Schleier und Unschärfen, die durch den Schnee entstanden. „Das technische Prinzip ist wie beim Lidar-Verfahren", erklärte Tim. „Aus der Geodatenwissenschaft abgekupfert." Alfred verstand nur Bahnhof. Es war ihm aber egal, wie Tim Joy zu seinen präzisen Bildern kam. Jetzt sah man am Handgelenk des Toten ein dünnes Lederband, in welches ein pfenniggroßes Amulett eingearbeitet war. Tim Joy zoomte noch weiter heran, bis nur noch das Amulett zu sehen war. Es trug eine Gravur. Alfred identifizierte: „18 WAW - GRD" Hugo knurrte bedrohlich.

„Was soll das sein? Irgendwelche Initialen?"

„Nein, sagte Hugo. Es ist ein Nazi-Code. Nur für Insider."

„Stimmt, bestätigte Tim Joy, der das längst recherchiert hatte. „Die Zahl 18 steht bei Neonazis für Adolf Hitler. Es geht nach den Buchstaben des Alphabets. A ist die Nummer eins, H ist die Nummer acht!"

„Verstehe!", sagte Alfred nachdenklich. „Und was bedeuten die Buchstaben?"

„WAW steht für ‚Weißer arischer Widerstand'. Auch das ist ein beliebtes Kürzel in Nazi-Kreisen. Manche verwenden auch die Kombination WAP. Das bedeutet dann ‚white aryan power', oder ‚weiße arische Macht'."

„So ein kruder Mist", entfuhr es Alfred.

„Gemeingefährlich. Die Typen glauben daran", sagte Hugo. „Für Rechtsradikale sind das alles Erkennungszeichen. Wer so etwas trägt, der ist ganz dick drin. Also auch unser Bürschchen aus Breitnau."

„Und GRD?", wollte Alfred wissen. „Das sind ja noch mehr Buchstaben."

„Kenne ich nicht", musste Hugo passen.

Aber Tim Joy, die lebende Wikipedia, verdrahtet mit der gesamten digitalen Weisheit des weltweiten Netzes, wusste schon Bescheid. „Ich habe ein Weilchen gebraucht, weil die Kerle sich normalerweise im Darknet verstecken. Aber dann habe ich es gefunden. Es gibt eine Nazi-Gruppe hier in der Region, die nennt sich „Gerechte Rechte des Dreisamtals", also GRD. Das sind sie. Markus Haber muss Mitglied dieser Gruppe gewesen sein."

„Gerechte Rechte?", wiederholte Alfred nachdenklich. „Noch nie gehört."

„Kein Wunder", sagte Tim. „Die geben sich öffentlich nicht zu erkennen. Sie tarnen sich als Motorradclub. Sie haben ein Stammlokal in Kirchzarten: Der „Schluckspecht". So eine Bierkneipe in der Nähe des Bahnhofs. Es war nicht schwer, das alles im Netz herauszufinden, nachdem ich erst einmal die Spur hatte."

„Die mischen wir auf!", drängte Hugo entschlossen auf sofortige Taten.

„Jedenfalls ist das eine Story", erkannte Alfred. Es war auch ein gutes Argument, um Hugos Aufsatz über die Weltrevolution zu verhindern. „Das ist ein Aufmacher, so wie wir ihn brauchen. Regional, politisch, exklusiv, brisant. Das bringt Klicks!"

Klicks waren die Währung im Internet. Und wenn die Plattform „Goodwood Wälder-News" jemals ins Laufen kommen wollte, dann mussten Klicks her. Eine Woche nach ihrem Start standen sie bei täglich zwei- bis dreitausend Klicks. Neben Alfreds Artikeln rund um den Toten auf dem Hochfirstturm, hatten sie bisher aber auch wenig Eigenleistung zu bieten. Vanessa hatte lustlos etwas über den Niedergang des Tabakhandels im Hochschwarzwald geschrieben, einen Artikel, der ihren unmittelbaren Alltagserfahrungen entsprungen war. Sie hatte nämlich einen Nachmittag lang alle Tankstellen und Supermärkte in ganz Neustadt abgeklappert, um irgendwo ihre Tabakmarke zu finden, für ihre selbstgedrehten Zigaretten. Aber überall gab es nur die zwei- oder drei Standardmarken. Alfred hatte sie dann zum „Jaschinsky" geschickt. Das war ein kleines Zeitungs- und Andenkengeschäft am Fuße des Hirschenbuckels. Die Einheimischen nannten es in Erinnerung an einen früheren Eigentümer immer noch den „Jaschinsky", obwohl seit über 20 Jahren Heide Schwab den Laden betrieb und er eigentlich Schwabs Zeitungs- und Tabakladen hieß. Bei Heide Schwab fand Vanessa dann endlich ihren Tabak, und so entstand ihr Artikel über die „Macht der Tabakkonzerne im Hochschwarzwald". Damit die Plattform Goodwood täglich mit aktuellen News und mit Tratsch aus dem Hochschwarzwald gefüllt wurde, hatte Tim Joy eine clevere Anwendung programmiert und betrieb bereits deren Patentierung. Es handelte sich um eine Art Such- und Textprogramm. Es scannte alle öffentlich verfügbaren Webauftritte und Kanäle, die im weitesten Sinne den Hochschwarzwald betrafen. Dazu gehörten die Homepages der Rathäuser, der Tourismusgesellschaft HTG, der Polizeifeed mit allen Polizeinachrichten, die Seiten aller relevanten Vereine und Unternehmen, jede Menge private und gewerbliche Facebook- und Instagram-Kanäle, der öffentliche Teil von der Badischen Zeitung, vom Südkurier und vom Schwarzwälder Boten, die frei zugänglichen Newsportale vom SWR, die Regio-App Wunderfitz von der badenova, das Schwarzwaldwetter, die Regio-Verkehrs-App und viele weitere Quellen. Tim Joys Programm klaute hemmungslos all diese Infos, registrierte jede Neuigkeit und bastelte mit Hilfe seiner künstlichen Intelligenz aus diesem Input kleine, knackige News, die im Minutentakt in den Auftritt von Goodwood einflossen. So entstand für den regelmäßigen Leser der Eindruck eines unaufhörlichen, ständigen Nachrichtenflusses, eine unerhörte Präsenz und Aktualität – und dies alles zum Nulltarif. Denn auf Goodwood gab es keine Bezahlschranke. Die Geschäftsidee von Jochen Schiller zielte nicht auf Abos, sondern er wollte Werbung verkaufen. Im Augenblick gab es erst zwei Werbebanner auf der Plattform. Einer bewarb die Anwaltskanzlei Schiller, der andere den freien Versicherungsmakler Linus. Mit einem Artikel über die ins Stocken geratene bolschewistische Weltrevolution in Südamerika würde das Werbeaufkommen sicher nicht steigen. So gut kannte Alfred den Hochschwarzwald. Aber ein Exklusiv-Artikel über Nazis im Dreisamtal und darüber, dass der Tote vom Hochfirstturm Mitglied dieses geheimen Nazi-Bundes gewesen war, würde sicher einschlagen wie eine Bombe.

„Wir sollten uns diesen Laden anschauen", unterbrach Hugo Alfreds Überlegungen. „Diese Kneipe Schluckspecht in Kirchzarten. Mal sehen, was sich dort für Typen treffen."

Alfred wusste genau, dass es Hugo nicht darum ging, „mal zu sehen". Hugo war auf Krawall gebürstet und er konnte es nicht erwarten, sich mit den Rechten zu prügeln. Im ersten Impuls wollte Alfred deshalb abwehren. Aber dann kam ihm der Gedanke, dass im Kreise dieser Nazis vielleicht auch mehr über den Toten vom Hochfirstturm zu erfahren war. So stimmte er einer Undercover-Recherche schließlich zu. Sie holten noch Vanessa dazu und fuhren noch am gleichen Abend zu einem Besuch nach Kirchzarten.

# IM SCHLUCKSPECHT

„Macht die Tür zu ihr Arschlöcher!" Das war die herzliche Begrüßung, als Alfred, Vanessa und Hugo in dieser Reihenfolge den Schluckspecht in Kirchzarten betraten. Die Kneipe war klein und spießig. An einer L-förmigen dunklen Holztheke saßen auf Barhockern mehrere Männer. Entlang einer mit Resopal vertäfelten Wand reihten sich drei kleine quadratische Zweier-Tische. An einem saßen zwei junge Frauen, die erkennbar zu den Männern auf den Barhockern gehörten. Alle rauchten. Alle starrten die Neuankömmlinge an, als wären es Aussätzige. An der Wand hingen über den Tischen große Poster von Fliegern aus dem Zweiten Weltkrieg, die einen Bombenhagel auf eine unbestimmte Landschaft niedersausen ließen. Ein Poster zeigte junge Fliegeroffiziere, die sich um das aufgeklappte Cockpit eines Jagdflugzeuges gruppiert hatten. Über der Theke hingen Holzbrettchen mit eingebrannten Wirtshaussprüchen: „Ein Mädchen und ein Gläschen Wein, kurieren alle Not. Und wer nicht trinkt und wer nicht küsst, der ist so gut wie tot", so lautete einer der Sprüche. Ein anderer: „Ein Alkoholproblem entsteht, wenn keiner da ist, der das Bier holt!" Mehr konnte Alfred wegen des ungünstigen Winkels nicht identifizieren. Im Gastraum selbst gab es noch einen großen Sechsertisch direkt neben der Tür. Er stand an einer von gelben Gardinen umsäumten Fensterfront, die auf die Bahnhofsstraße hinausging. An diesem Tisch saß ein Typ in Lederjacke und drehte sein halbvolles Bierglas auf der Stelle. Da hier die einzigen freien Plätze für drei Personen waren, setzten sich Alfred, Vanessa und Hugo dazu. Der Lederjackentyp grunzte nur. Hugo hatte absichtlich die Tür aufgelassen. Kalte Winterluft drang in den überhitzten und verqualmten Gastraum.

„Tomaten auf den Ohren?", brüllte von der Theke einer der Männer herüber. „Ihr sollt die Tür zumachen!"

„Frische Luft hier drin schadet nichts", brüllte Hugo zurück, der von Anfang an auf Krawall gebürstet war.

„Halt die Fresse Itakker", scholl es von der Theke zurück. Offensichtlich wurde Hugo aufgrund seines Äußeren als Südländer angesehen.

„Was hast du gegen Italiener?", keifte Hugo zurück.

„Komm mir bloß nicht mit deiner Gutmenschenscheiße", warnte der Glatzkopf an der Theke aggressiv.

Alfred legte Hugo besänftigend eine Hand auf den Arm, weil er spürte, dass dieser gleich eine weitere patzige und provozierende Antwort geben würde. Da erhob sich aber der Lederjackentyp und gab der Tür einen Stoß mit dem Ellbogen. Sie fiel krachend zu. Der Lederjackentyp setzte sich wieder und schwieg weiter. Alfred und Vanessa sahen sich an. Was war das denn gewesen? Hugo schien verstimmt. Der Mann hatte ihm den Spaß verdorben.

Der Mann auf dem vordersten Barhocker, ein breiter Kerl mit kleinen Rattenaugen, stieß seinen Nachbarn an, den Glatzkopf, und meinte belustigt: „Verdreschen wir sie gleich, oder trinken wir erst noch unser Bier leer? Was meinst du, Bruno?"

Bruno der Glatzkopf lachte blechern. Die anderen Kerle lachten mit. „Gutmenschenscheiße", wiederholte einer von ihnen, ein Typ im Tarnanzug.

Damit war die Atmosphäre im Raum bereits gründlich verdorben. Die mühsam gezügelte Aggressivität war schier mit Händen zu greifen. Sie hielten Ausschau nach einem Wirt oder einer Bedienung. Hinter der Theke stand ein kleiner, dürrer Kerl mit fettigem, sauber gescheiteltem Haar. Die anderen riefen ihn Hotte. Er gab sich demonstrativ abgelenkt. Er reinigte in seinem Spülbecken Biergläser über einer rotierenden Bürste, machte aber keine Anstalten, sich um die neuen Gäste zu kümmern. Nach einer Weile erhob sich eine der beiden Frauen an dem kleinen Seitentisch und schlurfte zu ihnen an den Tisch: „Wazutrinken?" Ein Wort.

„Gibt es auch was zum Essen", fragte Alfred. Ihm knurrte wie immer der Magen.

„Landjäger, Saitenwurst, Käsebrot, Restaurationsbrot." Es kam im Stakkato. Die Frau schaute genervt und vollkommen desinteressiert. Blicke wie ein abgestandenes Bier. Gäste schienen ihr lästig zu sein.

Sie bestellten drei Bier und erbaten sich hinsichtlich des Essens Bedenkzeit. Als die lustlose Bedienung abgerückt war, fragte Alfred im Flüsterton: „Was ist ein Restaurationsbrot?" Hugo hatte keine Zeit zu antworten. Er musterte scharf die Männer an der Theke und wartete auf eine blöde Bemerkung von dort. Aber die Kerle an der Theke taten ihm den Gefallen nicht. Sie wandten dem Raum wieder den Rücken zu und ignorierten die neuen Gäste. Vanessa zuckte mit den Schultern: „Vielleicht ein Brot, das es nur in Restaurants gibt. Hab keine Ahnung. Noch nie gehört."

Der Lederjackenmann an ihrem Tisch beendete sein Schweigen und erklärte leise: „Restaurationsbrot heißt hier das Vesperbrot. Ein paar Scheiben gemischte Aufschnittwurst und Käse, Tomaten, Eier, Zwiebeln, Gurken!"

„Aha", sagten Alfred und Vanessa synchron. Vanessa brachte sogar noch ein „Danke" heraus. Sie stellten sich gegenseitig vor. Der Lederjackentyp hieß Tom. Nachdem er diese Information herausgelassen hatte, verfiel er wieder in Schweigen. Das war schon ein seltsamer Typ. Er saß da und nippte an seinem Bierglas. Ansonsten schien er vor sich hin zu dämmern und sich für nichts zu interessieren. Mit der Lederjacke, seinem kurzen Stoppelhaar, einem klobigen Ohrring und einem Heavy Metal T-Shirt unter der Jacke, war er jemand, der für Alfred genau so aussah, wie er sich die Leute in einem heimlichen Nazi-Treff vorgestellt hatte. Auf der anderen Seite hatte „die Lederjacke" zu gute Manieren und war viel zu höflich für das Klischee in Alfreds Kopf. Die Männer an der Theke sahen zu hundert Prozent rechtsverdächtig aus. Einer trug einen Tarnanzug in militäroliv, alle steckten in wuchtigen Springerstiefeln, jener, der mit Bruno angesprochen worden war, hatte eine Glatze, und alle hatten sie Oberarme voller eintätowierter Kriegsbemalung. Ob sie auch Hakenkreuze an ihren Ohrläppchen tätowiert hatten, war beim besten Willen nicht zu erkennen. Auf jeden Fall waren sie auffällig stumm, beziehungsweise leise. Sie unterhielten sich im Flüsterton, so dass Alfred an seinem Tisch nicht verstehen konnte, um was es bei den Gesprächen an der Theke ging. Im Hintergrund lief Musik von den Flippers, offenbar eine Best-off-CD: Sha la la, I Love you – Nur mit dir allein – Die rote Sonne von Barbados – und so weiter.

Das Flüstern steckte an. Auch Alfred, Hugo und Vanessa flüsterten. "Wirkt alles ziemlich normal, oder, was meint ihr?", fragte Alfred leise.

„Spießer!", lautete Vanessas Kommentar.

„Alles Tarnung", warnte Hugo. „Wartet's nur ab."

Er sollte Recht behalten. Zunächst aber brachte die Trulla von Bedienung das Bier. Bis dahin hatte Alfred bereits aus der Hüfte heraus das ganze Lokal mit seinem Smartphone fotografiert, inklusive der Männerriege an der Theke. Alfred orderte ein Restaurationsbrot, von dem sie, als es nach langem Warten endlich kam, alle drei satt werden konnten. Im Gegensatz zu Vanessa und Hugo konnte Alfred sich das Vesper leisten, denn er hatte von Jochen Schiller einen Vorschuss auf sein erstes Monatsgehalt bei Goodwood bekommen. Für Goodwood machte er auch seine Fotos.

Selbstverständlich war eine Story geplant: „Heimliche Nazi-organisation im Dreisamtal und Hochschwarzwald!"

Der Typ in Lederjacke an ihrem Tisch sprach weiterhin kein Wort. Er nuckelte an seinem Bier, brütete vor sich hin und fühlte sich erkennbar vom Rauch von Hugos Killerzigaretten belästigt. Komischer Kauz! Alfred studierte den Mann sorgfältig. Er sah zwar aus, als gehörte er genau hierher, aber scheinbar hatte er nichts mit den Leuten an der Theke zu schaffen.

„Mmmhh", machte Hugo nach einer Weile. Er wurde ungeduldig. Diplomatie war seine Sache nicht.

„Mach bloß keine Dummheiten", warnte Alfred.

Ein neuer Gast betrat das Lokal. Alle Köpfe fuhren herum. Im Türeck stand ein schmächtiger, langhaariger Jüngling in einem verblichenen Parka aus den 1970er Jahren. Er grinste frech und rief laut in den Raum hinein: „Bin ich hier richtig. Ist das hier die Nazi-Kneipe?"

Es geschahen nun mehrere Dinge gleichzeitig. Hugo entfuhr ein erschrockenes: „Den kenn ich. Das ist doch der Leo!"

„Welcher Leo?", fragte Alfred.

„Vom marxistischen Studentenbund. Ein Kommunist! Ein Arschloch!"

Während Hugo diese knappe Information lieferte, erhoben sich an der Theke die fünf Männer von ihren Barhockern. Zuvorderst stand der dicke Kerl mit den kleinen, stechenden Augen und einem wulstigen Nacken. Er sah aus wie ein gereizter Stier aus der Stierkampfarena. Hinter ihm machte sich der Glatzkopf breit. Er war noch einen Kopf größer als sein Vordermann und eher stämmig als dick. Alleine diese beiden sahen für Alfred so aus, als wäre schleunigstes Reißaus die beste, wenn nicht gar die einzig vernünftige Lösung. Einer der drei anderen brüllte aus dem Hintergrund: „Was will der Wichser?"

Das schien den schmächtigen Kommunisten Leo nicht zu beeindrucken. Er rief: „Hey, ihr Affen. Wisst ihr überhaupt, wie Wichsen geht?"

Dann flog ein Bierglas. Es war das von Hugo. Es zerschellte an einem der Balken, die das kleine Schindeldach über der Bartheke stützten. Von Leo dem marxistischen Studenten kam der erfreute Ausruf: „Holla, das ist ja Hugo der Revolutionsführer. Wo kommst du denn her?" Man kannte sich in diesen Kreisen.

Der Stiernacken ächzte gereizt: „Jetzt lernt ihr Django kennen!" Er bewegte sich sehr langsam, und seine Kumpane blieben hinter ihm. Sie machten insgesamt den Eindruck, als seien sie sich ihrer Sache sicher.

Vanessa zupfte Alfred am Ärmel: „Wie kommen wir hier raus?" Ihre Stimme zitterte. Kein Wunder, denn die fünf Jungs von der Theke näherten sich bedrohlich dem Jüngling an der Tür. Und damit versperrten sie auch den Fluchtweg für Alfred, Vanessa und Hugo. Unversehens schlüpfte hastig der Lederjackentyp Tom ins Freie hinaus. „Ich gehöre nicht zu denen", rief er noch in den Raum hinein und brachte sich dann in Sicherheit.

Jetzt wurde es brenzlig. Der Anführer Django griff nach einem Stuhl. Er schwenkte ihn mit einer Hand hin und her wie einen Staubwedel. Es war klar, was er vorhatte, sein Gesichtsausdruck drückte es unmissverständlich aus. Mit diesem Stuhl würde er der Reihe nach Leo, Hugo, Alfred und vielleicht auch Vanessa erschlagen.

Hugo warf den Tisch um, an dem sie gesessen hatten. Biergläser, Aschenbecher, der noch nicht abgeräumte Restaurationsbrot-Teller, Salzstreuer, ein Stapel Bierdeckel und ein rotweiß kariertes Tischtuch ergossen sich über den Boden. Hugo war in seinem Element: „Auf, auf Leo, du Salonbolschewist. Jetzt zeig mal, was du drauf hast", brüllte er und gesellte sich an die Seite des Jünglings, der immer noch herausfordernd im Türeingang stand. „Rechte Schläger! Habe ich's mir doch gedacht!", seufzte Leo laut. Er hüpfte zappelig hin und her und zückte dabei einen laminierten Wisch: „Mein Behindertenausweis. Ich bin schwer behindert. Ihr verprügelt einen Behinderten. Na los, kommt schon, traut euch. Fünf gegen einen." Er brüllte sich heißer und konnte es gar nicht erwarten, dass ihm der Wirtshausstuhl um die Ohren geschlagen wurde. „Verprügelt mich, verprügelt mich!", rief er freudig. „Ich verklage euch. Ich bringe euch vor Gericht."

„Gebt's ihm", kommandierte Django heißer. „Er bettelt darum!" Mit diesen Worten stürmte er voran und warf sich auf Hugo und Leo. Seine Kumpanen folgten. Die Fäuste und der Stuhl flogen. Die Flippers sangen dazu: „Weine nicht kleine Eva!"

Alfred und Vanessa drückten sich an die Wand. „Schnell, komm!", sagte Alfred zu Vanessa und zerrte sie mit sich in die Kneipe hinein. Der Eingang war sowieso versperrt. Aber Alfred sah, wie sich die beiden Frauen vom kleinen Tisch erhoben und verstohlen einer Hintertür am anderen Ende der Theke zustrebten. Er zog Vanessa am Arm. Während hinter ihnen der Kampflärm wogte, Flaschen, Gläser, Stühle und Blumenvasen flogen, huschten Alfred und Vanessa hinter den beiden Frauen her. Im Hinausdrücken fiel hinter ihnen ein Schuss. Jemand schrie laut und panisch. Es war nicht Hugos Stimme. Alfred sah sich nicht um. Ja, klar, er ließ seinen Kumpel Hugo im Stich. Aber niemand konnte von ihm verlangen, dass er sich von fünf zur Weißglut gereizten Nazis die Fresse polieren ließ. Und einer musste ja auch die Frauen beschützen.

So kam er in einen Hinterhof an der Rückseite der Kneipe. Die beiden Frauen, die Bedienung und ihre etwas jüngere

Freundin, standen dort an eine Wand gedrückt und rauchten atemlos und mit weit aufgerissenen Augen Zigaretten. Sie schraken zuerst zusammen, als Alfred herausgestürmt kam, beruhigten sich dann aber, als Vanessa folgte.

„Ich habe einen Schuss gehört", sagte die Jüngere der beiden Frauen ängstlich.

„Ihr habt aber Nerven", sagte die Andere. „Glaubt ihr Django lässt sich das gefallen."

„Django ist der Anführer?", fragte Alfred, während er angstvoll in das Gebäude hinein lauschte. Es fielen keine Schüsse mehr. Aber von dort kamen jetzt neue Geräusche. Eine Polizeisirene. Befehlsgewohnte Stimmen. Großes Durcheinander. War das die Möglichkeit? Wie konnte die Polizei schon da sein? Die Schlägerei hatte doch gerade erst begonnen.

„Django ist der Chef", bestätigte die eine der beiden Frauen, diejenige, welche sie zuvor so lustlos bedient hatte. Sie wirkte jetzt etwas lebendiger als zuvor beim Bedienen. „Er wird deinen Freund umbringen", sagte sie ernsthaft besorgt. „Er hat schon einmal einen fast totgeprügelt."

„Hört ihr auch die Bullen?", fragte die andere Frau.

Alle lauschten. In der Kneipe wurde herumgebrüllt, aber es waren neue Stimmen dabei. Vor dem Haus heulten mehrere Sirenen, als wäre eine ganzes Sondereinsatzkommando angerückt.

„Ist Django auch der Boss der GRD?", fragte Alfred, einer Eingebung folgend.

Die beiden Frauen sahen sich unsicher an. „Die GRD?", fragte die Bedienung unsicher.

„Die Gerechte Rechte!", bestätigte Alfred in einem Tonfall, als sei es völlig selbstverständlich, über diese Gruppierung zu sprechen. „Sagt bloß, ihr kennt die nicht?"

„Natürlich kennen wir die", blaffte die andere Frau. „Wir werden ja wohl unseren eigenen Verein kennen."

Na also, dachte sich Alfred. Richtige Spur! Er lauerte auf weitere Auskünfte. Aber die dusselige Bedienung war wohl doch nicht völlig ohne Licht. Sie stieß ihre Freundin an: „Wir sollen doch nicht darüber reden. Halt lieber das Maul!"

„Worüber sollt ihr nicht reden?" In der Hintertür stand Polizeihauptkommissar Junkel. Er trug diesmal einen blauen Polizeianorak und sah richtiggehend wie ein Polizist im Einsatz aus. Er war auch im Einsatz: „Ihr seid alle drei festgenommen. Kommt bloß nicht auf dumme Gedanken!"

# TRAPPER ALFRED

Am 1. Dezember lag der Schnee entgegen aller Klimaszenarien immer noch meterhoch, und es war immer noch arktisch kalt. Alfreds roter Flitzer sprang nicht mehr an. Wahrscheinlich wären sie sowieso mit dem Sportwagen und seinen Sommerreifen nicht auf den Hochfirst gekommen, denn die Straße dort hinauf war immer noch nicht schneefrei. Winterreifen konnte Alfred sich nicht leisten, obwohl inzwischen das erste Goodwood-Monatsgehalt auf dem Konto eingegangen war. Endlich mal wieder ein reguläres Monatsgehalt! So etwas hatte es seit seinem Rauswurf vor drei Jahren beim Hochschwarzwald Kurier nicht mehr gegeben.

Immerhin besaß Alfred nach diesem ersten Monatsgehalt nun wasserfeste Winterschnürstiefel, die er auch dringend nötig hatte, denn sie arbeiteten sich durch kniehohen Tiefschnee auf den Hochfirst hinauf. Wieder mal eine blöde Idee. Weil der rote Flitzer ausfiel und in Linus' Garage bleiben musste, hatte Vanessa eine „kleine Winterwanderung" vorgeschlagen. „Das macht doch Spaß Alfred! Wir stapfen durch den Schnee. Die frische Luft. Der Wald." Außerdem war sie der Meinung, dass sie nach dem Schrecken in der Nazi-Kneipe beide etwas Luft und Abwechslung bräuchten. Das hatten sie nun davon: Jetzt steckten sie im Schnee fest. Zu allem Überfluss hatte Vanessa noch eine Route abseits der Fahrstraße vorgeschlagen und sich dabei auf eine schnell gegoogelte Wanderkarte berufen. Dummerweise war es eine Sommerwanderkarte gewesen, und der Weg, den es hier eigentlich hätte geben sollen, lag unter 60 Zentimeter Schnee begraben. Aber es war schon zu spät. Alfred und Vanessa waren bereits mitten im Wald, auf halber Höhe zwischen Saiger Kreuz und Hochfirstgipfel.

„Dieser Weg heißt Doktor Barth Weg", schnaufte Vanessa mit Blick auf ihre Wanderkarten-App, während sie voraus ging und eine Spur bahnte.

„Ich sehe keinen Weg!", maulte Alfred. Trotz der Kälte lief ihm der Schweiß. Er steckte in Linus' Bärenfellmantel, der gar nicht aus Bärenfell war. Es war ein Pelzmantel aus Nerz. Laut Linus ungefähr drei bis viertausend Euro wert. So ein Angeber. Weil Linus sich aber lange gesträubt hatte, den Mantel auszuleihen, musste er auch wirklich irgendwie teuer gewesen sein.

„Im Secondhand kriegst du so einen alten Lausfänger für fuffzig Euro", hatte Vanessa behauptet. „Und außerdem: Wer trägt heute noch Pelz? Das ist vollkommen out. Tierschutz und so!"

Solche Themen waren Alfred egal. Etwas anderes beschäftigte ihn mehr, und daran erkannte Vanessa, dass Alfred bereits wieder im Tunnel war, im Ermittlerfieber. Alfred grübelte nämlich über etwas nach, was er nicht begreifen konnte: „Wieso war die Polizei so schnell da? Die Randale im Schluckspecht hat noch nicht einmal richtig angefangen, da standen die Bullen schon auf der Matte. Und mittendrin Oberkommissar Junkel. Das ist besonders verdächtig."

Sie diskutierten, während sie durch den Schnee stapften. „Was soll daran verdächtig sein?", fragte Vanessa. „Das ist doch sein Job."

„Aber er ist kein Hellseher. Er war in Kirchzarten. In der Nähe dieser Nazi-Kneipe. Also hat Junkel schon eine Spur. Das ist doch glasklar", kombinierte Alfred. „Und ich sag dir was: Es ist die gleiche Spur, die wir auch haben. Dieser Verein von Rechtsradikalen, zu dem der Tote vom Turm gehört hat. Die haben was damit zu tun."

„Womit?"

Alfred blieb stehen: „Womit? Stehst du auf der Leitung? Mit dem Toten natürlich. Da ist doch was faul. Keiner friert freiwillig auf einem Aussichtsturm fest."

Alfred war entschlossen, sich den Turm noch einmal genauer anzuschauen. Deshalb hatte er Vanessa am Tag nach der Schlägerei im Schluckspecht den Ausflug auf den Hochfirst vorgeschlagen. Sie waren von Junkel und seinen Leuten verhört, protokolliert und dann wieder auf freien Fuß gesetzt worden. Außer Hugo. Bei dem hatten Junkels Einsatzleute eine Pistole beschlagnahmt.

„Ist nicht meine", hatte Hugo behauptet. Aber die fünf Typen vom Verein Gerechte Rechte, der Wirt und auch der linke Provokateur Leo vom marxistischen Studentenbund hatten übereinstimmend ausgesagt, dass Hugo derjenige gewesen war, der in die Luft geschossen hat. Jetzt saß Hugo in Untersuchungshaft. Man würde ihn wohl wegen unerlaubten Waffenbesitzes drankriegen.

„Solange er im Knast sitzt, kann er schon keinen Unsinn schreiben", hatte Alfred sich gefreut. „Auf Goodwood Wälder-News kann ich ihn jedenfalls nicht loslassen. Dort mischen wir jetzt die Nazis vom Dreisamtal auf."

Der Aufmacher auf Goodwood handelte an diesem Tag von der Schlägerei im Schluckspecht, vom Verein Gerechte Rechte und von den Beziehungen, die der Tote vom Turm zu diesem Verein gehabt hatte. Eine tolle Exklusiv-Story. Außer Alfred hatte sie niemand. Die Klick-Zahlen schossen nach oben.

Der verschneite Wald war voller Tierspuren. Kreuz und quer liefen sie über den nichtvorhandenen Weg, kamen aus dem Unterholz, führten bergauf und bergab. Wobei weder Alfred noch Vanessa zuordnen konnte, welche Spur denn nun in welche Richtung führte. Geschweige denn, dass es ihnen gelang, die dazugehörigen Tiere zu identifizieren.

„Man sollte meinen, der ganze Wald ist voller Viecher. Wieso sehen wir keine?", fragte Alfred schnaufend. Jede Frage gab Gelegenheit, stehenzubleiben und nach Luft zu schnappen. So tarnte Alfred seine mangelhafte Kondition. Der Aufstieg auf den Berg war viel anstrengender, als er sich das vorgestellt hatte.

„Angeblich gibt es hier auch Wölfe!", behauptete Vanessa.

„Lass uns eine rauchen. Das vertreibt sie vielleicht", schlug Alfred vor. Also drehten sie mit steifen Fingern klobige Zigaretten und gönnten sich eine Raucherpause. Plötzlich raschelte es unweit in einer Ansammlung halbwüchsiger Flugtännchen. Verschneite Tannenspitzen wippten, Schnee fiel von Ästen, etwas bewegte sich, Alfred rief laut „ein Wolf, ein Wolf", und ein Hase raste vorüber. Er schaffte trotz des tiefen Schnees sagenhafte Sprünge in einer unglaublichen Geschwindigkeit. Alfred der Trapper schaute ihm konsterniert hinterher. Schon war der Hase verschwunden.

„Es war kein Wolf", stellte Vanessa fest.

„Aber fast!", behauptete Alfred. Vanessa kicherte und umarmte Alfred, der dabei ins Wanken geriet. „Mit dir fürchte ich mich nicht in der Wildnis", gurrte Vanessa, und versuchte, Alfred einen Kuss abzunötigen. Manchmal küssten sie sich. Vanessa versuchte es immer wieder. Alfred konnte es nicht immer abwehren. Eigentlich wollte er Vanessa nicht küssen. Sie war nicht der Typ Frau, der ihm Lust aufs Küssen gemacht hätte. Sie war mehr Kumpel, Sparringspartner, Seelentröster, nun ja, genaugenommen sein bester Freund. Nur dass es eine Freundin war. Ihre Lippen waren kalt, ihre Zunge aber warm. Alfred ließ sich überzeugen, dass Küssen im Schnee und mitten im Hochfirstwald jetzt doch eine ganz gute Beschäftigung war.

Es raschelte wieder zwischen den Tännchen. Noch ein Hase? Alfred und Vanessa blieben beim Küssen, bei dem

Vanessa traditionell die Augen geschlossen hielt, während Alfred dem Jungwald den Rücken zukehrte. Deshalb sah er auch nicht, dass dort keineswegs ein zweiter Hase unterwegs war. Stattdessen bahnte sich ein Mensch seinen Weg durch die Schonung. Ein Mensch mit Schneeschuhen. Es knirschte, wenn er Schritte machte. Alfred registrierte das Geräusch, war aber nicht sofort alarmiert. Schon war es zu spät. Jemand räusperte sich. Eine fremde Stimme sagte: „Störe ich?"

Sie fuhren herum. Vor ihnen stand ein drahtiger junger Mann, gut verpackt in einen arktischen Outdoor-Weltraumanzug, einen Rucksack geschultert, mit Stöcken und Schneeschuhen ausgerüstet, die Augen hinter einer schwarzgetönten Sonnenbrille verborgen.

„Tag", sagte der Fremde, nahm seine Brille ab und deutete mit einem seiner Skistöcke bergwärts: „Zum Gipfel ist es nicht mehr weit?"

„Kommen Sie von dort?", fragte Vanessa.

Der Fremde nickte. „Ich bin jetzt nur geflüchtet, weil da eine lärmende Horde von komischen Kerlen aufgetaucht ist. Die saufen und grölen dort oben herum, ich habe es nicht mehr in der Gaststube ausgehalten." Alfred war alarmiert und dachte sofort an die Neonazis aus dem Dreisamtal. „Sonst ist es toll da oben", beschwichtigte der Fremde. „Ich bin demnächst sicher wieder da oben." Er schwärmte von der warmen Gaststube im Hochfirst Rasthaus und vom selbstgemachten Apfelstrudel, den er dort gegessen hatte. Alfred lief das Wasser im Munde zusammen. Sie kamen ins Gespräch. Der Fremde erklärte den Gebrauch der Schneeschuhe. Das habe er in seinen Jahren in den USA gelernt. Alfred und Vanessa erfuhren: Der Fremde hieß Peter Stirling, war Abkömmling eines ehemaligen US-Soldaten, der jahrzehntelang in einer Militärbase in Landstuhl in der Pfalz stationiert und dann in Deutschland hängen geblieben war. So war Peter zur doppelten Staatsbürgerschaft deutsch und amerikanisch gekommen, und nun studierte er Geschichte, genauer Militärgeschichte.

„Spannend", meinte Alfred, der ja selbst Geschichte studierte. „Da kann ich verstehen, dass man zwischendurch mal abschalten muss und die Einsamkeit der verschneiten Natur sucht. Dafür ist unser Hochfirst ja ideal – fast wie in den Rocky Mountains!"

„Das hat nichts mit Abspannen und Erholen zu tun", berichtigte Peter Stirling. Wieder zeigte er mit seinem Skistock bergwärts: „Da oben steht so ein uralter Aussichtsturm. Um den dreht sich meine Masterarbeit. Ich bin sozusagen im Rahmen meiner Forschungen unterwegs."

„Der Hochfirstturm? Masterarbeit?" Alfred klang zweifelnd. „Was hat der Turm mit Militärgeschichte zu tun?"

„Sehr viel", erläuterte Peter Stirling. „Im Zweiten Weltkrieg war der Turm eine militärische Einrichtung. Hier oben saßen Funker und Flugabwehr."

„Ist das was Besonderes? Ich meine, überall auf den Bergen saßen doch die Fliegerwachen und die Funktrupps."

Einen Moment lang sah es aus, als überlegte Peter Stirling, ob er weitere Auskünfte geben sollte. Alfred merkte es und legte nach: „Das ist doch kein Thema für eine Masterarbeit. Weiß doch jeder …"

„Darum geht es auch nicht in meiner Arbeit", räumte Peter Stirling zögerlich ein. „Ich habe etwas Besonderes. Es geht um Spionage. Der Turm …", wieder zögerte er kurz, fuhr dann aber doch fort: „… der Turm wurde höchstwahrscheinlich zur Spionage genutzt. Das ist mein Forschungsthema."

Alfred hätte gerne noch mehr erfahren. Aber Peter Stirling wurde plötzlich ziemlich wortkarg.

„Ich studiere auch Geschichte", verriet Alfred. „Vielleicht können wir uns mal über das Thema austauschen", schlug er vor. Nach kurzem Zögern stimmte Peter Stirling zu. Sie tauschten Adressen und Handynummern aus. Peter Stirling hatte sich für einige Wochen in Saig in eine Ferienwohnung einquartiert, um von dort aus seine Vor-Ort-Forschungen voranzutreiben. Alfred versprach, demnächst mal dort vorbeizuschauen. „Ich habe gute Kontakte zum Neustädter Rathaus", behauptete er frech, obwohl davon kaum die Rede sein konnte. „Wir können dort auch mal ins Stadtarchiv – vielleicht finden wir etwas zu diesem Spionage-Thema."

Irgendwie hatte es Peter Stirling plötzlich eilig. Fast barsch brach er die Unterhaltung ab: „Ich muss jetzt wirklich weiter." Er setzte seine getönte Brille wieder auf. „Ich steige ab nach Saig. Wenn ihr auf den Gipfel hinauf wollt, dann folgt einfach meinen Schneeschuhspuren. Das ist der direkte Weg."

Während dieser seltsame deutsch-amerikanische Student bergab zwischen den Bäumen verschwand, eine markante Spur im Tiefschnee hinterlassend, machten sich Alfred und Vanessa wieder an den Aufstieg. Alfred nachdenklich: „Ich glaube, es wäre lohnend, sich mal mit der Geschichte dieses Turms zu befassen. Was meinst du, Vanessa?"

Vanessa kannte ihren Alfred. Er stellte solche Fragen nicht ohne Hintergedanken. „Was willst du?"

„Könntest du das mal für mich machen?", fragte Alfred honigsüß. „Es gibt doch bestimmt Unterlagen und Quellen dazu."

Vanessa erfüllte in der Regel alle Wünsche Alfreds. Sie besaß dieses Ich-helfe-dir-Gen und obendrein war sie in Alfred verknallt, woraus sie auch nie einen Hehl machte. Aber dennoch stänkerte sie: „Du bist doch der angehende Historiker. Wieso soll ich das machen?"

„Ach, Vanessa", jammerte Alfred. „Du weißt doch, dass ich im Augenblick Landunter habe. Goodwood kommt gerade ins Laufen, da komme ich kaum noch nach. Und dann habe ich doch noch diese blöde Lateinprüfung am Hals. Ich muss büffeln wie ein Blöder, sonst schaffe ich das nicht."

Sie stapften in den Schneeschuhspuren aufwärts. Alfred ging nun voran. Atemwölkchen dampften über ihren Köpfen. Vorsichtig schickte die Sonne ein paar neugierige Strahlen durch die Wipfel. Schnee und Eis glitzerten.

„Kommst du wenigstens vom Fleck?", fragte Vanessa keuchend.

„Blöde Frage", keuchte Alfred zurück. „Siehst du doch, wie ich mich durch den Schnee wühle. Ich komme so gut oder so schlecht vorwärts, wie du."

„Das meine ich nicht. Kommst du mit Latein vorwärts? Das war die Frage."

Alfred stöhnte. Die magische Silvia Winkrewcz hatte ihm am Ende der Nachhilfestunde nicht nur einen vielversprechenden, geradezu verheißungsvollen Blick mitgegeben, sondern außerdem ein schweres Paket von Hausaufgaben. Ohne im Aufstieg innezuhalten, begann Alfred zu rezitieren: „In illo tempore exiit edictum a Cesare Augusto, ut describeratur universus orbis." Er schnaufte und holte Atem: „Et ibant omnes, ut profiterentur, singuli in suam civitatem. Ascendit autem et Ioseph a Galilaea de civitate Nazareth in Iudaeam." Ganz besonders betonte er civitate. "Ci-vi-tate. Tate! Tate!"

„Ich verstehe nur Bahnhof!", erwiderte Vanessa.

„Die Weihnachtsgeschichte", erklärte Alfred. Er blieb stehen und drehte sich zu Vanessa um. „Kurzversion: Kaiser Augustus hat eine Volkszählung angeordnet. Das trifft auch Josef von Nazareth."

„Habe ich schon mal irgendwo gehört. Ich weiß sogar, wie es weitergeht", stichelte Vanessa. „Nur nicht auf Latein."

„Das ist das Weihnachtsevangelium auf Latein", klärte Alfred auf. „Ich muss es bis zur nächsten Nachhilfestunde auswendig können."

„Licht am Ende des Tunnels", sagte Vanessa.

„Noch lange nicht", protestierte Alfred. „Ich bin erst am Anfang."

„Ich meine nicht dein blödes Latein. Schau doch, da oben. Wir kommen aus dem Wald."

Tatsächlich. Sie hatten den Gipfel erreicht, und der verschneite Weg, den sie aufgestiegen waren, weitete sich jetzt zu einer hellen Lichtung, die in den flachen Hochfirstgipfel überging, wo auch das Hochfirst Rasthaus und der Aussichtsturm standen. Sie kamen auf der Rückseite des Rasthauses aus dem Wald und mussten erst um das Gebäude herum, um zum Eingang zu gelangen. Vor den Stufen, die zum Windfang vor dem Eingang gehörten, waren drei Hornschlitten aufgebockt. Aus der Wirtschaft drang fröhlicher Lärm. Eine Art Sprechgesang. Hornschlitten-Lieder und Sprüche.

Das also war die „lärmende Horde", vor der Peter Stirling geflohen war.

# STIMMEN IM TURM

Bevor überhaupt nur ein ernstzunehmendes Gespräch in Gang kam, hatten Alfred und Vanessa drei Hornschnäpse intus. Den ersten spendierte der Hornochsen-Vereinspräsident Peter, den zweiten sein Stellvertreter Matze, den dritten notgedrungen Alfred. Am Stammtisch saßen die Hornochsen Micky, Peter, Matze und Tschorli. Sie waren so gut in Form wie beim letzten Mal. „Heute aber keine Toten!", johlte Matze, so dass sich die drei weiteren Gäste, Touristen, die am Ecktisch saßen und vesperten, verwundert anschauten. War Hornschlittenfahren etwa so gefährlich, dass es dabei Tote gab?

Alfred und Vanessa wurden also mit Hornschnäpsen und großem Hallo begrüßt und mussten sich dazusetzen.

Ohne zu fragen stellte Wirtin Eva zwei frische Bier auf den Tisch.

„Ihr kommt gerade recht", freute sich Micky. Wie die anderen vier Hornochsen war er bereits in seiner Wettkampfvorbereitung weit fortgeschritten, Alfred erkannte es am leicht glasigen Blick. Sie prosteten sich alle fröhlich zu und Alfred wollte wissen: „Wieso kommen wir gerade recht?"

Hornpräsident Peter klärte auf: „Wir sind zu viert und haben drei Schlitten dabei. Es fehlen also genau zwei Piloten. Alles klar?"

Alfred ahnte Fürchterliches: „Ihr wollt noch abfahren?"

„Na klar! Ist ja das letzte Mal ausgefallen. Wegen dem Balzer Herrgott!" Micky lachte über seinen eigenen Witz. Die anderen stimmten ein.

Micky zeigte auf Alfred und bestimmte: „Du fährst mit mir! Deine Freundin fährt mit Peter. Matze fährt mit Tschorli!"

Matze protestierte, weil Tschorli offenbar ein etwas schwieriger Co-Pilot war, dem allgemein kein großes Vertrauen entgegengebracht wurde. „Er springt ohne Vorwarnung ab", erklärte Peter. „Oder manchmal fällt er in den Kurven vom Schlitten. Oder er bremst da, wo er nicht soll."

„Wetten, dass ich nicht abspringe!", bot Tschorli an und sah dabei aus wie ein frecher Kobold.

„Erst noch ne Runde Bier", besänftigte Peter die Gemüter. Der Tag war noch jung. Es war noch lange nicht Zeit für die Abfahrt.

„Wollt ihr was essen?", fragte die Wirtin und fügte gleich an: „Die Küche ist eigentlich schon kalt. Wir hätten noch Wurstsalat." Wurstsalat war nichts für Alfred, daran hatte er hier oben schlechte Erinnerungen. Wie Vanessa entschied er sich für den Apfelstrudel, den Peter Stirling so wärmstens empfohlen hatte.

„Ich wollte mir eigentlich noch mal den Turm anschauen", klärte Alfred auf, als er gefragt wurde, was er eigentlich auf dem Berg suche. „Der Tote da oben, der geht mir nicht aus dem Kopf. Ich gehe noch mal hinauf."

„Wetten, dass ich schneller hochkomme", bot Tschorli an. Alfred winkte ab: „Heute lieber ohne Wette."

Von seinem Admiralsplatz hinter der Theke mischte sich Wirt Reinhard Ulrich ein: „Der Turm ist gesperrt. Keiner darf hinauf."

„Wieso das denn? Die Kripo hat doch längst ihre Ermittlungen abgeschlossen."

„Hat nichts mit der Polizei und dem Toten zu tun", klärte Ulrich auf. „Im Winter ist der Turm eigentlich immer gesperrt. Viel zu gefährlich bei Schnee und Eis. Wir dürfen regulär erst bei Temperaturen von fünf Grad im Plus öffnen."

Alfred ließ sich die Spielregeln erklären. Der Aufgang zum Turm war normalerweise abgeschlossen. Wer hinein und hinauf wollte, der musste beim Wirt des Rasthauses einen Schlüssel holen und zwei Euro Eintritt pro Person bezahlen. Der Wirt besaß sechs Schlüssel. Es durften maximal sechs Personen gleichzeitig auf den Turm. „Die Regeln hat der Schwarzwaldverein aufgestellt. Dem gehört der Turm", erläuterte Reinhard Ulrich.

„Wieso sind wir dann kürzlich in den Turm gekommen?", fragte Alfred frech. „Da war es noch kälter."

„Ich hab nicht aufgepasst", gab der Wirt zu. „Plötzlich war ein Schlüssel weg, und dann war es ja auch schon geschehen. Wenn ihr mich gefragt hättet …"

„Es ist wärmer als fünf Grad", behauptete Alfred. Das fanden die Hornis am Tisch so lustig, dass es die nächste Runde Schnaps wert war. Alfred verwies auf seinen Bärenfellmantel, der höchstwahrscheinlich ein Nerzmantel und über dreitausend Euro wert war: „Den habe ich an. Da drin ist es heiß wie im Hochsommer."

Sie vertilgten ihren Apfelstrudel, der tatsächlich göttlich wie zuhause bei Oma schmeckte. Das Gespräch bog ab zum Hornschlittenfahren. Vanessa wollte wissen, wie sie sich auf dem Schlitten zu verhalten habe, wenn sie als Co-Pilotin mitfahren würde, was sie für den Fall in Aussicht stellte, dass ihre Zeche übernommen werde. Sofort erklärte Peter sich dazu bereit. Das wird er noch bereuen, dachte sich Alfred. Der Hornpräsident hatte im Unterschied zu Alfred keine Ahnung, wie trinkfest Vanessa war.

Während die Hornis am Tisch eifrig Rede und Antwort standen, als Vanessa begann, sie nach dem Hornschlittenfahren und den Geheimnissen der Fahrkunst auszufragen, nutzte Alfred einen Gang aufs Klo, um den Wirt zur Seite zu nehmen: „Nur ganz kurz. Einmal rauf und wieder runter. Jetzt, so lange es noch hell ist. Ich sag's auch keinem!"

„Das bringt mich bloß in Schwierigkeiten", wehrte Reinhard Ulrich ab. „Was habe ich davon, wenn ich dir den Schlüssel gebe?"

„Du hast einen Wunsch frei", sagte Alfred lapidar. Er ahnte nicht, auf was er sich einließ, denn Reinhard Ulrich hatte plötzlich eine Idee: „Okay", sagte er. „Dann weiß ich was. Ich soll nächste Woche mit einem Freund zusammen für mehrere Familien unten in Neustadt den Nikolaus machen. Die haben kleine Kinder. Da muss ein Nikolaus kommen. Und ein Knecht Ruprecht."

Noch stand Alfred auf dem Schlauch. „Und?", fragte er.

„Ich habe keine Zeit. Ich habe hier oben die Weihnachtsfeier vom Verein Wälder Drachenflieger. Da muss ich kochen. Jemand anders muss für mich den Nikolaus machen."

„Ich?", fragte Alfred begreifend.

„Genau. Wenn du das machst, dann gebe ich dir den Turmschlüssel."

„Wieviel Familien sind es denn? Was muss man da machen?"

Überrascht und erfreut, dass Alfred sich überhaupt auf die Sache einließ, beschwichtigte der Rasthauswirt: „Es sind nur drei Familien. Man klingelt, geht rein, sagt ein paar Sachen über die Kinder, die einem vorher von den Eltern aufgeschrieben wurden, und dann verteilt man die Geschenke, die einem die Eltern vorher in den Sack gesteckt haben. Kein Hexenwerk. Eine Sache von jeweils zehn Minuten."

„Und wer ist Knecht Ruprecht?", wollte Alfred wissen.

„Den musst du mitbringen. Irgendeinen Kumpel wirst du finden, der da mitgeht. Die Kostüme für Nikolaus und Knecht Ruprecht kriegst du von mir."

Das alles schien Alfred in diesem Moment nicht allzu aufwändig zu sein. Ohne lange zu überlegen, sagte er zu. Einen Knecht Ruprecht würde er schon finden.

Reinhard Ulrich klopfte Alfred begeistert auf die Schulter. Dann griff er unter der Theke in das Fach mit den Turmschlüsseln. „Fünf Minuten", warnte er. „Dann bist du wieder da. Ich sag den anderen, du seiest zum Rauchen gegangen." Alfred griff sich den Schlüssel und nutzte den Moment, als wenig später drei Touristen das Lokal verließen, um mit ihnen schnell ins Freie zu schlüpfen. Die Hornis am Tisch waren viel zu sehr von Vanessa abgelenkt, der sie alle mit ihren unterschiedlichen Künsten und Talenten und mit Witz und Schlagfertigkeit zu imponieren trachteten. Das ging so weit, dass Alfred beinahe eifersüchtig wurde. Verblüfft stellte er fest, dass Vanessa flirtete. Und dass ihn das ärgerte.

Dann war er aber auch schon draußen, und die kalte Luft schlug ihm entgegen. Er wartete, bis die drei Touristen zu ihrem mit Winterreifen und zusätzlich mit Schneeketten bestückten Allrad-SUV gefunden hatten, der mitten auf dem Parkplatz stand und sieben Plätze gleichzeitig belegte. Als der Panzerspähwagen-SUV endlich tuckernd die Straße abwärts im Wald verschwand, eilte Alfred zum Turm.

Der Schnee rings um den Aussichtsturm war im Umkreis von zwanzig Metern niedergetrampelt, teilweise sogar abgetragen. Die Polizei hatte hier gründlich ermittelt und jeden Quadratmeter Boden rings um den Turm unter die Lupe genommen, dabei aber keinerlei brauchbare Hinweise gefunden, soweit Alfred von Junkel wusste. Der Turmeingang war freigeschaufelt. Die Eingangstür befand sich auf der dem Rasthaus zugewandten Seite. Von hier stieg man auf einer eisengeschmiedeten Wendeltreppe bis auf die Aussichtsplattform in 24 Metern Höhe auf. Dann gab es dort eine Ausgangstür, die zu einer zweiten, abwärts führenden Wendeltreppe ging. Deren Ausgang am Turmfuß führte auf die andere Turmseite, Richtung Abstieg nach Titisee.

Alfred betrat den Turm und schloss die Tür hinter sich. Ein dämmriges Licht umfing ihn. Aber bald hatte er sich an das Zwielicht gewöhnt, das davon kam, dass in der Außenwand aus Eisenblech in regelmäßigen Abständen kleine Sichtluken eingebaut waren. So strahlte genug Tageslicht ins Turminnere. Alfred tastete sich nach oben. Die Schritte hallten auf der Eisentreppe. Wenn er gegen die Blechwand klopfte, setzte sich ein dumpfes Geräusch in der eigenartigen Metallkonstruktion fort und fuhr nach oben und unten, bis es nach einigen Sekunden wieder abklang. Alfred stieg jeweils etwa zehn Stufen empor, dann blieb er stehen, um den Turm und seine Atmosphäre auf sich wirken zu lassen. Er wusste nicht, wonach er suchte. Er wollte den Turm spüren. Als er etwa auf halber Höhe wieder eine Pause einlegte und in die Stille lauschte, war ihm, als hörte er ein fremdes Geräusch. Es war nicht das dumpfe Dröhnen, wenn man gegen die Wand klopfte, es war auch nicht der Nachhall der Schritte, und es war auch nicht das Rauschen von draußen, das den Turm wie ein Begleitsound umgab.

„Aaaaa … Alarm … alarm … alarm!" So klang es für Alfred. Hatte er dieses Geräusch nicht auch schon beim letzten Mal gehört? Er lauschte angestrengt: „Aaaaalaaaarm!" Es klang wie eine menschliche Stimme. „Nord ein halb Nord-Nordost zu Ost", vermeinte Alfred nun glasklar zu verstehen. Eine Richtungsangabe? Die Stimme schnarrte und klang sehr technisch. Aber es war eindeutig eine Stimme. Das war gruselig. Es ging noch weiter, jetzt etwas leiser und verzerrter: „Flllllllll … iegrrrrr Alarm vorbei!"

Für Alfred klang es, als kämen die Stimmen direkt aus der Blechwand des Turmes. Oder aus der inneren Tragekonstruktion, aus den eisernen Stufen. Aber das war unmöglich. So etwas konnte es doch gar nicht geben. Er zückte sein Smartphone, um die Geräusche aufzuzeichnen. Das funktionierte 30 Sekunden, dann machte der Akku schlapp. Alfred hatte vergessen, sein Handy aufzuladen. Wie immer. Den Stimmen im Turm war das egal. Sie wisperten weiterhin blechern vor sich hin: „Flaaaaak auf halb sieben." Knistern und Brummen. „Striiiiiich ... wie ... ter ... Titisee!" Knistern und Brummen. „Jeeeetz halb acht ..." Ein rätselhaftes Durcheinander. „Bin ich schon so besoffen?", fragte sich Alfred. Er zählte kurz zusammen. Bisher hatte er vier Schnäpse und drei Bier sowie einen Apfelstrudel konsumiert. Das war noch nicht einmal Second Level. Viel zu wenig für einen Rausch und für Halluzinationen. Die Stimmen im Turm waren real.

Dann herrschte plötzlich Ruhe. Beunruhigt stieg Alfred empor bis auf die Aussichtsplattform. Die Stimmen machten sich nicht mehr bemerkbar, stattdessen aber durchfuhr ein mechanisches Rattern den Turm, so als würden zwei Zahnräder nur ungenügend synchronisiert aufeinandertreffen. Alfred fühlte sich an die Geräusche erinnert, die entstanden, wenn sein WG-Mitbewohner Hugo Auto fuhr und einen Gang wechselte. Das erzeugte ein ähnliches Rattern. Oben auf der Aufsichtsplattform waren überall die Spuren der polizeilichen Ermittlungsarbeit sichtbar. Weil das Smartphone ohne Saft war, konnte Alfred nicht einmal Fotos machen. An der völlig vom Eis befreiten Blechwand des Turmes waren die Konturen des Toten aufgezeichnet, so wie er an der Wand festgefroren war. Alfred bemerkte einen roten aufgesprühten Kreis um zwei kleine Bohrlöcher im Turm. Sie befanden sich ungefähr dort, wo auf Alfreds Aufnahmen die linke Hand des Toten gewesen war. Jene Hand mit dem verräterischen Bändel am Handgelenk. Der rote Kreis war frisch. Es handelte sich um eine Markierung, welche die Spurensicherung der Kripo angebracht hatte. Alfred untersuchte die Blechwand. Auch die Bohrlöcher sahen neu aus. Man erkannte das an ihrem frisch ausgefransten glänzenden Rand. Von innen nach außen gebohrt! Es gab noch eine zweite Markierung, rechts unten am Blech. Auch dort waren zwei frische Bohrlöcher in der Turmwand. Sie lagen innerhalb der Konturlinien, ungefähr dort, wo der rechte Fuß des Toten gewesen sein müsste. Alfred dachte darüber nach. Das hatte etwas zu bedeuten. Er kletterte zurück in den Turm und studierte die kleinen Bohrlöcher von Innen. Sie befanden sich oberhalb der letzten Treppenstufe, aber bequem von dort zu erreichen. Auch wenn er kein Handwerker war, so sah es für Alfred doch so aus, als habe jemand an diesen Bohrlöchern etwas fixiert. Es keimte in ihm ein Verdacht. Ein schrecklicher Verdacht.

# HORN HEIL!

Micky war der erfahrenste Hornschlittenpilot und ausweislich der langen Liste seiner Erfolge bei den diversen Hornschlittenrennen der vergangenen zwanzig Winter wohl auch der Beste. Trotzdem lagen sie in der ersten Haarnadelkurve schon im Schnee. Es hatte weniger mit mangelndem fahrerischem Können zu tun, eher etwas mit Alkohol am Steuer. Aber eigentlich war Tschorli schuld. Als sie nämlich endlich in der einsetzenden Dämmerung die Abfahrt vom Hochfirst in Angriff nahmen, gab es einen Streit zwischen Matze und Tschorli, das Verhalten auf dem Schlitten betreffend. „Lass bloß die Haxen oben, und wehe, du springst ohne Vorwarnung ab", warnte Matze, der überhaupt nicht glücklich damit war, dass die anderen es so deichselten, dass er mit Tschorli fahren musste. „Wetten, dass ich nicht abspringe", behauptete Tschorli großspurig. In der ersten Haarnadelkurve sprang er ab. Dann lag Matzes Schlitten im Weg, und Micky, der mit geringem Abstand folgte, musste in den Schnee ausweichen. Nur Peter mit Vanessa kam heil zum Stehen. Das war die erste Kurve. Die Straße vom Hochfirstturm bis hinunter zum Bahnhof in Neustadt ist ungefähr 4,5 Kilometer lang und verfügt bei Steigungen von 15 und mehr Prozent über mehr als ein Dutzend gefährlicher Kurven. Die Straße ist schmal und schlängelt sich am Berg entlang, auf einer Seite immer mit steilen Abhängen, wo es 50 und mehr Meter in die Tiefe geht. Leitplanken gibt es nicht, aber im Winter immerhin hohe Schneeborde.
Tschorli, der über den Schneebord hinweg in den Abgrund gesprungen war, glücklicherweise, ohne dabei gegen einen Baum zu knallen, brauchte etliche Minuten, bis er durch den Tiefschnee wieder zurück auf die Straße gekraxelt war.

Während dieser Zeit entledigte sich Alfred unfreiwillig seines noch weitgehend unverdauten Apfelstrudels. Er nahm den gleichen Weg wie seinerzeit der Wurstsalat. „Weichei!", lästerte Vanessa.

„Also weiter?", fragte Micky, nachdem alle wieder startklar waren und die Schlitten wieder in Fahrtrichtung auf der schneebedeckten Straße standen. Wie schon oben beim Start auf dem Hochfirst brüllte er das Startkommando: „Auf die Neustädter Hornschlittenfahrer ein dreifach donnerndes Horn ..." Die anderen stimmten ein: „Heil!" und dann im Wechsel: „Horn ... Heil! Horn ... Heil!"

Das war so etwas wie der Schlachtruf der Hornschlittenfahrer. Er kam auch beim Schnapstrinken zur Anwendung, ebenso, wenn jemand eine Runde ausgab. Alfred hatte nicht mitgezählt, aber sie hatten oben im Rasthaus häufiger „Horn Heil" gebrüllt, als Anhänger des VfB Stuttgart während eines Spiels „Trainer raus" brüllen konnten. Die Hornochsen waren echt hartgesottene und unerschrockene Burschen. Micky behauptete steif und fest, nüchtern seien bei Hornschlittenrennen generell keine Erfolge zu erzielen. „Man braucht doch eine Grundlage!"

Alfred hatte seine Grundlage jedenfalls in der ersten Kurve im Schnee entsorgt. Wenn es nach ihm ging, konnte es weitergehen.

Ein Hornschlitten ist etwa zwei Meter lang. Zwei dicke Kufen tragen ein schmales Sitzbrett, auf dem der Fahrer hinten und der Beifahrer vorne sitzt. Die Kufen sind nach vorne in die Höhe gebogen, die typische Hornform, die den Schlitten ihre Namen gab. Der Fahrer kniet oder sitzt wahlweise auf seinem Brett, und zwar möglichst weit hinten, wo er lenkt, indem er links und rechts die Füße in den Schnee stemmt. Dabei helfen ihm die „Stetzle", zwei hinten an den Kufen und am Sitzbrett befestigte hölzerne Griffstangen, etwa ei-

nen Meter hoch, mit denen gute Fahrer durch gekonntes Rucken und Ziehen den Kurs des Schlittens beeinflussen konnten. Ein bisschen spielt auch noch Gewichtsverlagerung eine
Rolle, ansonsten aber lenkt der Fahrer mit diesen Stetzle
und mit den Füßen. Wenn er scharf bremsen muss, brüllt er
dem Vordermann ein Kommando zu, und dieser stellt seine
Füße links und rechts der Kufen in den Schnee. Funktioniert
meistens, außer man hat Tschorli vorne als Beifahrer sitzen,
der es auch noch besser wissen will: „Wetten, da vorne in
der Kurve muss man nicht bremsen!" So donnerte Matze
in der zweiten Kurve erneut ungebremst in den Tiefschnee,
diesmal auf der Bergseite, so dass der Schlitten erst die beiden Piloten abwarf, dann meterhoch emporschnellte, sich
überschlug und krachend auf die Straße zurückkehrte. Ein
Horn brach splitternd entzwei. Micky und Alfred schafften
die Vollbremsung, standen dann aber dem nachfolgenden
Peter im Weg, und dieser rettete sich und Vanessa vor der
Karambolage, indem er nach rechts in den Wald hinunter
abbog.

Bei dieser Gelegenheit lernte Alfred etwas von den Spielregeln bei Hornschlittenrennen: „Es muss immer ein Fahrer
mit mindestens einem Horn ins Ziel kommen. Dann gilt der
Lauf und wird gewertet", erklärte Micky. Matze und Tschorli
klopften sich den Schnee aus den Kleidern. Peter meldete
aus dem Tiefschnee: „Alles in Ordnung!" Bis er sich, den
Schlitten und Vanessa aus dem Wald herauf wieder auf die
Straße gebracht hatte, reichte es für die anderen zu einer
Zigarettenpause. Langsam wurde es jedoch dunkel. Lange
durften sie die Abfahrt nicht mehr hinauszögern, sonst wurde es wirklich gefährlich. Die Fahrt, der Schnee, die kalte
Luft und das Adrenalin beschleunigten zwar die Ausnüchterung, aber eine nächtliche Abfahrt durch den Wald auf der
unbeleuchteten Hochfirststraße, und dies bei wolkenverhan-

genem Himmel, war selbst bei völlig nüchternen Hornpiloten nicht anzuraten. Denn die Schlitten schafften auf steilen Strecken wie der Hochfirststraße mühelos Geschwindigkeiten von 60 bis 70 Stundenkilometern.

Als sie zur Weiterfahrt wieder ihre Plätze einnahmen, sah Alfred in Vanessas besorgtes Gesicht. Sie war ganz still geworden. Der Respekt saß ihr in den Knochen, man sah es ihr an. Auch Alfred war sich nicht mehr sicher, ob es eine gute Idee gewesen war, oben im Rasthaus so große Sprüche zu klopfen. Jetzt gab es kein Zurück mehr. Aber oben am Biertisch, da hätte er noch aussteigen können. Micky hatte gefragt: „Willst du wirklich mitfahren? Überlege es dir genau. Es ist gefährlich."

Alfred und Vanessa hatten aber gebettelt. Dann hatte Wirt Reinhard Ulrich den verhängnisvollen Satz gesagt: „Aber passt mir bloß auf den Alfred auf, er wird noch als Nikolaus gebraucht."

„Wie als Nikolaus? Wo?" Diese Frage von Hornpräsident Peter nötigte Alfred zu einer Erklärung. Und als die Hornis hörten, dass Alfred zugesagt hatte, als Nikolaus verkleidet die Tour zu machen, kam Matze der geniale Einfall: „Ich könnte auch noch einen Nikolaus gebrauchen. Tolle Sache für meine Kleinen!" Und Peter pflichtete bei: „Ich habe auch jemanden mit kleinen Kindern. Wenn du schon unterwegs bist, dann könntest du doch dort auch den Nikolaus machen."

Es endete damit, dass Micky der Deal einfiel: „Wenn du nicht für die Hornis den Nikolaus machst, dann nehmen wir dich nicht mit auf die Abfahrt. Dann gehst du eben zu Fuß!"

Die Drohung verfing. Sofort erteilte Alfred mehrere Zusagen, und ehe er sich versah, war er für ein halbes Dutzend weiterer Familien verpflichtet, denen er nun am Nikolaustag zusammen mit einem noch zu findenden Knecht Ruprecht die Aufwartung zu machen hatte.

Die nächsten Kurven passierten sie ganz passabel. Alfred hatte das Gefühl, dass die Hornpiloten absichtlich etwas das Tempo herausgenommen hatten. Er selbst lag rücklings flach auf dem Schlittenbrett, klammerte sich links und rechts verzweifelt fest und sah überhaupt nichts, weil ihm während der ganzen Fahrt der Pelzmantel ins Gesicht flatterte. Die Kufen knatterten, der festgefahrene Schnee knirschte, Micky keuchte schwer bei jeder Lenkbewegung und seine Stiefel wirbelten Schnee und Eis auf wenn er sie links und rechts neben die Kufen stellte. Beinahe machte es Spaß. Ja zum Teufel, es machte wirklich Spaß. Alfred ließ einen übermütigen Jauchzer erklingen.

Da hörte er den Warnruf des vorausfahrenden Matze: „Achtung, ein Auto!" Im selben Augenblick stachen auch schon zwei grelle Scheinwerfer durch die aufziehende Nacht und ein bulliger Geländewagen schoss um die Kurve. Matze und Lerche sprangen freiwillig ab, ihr Schlitten katapultierte sich über den Schneebord in den angrenzenden Wald, Micky steuerte hinterher. Nur fort, nur aus dem Weg. Das Auto raste herbei. Viel zu schnell. Der Fahrer hupte durchdringend. Aber er verminderte die Geschwindigkeit nicht. Jemand brüllte aus dem geöffneten Beifahrerfenster: „Hey ihr Idioten!"

Dafür, dass er gefühlt eine Kiste Bier und eine Wochenration Schnaps intus hatte, reagierte Micky blendend. Da machte sich das jahrelange Training bezahlt. Er bugsierte den Schlitten in voller Fahrt auf den Schneebord hinauf und brüllte dabei Alfred zu: „Sitzenbleiben! Nicht abspringen! Nicht abspringen!"

Dieses Kommando kam so eindringlich, dass Alfred seinem Impuls widerstand, den Schlitten per Rolle seitwärts zu verlassen. Das hätte ihn unweigerlich unter die Räder des Geländewagens gebracht, der unter dem johlenden Gelächter seiner Insassen jetzt vorbeidonnerte. Alfred, auf dem Schlitten sitzend und auf den Schneebord gehievt, befand sich für einige Sekundenbruchteile auf Augenhöhe mit dem Fahrer. Aber dieser kurze Moment genügte, um die Gestalt am Steuer und auch den Beifahrer auf dem Rücksitz zu erkennen. Das waren Django und Bruno, die beiden Neonazis aus dem Schluckspecht. Der eine stierte mit seinen Rattenaugen über das Lenkrad auf die Straße, der andere grinste breit zum Rückfenster hinaus und drückte seine Glatze gegen die Seitenscheibe. Es saßen noch mehr Männer im Auto, deren Gesichter Alfred aber nicht erkennen konnte. Kein Zweifel, das war die Bande aus Kirchzarten.

Schon waren sie vorbei. Da krachte und knirschte es, Holzsplitter flogen durch die Gegend. Ein Horn, ein Stück Schlittenkufe, ein Sitzbrett. Alles auf einmal. Schreie! Vanessas Stimme. Während Alfred und Micky mit ihrem Schlitten irgendwie auf dem Schneebord zum Stehen kamen, setzte der Geländewagen ungerührt seine Fahrt fort. Schon verschwand er hinter der nächsten Biegung.

Stille!

„Vanessa!", brüllte Alfred voller Panik. „Vanessa! Wo bist du? Ist dir was passiert? Lebst du noch?"

„Schrei doch nicht so", sagte Vanessa. Sie stand direkt neben ihm. Nur war Alfred von den Scheinwerfern noch so geblendet und vom Lärm noch so betäubt, dass er gar nicht gemerkt hatte, wie sie neben ihn getreten war.

„Es ist alles in Ordnung", besänftigte sie. „Peter hat den Schlitten rechtzeitig gestoppt und wir sind seitlich in den Schnee geflohen. Aber diese Wahnsinnigen sind in den Schlitten und über ihn hinweggerast wie ein Schneepflug. Alles ist auseinandergekracht."

So war es. Peters Schlitten war nur noch Brennholz. Die Einzelteile lagen im Umkreis von zehn Metern über die Straße und seitlich im Schnee verstreut. Peter hielt ein abgebrochenes Horn in der Hand: „Noch in der Wertung", sagte er grinsend. Aber es war ihm ebenso wenig wie den anderen zum Lachen zumute. Auch Matze, der sich inzwischen wieder aus dem Schnee gewühlt hatte, war völlig benommen: „Das müssen wir anzeigen. Das war doch gemeingefährlich!"

Alfred verriet nicht, dass er die Insassen des Geländewagens erkannt hatte. Auch zu Vanessa, die sich jetzt zitternd unter seinem Pelzmantel an ihn schmiegte, verriet er nichts davon. Das musste er erst einmal selbst verdauen. Django das Rattengesicht und Bruno die Glatze. Die beiden Anführer der Gerechten Rechten. Die anderen im Auto waren bestimmt die übrigen Kumpane aus dem Schluckspecht gewesen. Das würde zu dem passen, was Alfred zuvor oben im Rasthaus von Wirt Reinhard Ulrich erfahren hatte. „In jüngster Zeit kommen hier regelmäßig so ein paar üble Typen vorbei. Immer wollen sie auf den Turm."

„Jetzt, im Winter?", hatte Alfred gefragt.

„Ja, auch jetzt. Aber schon den ganzen Herbst. Sie kommen, meistens sind es vier oder fünf, setzen sich ungefragt an den Stammtisch, klopfen Sprüche, dass dir übel wird, und ruckzuck haben sie alle anderen Gäste vergrault."

„Was für Sprüche?"

„Üble Sprüche halt!" Reinhard Ulrich wollte zuerst nicht so recht heraus mit der Sprache, aber als Alfred weiter bohrte, kam er dann doch mit Beispielen: „Sie schimpfen auf die Politik, auf die Medien, auf die Pfarrer, auf alles. Alles ist bei ihnen Lügenpresse und Fake News und Gutmenschenscheiße. Ja, Gutmenschenscheiße. Diesen Ausdruck verwenden sie in jedem zweiten Satz."

Das kam Alfred bekannt vor. Hatte er zuletzt in Kirchzarten gehört.

Noch konnte Alfred sich keinen Reim darauf machen, aber soviel schien klar: Die Neonazis hatten irgendeinen Bezug zum Hochfirst und zum Turm. Und der Tote vom Turm war einer der Ihren gewesen.

Alfred hängte sein Smartphone zum Aufladen an die Steckdose und zeigte dem Wirt die Fotos, die er von dem toten Markus Haber gemacht hatte. „War der auch dabei?", fragte er.

Ulrich nickte: „Ja, an den kann ich mich auch erinnern. Hat mich die Polizei auch schon gefragt. Ich bin aber nicht mehr so sicher. Ich hab mir die Kerle auch nicht so genau angeguckt."

„Und du hast der Polizei gesagt, dass der Junge nicht dabei war?"

„Nein, wieso sollte ich? Natürlich habe ich der Polizei alles gesagt, was ich wusste."

Alfred merkte sich das. Mit Oberkommissar Junkel hatte er noch ein Wörtchen zu reden.

„Der Junge aus Breitnau war also auch dabei?"

„Wie oft soll ich es noch sagen! Aber zeig mir zur Sicherheit noch mal die Bilder?"

Alfred scrollte durch die Galerie auf seinem Smartphone. Plötzlich rief Ulrich: „Stop! Stop mal! Der da war auch schon hier."

Alfred sah sich verblüfft das Foto an. Das war eine Aufnahme von Leo, dem Typ vom marxistischen Studentenbund.

„Der da? Bist du sicher?"

„Ganz sicher!", bestätigte Ulrich. „Aber er gehörte nicht zu den Brüllaffen. Er war alleine da."

„Vielleicht ein Zufall", merkte Alfred beiläufig an. Ulrich sollte nicht merken, dass er einen interessanten Hinweis geliefert hatte. „Ich bin mehr an den Anderen interessiert."

„Es waren nicht immer die Gleichen", räumte der Wirt ein. „Nur ihre zwei Wortführer, die waren immer da. Der Django und der Bruno."

„Aha!", kommentierte Alfred.

„Die haben mir sogar das Du angeboten. Was sollte ich machen? Konnte es ja schlecht abwehren."

Als Alfred dazu nichts sagte, schob Reinhard Ulrich eine Erklärung nach: „Die haben gesagt, endlich mal wieder ein ehrlicher und richtiger Deutscher auf einer deutschen Wirtschaft. Damit meinten sie mich. Sie haben mich gefragt, ob ich nicht draußen am Fahnenmast eine Deutschlandfahne hissen könnte. Die haben sie auch gleich mitgebracht."

„Was spricht dagegen?", fragte Alfred lauernd.

Ulrich lachte: „Die Idioten! Die haben nicht erkannt, dass draußen die badische Flagge hängt. Gelb mit rotem Streifen. Die haben sie nicht gekannt. Sie meinten, dass sei irgendetwas Exotisches. Einer hat gegoogelt und mich gefragt, warum draußen die Flagge von Vietnam hängt." In Erinnerung an die Szene lachte Ulrich erneut fröhlich. „Es sind echt Idioten. Aber sie können einem auch Angst einjagen. Ich habe ihnen jedenfalls immer den Schlüssel gegeben, wenn sie auf den Turm wollten."

„So, so!", stellte Alfred vorwurfsvoll fest: „Und machen sie im Gegenzug für dich auch den Nikolaus?"

„Gott bewahre", wehrte Ulrich ab. „Ich will mit den Kerlen nichts zu tun haben. Ich bin froh, wenn sie nie mehr auftauchen."

Das konnte er sich nun ja abschminken. Die Kerle waren soeben unterwegs zum Gipfel. „Gott sei Dank treffen wir nicht aufeinander", dachte Alfred. „Und Gott sei Dank haben sie mich vorhin nicht erkannt."

Er drückte Vanessa fest an sich. Alle standen sie noch unter dem Schock der gefährlichen Begegnung. Während Peter und Micky die Reste von Peters Schlitten einsammelten, um sie auf Mickys Schlitten zum Abtransport zu deponieren, rief Matze plötzlich voller Panik: „Wo ist eigentlich Tschorli? Hat jemand den Tschorli gesehen?"

Die Hornschlittenfahrer waren von Tschorli mancherlei gewöhnt. Er war mehr oder weniger ihr Faktotum, der kauzige Schrat des Vereins, ein gnomiger, verschmitzter, schräger Vogel, der bei Lichte betrachtet vielleicht nicht immer allen Verstand beisammen hatte. Ein Original mit hohem Unterhaltungswert. Aber die Hornis kümmerten sich um ihn und schleppten ihn zu allen Anlässen mit. Nun aber war er spurlos verschwunden?

„Ist er möglicherweise über den Schneebord in den Wald hinunter gesprungen?", fragte Peter besorgt.

„Lass uns nach Spuren suchen", schlug Micky vor.

Sie erkletterten den eineinhalb Meter hohen Schneebord am Straßenrand und stierten auf den steilen Abhang hinunter, der von Jungwald bewachsen war. Diese zwei bis drei Meter hohen Fichten bildeten eine dichte Schonung. Alle Tannen waren weiß, bedeckt von einer dicken Schneematte, die ihre Zweige schwer nach unten bog. Nur ein Tännchen mittendrin war vollkommen grün und frei von Schnee. Stattdessen bildete der Schnee einen hohen Haufen unter dem Tännchen.

„Dort drunter muss er liegen", rief Micky. „Er ist einfach hinunter gesprungen und hat bei der Landung den ganzen Baum abgeräumt."

„Mein Gott!", rief Vanessa entsetzt. „Dann liegt er unter dem Schnee begraben und ist vielleicht … hat vielleicht … oh mein Gott!"

Peter, Micky und Matze stürmten bereits den Abhang hinunter und wühlten sich in den Schnee. Sie gruben mit bloßen Händen den Schneeberg unter dem Tännchen ab.

Matze zog Tschorlis Mütze hervor. Hektisch buddelten sie weiter. Da, ein Bein! Noch ein Bein! Ein Arm! Tschorli steckte kopfüber im Schnee. Er musste einen regelrechten Hechtsprung gemacht haben und dann wie bei einem Köpfer vom Dreimeterbrett in die Tännchen eingetaucht sein. Sie zogen ihn hervor und stellten ihn vom Kopf wieder auf die Füße. Tschorli schüttelte sich, grinste sein Koboldgrinsen und behauptete putzmunter: „Wetten, dass ich auch alleine rausgekommen wäre!"

# BESUCHER BEI GOODWOOD NEWS

Hakenkreuz ist scheiße – nie wurde das anschaulicher demonstriert: Es gab im Büro von Goodwood Wälder-News nicht viel, was man hätte kaputtmachen können. Ein Rechner mit Bildschirm, ein Schreibtisch, ein Schreibtischstuhl, eine Stehlampe, an der Wand ein Whiteboard, ein klappriges UKW-Radio aus dem vorigen Jahrtausend, eine Kloschüssel und ein Waschbecken in der zum Büro gehörenden Sanitärnische. Das war alles. Und das war alles kaputt. Mutwillig demoliert, um nicht zu sagen zerstört. Alles war Kleinholz. Jemand muss mit der Axt, mit dem Vorschlaghammer oder mit einem Granatmörser gewütet haben. Auch die Fensterscheibe war zerschlagen, die Glühbirne an der Decke, die Kloschüssel, die Tür eingetreten, das Holzregal umgeworfen, der Teppichboden mit roter Neonfarbe besprüht. Dort stand „Lügenpresse", „Scheiß-Wichser", „Wir kriegen dich!" Auch an den Wänden prangten Sprüche und Drohungen: „Wir stopfen dir das Maul!" oder „Linke Bazille!" Ein Totenkopfsymbol und dahinter die bekannte Metasymbolik: 18 WAW – GRD! Fehlte nur noch das Hakenkreuz. Alfred entdeckte es im Waschbecken – aus menschlichen Exkrementen zusammengeschmiert. Der Boden übersät mit Papier, das wahllos aus den Schubladen und dem Holzregal gerissen worden war. Alfred fotografierte alles akribisch. Nachdem sie eine erste Schadenbesichtigung vorgenommen hatten, blieben Alfred und Vanessa an der Tür zum Goodwood-Büro stehen und alarmierten die Polizei.
Sie hatten nach dem Hornschlittenabenteuer bei Linus auf dem Gästebett übernachtet – nach dem Auszug seiner Cindy war er im Hinblick auf Übernachtungsgäste nicht mehr empfindlich – und wollten danach eigentlich in das

kleine angemietete Goodwood-Büro, um ein paar neue Texte online zu stellen. Dieses Büro befand sich im Obergeschoss eines Gebäudes an der rückwärtigen Häuserfront am Adlerbuckel. Jochen Schiller hatte diesen Raum gemietet, weil er der Ansicht gewesen war, ein News-Portal aus dem Hochschwarzwald brauche dringend auch eine Adresse, einen Briefkasten und ein Büro im Hochschwarzwald. Das Zimmer mit Klo war früher wohl eine Mansardenwohnung gewesen. Jetzt war es die Unternehmenszentrale von Goodwood Wälder-News, aber leider in erbarmungswürdigem Zustand. So sah vielleicht das Korrespondentenbüro der dpa in Bagdad aus, kurz nachdem eine Hisbollahbombe eingeschlagen hat.

Bald tauchte die Streife vom örtlichen Polizeirevier auf und verbannte Alfred und Vanessa ins Treppenhaus, um akribisch den Tatort zu dokumentieren. Alfred und Vanessa folgten widerspruchslos den Anweisungen. Alfred kannte die Streife von früheren Begegnungen. Der Streifenführer war Hansi Pflaster. Er und die junge Beamtin Johanna Schwarz hatte ihn schon einmal vernommen und festgenommen, zuletzt, als er mit Linus zusammen volltrunken im Hochmoor von Hinterzarten unterwegs gewesen war. Alfred verband mit ihr auf jeden Fall unangenehme, peinliche Erinnerungen. Also folgte er lieber den Anweisungen.

Sie setzten sich frustriert auf den Treppenabsatz und rauchten einvernehmlich Selbstgedrehte, obwohl Rauchen eigentlich im ganzen Haus verboten war. Dann gaben sie nacheinander ihre Aussagen zu Protokoll, und die Streifenbeamten erklärten ihnen, dass sie warten müssten, bis die von ihnen alarmierte Kripo aus Freiburg eingetroffen sei.

Alfred telefonierte herum. Er informierte Jochen Schiller, Linus und Hugo.

„Das waren die Nazis", konstatierte Vanessa. „Wegen deinem Artikel über die Gerechte Rechte."

„Ich fürchte, du hast Recht", seufzte Alfred. „Ich muss wohl noch einen Artikel schreiben. Die Bilder von unserem Büro sprechen ja für sich."

„Bist du wahnsinnig?"

Alfred kickte ein paar Glasscherben in den Raum hinein: „Keineswegs. Wir müssen die Kerle provozieren, bis sie einen Fehler machen. Vielleicht können wir ihnen eine Falle stellen. Die Polizei wird uns sicher helfen"

„Das bezweifle ich." Das war die versoffene Stimme von Siegfried Junkel. Er stand im Dämmerlicht im Treppenhaus. Alfred und Vanessa hatten ihn nicht kommen hören. Der Alte war immer noch für Überraschungen gut.

„Wir sind vom rechten Mob überfallen und bedroht worden", erklärte Alfred theatralisch. „Gehen Sie rein, Junkel. Überzeugen Sie sich selbst. Die haben hier gewütet wie einst die Braunhemden."

„Langsam, langsam", bremste Junkel. „Nur keine voreiligen Schlüsse und Verdächtigungen."

Alfred erwiderte giftig: „Typisch Polizei. Rechte Gewalt wird unter den Teppich gekehrt. Mein linker Kumpel Hugo hingegen, den habt ihr einfach eingebuchtet, ohne Grund."

„Er besitzt eine Pistole, die er nicht besitzen darf. Und er hat damit geschossen."

„Was zu beweisen wäre. Das behaupten die Nazis ..."

„Alfred, halt die Fresse", fuhr Junkel genervt dazwischen und drängte sich in den Zimmereingang. „Deinen Kumpel Hugo haben wir längst wieder freigelassen, und um diese Neonazis kümmern wir uns schon ganz alleine. Lass endlich deine Finger draußen."

„Geht aber schlecht, wenn sie mir das Büro zertrümmern."

Junkel seufzte: „Du ziehst Unheil magisch an, Alfred. Ich weiß auch nicht, was das ist." An Vanessa gewandt: „Ich würde mich von ihm trennen, an deiner Stelle. Er ist ein Unglücksrabe."

Vanessa protestierte: „Er ist nur nicht so gleichgültig wie andere. Ohne ihn ..."

„Wenn du mit deiner sauberen Freundin vielleicht freundlichst den Tatort verlassen würdest", ätzte Junkel, „dann könnten meine Leute von der Spurensicherung mit der Arbeit beginnen." Wie auf Kommando erschienen zwei Spezialisten der Kripo, die schwere Koffer und Gerätschaften durchs Treppenhaus heraufschleppten.

„Wir bleiben hier im Treppenhaus", verkündete Alfred und zückte seine Kamera. „Ich werde ja wohl noch dokumentieren dürfen, was in meinem eigenen Büro geschieht."

„Meinetwegen", brummt Junkel, der sich jetzt auch eine Zigarette anzündete. Junkel sah müde und alt aus. Und abgesoffen. Im Halbschatten des Treppenhauses wirkte er grau und krank.

„Junkel, Sie sehen scheiße aus", sagte Alfred, nachdem er den Kommissar eine Weile gemustert hatte. „Sind Sie krank oder sowas?"

„Geht dich einen feuchten Kehricht an", murrte Junkel müde zurück. „Hab bloß ein bisschen Stress gerade mit meinem Boss."

„Ich dachte, Ihr Boss ist eine Frau."

„Das ist ja Teil meines Stresses", seufzte Junkel geplagt. „Sie hat mir jetzt so eine blöde Gender-Tante auf den Hals gehetzt. Disziplinarverfahren."

„Was haben Sie ausgefressen?"

Junkel setzte sich zwischen Vanessa und Alfred auf den Treppenabsatz. „Ich erzähle es euch. Es geht um meine angeblich unangemessene Ausdrucksweise und darum, wie ich weibliche Kolleginnen behandle."

„Hat sich jemand über Sie beschwert?", fragte Vanessa mitfühlend.

„Keine Ahnung", gab Junkel Auskunft. „Falls ja, dann anonym. Ich weiß es nicht. Jedenfalls haben wir neuerdings so ein komisches Diversity-Projekt im Haus, Leitwerte und so, und die Direktorin hat eine Diversity-Beauftragte ernannt. Sie ist auch Gender-Beauftragte und Compliance-Beauftragte. Alles, wo man den arbeitenden Kollegen auf die Finger klopfen kann."

Die Direktorin, deren Namen Junkel nie aussprach, war nach Alfreds Erinnerung Junkels Vorgesetzte, die leitende Kriminaldirektorin Dr. Gerda Leber-Semmlich. So wie Junkel sie bisweilen gossenhaft als „blöde Fotze" oder „ahnungsloses Mannsweib" beschimpfte, wunderte Alfred sich nicht über dessen Schwierigkeiten.

„Sie ist eine blöde F …"

„Sagen Sie es nicht! Sprechen Sie es nicht aus", unterbrach Vanessa fürsorglich. „Nicht, dass ich mal unter Eid gegen Sie aussagen muss."

„So weit wird es noch kommen", bestätigte Junkel. „Angeblich habe ich junge Polizistinnen nicht mit dem gebührenden Respekt behandelt."

„Gehen Sie mal aus dem Weg und sagen Sie nichts Falsches", kommandierte resolut die junge Streifenbeamtin, die jetzt zusammen mit ihrem Kollegen das Büro verließ. Sie grinste dabei. Offenbar hatte sie Junkels letzte Worte mitbekommen. „Unsere Arbeit ist erledigt, wir fertigen unseren Bericht."

Junkel raffte sich zu einem müden „Danke!" auf.

Kaum waren die Streifenpolizisten verschwunden, ging unten im Treppenhaus erneut die Tür auf und Schritte näherten sich. Der schwarze Schopf der BZ-Redakteurin Anna erschien. Im Schlepptau hatte sie den BZ-Hausfotografen Peter Sterzer, der seit einigen Monaten auch ihr Ehemann war. Alfred sprang erschrocken auf. Vanessa ebenfalls. Mit diesem Besuch hatte er nun überhaupt nicht gerechnet.

„Presse! Badische Zeitung!", rief Anna fröhlich und hielt Kommissar Junkel ihren Presseausweis unter die Nase. Schon fing Peter Sterzer damit an, durch die geöffnete Tür Aufnahmen vom Goodwood-Büro zu schießen.

„Verschwinde bloß!", rief Alfred Sterzer zu, meinte aber damit auch Anna. Er konnte ihr nicht in die Augen schauen. Die Wunden waren noch zu frisch.

Anna schien ungerührt: „Wir haben unten die Streifenwagen mit Blaulicht gesehen. Und Nachbarn haben uns erzählt, heute Nacht war hier der Teufel los. Krach und Lärm wie auf einer Baustelle. War das hier? Ist eingebrochen worden ...?"

Oberkommissar Junkel baute sich auf und versuchte, mit seiner jämmerlichen Erscheinung den Eingang zum Goodwood-Büro zu blockieren. „Die Ermittlungen sind noch im Gange, haben gerade erst angefangen ..." Er versuchte, Peter Sterzer, der immer noch eifrig fotografierte, vom Eingang weg zu schieben.

„Behindern Sie bloß nicht die Arbeit der freien Presse", protestierte Sterzer. Anna machte sich Notizen. Sie würdigte Alfred keines Blickes. Selten haben zwei Menschen, die sich so gut kennen wie Alfred und Anna, so konsequent aneinander vorbeigeschaut. Auch Vanessa war von der Situation sichtlich überrumpelt. Sie kannte die Vorgeschichte von Alfred und Anna. Sie wusste, dass Alfred jahrelang um Anna gebalzt hatte, dass er sich Hoffnungen gemacht hatte, dass auch Anna lange in Alfred verliebt gewesen war, bis eines Tages der nette, höfliche, gut erzogene Fotograf Peter

Sterzer aufgetaucht war, der Gegenentwurf zum unzuverlässigen, unsoliden und lebenslustigen Alfred. Und dann war es in Windeseile geschehen: Sterzer hatte zuerst Annas Zutrauen gewonnen, dann ihr Herz, und nun waren die beiden verheiratet und der arme Alfred liebeskrank. Niemand fühlte und litt so stark mit wie Vanessa, Alfreds treue Freundin und Studienkollegin, die selbst kopflos in Alfred verliebt war. Das war die Erklärung für die Sprachlosigkeit, die unter diesen Dreien nun im Treppenhaus herrschte.

Anna sprach bewusst nur mit dem Oberkommissar: „Ist es richtig, dass hier diese Social-Media-Seite über Neustadt und den Hochschwarzwald produziert wird?", fragte sie übersüß. „Goodwetter oder so …"

„Goodwood Wälder-News!", korrigierte Alfred barsch, ohne Anna in die Augen zu schauen. Er wusste zu hundert Prozent, dass Anna den richtigen Namen genau kannte, nur absichtlich falsch ausgesprochen hatte. Subtiles Mobbing.

Anna machte sich Notizen. „Was es halt so im Netz gibt! Eine von diesen Seiten …" Es sollte abwertend klingen. Alfred kochte.

Man hätte die Luft schneiden können. Vanessa verkündete: „Ich geh mal runter zum Jaschinsky, Tabak holen. Bis gleich!" Und weg war sie. Aus ihrer Sicht das einzig Vernünftige. Nichts wie raus aus diesem Kochtopf, der gleich in die Luft fliegen konnte.

„Darf ich ein paar Fragen stellen", wandte Anna sich artig an Oberkommissar Junkel, und wartete erst gar nicht auf die Erlaubnis: „Gibt es einen Zusammenhang zwischen dem Einbruch und den Berichten auf der Goodwetter-Seite im Netz? – Was wissen Sie über die Täter? – Haben Sie schon die Nachbarn befragt? – Angeblich waren heute Nacht mehrere Männer im Haus? – Wie bewerten Sie die Schmierereien? – Sind das Rechtsradikale?"

Sie stellte die richtigen Fragen, soviel musste Alfred zugeben. Er war aber wenig begeistert, als Junkel in seinem typischen schnarrenden Singsang eine nach der anderen beantwortete: „Ja", sagte er, „das ist eindeutig eine Reaktion auf die Berichterstattung der Plattform. In den Schmierereien wird darauf explizit Bezug genommen. Wir vermuten die Täter im rechtsradikalen Milieu, das legen die Inhalte der Schmierereien nahe. Von den Nachbarn gibt es mehrere Personenbeschreibungen. Wir gehen dem allem nach."

Anna gab ihrem Ehemann-Fotografen Anweisungen: „Könntest du das Haus auch noch von außen fotografieren? Und unten am Briefkasten das Büroschild? Ich komme gleich nach."

Peter Sterzer trollte sich. Anna hatte ihn gut im Griff. Dienstlich war sie auch Sterzers Vorgesetzte. Wie lange wird das wohl gutgehen, dachte sich Alfred. Er wusste, wie bestimmend Anna sein konnte. Es musste immer nach ihrem Kopf gehen. Aber Sterzer schien in dieser Hinsicht das richtige Opfer für sie zu sein. Anders als Alfred, der nie pariert hatte. Er schielte zu ihr hinüber. Es brach ihm das Herz. Sie sah immer noch blendend aus, schön wie Schneewittchen. Rein und weiß. Er zwang sich, sie nicht mit seinem hungrigen, jammervollen Blick zu verschlingen. Stattdessen sagte er beiläufig: „Schön, dich mal wieder zu sehen, Anna! Geht's gut?"

Sie schien überrascht und markierte die Kühle: „Alles bestens. Danke!"

Alfred registrierte die hektischen roten Flecken, die auf ihren Wangen aufzogen. Ein sicheres Zeichen, dass sie überhaupt nicht kühl war. Aber Alfred hatte keine Idee, wie er damit umgehen sollte. Am Ende sagte er nur hilflos: „Na dann, freut mich." Er schob noch nach: „Mir geht es auch gut!"

So gingen sie also wieder auseinander, indem sie sich gegenseitig bescheinigten, wie gut es ihnen jeweils ginge. Dabei spürten sie beide genau, dass beim Anderen davon keine Rede sein konnte. Es ging beiden nicht gut. Jedenfalls nicht im Umgang miteinander.

# NACHHILFESTUNDE

Das nächste Mal begegneten sich Alfred und Anna bei einer Pressekonferenz im Büro der Neustädter Bürgermeisterin Meike Folkerts. Aber davor hatte Alfred eine weitere Nachhilfestunde bei seiner Lateinlehrerin Dr. Silvia Winkrewcz. Und dies veränderte alles. Oder zumindest vieles. Oder auf jeden Fall Alfreds Hormonhaushalt.

Nur wegen dieser Nachhilfestunde kehrte Alfred nach Freiburg zurück. Praktischerweise nahm Oberkommissar Junkel ihn und Vanessa in seinem ramponierten Ford Fiesta mit, so dass sie sich die Zugfahrt sparen konnten. Mit dem Zug zwischen Freiburg und Neustadt zu pendeln, wie es Alfred üblicherweise tat, hatte so seine Tücken. Sie lagen zum einen im unzuverlässigen Fahrplan, zum anderen in den mangelnden Verbindungen nach Mitternacht, vor allem aber darin, dass Alfred immer als Schwarzfahrer unterwegs war. Eine Regio- oder Studentenkarte konnte er sich nicht leisten. Blieb ihm nichts anders übrig, als Katz und Maus mit den Zugbegleitern zu spielen. Entweder wich er ihnen aufs Klo aus, oder indem er an jedem Halt den Wagen wechselte und so über den Bahnsteig in den Rücken der Schaffner und Schaffnerinnen zu gelangen suchte. Früher, mit den Doppelstockwaggons, war das noch einfacher gewesen. Jetzt, seit neue Waggons im Einsatz waren, musste man aufpassen wie ein Luchs und ganz exakt darauf achten, wo sich die Zugbegleiter gerade befanden. Das wiederum bedeutete: Alfred durfte im Zug nie einschlafen, er durfte nicht lesen, er durfte sich nicht auf Gespräche mit Mitreisenden einlassen und er musste nach Möglichkeit nüchtern bleiben. Alle vier Punkte waren nicht gerade seine Stärken.

Der Nachhilfetermin bei Dr. Silvia Winkrewcz fand erneut in ihrem schmalen Dozentenbüro im Dachgeschoss des KG IV statt. Um dort hin zu gelangen, musste man Treppen steigen und schmalen Wandelgängen folgen, die der Biegung des Gebäudes angepasst waren. Hinter den Türen, die von diesen Wandelgängen abgingen, befanden sich die Büros der Dozenten. Als Alfred ankam, war er außer Atem. Und seinen kleinen Stowasser hatte er auch vergessen. Aber das Weihnachtsevangelium konnte er auswendig. „Civitate – civitate – civitate", so deklamierte er laut vor sich hin, während er durch den Gang hastete.

Dr. Silvia Winkrewcz empfing Alfred mit einem strengen Lächeln und in einem atemberaubenden grauen Business-Kostüm. Es saß ihr wie angegossen und betonte all ihre Schätze, während ihr Gesichtsausdruck belegte, dass sie sich ihrer Wirkung genauestens bewusst war. Gleichzeitig sandte dieser Gesichtsausdruck eine glasklare Botschaft aus: Nicht für dich!

Sie saß nach ihrer ureigenen Art auf der Schreibtischkante und hatte die Beine übergeschlagen, und zwar so, dass Alfred nichts sehen aber alles erahnen konnte, was sich in ihrer Sondergeheimniszone befand. Alfred ließ sich sehr befangen auf dem ihm zugewiesenen Besucherstuhl nieder und stieg fahrig in die Unterrichtsstunde ein. Immer wieder musste er auf die übergeschlagenen Beine starren, darauf wartend, dass sie vielleicht die Position wechseln und dabei noch mehr von sich preisgeben würde. Die Göttin hörte Vokabeln ab und war leidlich zufrieden. Dann ließ sie Alfred die schwierigsten Begriffe deklinieren, konjugieren, und dann noch vom Präsens ins Perfekt, Imperfekt, ins Plusquamperfekt, ins Futur eins und zwei und ins Konjunktiv setzen.

Sie entledigte sich ihrer Kostümjacke und deponierte sie auf ihrem Schreibtischstuhl, wobei sie sich in ihrer Sitzposition nach hinten bog, um das Kleidungsstück abzulegen. Sie trug eine sehr dünne und sehr teure Seidenbluse, die nur ungenügend als Sichtschutz für alles Darunterliegende taugte. Als sie sich nach hinten beugte, um ihre Jacke abzulegen, wölbte sich ihr Oberkörper auf eine Art und Weise, die Alfred schier in den Wahnsinn trieb. Sie verharrte auch noch länger als nötig in dieser Pose, so als wolle sie Alfred Gelegenheit geben, die verbotenen Früchte etwas ausführlicher zu betrachten.

Ihr Lächeln war immer noch arktisch. „Dann wollen wir mal das Weihnachtsevangelium hören", säuselte sie. Alfred legte los und verhaspelte sich im ersten Satz gleich dreimal. Er spürte, wie ihm die Röte ins Gesicht stieg. Selten zuvor hatte ihn eine Frau dermaßen aus dem Konzept gebracht. Er durfte einen neuen Anlauf nehmen: „In illo tempore ..." Während er langsam und konzentriert seinen lateinischen Text aufsagte, erhob sich Dr. Silvia Winkrewcz mit sehr langsamen und wohlbedachten Bewegungen aus ihrer Sitzposition. Alfred erhaschte einen kurzen Blick auf ihre wohlgeformten, festen Oberschenkel. Sie trieb irgendeinen Sport. Vielleicht Tennis, überlegte Alfred.

„Ci-vi-tate!" korrigierte sie. Er hatte sich wieder bei der Betonung vertan. Während er von Neuem ansetzte, bewegte sie sich langsam um ihn herum und blieb hinter ihm stehen. Er spürte ihre Blicke auf seinem Hinterkopf. Mit im Schoß gefalteten Händen und geschlossenen Augen konzentrierte Alfred sich auf seinen Text: „... in civitatem David, quae vacatur Betlehem ..." Er spürte plötzlich ihre Hände auf seiner Schulter. Eine links, eine rechts. Sanft aufgelegt, ohne echten Druck. „... eo quod esset ..."

„Nicht asset! Sind wir in England? Eo quod esset ...", so sprach sie vor und ließ ihn nochmals von vorne beginnen. Ihre Hände ruhten weiterhin auf seinen Schultern. Sie massierten ihn ganz sachte, kaum merklich. Alfred kämpfte sich wieder durch den Text, begleitet von wohligen Schauern, die ihm von den Schultern über den Rücken bis in die Hüftgegend zogen. Ganz zufällig berührten ihre Hände jetzt auch noch seinen Hals. Sie fuhr sanft mit den Daumen an seinem Hals auf und ab. Alfred stotterte: „Et pep ... et pepert filium suum primo ... Primo ... primogenitus ..."

„Hoppla mein Lieber", unterbrach sie ihn gurrend. Ihre Stimme klang jetzt verdächtig privat. „Primo – was?"

„Primogenitum ...", korrigierte Alfred, um dann, einem spontanen Anfall von Mut zu folgen: „Primo genital!"

Sie fuhr mit ihren Händen in seinen geöffneten Hemdkragen und von dort die Brust hinunter. Er spürte ihre Brüste in seinem Rücken. Jetzt wurde es ernst.

„Rührt sich schon etwas?", fragte sie ganz unverblümt und mit dem Mund ganz nahe an seinem Ohr. Das war nun ganz eindeutig keine Lateinstunde mehr.

„Oh ja, und wie", bestätigte Alfred, indem er seinen Kopf tiefer in ihre Brüste sinken ließ. Gleichzeitig fingerte er unter der Gürtellinie. Es regte sich mächtig etwas, und es musste in Position gebracht werden.

Ihre Hände waren nun ganz weit an seiner Brust hinunter gewandert, und ihre Zunge in sein Ohr. Spätestens jetzt gab es keine Zweifel mehr, wie diese Nachhilfestunde ausgehen würde. Nun, wo Dr. Silvia Winkrewcz so eindeutig ihre Absichten zeigte, entspannte sich Alfred zunehmend. Das war sein Fachgebiet. Jetzt wusste er, was zu tun war.

Sie landeten auf dem ausgetretenen Teppichboden und entledigten sich hektisch gegenseitig ihrer Kleider. Dr. Silvia Winkrewcz erwies sich als eine sehr fantasievolle und auf animalische Art lüsterne Gespielin, die alle Hemmungen fahren ließ, sobald sie Alfred einsatzbereit sah. Es wurde zu einem wilden Gerangel, teils Ringkampf, teils Yoga, bei dem die unersättliche Winkrewcz völlig unzivilisierte Laute ausstieß und wollüstig nach Alfred biss und kratzte, so dass er ernsthafte Blessuren davontrug. Unter anderem einen 40 Zentimeter langen blutigen Striemen auf dem Rücken, einen Bissabdruck oberhalb der linken Brustwarze und einen schimmernden Knutschfleck in der Halsbeuge.

Am Ende schnauften und keuchten sie beide erschöpft auf dem Teppichboden und entwirrten sich. Die Winkrewcz nahm wieder ihren unnahbaren Gesichtsausdruck an, und während sie ihre zerstreut im Raum verteilte Unterwäsche und Kostümstücke wieder einsammelte, beendete sie den triebhaften Teil der Nachhilfestunde mit einem nüchternen: „Gloria in altissimis Deo et in terra pax hominibus bonae voluntatis", worauf Alfred mit „Amen" antwortete.

„Wir sehen uns nächste Woche wieder", sagte sie kühl. „Gleiche Stunde, gleicher Ort. Sie haben noch sehr viele Lücken. Daran müssen wir arbeiten ..." Ohne Regung bestimmte sie: „Lesen Sie aus dem Zusatzheft der Vita Romana den Text 30: Augustus nach der Schlacht im Teutoburger Wald. Lesen, Übersetzen, alle Verbformen bestimmen."

„Das mit den Lücken sehe ich auch so", erwiderte Alfred fröhlich. Sein Respekt vor der Lateinlehrerin war kaum gezügeltem Triumph gewichen. Was war das für eine Eroberung! Meine Güte, der absolute Knaller! Beflügelt verabschiedete er sich mit einer lässigen Handbewegung. „Bis nächste Woche also."

„Auf Wiedersehen", sagte sie kalt.

Sie hatten kein einziges persönliches Wort miteinander gesprochen. Nur Körpersäfte ausgetauscht.

# GUTER HOFFNUNG

„Wir reden nicht vom Sparen, wir reden vom Verzichten." So eröffnete Bürgermeisterin Meike Folkerts die Pressekonferenz, zu der sie zusammen mit ihrem PR-Chef Philipp Appenzeller eingeladen hatte. Die Bürgermeisterin war erfrischend unkompliziert, ansteckend fröhlich und zudem auch optisch nach Alfreds Geschmack, und sie redete nicht lange um den heißen Brei herum: „Es gibt keine Brückensanierung am Kurgarten, es gibt kein neues Feuerwehrgerätehaus in Schwärzenbach, es gibt keine Bahnunterführung zum Großparkplatz in Titisee, es gibt keine Festhalle, wir kaufen nicht den Neustädter Hof und wir bauen auch kein neues Heimatmuseum!" Sie schaute zu ihrem Pressereferenten, einem bärtigen, fröhlich dreinblickenden Schlacks, der eifrig mitschrieb. „Hab ich was vergessen?" Der Pressereferent nickte: „Kein Parkhaus in Titisee", fügte er hinzu. „Ach ja, stimmt!", bestätigte Bürgermeisterin Folkerts. „Kein Parkhaus in Titisee. Außer es meldet sich ein privater Investor."
Sie saßen an einem runden Besuchertisch im freundlich nüchternen Büro der Bürgermeisterin, und sammelten all die Hiobsbotschaften ein. Alfred war zum ersten Mal dabei, denn er hatte beim PR-Chef Appenzeller darauf gedrängt, als regionale Nachrichtenplattform Goodwood Wälder-News mit auf den Presseverteiler genommen zu werden. Mit am Tisch saßen für Alfred ansonsten lauter alte Bekannte: Für den Südkurier der „Ich-schreib-über-alles-Mitarbeiter" Gerold Bächle, für den Schwarzwälder Boten eine freie Journalistin aus Lenzkirch, für die Badische Zeitung Anna. Der Hochschwarzwald Kurier, Alfreds einstiger Arbeitgeber, glänzte – wie immer – durch Abwesenheit. Mehr Medien gab es nicht im Hochschwarzwald.

„Ich freue mich sehr, dass ich auch Sie in diesem Kreis begrüßen darf", hatte ihn die Bürgermeisterin freundlich empfangen. „Nichts ist besser als eine bunte Presselandschaft
und größtmögliche Medienvielfalt." Gleichzeitig sprach
die Bürgermeisterin ihre Anteilnahme aus: „Das ist ja ganz
schlimm, was da bei Ihnen im Büro passiert ist. Hoffentlich
werden die Täter ermittelt und schnell zur Rechenschaft gezogen."
Der Überfall auf das Goodwood-Büro, dessen Verwüstung
und die eindeutig rechtsradikalen Schmähschriften, waren
inzwischen nicht nur von Anna und der BZ-Lokalredaktion
ausführlich dargestellt worden, auch überregionale Medi-
en hatten berichtet, darunter der SWR aus Freiburg, und
selbstverständlich hatte Alfred selbst auf den Goodwood-
Seiten im Internet den Vorfall von allen Seiten beleuchtet.
Allerdings musste er zähneknirschend zugeben, dass Peter
Sterzer die besseren Fotos gemacht hatte. Zum Glück hatte Anna ihren Fotografen nicht zur Pressekonferenz bei der
Bürgermeisterin mitgebracht.
Die Bürgermeisterin legte ausführlich dar, bis wann und aus
welchen Gründen, die von ihr aufgezählten Maßnahmen
alle auf Eis gelegt werden. „Nichts ist endgültig gestrichen,
aber mindestens einmal für die nächsten drei Jahre so un-
realistisch, dass wir das den Bürgern auch in aller Klarheit
sagen wollen."
Alfred beobachtete Anna, die fleißig mitschrieb und jeden
Blickkontakt zu ihm vermied. Er selbst machte nur wenige
Notizen. Da der Pressereferent eine ausführliche Presseinformation verteilt hatte, die alle Einzelheiten enthielt, Zahlen, Daten, Fakten, sparte Alfred sich den Mitschrieb. Er
wartete lediglich auf ein paar knackige Zitate der Bürgermeisterin, die ihm den Gefallen tat: „Ich muss erst einmal
alle Altlasten aufräumen, vorher können wir uns neue Pro-

jekte einfach nicht leisten", sagte sie lächelnd, als sei dies eine besonders spaßige Aufgabe.

Alfred sah sich um. Auf dem aufgeräumten Schreibtisch der Bürgermeisterin lagen lediglich ein aufgeklapptes Laptop und eine schwarze Kladde, auf der zwei gelbe Post-it Zettel hafteten. Daneben stand das Telefon, eine Blumenvase mit frischen Rosen und Schleierkraut, sowie, der Adventszeit geschuldet, eine brennende Kerze im dickwandigen Glasbehälter. An der äußersten Kante des Schreibtisches standen zwei dicke Wälzer: Das Nachschlagewerk: „Gemeindeordnung, Gemeindehaushaltsverordnung Baden-Württemberg, 2. Auflage", und daneben ein Ratgeber: „1-2-3 schuldenfrei!" Alfred zückte die Kamera und täuschte ein harmloses Bild vom Setting der Pressekonferenz vor. In Wahrheit ging es ihm aber darum, den Schreibtisch mit der schwarzen Kladde und den beiden Post-it Zetteln zu fotografieren. Am Computer würde er das Bild um 180 Grad stürzen und dann lesen können, was auf den Zetteln stand. Alfreds natürliche journalistische Neugierde.

Die Bürgermeisterin erläuterte soeben ausführlich, wie sympathisch sie die Idee einer Festhalle für Neustadt fände, wie unmöglich dieser Wunsch aber angesichts der derzeitigen Haushaltslage zu erfüllen sei. Alfred erinnerte sich, dass schon der Vorgänger von Meike Folkerts sich an diesem Thema die Zähne ausgebissen hatte, und auch dessen Vorgänger war schon daran gescheitert. Er nahm sich vor, daraus eine eigene Artikelserie auf Goodwood zu machen.

Alfred hackte ein bisschen auf dem Thema „Altlasten" herum, und versuchte, die Bürgermeisterin zu einem bösen Wort über ihren Vorgänger zu provozieren. Aber sie durchschaute die Absicht und machte lächelnd einen eleganten Bogen um die heikle Causa. „Haben wir noch irgendetwas

Aktuelles?", fragte sie ihren Pressechef und beerdigte damit Alfreds Recherche.

„Die Sache mit dem Parainstitut?", schlug Pressechef Appenzeller vor.

„Ach ja, stimmt", bestätigte die Bürgermeisterin. „Das könnte die Medien interessieren."

Alle schauten auf. Die Griffel ruhten.

„Wir bekommen Besuch vom Institut für Parapsychologie aus Freiburg", klärte die Bürgermeisterin auf. „Das Institut ist beauftragt, einige rätselhafte ...", sie suchte nach den richtigen Worten, „einige unerklärliche Phänomene am Hochfirstturm zu untersuchen. Manche behaupten, es spukt dort oben."

Also doch! Alfred war elektrisiert. Die Stimmen, die er gehört hatte.

Die Presserunde wollte mehr wissen. Die Bürgermeisterin hatte aber nur ein paar karge Informationen: Vom Schwarzwaldverein, dem Eigentümer des Turmes, aber auch von der Telekom und von etlichen weiteren Mobilfunkanbietern, die alle oben auf dem Turm ihren Wald von Sendeantennen für Richtfunk und Mobilfunk aufgebaut haben, und auch von vereinzelten Besuchern gebe es in jüngster Zeit Meldungen über rätselhafte Geräusche und Stimmen im Turm. Weil alle Messungen und herkömmlichen Untersuchungen am Turm keine Ergebnisse gebracht haben, habe nun die DFMG, die Deutsche Funkturm Gesellschaft, die eine Tochter der Deutschen Telekom ist, die Sperrung des Turmes für zwei Wochen beantragt, um dem Institut für Parapsychologie Gelegenheit zu geben, die Phänomene zu untersuchen.

„Die Gemeinde hat in Absprache mit dem Schwarzwaldverein der Sperrung des Turms bis Weihnachten zugestimmt", erklärte die Bürgermeisterin. „In dieser Zeit gibt es sowieso kaum Besucherverkehr." Sie fügte hinzu: „Außerdem hat auch die Kriminalpolizei ein Interesse an den Untersuchungen. Sie schließt nicht aus, dass ein Zusammenhang mit dem tragischen Todesfall besteht, der junge Mann aus Breitnau, Sie wissen schon!"

Die Presseleute sahen sich an. Das waren natürlich viel spannendere Themen als die blöden Einsparungen im städtischen Haushalt. Auch Anna wirkte hochgradig nervös. Sie würde sich diese Geschichte ebenfalls nicht entgehen lassen, soviel war klar.

Alfred hielt es kaum noch auf seinem Stuhl. Das musste er recherchieren. Bestimmt wusste Oberkommissar Junkel mehr. Was war das für ein Para-Institut in Freiburg? Wer hatte außer ihm selbst noch diese Stimmen gehört? Es gab so viel zu klären und zu recherchieren. Alfred sah schon die Schlagzeile seines nächsten Aufmachers auf Goodwood vor sich: „Geisterjäger auf dem Hochfirstturm!" Trotz der Verwüstungen im Büro war die Online-Plattform voll betriebsbereit. Die nächtlichen Besucher hatten zwar Mobiliar zertrümmert und die Wände beschmiert, aber die Plattform selbst steckte auf fernen Servern irgendwo im Netz. Mit jedem Laptop und jedem Rechner von überall auf der Welt konnte man sich dort mit dem richtigen Passwort und den individuellen Nutzerdaten anmelden und das Content Management System bedienen. Neben Alfred hatten Jochen Schiller, Vanessa, Hugo und Linus einen solchen Zugang, und natürlich auch Tim Joy, der oberste Web-Master von Goodwood.

Die Pressekonferenz bei der Bürgermeisterin war beendet. Alfred wollte sie überreden, für ein Foto das Buch „1-2-3-Schuldenfrei" in die Hand zu nehmen und vor dem Schreibtisch zu posieren. Sie hätte sogar mitgemacht, aber ihr PR-Chef Appenzeller riet ihr davon ab. Zu Alfred gewandt sagte er: „Das ist ein bisschen arg plump! Lassen Sie sich etwas Intelligenteres einfallen."

Alfred schluckte den Rüffel. „Dich merke ich mir, Bürschchen", dachte er für sich. Artig gab er der Bürgermeisterin zum Abschied die Hand, die des PR-Chefs ignorierte er. Er hatte jetzt Wichtigeres zu tun. Im Hinausgehen spürte er, dass Anna es so einrichtete, dass sie mit ihm alleine im Treppenhaus zurück blieb. Sie trödelte herum und wühlte in ihrer Tasche nach irgendwas, bis Alfred neben ihr stand. Ohne ihn anzusehen, sagte sie halblaut: „Hast du noch Lust auf einen Kaffee?" Ihre Stimme zitterte leicht.

Hatte er richtig gehört? „Kaffee ...?", wiederholte er wie einer, der schwer von Begriff war. Er war überrumpelt.

„Nur kurz ...", beinahe klang es wie eine Bitte. Unsicher! Anna war unsicher. Alfred hörte es heraus, aber ehe er sich einen Reim darauf machen konnte, ruderte sie zurück: „Nur wenn es dir passt natürlich ... nur ..."

„Kein Problem! Passt!", beeilte sich Alfred zuzustimmen. Schon machte sein Herz wieder seltsame Sprünge, wie immer, wenn Anna ihm zu nahe kam. Aber gleich schalt er sich innerlich einen Idioten. Was sollte das? Anna war verheiratet. Die alten Zeiten waren vorbei und würden niemals wiederkommen.

Sie einigten sich auf das Bistro Villinger. Das lag gerade um die Ecke in der Scheuerlenstraße. Stumm gingen sie nebeneinander den Weg dorthin. Die Gehwege waren von hohen Schneebergen gesäumt. Lichterketten verkündeten den Advent. Am Rathausplatz stand die alljährliche Weihnachtstanne bereits im Kerzenschein, obwohl es früher Nachmittag war.

Das Bistro Villinger hieß eigentlich Bistrot Feinekost, ein netter Kunstname, den aber niemand im ganzen Hochschwarzwald benutzte. Wenn man dort hin ging, dann hieß es nur „Wir gehen zum Villinger". Es handelte sich um einen ehemaligen Feinkostladen, der sich in den letzten Jahren mehr und mehr zum Bistro, zum Restaurant, zum Weinlokal gewandelt hat. Zwar gab es immer noch ein paar Alibigurken und Äpfel in der verbliebenen Feinkostecke, aber mehr oder weniger war der ganze ehemalige Laden zu einem hippen Treff mit anspruchsvoller Küche und ebenso anspruchsvollem Weinsortiment weiterentwickelt worden.

Anna dirigierte Alfred zu einem kleinen Zweiertisch, versteckt hinter einer Säule, weit entfernt von der Theke und von neugierigen Augen. Sie hängte ihren weiten Mantel über den Stuhl und Alfred registrierte, was ihm bereits bei der Pressekonferenz beiläufig aufgefallen war. Anna hatte zugelegt. Sie wirkte stramm, irgendwie rundlich, nicht mehr so gertenschlank, wie Alfred sie von früher in Erinnerung hatte. Auch ihr Gesicht hatte etwas Fülle bekommen. Es stand ihr aber gut. Wie immer glühte sie von Innen und sah mit ihrem schlicht gescheitelten schwarzen Haar, ihren leuchtenden Augen und ihrem großen Herzmund aus wie eine Madonna.

Sie redeten kaum miteinander, während sie ausgiebig die Karte studierten, dann bestellten beide lediglich einen Kaffee und warteten, dass die Bestellung gebracht wurde. Bis auf unverfängliche Bemerkungen zum Bistro und seinem Interieur, wie „Schön hier, stilvoll", oder „Stylische Kuckucksuhr, die da hängt", fand kein Gespräch statt. Erst als sie beide vor ihrem dampfenden Kaffee saßen und gebührend umgerührt hatten, räusperte Anna sich: „Ich muss dir was erklären, Alfred."

Alfred machte sofort innerlich zu: „Ich brauche keine Erklärungen. Die Tatsachen liegen doch auf der Hand: Du bist verheiratet und mit mir willst du nichts mehr zu tun haben." Es kam eine Spur zu aggressiv. Alfred hatte sich nicht im Griff.

„Es geht nicht um mich", wehrte Anna ab.

„Um was dann?" Schon klang Alfred nicht mehr ganz so aggressiv.

Anna holte tief Atem, als fiele es ihr schwer, das auszusprechen: „Ich kann dir leider keine Aufträge mehr geben, Alfred. Du kannst nicht mehr für die BZ schreiben."

In der Vergangenheit hatte Alfred sich durch freie Mitarbeit bei der BZ einigermaßen über Wasser gehalten. Immer wieder hatte Anna ihm Aufträge zugeschanzt. Mal zu dieser Generalversammlung, mal zu jenem Dorffest. Das Honorar hatte Alfred dringend benötigt. Man war stets zufrieden mit seinen Artikeln gewesen. Immerhin hatte er den Redakteursberuf erlernt. Was also war das Problem?

„Was ist das Problem?"

Anna seufzte. „Als ob du das nicht wüsstest. Die BZ beschäftigt freie Mitarbeiter nur exklusiv. Du kannst nicht gleichzeitig noch für ein anderes Medium schreiben." Sie rührte konzentriert in ihrem Kaffee, während sie sprach. Als gäbe es nichts Wichtigeres, und als sei dieses Rühren so komplex, dass man dabei immerzu in die Tasse schauen musste, keinesfalls dem Gegenüber in die Augen schauen konnte. Sie seufzte erneut: „Schon gar nicht kannst du irgendwo Chefredakteur sein und trotzdem weiter für die BZ schreiben wollen. Das geht gar nicht."

„Goodwood!", fiel es Alfred wie Schuppen von den Augen. „Es ist wegen Goodwood – ist es das?"

„Ja!"

Alfred lachte gekünstelt. „Aber das ist doch lächerlich. Goodwood ist nur eine Onlineplattform. Das ist Hobby! Das ist doch …, das kann doch der BZ egal sein."

„Ist es aber nicht. Du bietest dort regionale Nachrichten und Reportagen an. Damit schreibst du für ein Konkurrenzmedium."

„Aber das ist doch umsonst", widersprach Alfred. „Wir machen der BZ doch keine Konkurrenz. Wir bieten kein Abo und nichts. Auf unsere Seite kann man umsonst, die kostet nichts."

„Das ist gerade das Problem", sagte Anna ernst. „Du verschenkst Nachrichten. Das ist so, als würde hier jemand eine Zeitung drucken und kostenlos in alle Briefkästen stecken. Damit wäre die BZ als Bezahlzeitung, die etwas kostet, schnell erledigt."

„Aber das macht der Hochschwarzwald Kurier doch auch", widersprach Alfred. „Der kostet auch nichts und kommt in jeden Briefkasten."

„Das ist auch keine Zeitung", winkte Anna ab. „Das ist ein schlecht getarnter Werbeprospekt."

Da wiederum musste Alfred Anna Recht geben. Seit Alfreds einstiger Chef Leuchter sich in den Ruhestand verabschiedet hatte, und der Hochschwarzwald Kurier seine Redaktion im Hochschwarzwald aufgelöst hat, war es nicht mehr weit her mit Alfreds einstigem Leib- und Magenblatt. Man hatte ihn seinerzeit zwar rausgeschmissen, aber inzwischen war er heilfroh darüber. Denn inzwischen wurde das wöchentlich erscheinende Anzeigenblättle weitestgehend nur noch mit Retortentexten aus dem fernen Konstanz oder aus Waldshut gefüllt. Dort saß auch das, was im Impressum noch als Redaktion bezeichnet wurde, obwohl Waldshut so viel mit dem Hochschwarzwald zu tun hatte wie Titisee mit dem Kaiserstuhl.

„Ich kann es nicht ändern", sagte Alfred schließlich ergeben. „Die Aufträge haben in den letzten Monaten sowieso deutlich nachgelassen." Süffisant fügte er hinzu: „Mir schien es so, als sei ich auch als freier Mitarbeiter in deiner Gunst merklich gefallen."

„Ach Alfred", stöhnte Anna gequält. „Willst du das nicht verstehen …?"

Sie tat ihm fast leid, so wie sie mit sich rang. Großmütig räumte er das Gegenteil von dem ein, was ihn bewegte: „Ich bin schon drüber weg! Mach dir keinen Kopf!"

„Es beschäftigt mich sehr", widersprach sie. „Alfred, glaub mir. Es beschäftigt mich wirklich." Sie tastete ganz vorsichtig nach seiner Hand, berührte ihn aber nur ganz sachte mit den Fingerspitzen. „Ich habe dich nicht … ich war sehr gemein zu dir. Ich war nicht fair."

„Kann man so sagen", bestätigte Alfred knurrig. Er hätte gerne den Gekränkten gespielt, aber irgendwie war Anna zu offen zu ihm und zu verletzlich in der Art, wie sie ihre Fehler einräumte. „Ich habe dir nie reinen Wein eingeschenkt. Peter hat mich immer davon zurückgehalten …"

„Ich mochte ihn von Anfang an", ätzte Alfred zynisch.

„Du kennst ihn nicht …"

„Danke, kein Bedarf!"

Die Stimmung drohte zu kippen. Alfred spürte, wie Anna sich wieder in ihr Schneckenhaus zurückzuziehen drohte. Deshalb warf er schnell ein: „Schwamm drüber! Ich bin nicht nachtragend, vergiss es!" Und dann versuchte er aufzulockern: „Und ich freue mich auf unseren Konkurrenzkampf. Macht doch Spaß, oder? Wir können doch vernünftig wie zwei alte Bekannte miteinander umgehen. An mir soll's nicht scheitern."

Sie lächelte ihn an. „Ich bin so froh Alfred. Ich wusste überhaupt nicht mehr, ob du noch mit mir redest. Ich habe so ein schlechtes Gewissen. Du weißt, ich habe dich immer gemocht. Und ich mag dich immer noch. Gott sei Dank geht es dir gut."

Sie stierte bei dieser Gelegenheit fasziniert und gleichzeitig pikiert auf Alfreds Hals und den dort deutlich sichtbaren glänzenden Knutschfleck.

Alfred tat, als bemerkte er es nicht. „Es geht wieder", wiegelte er ab, räumte aber ein: „Am Anfang ging es mir nicht gut. Aber jetzt geht es wieder." Insgeheim dachte er an die letzte Lateinstunde mit Dr. Silvia Winkrewcz. Sie hatte viel dazu beigetragen, dass es ihm wieder gut ging. Er grinste vor sich hin.

Anna interpretierte Alfreds gelöstes Lächeln vielleicht falsch. Vielleicht ließ sie sich auch mitreißen von der versöhnlichen Atmosphäre, die über ihrer Begegnung lag. Jedenfalls fühlte sie sich ermuntert, sich noch weiter zu öffnen, als er zurückfragte: „Und du, geht's dir auch gut?"

„Ja, vielleicht, ich glaube … manchmal …"

Das war eine komische Antwort. Alfred sah Anna in die Augen und fasste sie ohne darüber nachzudenken an der Hand: „Was ist? Ist was?"

Zwei Tränchen lösten sich aus Annas Augenwinkeln und blieben schimmernd in den langen schwarzen Wimpern hängen. Alfred schmolz sofort das Herz. „Was ist los? Willst du es mir sagen?"

Sie schnäuzte vernehmlich: „Ach Alfred, es ist … Ich bin ja so glücklich, aber ich habe Angst. Ich … ich …"

„Nun lass es raus!"

„Ich bin schwanger!" Sie kicherte unsicher: „Guter Hoffnung, wie man bei uns zu Hause dazu sagt."

# IM LÉGÈRE

So sauer hatte Alfred Vanessa noch nie erlebt. „Es ist doch nur ein blöder Knutschfleck", versuchte er zu beschwichtigen. „Hast du noch nie einen gehabt?"
Sie strafte ihn mit einem Blick, der bis in die Hoden ging. Normalerweise war Vanessa eine fröhliche, junge Frau, die viel aushalten konnte. So wenig sie aus sich selbst machte, mit ihrer zu wirren Knoten aufgetürmten Strubbelfrisur, ihrer spitzen Nase und ihrem Koboldgesicht, mit ihrer Flachbrettfigur und ihrem unkonventionellen, unprätentiösen Modegeschmack, so war sie doch sehr empfindsam, wenn es um Alfreds Eskapaden ging. Sie hatte ihn in den letzten Jahren mühsam für sich erobert. Nicht dass sie ihn etwa erzogen oder gar geändert hätte. Aber immerhin hatte sie einen Platz in seinem Leben erobert, sich unentbehrlich für ihn gemacht, ihm bei allen passenden und unpassenden Gelegenheiten ihre Liebe erklärt, und – ja, gewissermaßen waren sie ein Paar. Manchmal lagen sie auch innig beieinander, entweder in Alfreds Bodenmatratzenbett in seiner WG-Bude, oder in Vanessas Dachkammer, in ihrem unter die Dachschräge eingequetschten Jungmädchenbett.
Vanessa wusste von Alfreds unerwiderter Liebe zu Anna, und sie wusste auch von seinen Ausflügen in fremde Betten. Aber dieses Wissen war abstrakt, weil es sich auf einer Ebene von „ich weiß es zwar, aber ich will nichts davon wissen" abspielte. „Erzähl mir bloß nichts von deinen Weibern", so hatte sie ihn schon mehrfach gewarnt. „Sonst werde ich krank." Alfred hielt sich normalerweise daran. Dass ein deutlich sichtbarer münzgroßer Knutschfleck an seinem Hals auf Vanessa wie eine Kriegserklärung wirken musste, hatte er nicht bedacht. Wie kam er da bloß wieder

heraus? Auf keinen Fall durfte er preisgeben, wer ihm diesen Knutschfleck verpasst hatte. Und auf keinen Fall durfte er zugeben, dass es weitere Treffen und möglicherweise weitere Knutschflecken geben würde. Erst recht musste er unbedingt für sich behalten, dass er selten zuvor besseren Sex gehabt hatte, dass er jetzt schon ganz verrückt auf die nächste Nachhilfestunde war.

„Dann sag mir doch mal: Wer ist sie? Triffst du sie nochmal? Hat es Spaß gemacht?" Vanessa schluckte vernehmlich bei diesen Fragen. Die Kränkung saß tief. Gleich würde sie in Tränen ausbrechen.

„Ist doch egal", wollte Alfred beschwichtigen. „Nichts Ernstes, glaub mir."

„Triffst du sie nochmal?" Spitz und panisch kam diese Frage.

Alfred eierte herum: „Weiß auch nicht ... was soll ich sagen ... es ist so ... also weißt du ..."

„Du blöder, blöder Schweinehund", brach es aus Vanessa heraus, und dann flossen auch schon die Tränen. Sie erhob sich abrupt von ihrem Platz am massigen Holztisch, schnappte ihre Jacke und stürmte aus dem Légère. Alfred war zu dämlich, sie aufzuhalten. Sie hatten sich in dieser kleinen Freiburger Bistro-Kneipe in der Nähe des Martinstores mit Oberkommissar Junkel verabredet. Alfred hatte den Kommissar angelockt mit dem Köder: „Ich habe Aufnahmen von den Stimmen im Hochfirstturm." Außerdem hatte er versprochen, die Recherchen zur Geschichte des Turms mitzubringen. Er stierte mit dämlichem Gesichtsausdruck auf die Dokumentenmappe, die Vanessa in ihrem Furor auf dem Tisch vergessen hatte. Dort drin hatte sie die Recherchen zum Hochfirstturm abgeheftet. Alfred seufzte und griff nach der Mappe. Vanessa konnte er jetzt sowieso nicht mehr zurückholen. Sie würde sich schon wieder beruhigen, so redete er sich ein. Mit schlechtem Gewissen tastete er nach seinem Knutschfleck. So ein Mist aber auch. Beim nächsten Mal musste er unbedingt weitere Peinlichkeiten dieser Art vermeiden.

Alfred sah sich um. Jetzt erst wurde ihm bewusst, dass ihn die Leute an den Nachbartischen voller Interesse beobachteten. Warteten sie darauf, dass er Vanessa hinterherlief? Pah! Er griff sich die Mappe und blätterte demonstrativ in den Unterlagen. Aber irgendetwas lenkte ihn ab, ein Blitz, der wie eine Momentaufnahme durch seinen Kopf schoss. Ein bekanntes Gesicht? Es war ihm so, als hätte er an einem der längs an der gemauerten Steinwand aufgereihten Tische ein bekanntes Gesicht gesehen. Er musterte die Gäste. Am Nachbartisch zwei Pärchen. Nein, die waren es nicht. Dahinter drei studentische Biertrinker, auch die kamen nicht in Frage. Am nächsten Tisch dahinter machte sich jemand klein, drückte sich gegen die Wand und hielt den Kopf gesenkt, als wollte er sich in Luft auflösen. Das war er! Den hatte Alfred wiedererkannt. Und zwar an der auffälligen Lederjacke. Es war Lederjacken-Tom, kurze Stoppelhaare, Bart, jener einsame Gast aus dem Schluckspecht in Kirchzarten, zu dem sie sich an jenem Abend an den Tisch gesetzt hatten. Gehörte er auch zu den Gerechten Rechten? An jenem Abend war es Alfred nicht so erschienen. Aber warum versteckte er sich dann? Er wollte nicht von Alfred erkannt werden.

Schon überlegte Alfred, ob er aufstehen und den Anderen einfach ganz frech begrüßen sollte. Die Entscheidung wurde ihm abgenommen, denn Oberkommissar Junkel erschien. Wie immer steckte er in einem Jackett, das jeder Secondhand-Laden auf den ersten Blick ablehnen würde. Er hatte noch eine brennende Kippe zwischen den Fingern und suchte nach einem Aschenbecher. Als er keinen fand, kehrte er nochmals um und warf die brennende Kippe zur Tür hinaus. Dann setzte er sich zu Alfred an den Tisch.

„Du willst mir etwas über den Hochfirstturm erzählen?", fragte er, nachdem er sich gemäß seiner Nachmittagsgewohnheit einen Kaffee mit Cognac bestellt hatte.

„Zuerst will ich wissen, warum Sie mich angelogen haben?"

„Ich? Angelogen?" Junkel spielte den Entrüsteten. „Würde mir nie einfallen. Was soll ich denn gelogen haben?"

„Sie haben mir erzählt, dass der Wirt vom Hochfirst Rasthaus den Toten noch nie vorher gesehen hat. Das haben Sie erzählt?"

Junkel kippte in einem Zug seinen Cognac hinunter und ließ sich viel Zeit, den Schwenker wieder abzusetzen. Er leckte sich die Lippen: „Das war nicht angelogen. Das war Ermittlungstaktik!"

„Verstehe!", erwiderte Alfred mit ironischem Unterton. „Was wollten Sie damit erreichen? Welchen Ermittlungserfolg?"

„Das weißt du genau, Alfred", erklärte Junkel großmütig, während er die Speisekarte zu sich zog, um das Angebot zu sichten. „Ich wollte mir dich und deine Schnüffeleien vom Hals halten."

„Ist nicht gelungen!", freute sich Alfred.

„Hätte ich mir vorher denken können", bestätigte Junkel aufgeräumt. „Aber einen Versuch war es wert."

„Zum Ausgleich laden Sie mich ein."

Junkel grunzte zustimmend.

„Zum Essen", feilschte Alfred.

Nachdem Junkel nicht intervenierte, fühlte auch Alfred sich legitimiert, in der Speisekarte zu blättern.

Sie bestellten beide einen Salat Provence mit Putenstreifen und Champignons. Während sie auf das Essen warteten, blätterte Alfred in Vanessas Mappe und zog die Recherchen zum Hochfirstturm hervor.

„Einen Turm auf dem Berg gibt es seit 1888!", so las er vor. „Damals musste der Schwarzwaldverein den Fürsten zu Fürstenberg fragen, weil dem der ganze Wald ringsum gehörte. Beute aus dem Feudalzeitalter", so fügte er hinzu. Dann las er weiter: „Der erste Turm war aus Holz und 35 Meter hoch. Er stand nicht lange. Der erste stärkere Sturm warf ihn um. Das war im Januar 1890. Anschließend lag soviel Holz herum, dass der Schwarzwaldverein daraus seine erste Schutzhütte auf dem Berg bauen konnte, der Vorgänger des heutigen Rasthauses."

Alfreds zweites Bier und Junkels zweiter Cognac wurden gebracht. Junkel musterte den jungen Mann, der die Getränke brachte: „Was ist los, wo ist Kalla?"

Der junge Hilfskellner zuckte bedauernd mit den Schultern: „Krank! Migräne!"

„Kalla hat nie Migräne", behauptet Junkel, der offensichtlich Stammgast im Légère war und seine Stammbedienung vermisste.

„Dann halt Kopfschmerzen, ein Kater", behauptete der junge Kellner und zupfte dabei mürrisch an seinem Zauselbart.

„Kalla hat nie einen Kater. Sie hat einen Panzerschädel!", entgegnete Junkel. „Erzähl mir keinen Scheiß!"

„Dann halt ihre Tage", schlug der Hilfskellner vor und trat entschuldigend den Rückzug an: „Sorry, muss wieder in die Küche. Eure Salate fertig machen. Alles bisschen hektisch heute."

Junkel raunzte: „Kalla hat nie ihre Tage. Irgendwas ist mit ihr. Hoffentlich wurde sie nicht gefeuert."

Über was für Sachen Junkel sich Gedanken machte? Das war Alfred alles egal. Er setzte seine Turmgeschichte fort: „Der Schwarzwaldverein hat dann einen neuen Turm errichten lassen, völlig aus Eisen und mit einem Fundament aus Sandsteinquadern, das bis an den Titisee reicht."

„Quatsch!", kommentierte Junkel.

„Jedenfalls wurde schon 1890 der heutige Eisenturm gebaut und massiv verankert. Er ist seither nie wieder umgefallen."

Der junge Mann tauchte aus seiner Küche am anderen Ende des schlauchartigen Gastraums wieder auf und brachte zweimal Salat Provence mit Putenstreifen und Champignons.

„Kannst du vielleicht den Daumen aus meinem Salat nehmen", schnauzte Junkel den armen Kerl an, der die Salatteller etwas ungeschickt hielt. Dieser verteidigte sich höflich: „Tut mir leid. Ich halte nur am Rand. Das Salatblatt ist runtergefallen und liegt jetzt auf meinem Daumen."

„Nette Ausrede!", zeigte Junkel sich großmütig. Er hatte Spaß daran, Kneipenpersonal zu schikanieren. Alfred kannte diese Macke schon an ihm.

„Wenn Sie möchten, nehme ich den Salat zurück und bringe einen neuen", bot der geduldige Hilfskellner an. Junkel hatte ihn bis dahin noch nicht ernsthaft in Verlegenheit gebracht.

„Addi, was ist denn los? Stimmt etwas nicht an dem Tisch?", rief von der Theke her die Chefin des Hauses quer durch den Raum.

Addi winkte ab. „Alles ok!" Er wartete auf weitere Order von Junkel. Der aber machte sich mampfend über seinen Salat her. Also war wirklich alles ok. Addi verschwand wieder in der Küche.

„Die Grundform des Turmes besteht aus einem gewaltigen Zylinder aus Wellblech", setzte Alfred seine Turmhistorie fort. „In dem von zwölf kleinen Fenstern erhellten Inneren sind zwei Wendeltreppen so angebracht, dass die eine dem Auf-, die andere dem Abstieg dient. Die ausladende Plattform ist durch ein Stützgestell aus Stab- und T-Eisen mit dem Blechzylinder vernietet. Die ganze Eisenkonstruktion wiegt über 15 Tonnen, die Antennenaufbauten noch nicht mitgerechnet."

„Mmpff", kommentierte Junkel.

„Jetzt wird es interessant", kündigte Alfred an: „Wie im ganzen Ersten Weltkrieg wurde der Turm auch zum Ende des Zweiten Weltkrieges wegen des Verdachts des Missbrauchs zu Spionagezwecken vom Bezirksamt polizeilich geschlossen. Man hatte Lichtsignale beobachtet, die vom Turm aus abgegeben wurden. Die ganze Anlage auf dem Hochfirst wurde dem Militär unterstellt und bis Kriegsende als Fliegerstation genutzt."

Junkel ließ sich nicht beim Essen stören: „Noch ein paar Zahlen und Daten?"

„Keine Ahnung, was davon wichtig ist", zählte Alfred auf: „1932 hat man das Turmfundament erneuert. Nach dem Krieg bekam der Turm einen neuen Anstrich, 1960 hat der Südwestfunk seinen Fernsehsender oben draufgesetzt, 1977 kam ein Funkrelais dazu, 1981 die Antennen der Feuerwehr, 1984 der Richtfunkspiegel der damaligen Bundespost, heute Telekom. Nach dem Orkan Lothar hat man 1999 den Turm gesperrt, obwohl er den Sturm unbeschadet überstanden hatte. Damals hat man die Treppe renoviert und den Turm durch zusätzliche Stahlseile gesichert. 2014 wurde der Turm wieder gesperrt, angeblich wegen Überlast. Seither gibt es Einschränkungen. Es dürfen zum Beispiel nur sechs Personen gleichzeitig auf den Turm."

„Woran sich keiner hält", wusste Junkel. „Der Wirt hat mir erzählt, dass Wanderer oft einfach mit einer Gruppe hineinschlüpfen, die ordnungsgemäß Eintritt bezahlt und den Schlüssel geholt hat. Das kann keiner kontrollieren."

Alfred, der jetzt endlich auch seinen ersten Putenstreifen hinuntergeschlungen hatte, tippte auf sein Blatt: „Hier ist noch etwas: 2018 wurde nochmal der Außenanstrich erneuert. Dann hat die Bundesnetzagentur bei Messungen eine überhöhte Strahlenbelastung durch die Funkantennen am Turm festgestellt."

„Und ...?"

„Seither weiß man, dass die Strahlenbelastung zu hoch ist. Keine Ahnung, was das bedeutet. Vielleicht, dass einem dort oben Wurstsalat nicht gut bekommt."

Junkel schielte über seine Gabel, wie ein Schütze, der durch Kimme und Korn sein Ziel anvisiert: „Die Anspielung verstehe ich nicht."

„Schon gut", wehrte Alfred ab. „Nur für Insider."

Junkel schob seinen leeren Salatteller beiseite und griff ohne zu fragen nach Vanessas Mappe, um sie auf seiner Seite des Tisches zu deponieren.

„Rücken Sie die Mappe wieder raus", warnte Alfred, „oder ich spiele Ihnen meine Aufnahme von den Stimmen nicht vor."

Junkel grinste schief, wie er es immer tat, wenn er Alfred nicht ernst nahm: „Rück dein Smartphone raus, oder es wird beschlagnahmt. Dann kannst du niemandem mehr etwas vorspielen, und außerdem deinen Salat selber bezahlen."

Diese Drohung verfing. Alfred zückte sein Smartphone und spielte die 30 Sekunden ab, die er im Turm aufgezeichnet hatte: „Flaaaaak auf halb sieben. ...

Krrrrchhh ... krrrchh ... Striiiiiich ... wie ... ter ... Titisee! ... krrrchh ... krrrchh ... Jeeeetz halb acht ..."

Junkel griff sich ungefragt das Smartphone und hörte sich die Aufnahme mehrfach an. Dann verschickte er sie per WhatsApp an sich selbst.

„Militär, oder?", fragte Alfred.

Junkel schüttelte den Kopf: „Geister!", sagte er. „Das sind die Geister, nach denen die Para-Fuzzis suchen sollen."

Junkel rief nach der Rechnung, zahlte, schnappte sich Vanessas Mappe und ließ Alfred alleine sitzen. „Am besten, du hältst dich aus allem raus!", empfahl er Alfred noch. „Alfreds gemaulten Kommentar: „Ja, ja, wie immer", hörte er schon nicht mehr.

Junkel verschwand gerade rechtzeitig, denn wenige Minuten später tauchte plötzlich Hugo auf, einen alten Bekannten im Schlepptau. Es war der pickelige Leo aus dem Schluckspecht. Hugos Gesinnungsgenosse vom linksmarxistischen Studentenbund. Alfred sah den frechen Provokateur und erinnerte sich an den anderen alten Bekannten aus dem Schluckspecht. Wo war eigentlich Lederjacken-Tom geblieben? Der war verschwunden. Alfred hatte nicht bemerkt, wie der Typ das Légère verlassen hatte.

Hugo und Leo machten sich an Alfreds Tisch breit. Alfred war beim dritten Bier und studierte Leo. Dieser trug immer noch den verblichenen Parka und sah noch jünger und unfertiger aus als an jenem Abend, als er den Schluckspecht gesprengt hatte.

„Wie alt bist du?", fragte Alfred.

„Zweiunddreißig", behauptete Leo. Alfred schätzte ihn auf siebzehn.

„Ich habe gedacht, ihr mögt euch nicht besonders", stichelte Alfred weiter. An Hugo gewandt: „Hast du nicht gesagt, er ist ein kommunistisches Arschloch!"

„Ist er auch!", bestätigte Hugo.

Leo grinste dazu, als empfände er die Beschimpfung als ehrenvoll.

„Warum schleppst du ihn dann mit dir mit?"

Hugo bleckte die nikotingelben Zähne und hob belehrend den Zeigefinger: „Weil wir am gleichen Projekt arbeiten. Also haben wir uns zusammengetan."

„Welches Projekt", wollte Alfred wissen.

„Weltrevolution", behauptete Leo. Hugo fuhr ihm in die Parade: „Da bist du draußen. Das ist was für Profis. Aber um die braunen Socken aufzumischen, kann ich dich ganz gut brauchen."

„Ihr habt's auf die Gerechte Rechte abgesehen?", ahnte Alfred.

„Du sagst es. Wir müssen ihnen ein bisschen einheizen. Was ist mit dir? Willst du nicht mitmachen? Immerhin haben sie dein Goodwood-Büro verwüstet."

Alfred winkte hektisch ab: „Auf keinen Fall. Lass mich da draußen. Im Büro sind längst schon neue Möbel und ein neuer Rechner. Hat Jochen alles erledigt." Es war nicht so, dass Alfred Angst vor Keilereien gehabt hätte. Aber so wie er Hugo kannte, würde es nicht bei einer Keilerei bleiben. Hugo hatte keine Hemmungen, ein Auto oder gleich eine ganze Garage in die Luft zu sprengen. Er hatte eine südamerikanische Terroristenvergangenheit, davon war Alfred überzeugt. Und mehr als einmal hatte er erlebt, wie Hugo eine dreifache Übermacht an Gegnern nach allen Regeln der Kunst zerlegte, notfalls auch mit Waffengewalt. Das war nichts für Alfred. Überhaupt war es angeraten, Hugo auf Distanz zu halten. Der alte Kokser umgab sich nämlich mit äußerst dubiosen Gestalten. Leo der Marxist war eher ein harmloses Beispiel dafür. Ansonsten sah man Hugo vorzugsweise in Gesellschaft von Dealern, Hehlern, Fälschern, Junkies, Autodieben und gewaltbereiten Linksextremisten. Und immer wirkte es auf Alfred so, als sei sein WG-Genosse der Anführer von allen.

„Können wir hier anschreiben?", fragte Leo.

Noch so ein Hungerleider.

„Frag Addi", antwortete Alfred und schob damit die Verantwortung dem armen Hilfskellner Addi zu, der den Fehler gemacht hatte, wieder aus seiner Küche aufzutauchen.

# BRÄGEL UND PRÜGEL

Soviel Zufälle konnte es gar nicht geben. An einem kleinen Ecktisch im Hochfirst-Restaurant saß Lederjacken-Tom und schaute sofort betreten zu Boden, als Alfred eintrat. Was wollte dieser rätselhafte Typ hier oben? Alfred beschloss, den Stier bei den Hörnern zu packen. Er ließ Peter Stirling, den Deutsch-Amerikaner, mit dem er gekommen war, an der Tür stehen, und schritt schnurstracks zum Ecktisch, wo Lederjacken-Tom saß.

„Hey du! Erkennst du mich wieder? Wir haben uns kürzlich in Kirchzarten im Schluckspecht getroffen."

Tom antwortete nicht, sondern stand auf, nahm seine Lederjacke von der Stuhllehne, zog sie an, ohne Alfred auch nur eines Blickes zu würdigen, und schob sich dann an ihm vorbei zur Theke, wo die Wirtin Eva stand.

„Bezahlen bitte", sagte er.

Alfred war ihm gefolgt: „Halt, stopp mal. Wir kennen uns? Erinnerst du dich nicht?"

Der Lederjackenmann ignorierte Alfred weiterhin demonstrativ. Alfred fasste ihn am Oberarm. Tom rundete die Rechnung von 14,90 Euro auf 20 Euro auf. Das fette Trinkgeld gab er nur, um mit einem Schein bezahlen zu können und nicht lange auf das Wechselgeld warten zu müssen. Er murmelte ein halblautes „Wiedersehn" und drückte sich an Alfred vorbei zur Tür. Dort stand immer noch mit staunendem Blick der angehende Historiker Peter Stirling. Lederjacken-Tom verließ das Lokal. Wenig später erklangen draußen Motorengeräusche. Er fuhr davon.

Alfred blieb kopfschüttelnd zurück. „Wer war das?", fragte er die Wirtin.

Aber Eva Ulrich konnte auch nicht weiterhelfen: „Er heißt Tom. Er gehört irgendwie zu den Radaubrüdern, die in letzter Zeit häufiger hier auftauchen …"

„Ein Glatzkopf und ein Typ mit einem Rattengesicht …?", ergänzte Alfred fragend.

„Genau die. Schlimme Proleten. Wenn Sie alleine in der Wirtschaft sind, grölen sie Lieder, die will keiner hören."

„Und dieser Tom gehört dazu?"

„Ja, mir kommt es so vor. Manchmal ist er in der Gruppe dabei. Meistens taucht er alleine auf, und wenig später kommen dann die Schreihälse." Sie sah auf die Uhr: „Hoffentlich heute nicht. Die hätten mir noch gefehlt."

Alfred winkte Peter Stirling, ihm an den Stammtisch zu folgen, der sich direkt neben der Theke befand. Im Hinsitzen fragte er weiter: „Was wollen die Kerle hier oben? Seit wann kommen sie?"

„Das hat im Sommer angefangen", erklärte die Wirtin, während sie den Tisch abwischte und zwei benutzte Gläser abräumte. Zu ihrem Mann, der soeben im Durchgang zur Küche auftauchte, rief sie: „Weißt du, was genau die Weltkriegs-Typen hier oben wollen."

„Wieso heißen sie Weltkriegs-Typen?", fragte Alfred sofort dazwischen.

„Sie reden die ganze Zeit immer nur vom Weltkrieg. Lauter wirres Zeug. Sie sind der Meinung, Deutschland hätte den Krieg gewinnen müssen. Jedes Mal fangen sie wieder damit an. Deshalb nennen wir sie Weltkriegs-Typen, wenn sie es nicht hören."

„Es sind Nazis!", klärte Alfred auf. „Sie gehören zu einem geheimen Verein, der sich Gerechte Rechte nennt. Geh mal im Internet auf Goodwood.de, da steht alles ausführlich."

„Irgendwas mit dem Turm. Sie haben irgendein Problem mit dem Turm", sagte Wirt Rainer Ulrich. „Sie fürchten sich vor ihm. Sie haben das mit den Stimmen aufgebracht."

Sie konnten so offen reden, weil sie nach dem abrupten Abgang von Lederjacken-Tom die einzigen Gäste waren.

„Ich glaube auch, dass sie einen Schlüssel für den Turm haben", mischte sich Wirtin Eva ein. Ihr Mann sah sie etwas ärgerlich an. Der Blick besagte in etwa: Musst du das jetzt verraten?

„Wie das?", hakte Alfred nach.

Jetzt konnte Eva Ulrich nicht mehr zurück. Mit entschuldigendem Blick zu ihrem Mann erklärte sie: „Sie haben sich mal einen Schlüssel zum Turm ausgeliehen und sind oben gewesen. Dann haben sie den Schlüssel aber erst bei ihrem nächsten Besuch eine Woche später wieder zurückgebracht. Sie haben behauptet, sie hätten vergessen, ihn abzugeben. Wir glauben aber" – wieder versicherte sie sich mit einem Blick zu ihrem Mann, dass sie die Informationen in seinem Sinne weitergab – „Wir glauben, dass sie sich einen Nachschlüssel gemacht haben. Oder sogar mehrere."

„Wie kommt ihr darauf?", Alfred fragte sehr gespannt. Er spürte, dass diese Informationen ihn in seinen Ermittlungen weiterbringen konnten.

„Na ja, der Tote auf dem Turm!", erklärte Wirtin Eva Ulrich weiter. „Der muss ja irgendwie da hineingekommen sein. Von uns hat er jedenfalls keinen Schlüssel gehabt. Wir hatten den Turm ja gesperrt, wegen des Schnees und der Kälte."

Reinhard Ulrich schien das jetzt zu reichen. Um das Thema an dieser Stelle abzubrechen, fragte er laut in die Runde: „Was wollt ihr trinken?"

„Bier!" Bei Alfred war das klar.

„Wasser!" Peter Stirling war der Fahrer. Er hatte Alfred mit seinem Auto abgeholt, und gemeinsam waren sie auf den Berg gefahren. Die Straße war inzwischen vom Schnee geräumt worden, aber Alfreds roter Flitzer sprang immer noch nicht an. Um das Treffen hatte Alfred gebeten. Er hatte Stirling angerufen. „Wir müssen über den Turm reden." Zu Alfreds Überraschung hatte Stirling sofort zugesagt, und so saßen sie nun am Stammtisch im Hochfirst Rasthaus.

„Was zu essen?"

Peter Stirling nickte. Alfred war unschlüssig. Wurstsalat und Apfelstrudel waren als Möglichkeit verbrannt.

„Ich lade dich ein", offerierte Peter Stirling.

Alfred entschied sich für eine Portion Brägele.

Peter Stirling war ein aufgeweckter, neugieriger und mitteilsamer junger Forscher. Schon im Auto während der Fahrt auf den Hochfirst hatte er in aller Ausführlichkeit von seinen Forschungen erzählt, und jetzt schloss er nahtlos daran an: „Ich weiß also von meinem Vater, der Pilot bei den US-Streitkräften war, dass auch mein Großvater Pilot war, und zwar im Zweiten Weltkrieg bei den Alliierten, die Angriffe hier über dem Südschwarzwald flogen. Mein Großvater hat darüber ein Tagebuch hinterlassen, das ich ausgewertet habe. In den entscheidenden letzten Kriegswochen haben sie Neustadt, Titisee und das Höllental bombardiert. Hier eueren Bahnhof und euer Sägewerk und die Flakstellungen rund um die Stadt."

„Sie haben tüchtig danebengebombt", lästerte Alfred, der die Stadtgeschichte kannte. „Neustadts Unterstadt wurde getroffen und einige der ältesten Häuser der Stadt."

„Ich weiß", bestätigte Stirling geknickt.

„Der Bahnhof und das Sägewerk sind heil geblieben. Stattdessen habt ihr jede Menge Blindgänger in einem Waldstück zwischen Bahngleisen und Sägewerk versenkt. Der heißt heute noch bei den alten Neustädtern Bombenwäldele."

„Die alliierten Nachrichtendienste sind einem Doppelspion aufgesessen", behauptete Stirling. „Das ist nämlich mein Thema. Sie hatten einen vermeintlichen Spion bei der Fliegerabwehrtruppe der Deutschen, die auf dem Hochfirst stationiert war. Er sollte ihnen die Lage und Position der Ziele verraten, gleichzeitig die eigenen Geschützstellungen mit falschen Angaben von den anfliegenden Bombern ablenken."

Während das Essen aufgetragen wurde, lästerte Alfred: „Er hat seine Sache gut gemacht. Ihr habt daneben gebombt, aber unsere haben auch danebengeschossen und kein einziges Flugzeug vom Himmel geholt. Vielleicht war der Unbekannte ja gar kein Doppelspion, sondern ein Pazifist."

„Es ist kein Unbekannter!"

„Wie?" Alfred fielen vor Überraschung fast die Brägele von der Gabel. „Du kennst den Namen?"

„Fast. Ich habe alle Wehrmachtsunterlagen, alle Einsatzpläne, alle Soldlisten und alle Registraturakten jener Zeit durchforstet. Ich kann dir ganz genau sagen, welche vier Soldaten damals hier oben im Wechsel Schichtdienst hatten. Von Oktober 1944 bis wenige Tage vor der Kapitulation im Mai 1945 kommen nur vier Namen in Frage."

„Hilft aber auch nicht weiter, oder?"

„Vielleicht", räumte Stirling ein und fügte trocken hinzu: „Einer davon war ein junger Neustädter."

„Und du glaubst, der war der Spion?"

„Das würde auf jeden Fall erklären, warum er durch seine falschen Angaben dafür gesorgt hat, dass Neustadt nicht zerbombt wurde."

Alfred vertilgte seinen Berg von wunderbar krustig angebrannten Brägele und dachte dabei über die Informationen nach. Nachdem er den letzten Bissen mit einem Schluck Bier nachgespült hatte, fasste er seine Überlegungen zusammen:

„Im Krieg saßen hier also Funker, die vom Turm aus irgendwelche Sprüche abgesetzt haben. Könnten die Stimmen im Turm irgendetwas mit diesen Funksprüchen zu tun haben?" Er zückte sein Smartphone und spielte Peter Stirling seine kurze Aufnahme vor. Stirling hörte sich das Ganze mehrmals hintereinander an. „Eindeutig!", sagte er dann. „Das sind militärische Funksprüche. Richtungsangaben, Koordinaten, irgendetwas in der Richtung."

Ehe sie sich weiter darüber unterhalten konnten, wurden sie vom Wirt Reinhard Ulrich unterbrochen, der mit einem großen Wäschekorb aus dem Nebenzimmer kam. „Hier Alfred, für morgen", sagte er und stellte den Korb neben Alfred ab. „Was ist das?"

„Das Nikolauskostüm! Und das von Knecht Ruprecht. Dann musst du morgen nicht mehr extra heraufkommen, und ich muss nicht runter in die Stadt."

Alfred musterte misstrauisch den Korb. Obenauf lagen ein roter Mantel und eine strohige weiße Perücke mit langem weißem Bart. Oh Gott! Auf was hatte er sich eingelassen?

Peter Stirling erbot sich, den Wäschekorb mit den Nikolaus-Ruprecht Kostümen sofort ins Auto zu laden. „Nicht dass wir ihn sonst nachher vergessen."

Er griff sich den Korb mit beiden Händen, Wirt Ulrich hielt ihm die Tür auf. Dabei hörten sie von draußen den Lärm eines oder mehrerer ankommender Fahrzeuge.

„Nochmal Gäste? So spät noch?", wunderte sich Ulrich, während Peter Stirling mit seinem Wäschekorb nach draußen verschwand. „Es ist schon dunkel draußen."

Eva trat an seine Seite: „Ich fürchte, das sind sie", sagte sie. „Das sind die Nazis. Ich erkenne ihren Geländewagen schon am Krach des Auspuffs."

Sie hatte noch nicht richtig ausgesprochen, da flog auch schon die Tür auf. Django das Rattengesicht enterte den

Raum. Hinter ihm Bruno mit der Glatze. Dann der Tarnanzug. Dann noch zwei Typen, ein kleiner Dicker mit Bom-
berjacke und der schmierige Barkeeper Hotte aus dem
Schluckspecht. Im Schlepptau hatten sie auch noch drei
Frauen, darunter die beiden Stehleuchten aus dem Schluckspecht. Alfred war vom Stammtisch aufgesprungen, um sich
unsichtbar zu machen. Aber es war bereits zu spät. Schon
standen die fünf Kerle vom Verein der Gerechten Rechten
in der Wirtschaft, und versperrten Alfred den Fluchtweg zur
Tür. Die Hoffnung, sie würden ihn vielleicht nicht wiedererkennen, währte nur kurz. Django Rattengesicht deutete
auf ihn und stellte laut und triumphierend fest: „Ist das nicht
einer der Wichser von neulich?

„Wo hast du deine Schlampe?", fragte Glatzenbruno und
rückte dabei einige Schritte näher. „Und den Itakker?"

Alfred breitete unschuldsvoll die Arme aus. „Ich bin alleine.
Mit den anderen habe ich nichts zu tun. Ich gehöre nicht zu
ihnen." Er machte einige Schritte rückwärts. Hinter ihm war
jetzt die Schiebetür zum Nebenraum. Der letzte Fluchtweg.

„Macht keinen Ärger", versuchte Wirt Ulrich von seinem
Platz hinter der Theke zu besänftigen. „Ich will hier keinen
Krawall haben." Und direkt an die Nazis gewandt: „Lasst
ihn gehen. Er ist wirklich alleine hier. Und er ist harmlos."

Django schob einen Stuhl beiseite, der noch zwischen ihm
und Alfred stand. Er grinste heimtückisch und seine eng
beieinanderstehenden kleinen Rattenaugen funkelten bös-
artig. „Mal sehen, wie harmlos er ist?", sagte er schleppend.
Man hörte geradezu die Vorfreude aus seiner Stimme heraus.

Alfred erwog seine Möglichkeiten. Zur Tür würde er es niemals schaffen. Fünf Kerle und die drei Frauen standen dazwischen. Sollte er versuchen, über die Eckbank am Stammtisch mit einem Sprung hinter die Theke zu kommen? Aber

was dann? Von dort kam er auch nicht zur Tür, höchstens in die Küche. So schnell, wie sich seine Gedanken jagten, blitzen darin kurz scharfe und lange Küchenmesser auf. Nein! Viel zu gefährlich. Blieb eigentlich nur noch die Schiebetür zum Nebenraum. Dort gab es ein Fenster. Ein möglicher Weg nach draußen. Er konnte hinaus in den Schnee springen.

Soeben hatte er sich für diese Variante entschieden, da traf ihn der erste Faustschlag von Bruno an der linken Schulter. Alfred wurde herumgeworfen und vollführte eine halbe Drehung, so dass der zweite Faustschlag, der diesmal von Django kam, ihm auf den Brustkorb donnerte. Die Wucht warf ihn zurück bis an die Schiebetür zum Nachbarraum. Er drohte in die Knie zu gehen. Ein wuchtiger Hammer in die Magengrube richtete ihn wieder auf. Ein zweiter folgte. Bruno und Django teilten sich die Arbeit. Die anderen bildeten einen Halbkreis um das Geschehen und feuerten ihre beiden Anführer an. „Gib's dem Arsch! Zeig's ihm! In die Eier, in die Eier", forderten die Mädels. Die nächste Faust landete in Alfreds Gesicht. Er spürte sofort, wie ein warmer Blutstrahl aus seiner Nase schoss. „Wichser! Drecksack! Arschloch!" Bruno und Django lieferten mit jedem Faustschlag eine Begründung. Alfred stöhnte und ächzte und wurde unter den Schlägen hin- und hergeworfen wie ein Punchingball. Dann traf ihn ein Stiefel in die Magengrube. Das war zu viel für die Brägele, aber es war Alfreds Rettung. Denn der Schwall an nahezu noch unverdautem, dafür aber bereits übelriechendem Mageninhalt, der sich nun aus Alfreds Innerem nach draußen ergoss, traf zielgenau die Herren Django und Bruno auf Augenhöhe. Beide brüllten überrascht und voller Ekel auf, vergaßen angesichts der Brägel ihre Prügel und bemühten sich hektisch, ihre Gesichter vor weiteren Bioangriffen zu schützen.

Dieser Moment der Überraschung reichte für Alfred. Er schlüpfte durch die Schiebetür in den Nebenraum, eilte dort zum Fenster, riss es auf, peilte kurz die Höhe und sprang dann todesmutig zum Fenster hinaus in den Schnee. Hinter ihm hörte er noch die Flüche und Verwünschungen seiner Peiniger. Sie würden nicht lange brauchen, um ihm auf dem gleichen Weg zu folgen, oder um das Haus herum ihm den Weg abzuschneiden. Er musste schnell sein. Schnell! Und ohne Panik!

Der erste Impuls riet ihm zur Flucht in den Wald hinunter. Dann aber besann er sich, dass auf dem Parkplatz ja noch Peter Stirling mit seinem Auto sein musste. Dorthin musste er es schaffen, dann konnte die Flucht gelingen. Er arbeitet sich hektisch durch den Schnee. Seine blutende Nase hinterließ eine Reihe unübersehbarer Wegmarkierungen im Schnee. Schon krabbelte Alfred über den hohen Schneeberg, den in den letzten Tagen Reinhard Ulrich beim Räumen des Parkplatzes mit der Schneefräse geschaffen hatte. Dahinter stand Peter Stirling mit seinem Auto.

Besser gesagt, dahinter hätte eigentlich Peter Stirling mit seinem Auto stehen müssen. Aber er stand nicht. Stattdessen sah Alfred gerade noch die Rücklichter des Wagens auf der Straße in die Stadt hinunter verschwinden. Peter Stirling hatte schlicht die Flucht ergriffen. Er rettete seine Haut. Er hatte wohl mitbekommen, was im Wirtshaus geschah und seine Schlüsse gezogen. Er ließ Alfred im Stich. So ein Feigling, fluchte Alfred, der an Stirlings Stelle höchstwahrscheinlich genauso gehandelt hätte.

Was nun? Alfred hörte Stimmen. Bruno war ebenfalls aus dem Fenster gesprungen und folgte in Alfreds Spuren. Und die anderen kamen zur Tür aus der Wirtschaft heraus und suchten nach ihm.

Alfred rutschte den Schneeberg hinunter auf den Parkplatz. Dort standen jetzt nur noch zwei massige Geländewagen, die Fahrzeuge der Gerechten Rechten. Einer Eingebung folgend, rannte er zum vorderen der beiden Geländewagen. Die Fahrertür war nicht verriegelt. Der Schlüssel steckte. Was für ein Glück! Und wie dämlich waren eigentlich diese Nazis? Alfred sprang hinters Steuer, rührte im Getriebe und warf den Motor an. Der Wagen dröhnte wie ein Unimog. Es handelt sich schließlich auch um einen halben Truck. Hektisch rangierte Alfred aus dem Parkplatz. Aus dem Seitenfenster sah er Bruno oben auf dem Schneeberg sitzen. Es musste schnell gehen, sonst waren die Verfolger da. Mit dem massiven stählernen Hirschfänger, der an der breiten Vorderfront des Wagens montiert war, rammt Alfred den zweiten Geländewagen und schob ihn rücksichtslos in die Schneewand, die den Parkplatz begrenzte. Dann drückte er das Gaspedal voll durch, und mit einem Satz vorwärts steuerte er den Geländewagen vom Parkplatz auf die Fahrstraße. Keine Sekunde zu früh. Schon hasteten im Laufschritt Django und die übrigen Gerechten Rechten herbei. Sie versuchten, sich an den davonbrausenden Geländewegen zu klammern und aufzuspringen, schafften es aber nicht mehr. Stattdessen landeten Django und der Tarnanzug auf der Nase. Die ganze Truppe konnte nur noch fluchend zusehen, wie Alfred den Wagen im heulenden ersten Gang die Straße hinunter jagte. Bruno hatte sich unterdessen im zweiten Geländewagen hinter das Steuer gesetzt und ihn nach einigem Rangieren aus dem Schnee befreit. Seine Kumpane zwängten sich auf den Beifahrer- und die Rücksitze. So machten sie sich auf die Verfolgung von Alfred. Der aber hatte einen beachtlichen Vorsprung. Er bog bereits unten am Ende des langen Schlussanstiegs um die Haarnadelkurve.

Der Geländewagen rumpelte wie ein alter Bierlaster. Alfred war mit den Armaturen überhaupt nicht vertraut. Irgendwie gelang es ihm aber, das Standlicht einzuschalten. Außerdem fegte die ganze Zeit im höchsten Intervall der Scheibenwischer über die Windschutzscheibe. Mit dem Ärmel wischte Alfred sich das Blut von der Nase. Baumreihen huschten vorbei. Schneeberge. Kurven. Rechts neben der Straße fiel der Bergwald steil ab. Alfred kannte die Stelle noch vom Hornschlittenabend. Hier ging es dramatisch in die Tiefe. Er entschied, dass dies die richtige Stelle sei, um den Geländewagen dauerhaft zu entsorgen. Er riss die Fahrertür auf, benutzte den linken Fuß, um sie offen zu halten, lenkte scharf nach rechts, so dass der Geländewagen den Schneebord am Straßenrand durchbrach und warf sich in dem Moment zur Tür hinaus in den Schnee, als der Wagen abhob und zu einem Sprung in die Tiefe ansetzte. Krachend polterte das massige Fahrzeug dreißig, vierzig Meter steil zwischen den Bäumen in den Abgrund. Dann prallte es gegen einen Stamm, bohrte den Kühlergrill in den Waldboden und hob sein Heck in die Höhe, um sogleich nach links wegzukippen und nunmehr auf der Seite rutschend seinen Weg in die Tiefe fortzusetzen.

Alfred hatte den Sprung aus der Fahrertür weitgehend unversehrt überstanden. Aber er wusste, dass er nun schnell von der Bildfläche verschwinden musste, wenn er nicht doch noch den Verfolgern in die Arme fallen wollte. Schon sah er hinter den letzten Kurven die Scheinwerfer aufblitzen.

Unten im Wald kündigten ein letztes lautes Krachen und das Bersten von Stämmen und Ästen das Ende des Absturzes an. Alfred wäre nicht überrascht gewesen, wenn nun noch eine Explosion gefolgt wäre und der Wagen den Wald in Brand gesetzt hätte. So kannte er das aus den Krimiserien im Fernsehen. Aber statt eines Showdowns á la Cobra 11 gab es nur ein gequältes Geräusch von geborstenem Holz. Alfred rannte vollgepumpt mit Adrenalin die Straße hinunter. Jetzt nichts wie weg. Die Verfolger würden mit ihrem abgestürzten Geländewagen nun hoffentlich genug beschäftigt sein.

# NIKOLAUS UND KNECHT RUPRECHT

Wenn der heilige Nikolaus von Myra seinerzeit im vierten nachchristlichen Jahrhundert geahnt hätte, welche Prüfungen seinen Nachfolgern im Geiste auferlegt werden würden, hätte er vielleicht auf seine Rolle als Gabenbringer und Beschenker der Kinder verzichtet. Aber wer konnte schon vorhersehen, dass in Neustadt im 21. Jahrhundert offenbar alle Eltern der Meinung waren, wenn ein Nikolaus an ihrer Tür klingelt, dann bedürfe er vor und im Anschluss an den Auftritt bei den Kindern unbedingt eines Schnapses oder auch zweier. Möglicherweise hatten die Eltern sich auch abgesprochen, dass von Haus zu Haus auf keinen Fall die Schnäpse von der gleichen Sorte sein sollten. Und auch nicht von höchster Qualität. Vielleicht sah man es allgemein als eine gute Gelegenheit an, mal den verstaubten Spirituosenschrank aufzuräumen und all die übriggebliebenen Destillate des vergangenen Jahrzehnts loszuwerden. So machten Alfred und Linus als Nikolaus und Knecht Ruprecht Bekanntschaft mit solch denkwürdigen Spezialitäten wie dem Fehmarn Likör, dem Lillet Aperitif, einem Penninger Bierwurz, dem Pfefferenzian, einem Topinambur, dazwischen Delta Force Port, Ramazotti, Amaretto und Havana Club Rum, aber auch Exoten wie dem Sherry Medium Dry San Miguel, dem Pfefferminzlikör Berliner Luft, einem Fürst Uranov Wodka und diversen Grappa und Obstlervarianten. Zwischendurch, was wirklich eine Erleichterung war, auch mal ein Eierlikör.

Alfred und Linus starteten ihre Nikolaustour in der Spritz, wohin der Feigling Peter Stirling den Wäschekorb mit den Kostümen gebracht hatte. Die Nacht nach seiner erfolgreichen Flucht vor den Gerechten Rechten hatte Alfred bei

Linus im Gästebett verbracht. Dann hatte er einen Arbeitstag im wieder hergestellten Minibüro von Goodwood am Adlerbuckel eingelegt, seine neuesten Recherchen zum Hochfirstturm und dessen Kriegsvergangenheit vertextet und an den Wohnungsgenossen Tim Joy in Freiburg ein paar Rechercheaufträge im Netz vergeben. Es ging voran mit der Plattform. Linus hatte es doch tatsächlich geschafft, ein Autohaus, einen Bäcker, einen Immobilienmakler und zwei Hotels von der Durchschlagskraft einer Bannerwerbung zu überzeugen, und von der Notwendigkeit, diese sogleich für ein ganzes Jahr zu buchen. Das erste Geld floss damit in die Goodwood Kassen. An diesen Erfolgen merkte man Linus dann doch den Vertriebsprofi an, der er in vielen Jahren als Versicherungsagent geworden war. Von Vanessa keine Nachrichten. Von Anna auch nicht. Von Dr. Silvia Winkrewcz eine Erinnerung an den nächsten Nachhilfenachmittag. Den hätte Alfred ganz sicher nicht vergessen.

Stattdessen vergaß er am Bildschirm im Goodwood-Büro das Foto vom Schreibtisch im Büro der Bürgermeisterin zu stürzen, wie er es beabsichtigt hatte. Er wollte doch herausfinden, was auf den beiden Post-it Zetteln stand, die auf der Kladde klebten. Als ihm das wieder einfiel, saß er aber schon am Stammtisch in der Spritz. Linus war nicht gut gelaunt. Er fühlte sich von Alfred überrumpelt, weil dieser ihn vergattert hatte, Knecht Ruprecht zu spielen.

Insgesamt hatten sie neun Adressen, die sie an diesem Abend als Nikolaus und Knecht Ruprecht beglücken sollten, drei von den Hochfirst-Wirtsleuten und sechs von den Hornis.

Neben ihm selbst und Linus, mit dem er die Zeit totschlug, bis die Nikolaustour endlich losgehen sollte, saßen am Stammtisch diejenigen, die immer dort saßen: der Polizist Knoddle, der Wildbartträger Karle, der Altfeuerwehrkommandant Langhans, Stromy der Gelegenheitsarbeiter und Alleskönner, Narrenvater Locke, der Hobbymetzger Pfundle, der Küchenmonteur Ties, dem sie den Spitznamen Stripp-Ties verpasst hatten. Jeder war auf seine Art wichtig für den Stammtisch. Polizist Knoddle trank sich planmäßig seinem Ruhestand entgegen, Karle, der Mann mit dem Ganghofer-Bart, erläuterte die Geheimnisse der professionellen Schäferhundezucht, Langhans war Schiedsrichter in Fragen der Stadtgeschichte, der umtriebige Locke, der im Lebenswandel und in Sachen Nachtaktivität locker mit Alfred mithalten konnte, brachte von seinem Arbeitsplatz regelmäßig Neuigkeiten von der Tourismusfront mit, Stromy wusste und konnte alles besser, Pfundle versuchte geräucherte Speckseiten und Büchsenwurst an den Mann zu bringen, und Stripp-Ties flutete den Stammtisch mit einem unerschöpflichen Reservoir an Witzen. Knoddle berichtete von einem schwierigen Polizei- und Feuerwehreinsatz am Vorabend: „So ein paar besoffene Idioten sind vom Hochfirst Rasthaus oben runter gefahren, von der Straße abgekommen und mit ihrem Geländewagen in den Wald gestürzt."

Der Langhans, ein alter Feuerwehrkamerad, wollte Einzelheiten wissen. „Es war an der steilsten Stelle. Vierzig Meter tief sind sie abgestürzt. Wie durch ein Wunder ist keinem was passiert. Aber die Feuerwehr musste den abgestürzten Geländewagen mit der Seilwinde wieder heraufholen. Die Kiste war ganz schön zerbeult."

„Was waren das für Kerle?"

„Typen aus dem Dreisamtal. Einer von ihnen stand sogar auf der Fahndungsliste. Den haben wir gleich in die JVA nach Freiburg gebracht."

„Was hatte der auf dem Kerbolz?", wollte Alfred wissen.

„Autodiebstahl, Brandstiftung an einem Flüchtlingsheim, unerlaubter Waffenbesitz – eine ganze Menge", so zählte

Knoddle auf und spülte mit einem genussvollen Schluck Rotwein nach. Es entspann sich eine muntere Diskussion darüber, ob man solchen Subjekten nicht generell den Zutritt zum Hochfirst oder noch besser gleich zum ganzen Hochschwarzwald verwehren könne. Und den Führerschein wegnehmen, und die Staatsbürgerrechte und den Fernseher. Der Stammtisch argumentierte wie immer ausgesprochen differenziert und vorurteilsfrei.

Alfred und Linus mussten also nicht viel sprechen, um dennoch gut unterhalten zu werden.

Aber irgendwann war es Zeit aufzubrechen, und die beiden schlüpften im Nebenzimmer der Spritz in ihre Kostüme. Alfreds Nikolauskostüm bestand aus einem langen, roten Mantel, der mit weißem Innenteil gefüttert und an den Ärmeln und am Kragen umgeschlagen war. Der Mantel war so schwer wie ein Traktorreifen und für Alfred viel zu groß. Vermutlich war er auf einen Nikolaus vom Format Reinhard Ulrichs ausgelegt. Außerdem musste Alfred sich einen Bischofshut aufsetzen, der ihm ständig in die Stirn rutschte. Zur Aufmachung gehörten weiterhin Knobelbecher, die Alfred um zwei Größen zu groß waren, eine Perücke aus weißen Borsten, die bis auf die Schulter herabfielen, und ein langer weißer Bart aus eben demselben Material, von dem Alfred vermutete, dass es sich um Putzwolle handelte. Perücke und Bart waren eindeutig Marke Eigenbau, ebenso der lange hölzerne Stab, an dem Schnitzereien, ein Rothaus-Aufkleber und angenietete Wanderabzeichen verrieten, dass es sich jedenfalls nicht um einen Bischofsstab handelte.

Linus trug neben einer schwarzen Räuberperücke mit Bart und Trappermütze einen Kartoffelsack am Leib und einen weiteren Kartoffelsack unterm Arm. Darin sollten die Geschenke für die Kinder verpackt werden. Alfred hatte alle

Adressen abtelefoniert und es war ausgemacht, dass sie jeweils von den Müttern und Vätern direkt beim Einlass in die Wohnungen die Geschenke für die Kinder übernehmen würden, ebenso einen Spickzettel, auf dem die Namen der Kinder, ihre Vorzüge und ihre Talente sowie falls nötig auch ihre Sündenregister notiert waren.

„Kann nichts schiefgehen", behauptete Alfred. Er hatte die Rechnung ohne die Eltern, ohne die Kinder und ohne die Schnäpse gemacht. Und auch ohne Carlo. Carlo war ein Rottweiler Rüde, ungefähr so groß wie ein Einkaufswagen, und er gehörte zu der Wohnung, bei der Alfred und Linus als erstes klingelten.

„Der macht nichts!", behauptet der Hausherr, als sie unter beängstigendem Gebell empfangen wurden. „Er will nur an euch schnuppern."

Irgendetwas an Alfreds Nikolausmantel musste speziell für Hundenasen eine aufregende Provokation sein, denn Carlo fand, dass Bellen nicht genug sei, sondern dass er nach den Mantelschössen schnappen und dabei an Alfred emporspringen musste.

„Carlo, lass das. Geh weg vom Nikolaus", sagte die Dame des Hauses. Wenn ihre Kinder ähnlich wenig folgsam waren wie der Hund, würde das eine anstrengende Bescherung werden. Carlo ließ jedenfalls nicht locker, auch nicht, während der Hausherr den Kartoffelsack, den Linus halten musste, mit Geschenken vollstopfte.

„Die Kinder warten im Wohnzimmer, sie sind schon ganz aufgeregt", sagte die Mama. „Wollt ihr erstmal ein kleines Schnäpsle?"

So klein war es nicht. Ein Trinkglas für jeden, gefüllt mit Obstlerbranntwein. Während sie tranken und Carlo versuchte, nach Alfreds Bart zu schnappen, unterbreitete der Familienvater sein Briefing. „Die Leonie macht immer fleißig Hausaufgaben, aber sie isst zu viel Süßigkeiten. Da muss der Nikolaus schimpfen." Alfred nickte, was ein Fehler war. Denn jetzt erwischte Carlo den Bart und biss sich darin fest. Er schüttelte seine Beute wie ein erlegtes Kaninchen, und Alfreds Kopf wurde dabei hin und her geschleudert, denn der Bart war vorzüglich mit einem Lederband an Alfreds Kopf befestigt. Der Hund hatte Kräfte wie ein Wrestler. Alfreds Kopf donnerte gegen die Wohnzimmertür. Der Hausherr besänftigte Carlo. Alfred brauchte noch einen Schnaps. Diesmal gab es Topinambur. Das passte wenigstens zu Knecht Ruprechts Kartoffelsäcken.

„Der kleine Nico will ganz tapfer sein, und wenn der Nikolaus es sagt, auf seinen Schnuller verzichten. Er will ihn dem Nikolaus mitgeben", so setzte der Papa seine Instruktionen fort. „Und Lisa muss geschimpft werden, bevor sie ihre Geschenke kriegt, sie räumt nie ihre Spielsachen auf."

„Kriegt Carlo auch was?", fragte Alfred, der von Carlo bewacht wurde, als wäre er dessen wichtigstes Spielzeug. Die Frage war blöd, denn sie brachte den Hausherrn auf die Idee, einen Leckerli-Knochen im Nikolaussack zu deponieren, den Alfred am Ende der Vorstellung dann an Carlo ausgeben sollte. Carlo war aber der Meinung, dass ihm die Belohnung sofort zustehe, und er rüttelte entsprechend zuerst am Kartoffelsack, dann an Alfreds Bischofsstab, als dieser den Fehler machte, den Hund mit dem Stab abwehren zu wollen.

Carlo verbiss sich in den Stab und so betraten sie das Wohnzimmer, wo bereits drei erwartungsvolle Kinderchen wie die Hühner auf der Stange nebeneinander auf dem Sofa saßen. Mit großen Augen bestaunten sie den groben Knecht Ruprecht und den imponierenden Nikolaus, der mit Carlo um seinen Stock kämpfte. Der Vater turnte herum und fotografierte aus allen Lagen. Die Mama setzte sich brav neben die Kinder.

„Hört, von draus vom Walde komm ich her", begann Alfred sein auswendig gelerntes Sprüchlein. „Ich muss euch sagen, es weihnachtet sehr."

„Kannst du zaubern?", unterbrach Lisa, das älteste der drei Kinder.

Das brachte Alfred aus dem Konzept. „Allüberall auf den Tannenspitzen, sah ich goldene Lichtlein sitzen", wollte er eigentlich sagen, aber er konnte die Frage schlecht ignorieren. Linus nahm ihm die Entscheidung ab: „Natürlich kann der Nikolaus zaubern", brummte er mit einem so tiefen Bass, dass Alfred sich das Lachen verheben musste. „Aber ihr dürft den Nikolaus nicht unterbrechen, sonst gibt es keine Geschenke."

Das nahmen sich Lisa und ihre Geschwister zu Herzen. Geduldig hörten sie dem Nikolaus nun zu bis zu der Stelle „Die Kerzen fangen zu brennen an, das Himmelstor ist aufgetan", was Lisa zu der naseweisen Bemerkung veranlasste: „Wir haben keine Kerzen mehr. Das ist zu gefährlich, sagt Mama."

Alfred kürzte ab und machte weiter mit: „Äpfel, Nuss und Mandelkern, essen fromme Kinder gern."

Carlo gab bei diesem Spruch den Wanderstab wieder auf und steckte stattdessen seinen Kalbskopf in den Kartoffelsack, den Alfred neben sich abgestellt hatte. Mit einem der schön verpackten Kindergeschenke im Maul tauchte er auf. Er schüttelte die Beute. Die Mama schrie entsetzt: „Die Puuuu-huu-peee!" und der Vater fotografierte eifrig.

Wenigstens nahm die Mama nun den Hund an die Leine. Das machte Carlo aber fuchsteufelswild, weil er das in der Wohnung als eine Ungehörigkeit empfand, so dass er wie rasend bellte und nicht mehr damit aufhörte. Sie mussten deshalb die ganze Zeremonie abkürzen und beschleunigen. Alfred stellte jedem der Kinder eine schwerwiegende Nikolausfrage, auf die keines der Kinder antwortete. Alfred lobte sie trotzdem und verteilte mit Linus' Hilfe die Geschenke, ehe Carlo zuschnappen konnte. Der kleine Nico übergab tapfer seinen Schnuller, den Alfred einsteckte. Dann traten sie den Rückzug an. Vor dem Abgang nötigte der Hausherr ihnen noch einen Fehmarn Likör „aus meiner alten Heimat, was ganz Besonderes" auf, ehe sie endlich dieses Haus verlassen konnten. Die erste Station war geschafft.

Sie stiegen wieder in Linus' Winter-Golf und Linus kutschierte sie beide um einige Erfahrungen und um einige Promille reicher zur nächsten Station droben im Neubaugebiet an der Fehrn. Diesmal wurden sie von gleich drei Familien mit ihren Kindern erwartet, die sich gutnachbarschaftlich abgesprochen hatten, hier zusammen auf Nikolaus und Knecht Ruprecht zu warten. Das hatten sie ohne Wissen von Alfred und Linus getan, und sie versuchten nun, die beiden heiligen Besucher durch vorab verabreichten Sherry Medium Dry San Miguel und einen Delta Force Port zu beschwichtigen. Drei Mütter steckten Alfred drei vollgekritzelte Blätter voller Regieanweisungen und unbedingt zu beachtenden Sprachregelungen zu. Ganz wichtig: Die Kinder mussten „wertschätzend und positiv" gemaßregelt werden, „motivierend und für die Kinderseele geeignet." Eine der drei Mütter, die gleichzeitig Alfred ein langes Sündenregister eines Sprösslings namens Tim zur unbedingten Abarbeitung während des Auftritts aufzwang, warnte gleichzeitig: „Aber wehe er weint!" Sie benötigten vierzig Minuten, um diese Station zu bewältigen, und waren damit bereits hoffnungslos in ihrem Zeitplan in Verzug. Tim hatte nicht geweint und die anderen Kinder waren in ihrer Kinderseele unversehrt geblieben, so dass die Eltern aufs Höchste zufrieden waren und Alfred und Linus noch mit einem Abschiedsgrappa belohnten. Alfred besaß nach diesem Auftritt außerdem drei weitere Babyschnuller zur Entsorgung.

Sie stiegen erneut in den Golf, Knecht Ruprecht rammte versehentlich im Rückwärtsgang ein Gartentor, doch dann erreichten sie unfallfrei die nächste Station, unten am Friedrich-Ebert-Platz. Dort ging es schneller. Die polnisch-stämmigen Eltern servierten Fürst Uranov Wodka, von welchem sie selbst bereits reichlich genossen hatten, ließen dafür Alfred und Linus vollkommen freie Hand bei der Gestaltung der Bescherung. Alfred nutzte diese künstlerische Freiheit, um nach seinem Sprüchlein „Draus vom Walde komm ich her ..." in einen langen, improvisierten Monolog pädagogischen Inhalts überzugehen, der so bedeutende Themen streifte wie gesundes Essen, Fernsehgucken, Schuhe binden und windelfreien Stuhlgang. Zwischenzeitlich kam er etwas vom Thema ab, als er über die schädliche Wirkung allzu großzügigen Wodkakonsums referierte. Aber da die drei kleinen Kinder des polnischen Pärchens andächtig lauschten und geduldig ihre Bescherung abwarteten, fühlte Alfred sich legitimiert, im wahrsten Sinne des Wortes über Gott und die Welt zu sprechen. Irgendwann forderte ihn der polnische Papa auf: „Jetzt Geschenke! Du kannst aufhören, Kinder verstehen kein Deutsch!" Sie bekamen noch einen Nachschlag auf den Fürst Uranov Wodka, diesmal keine weiteren Schnuller, und ein anerkennendes Schulterklopfen. „Guter Nikolaus! Komsch du nächstes Jahr widder!"

Linus erwog, den Wagen auf dem Norma-Parkplatz am Friedrich-Ebert-Platz stehen zu lassen. „Wo müssen wir noch hin?"

„Hauptstraße, Unterstadt, Bühl", klärte Alfred auf. „Bisschen viel." Sie wankten wie zwei echte Wodka-Brüder über den Norma-Parkplatz, fielen mehrfach in den Schneebord und suchten nach dem Golf, bis Linus einfiel, dass er ja in der Beethovenstraße geparkt hatte. Sie fuhren nun in die Hauptstraße bis zum Parkplatz beim Fressnapf-Laden. „Aber hier lassen wir dasch Auto st ... st ... stehen", lallte Linus und fiel beim Aussteigen erneut in den Schnee. Alfred half ihm wieder auf die Beine. Sie bewältigten die nächsten Adressen halbwegs unfallfrei und bekamen zu ihrer Erleichterung Eierlikör, Ramazotti und Amaretto serviert, drei leicht verdauliche Muntermacher. Das wirkte so revitalisierend, dass der gute Vorsatz über den Haufen geworfen wurde und sie erneut in den Golf stiegen. Linus bewies auf der Weiterfahrt Richtung Innenstadt, dass er auch beide Fahrbahnen beherrschte. Zweimal blendeten entgegenkommende Fahrer auf und hupten belehrend. Aber für Nikolaus und Knecht Ruprecht gilt selbstverständlich keine Straßenverkehrsordnung. Deshalb durften sie auch in den verbotenen Adlerbuckel einfahren und dort auf halber Höhe in der Straßenmitte parken, ehe sie die nächste Adresse abklingelten. Diesmal bekamen sie es mit einem Trio abgezockter Besserwisser zu tun. Die sieben- bis elfjährigen Burschen begrüßten die in den Raum wankenden heiligen Gabenbringer mit einer klaren Ansage: „Ihr seid Fake! Nikolaus gibt's gar nicht!"

Man hatte sie mit Pfefferenzian in Empfang genommen, aber das war ein mildes Beruhigungsmittel gewesen, gegen das, was die dreiköpfige Schurkenbrut veranstaltete. Der jüngste trat Alfred gegen die Stiefel, wohl um zu überprüfen, ob wenigstens die echt waren. Knecht Ruprecht musste seinen Bart verteidigen. Unterdessen hatte der Dritte im Bunde bereits den Kartoffelsack geplündert. Und immerzu mussten Nikolaus und Knecht Ruprecht sich anhören, welche Trottel, Idioten, schlechte Schauspieler und Pisser sie seien. Der Vater und die Mutter grölten vor Vergnügen und machten keinerlei Anstalten, bändigend einzuschreiten. Alfred rutschte der Bischofshut bis in die Nase und er torkelte gegen den Wohnzimmerschrank. Das Vergnügen bei der Kinderschar war grenzenlos. Schließlich stülpte Alfred genervt den Kartoffelsack um, ließ alle guten Gaben über den Teppichboden kullern und verabschiedete sich mit einem empörten: „Das war's!" Der Vater begleitet sie bis zur Tür und war voll des Lobes: „Das war Klasse. Den Jungs hat's super gefallen. So gut war es noch nie. Hier, trinkt noch einen guten Enzian!" Und so bekamen sie nochmals vom Pfefferenzian, der seinen Namen zu Recht trug.

Als sie endlich wieder ins Freie taumelten, war der Golf verschwunden. Beziehungsweise, er hatte sich selbstständig gemacht und war auf dem Eis- und Schneebelag am Adlerbuckel Richtung Friedrichstraße gerutscht. Dort steckte er jetzt zur Hälfte im Schneebord. Knecht Ruprecht klemmte sich hinter das Steuer und orgelte die halbe Unterstadt wach. Alleine, es half nichts. Der Golf steckte fest.

Sie beschlossen, die restliche Tour zu Fuß zu erledigen. Inzwischen war es aber schon sehr spät geworden. Alfreds Handy klingelte, und besorgte Eltern fragten nach, ob denn mit des Nikolaus Besuch überhaupt noch zu rechnen sei. Die Kinder seien müde und müssten anderntags wieder zur Schule. Es sei höchste Zeit. Also eilten sie im Laufschritt zur nächsten Station, wurden dort von hypernervösen Eltern und zwei Kleinkindern im Schlafanzug empfangen, mussten „zum Aufwärmen, ihr seht ja ganz verfroren aus", einen Havana Club Rum trinken, und dann noch, „zum locker werden, ihr macht mir etwas einen steifen Eindruck", einen Pfefferminzlikör Berliner Luft. Beides war nicht sehr bekömmlich, aber Alfred lallte Theodor Storms „Draus vom Walde komm ich her …" so furios gegen die Pyjamakinder, dass sie weinen mussten, weil sie sich den Nikolaus irgendwie anders vorgestellt hatten. Vor lauter Schreck gaben sie beide ihre Schnuller freiwillig ab. Knecht Ruprecht fiel um, als er den Sack leeren wollte. Er riss einen Wohnzimmertisch mit Blumenvase zu Boden.

„Jetzt aber schnell, schnell ins Bettchen", kommandierte die Mama und brachte so ihre Kinder in Sicherheit. Der Vater rüffelte unterdessen Nikolaus und Knecht Ruprecht und verwies sie des Hauses.

In der Schützenstraße, wo sie als nächstes hin wankten, gab es zur Begrüßung durch den Vater einen Lillet Aperitif, dann in der Küche einen Schnaps unbekannter Herkunft und das Angebot: „Wollt ihr ein Bierchen?" Alfred und Linus sahen sich mit geröteten Augen an. Das war mal ein Vorschlag. Sie nickten. Sie tranken das Bier mit dem Vater, der sich ebenfalls eines gönnte, und spülten mit einem Penninger Bierwurz nach, bis Alfred etwas einfiel: „Wo sind eigentlich die Kinder?"

„Längst im Bett", sagte der Vater. „Die schlafen schon. Die Mama auch."

„Abber ... wasch ma ... machen wir dann noch hier?", wunderte sich Linus.

„Ich hab den Kindern versprochen, dass ich auf den Nikolaus warte und die Geschenke entgegennehme", erklärte der Vater. „Außerdem soll ich ein kleines Video von euch machen, als Beweis, dass ihr da wart. Ihr müsst darauf Marie und Lukas grüßen. Stellt euch mal da rüber an den Kühlschrank."

Sie taten wie geheißen, winkten in die Kamera und grüßten nahezu synchron: „Liebe Marie, lieber Lukas, ich bin der Nikolaus, ich bin der Rupknecht ... äh Ruprechtknecht ... Knecht Ruprecht ... wir haben euch eure Geschenke gebracht und seid auch schön brav und schlaft gut und gute Nacht!"

„Na, ja", sagte der Vater und forderte eine Wiederholung der Szene. Nikolaus und Knecht Ruprecht verweigerten sich.

Auf zur letzten Station, oben auf dem Bühl.

Die Klingel war unten am Haus, eine Treppe führte zu einer Terrasse empor, auf der sich der Hauseingang befand. Es brannte kein Licht. Sie klingelten vergeblich. Niemand öffnete. Die Leute schliefen schon. Alfred hämmerte auf die Klingel. Sie waren hier richtig. „Karlheinz Bausch!", so stand es auf seinem Spickzettel, den er von den Hornis hatten. „Zwei Kinder, Isabell und Johannes."

Das Haus blieb stumm. Alle Fenster waren dunkel. Wie war das möglich? Einvernehmlich sanken Alfred und Linus in den Schnee. Da saßen sie nun.

„Schlafen die wirklich alle schon?", fragte Alfred seinen Kumpel. „Wieviel Uhr haben wir denn?"

Linus krempelte umständlich den Ärmel seines Knecht-Ruprecht-Mantels nach hinten, um die Armbanduhr freizulegen.

„Oh!", sagte er.

„Wieso oh?", fragte Alfred.

„Mitternacht vorbei. Es ist halb eins!"

# BEERDIGUNG

Oberkommissar Junkel sah aus wie ein Drogenjunkie im Endstadium. Dem armen Kerl schien es wirklich dreckig zu gehen. Er hing in seinem fadenscheinigen Mantel wie eine zu klein geratene Schaufensterpuppe. Da Junkel der einzige Mensch war, den Alfred in der überschaubaren Schar der Trauergäste kannte, gesellte er sich zu ihm. Die Beerdigung von Markus Haber fand auf dem Dorffriedhof in Breitnau statt. Über den Gräbern lagen Schnee und ewige Ruhe. Nur das Loch, das für die Urne von Markus Haber ausgehoben worden war, störte das Bild. Der Aushub lag schwarz und dreckig daneben. Zwei Schaufeln steckten in dem kleinen Hügel. Polizei und Staatsanwaltschaft hatten den Leichnam erst nach vielen Tagen zur Bestattung freigegeben, nachdem sie ihre Obduktion abgeschlossen hatten. Allerdings gab es dazu keine Verlautbarungen, so dass Alfred den Oberkommissar während der kurzen Ansprache des Pfarrers pietätslos gegen den Ellbogen rempelte und flüsternd fragte: „Was habt ihr über seinen Tod rausgefunden?"
Junkel schnäuzte sich und zischte genervt: „Dass er tot ist!"
„Mehr nicht?"
„Psssscht!!!", mahnte einer der Trauergäste, die vor ihnen standen. Die Bestattungszeremonie war noch nicht zu Ende. Soeben sprenkelte der Pfarrer seine drei Spritzer aus dem Weihwasserschwenker ins offene Grab. Das Aspergill blitzte im Licht der Nachmittagssonne dieses kalten Dezembernachmittags kurz auf, dann deponierte der Geistliche seinen Schwenker wieder im Becken, klappte sein magisches Pfarrerbuch zu und trat mit einem Bückling in Richtung der Trauerfamilie feierlich den Rückzug an.

Höchstens drei Dutzend Menschen standen um das trostlose offene Grab herum und reihten sich nun in der Schlange ein, die dem Verstorbenen ein letztes Weihwasser hinterherschickte. Alfred ließ nicht locker: „Hat die Obduktion was ergeben?"

Junkel wurde von einem bronchialen Hustenanfall geschüttelt. Er klang wie ein alter Zweitakter-Traktor beim Versuch, auf der steilsten Seite die Weißtannenhöhe zu erklimmen. Offensichtlich fiel ihm das Sprechen in der kalten Luft schwer.

„Sie hat es aber nicht schlecht erwischt", stellte Alfred fest. Er selbst fühlte sich wohlig warm. Er trug wieder einmal den Bärenfellmantel von Linus, der in Wirklichkeit ein dreitausend Euro teurer Nerzmantel war.

„Hast du mir mal ne Zigarette?" Junkel war unverbesserlich. Er schien sein baldiges Ende mit Gewalt herbeiführen zu wollen.

„Auf dem Friedhof herrscht Rauchverbot", behauptete Alfred.

„Dann lass uns rausgehen." Wieder erschütterte ein Hustenanfall den Oberkommissar. Alfred nickte. Er hatte sowieso genug gesehen. Er war zu dieser Beerdigung erschienen, um die Trauergäste unter die Lupe zu nehmen. Von den Gerechten Rechten hatte sich niemand blicken lassen. Die Familie des Verstorbenen schien aus Omas, Opas, einigen Onkeln und Tanten sowie dem fassungslosen Elternpaar zu bestehen. Abseits der Familie, aber doch erkennbar mit einer gewissen Nähe zu ihr, fiel Alfred ein heftig schluchzendes Mädchen auf, das von einem sichtlich unbeholfenen jungen Mann im Arm gehalten und getröstet wurde. Das Mädchen machte trotz ihres Geheules einen frischen und rosigen Eindruck, irgendwie drall und gesund, während der pausbäckige Jüngling an ihrer Seite linkisch und überfordert wirkte. Alfred tippte insgeheim darauf, dass es sich bei dem Mädchen um die Freundin des Verstorbenen handelte. Den Jüngling konnte er nicht zuordnen, nahm sich aber noch während der Beerdigung vor, die Konstellation zu recherchieren. Deshalb folgte er auch nicht gleich Junkel vor die Friedhofstore, sondern ließ ihn alleine mit der gewährten Zigarette ziehen. Stattdessen tippte er einem jungen Mann auf die Schulter, der das Ende der Schlange vor dem Grab bildete. „Tschuldigung, wenn ich frage: Aber wer ist das junge Mädchen dort vorne, das so herzerweichend weint? Und wer ist das an ihrer Seite?"

Der Junge Mann, der zu einer Gruppe gehörte, bei der es sich wohl um Freunde oder Arbeitskollegen des Verstorbenen handelte, wandte unwillig den Kopf halb nach hinten, gab aber doch abgehackt Auskunft: „Die Lena. Das war die Freundin von Markus. Bis der Fabian sie ihm ausgespannt hat. Das ist der neben ihr."

Alfred horchte auf: „Er hat ihm die Freundin ausgespannt?"

„Ja weißt du das denn nicht?", fragte der junge Mann genervt. „Das weiß doch jeder hier in Breitnau. Lena und Markus waren dicke seit ihrer Kindheit. Aber sie wollte sich von ihm trennen. Wegen seiner Freunde, die mochte sie überhaupt nicht. Da hat es mächtig Streit gegeben. Und dann ist sie zum Fabian gegangen. Der ist … der war … also der Arbeitskollege von Markus."

Jetzt drehte der junge Mann sich doch um, um Alfred in Augenschein zu nehmen: „Sag mal, was fragst du eigentlich so neugierig? Bist du etwa auch einer von denen?"

„Von welchen?", stellte Alfred sich dumm, obwohl er genau wusste, wen der junge Mann meinte. „Ich bin von der Presse!" Er zückte seinen Presseausweis.

Der junge Mann verstummte. „Ich sage nichts mehr. Hab schon zu viel erzählt." Demonstrativ wandte er sich wieder ab.

Alfred hatte genug erfahren. Er verließ den Friedhof und suchte auf dem Parkplatz hinter der Kirche nach Junkel. Dort hatte Alfred seinen roten Flitzer abgestellt. Wie durch ein Wunder war die alte Maschine nämlich angesprungen. Die Tage in Linus' warmer Garage hatten dem Wagen gutgetan. Alfred, der seit der Ausgrabung des roten Flitzers aus der Schneewand bei jedem Besuch in der Garage bisher vergeblich versucht hatte, den Wagen anzuwerfen, war selbst überrascht, als er plötzlich das vertraute Wummern und Knottern des Motors hörte. Der rote Flitzer lebte.

Da es seit Tagen nicht mehr geschneit hatte und alle wichtigen Straßen mittlerweile vom Schnee geräumt waren, entschied Alfred, dass es auch mit Sommerreifen möglich sein müsse, nach Breitnau zu kommen. Zuvor tankte er für 15 Euro. Der Parkplatz, auf dem der rote Flitzer jetzt stand, war zwar von hohen Schneebergen gesäumt. Aber auf dem Kirchweg selbst lagen nur zusammengefahrene Reste.

Nicht weit vom roten Flitzer stand Junkels zerbeulter Fiesta, und dort fand Alfred auch Junkel. Dieser kniete im Schnee und spuckte Blut.

„Junkel, um Gottes Willen. Was ist los?" Alfred beugte sich über den Polizisten. Junkel rappelte sich hustend und keuchend auf. „Nichts, nichts!" Er krächzte: „Bloß eine blöde Erkältung."

„Junkel, Sie sehen aus wie der Tod", stellte Alfred ganz undiplomatisch fest.

Junkel bemühte sich tief und ruhig zu atmen. Seine rotunterlaufenen Augen tränten. Sein schlecht rasiertes Gesicht war weiß wie frischer Ziegenkäse. Er nickte Alfred zu: „Komm mit, wir trinken einen. Ich erzähle dir ein paar Sachen."

„Wo? Drüben im Kreuz?" Das war das einzige Breitnauer Gasthaus, das Alfred kannte.

„Nein, drunten im BASF-Heim. Da gibt es auch was."

Alfred fragte nicht weiter. Sie stiegen in ihre Fahrzeuge, und Alfred rangierte aus dem Parkplatz in den leicht ansteigenden aber mit ziemlichen Spurrillen aus Schnee und Eis versehenen Kirchweg hinein. Da es sich um eine Einbahnstraße handelte, musste Alfred die kleine Steigung nehmen. Das war zu viel für die Sommerreifen des roten Flitzers. Der Sportwagen bewegte sich nicht vorwärts, sondern seitwärts. Die Vorderreifen drehten durch. Alfred orgelte und ließ es qualmen. Der rote Flitzer drohte, sich in den Schneebord zu graben. Alfred schlug wütend aufs Lenkrad. Dann stieg er aus und besah sich das Problem. Es stank nach Gummi und Öl. Junkels Fiesta wartete im Abstand von einigen Metern. Junkel grinste schadenfroh durch die Windschutzscheibe.

„Können Sie mich mal anschieben?", brüllte Alfred hinüber. Junkel kurbelte sein Seitenfenster hinunter: „Willst du mich umbringen? Ich kriege einen Herzinfarkt, wenn ich mich anstrenge. Außerdem fährst du mit Sommerreifen. Das ist verboten."

„Ich hänge!", räumte Alfred kleinlaut ein. „Haben Sie eine Idee, wie ich da wieder wegkomme? Wir können ja schlecht rückwärts die Einbahnstraße zurück."

„Leg doch was unter die Reifen, damit sie Grip kriegen", empfahl Junkel. „Die Fußmatten, eine Decke oder so was."

„Alfreds roter Flitzer besaß schon lange keine Fußmatten mehr. Eine Decke gab es in dem Wagen auch nicht. Was blieb? Kurzentschlossen zog Alfred den Bärenfellmantel aus. Er schob ihn unter den linken Vorderreifen.

„Du musst ganz vorsichtig anfahren", rief ihm Junkel noch zu. Alfred versuchte es. Der Wagen bewegte sich, der Vorderreifen drehte durch, bekam aber den Bärenfellmantel zu fassen, rotierte weiter, jetzt auf dem Pelz, zog sich geradezu auf den Mantel und ließ ihn bei dieser Gelegenheit geschreddert hinter sich. Der rote Flitzer rollte immerhin ein paar Meter weiter. Dann blieb er wieder auf einer Eisplatte hängen. Aber Alfred wusste ja jetzt, wie er es machen musste. Er stieg aus und besah sich den Bärenfellmantel, der einige Meter hinter dem Wagen auf der Straße lag. Es schien, als habe ein Kampf zwischen mehreren Bären stattgefunden. Alfreds Bärenfellmantel hatte einen schwarz verbrannten Streifen ohne Fell und außerdem ein Loch von der Größe einer Bratpfanne. Nun war es auch egal, der Mantel war eh hinüber. Alfred deponierte ihn ein zweites Mal unter dem Vorderreifen, fuhr vorsichtig an, schredderte den Mantel ein zweites Mal und kam erneut mehrere Meter vom Fleck. Beim dritten Mal war schon nicht mehr zu erkennen, was das eigentümliche Pelzknäuel einmal gewesen war, das Alfred hinter sich her zog. Ein aufgetautes Stück Mammut? Der rote Flitzer kam mit Mühe über den höchsten Punkt der Straße. Von nun an gings wieder abwärts, zurück auf die Dorfstraße und hinunter zum BASF-Heim. Das war jetzt keine Herausforderung mehr für den roten Flitzer, obwohl es wieder leicht zu schneien begonnen hatte. Bergab ging immer. Der ehemalige Bärenfellmantel lag stinkend und nass auf dem schmalen Rücksitz. Er war vermutlich keine 3000 Euro mehr wert.

Alfred und Junkel betraten das BASF Heim Breitnau durch den Haupteingang. Einst für erholungsbedürftige Mitarbeiter und Betriebsrentner des Ludwigsburger BASF-Konzerns gebaut, war das „Haus Breitnau", wie es offiziell hieß, inzwischen ein Urlauber- und Erholungshotel für Jedermann, mit erstaunlichem Freizeit-, Fitness- und Wellnessangeboten. Unter anderem barg es unter seinem Dach ein Hallenbad, das größer war als das Dorfhallenbad oben im Ort. Die Rezeption war unbesetzt und Junkel lotste Alfred halbrechts durch einen Gang an der Gästelobby vorbei in ein kleines, rustikales Stübchen mit Stammtisch und Biertheke. Es waren keine Gäste im Raum. Die waren alle draußen im Speisesaal. Es war Abendessenszeit.

„Sieht aus wie in einer Wirtschaft", staunte Alfred.

„Es ist eine Wirtschaft", bestätigte Junkel. „Nur nicht für die Öffentlichkeit. Ausschließlich für Hotelgäste."

„Sie kennen sich aus?"

Sie setzten sich an den leeren Stammtisch. „Ich war schon mal hier, im Rahmen der Ermittlungen. Unser Opfer, der heute zu Grabe getragene Markus Haber, hat hier gearbeitet. Als Hilfskoch. Es gibt eine spannende Geschichte um ihn herum."

Eine freundliche Bedienung im schlichten Dirndl nahm die Bestellungen auf, ein Bier und noch ein Bier, dann fuhr Junkel fort: „Pass auf, die Geschichte geht so: Hier hat Markus Haber gearbeitet. Einer seiner Kollegen in der Küche ist der Kochlehrling Fabian Waldhorn. Zum Zimmerpersonal gehört das Mädchen Lena. Lena Wintermatten, so heißt sie."

„Die Ex-Freundin von Markus Haberer", erinnerte sich Alfred.

„Bisschen komplizierter", korrigierte Junkel. „Die beiden waren seit vielen Jahren ein Paar. Aber dann ist Markus Haber in die rechte Szene abgedriftet und hat sich den Gerechten Rechten im Dreisamtal angeschlossen, mit all ihren seltsamen Freizeitbeschäftigungen. Sie wurden bei Brandstiftungen in einem Flüchtlingsheim am Kaiserstuhl erwischt. So bekam Lena mit, was ihr Freund da alles trieb."

Sie wurden unterbrochen. Es erschien der Hotelgeschäftsführer Bernd Pollak, ein drahtiger, durchtrainierter Mitfünfziger, sehr elastischen Ganges, kerzengerade, akkurat

gekleidet. Er sah nach Tennis, Mountainbike, alkoholfrei-
em Weizenbier und gut erzogenen Kindern aus. Der Name
Pollak kam Alfred bekannt vor.

„Sind Sie verwandt mit der Petra Pollak vom Lenzkircher
Kurbüro?", fragte Alfred ganz direkt. Alfred hatte Erinnerungen an einen Kirschtortenbackkurs dort.

„Das ist meine Frau", klärte der Geschäftsführer freimütig
auf. Dann grüßte er höflich und setzte sich zu ihnen an den
Tisch: „Herr Oberkommissar Junkel, was kann ich für Sie
tun? Haben Sie immer noch Fragen?"

„Heute war die Beerdigung ihres Mitarbeiters", stellte Junkel
lakonisch fest. „Ich habe Sie nicht gesehen."

„Das stimmt", räumte der Hotel-Geschäftsführer ein. „Wir
hatten eine Busankunft. 40 Gäste. Da kann ich leider nicht
weg."

„Aha!" Junkel sagte es in einem Tonfall, der Missbilligung
verriet. Alfred blieb stumm. Wie es schien, hielt der Geschäftsführer auch ihn für einen Ermittlungsbeamten, denn
er richtete sich an beide gleichzeitig: „Wenn ich noch irgendwie helfen kann …"

„Ich hätte da noch ein paar Fragen zu Ihren Leuten", kündigte Junkel an.

„Nur zu! Soweit ich helfen kann, helfe ich gerne."

Das Bier wurde gebracht. Junkel hielt Ausschau nach einem
Aschenbecher. „Rauchen darf man hier nicht, oder?"

„Nein, tut mir leid!", sagte der Geschäftsführer und machte
keine Anstalten, irgendwie eine Ausnahme anzubieten, worauf Junkel spekuliert hatte. Seufzend nahm der Oberkommissar einen Schluck Bier. Dann fragte er: „Das Mädchen
Lena, das hatte sich also von Markus Haberer getrennt?"

Geschäftsführer Pollak zögerte mit der Antwort. So akkurat
wie er gekleidet war, antwortete er auch: „Wissen Sie, ich
kenne auch nicht alle Einzelheiten und mische mich norma-

lerweise auch nicht in das Privatleben meiner Mitarbeiter ein. Aber in diesem speziellen Fall hat es sich sehr nachteilig auf das Betriebsklima ausgewirkt."

„Inwiefern?" Junkel machte sich Notizen auf einem handtellergroßen Schmierblock.

„Die beiden waren ja nicht wirklich getrennt. Die Lena hat es dem Markus immer nur angedroht. Sie wollte, dass er sich von seiner zweifelhaften Clique trennt. Einmal sind die mit ihren Motorrädern hier aufgetaucht und haben stundenlang draußen im Hof röhrend ihre Runden gedreht. Ich habe sie mehrfach aufgefordert, das Gelände zu verlassen. Sie haben mich nur ausgelacht. Ich musste die Polizei rufen. Erst als die Streife kam sind sie wieder abgerückt."

„Also", so führte Junkel zu seiner Ursprungsfrage zurück, „Lena hatte sich also noch nicht von Markus getrennt?"

Bernd Pollak beugte sich vor und antwortete im Flüsterton, so dass die lang und länger gewordenen Ohren der Dirndl-bedienung hinter der Theke nichts mehr verstehen konnten: „Wie ich schon sagte. Sie hat ihm immer die Trennung angedroht. Und dann hat sie so getan, als ließe sie sich mit Fabian ein …"

„Fabian Waldhorn, Ihr Jungkoch?"

„Ja, Fabian Waldhorn, mein Kochlehrling. Das hat sie dem Markus aber nur vorgespielt, da bin ich sicher. Um ihn unter Druck zu setzen."

„Und wie hat Markus Haber darauf reagiert?"

„Er hat sich von der Naziclique losgesagt. Er ging nicht mehr zu ihren Treffen. Und er versteckte sich vor den Kerlen. Aber sie kamen immer wieder. Manchmal haben sie draußen vor dem Tor auf ihn gewartet, wenn er Feierabend hatte. Sie haben ihn immer wieder mitgeschleppt und ihm das Leben schwer gemacht."

„Woher wissen Sie das?"

Pollak wurde noch leiser: „Einmal kam er zu mir. Chef, so sagte er, Chef, ich habe Angst. Die verprügeln mich. Sie sagen, ich bin ein Verräter." Pollak wurde beschwörend: „Er hatte Angst, regelrecht Angst um sein Leben. Und um seine Freundin Lena Wintermatten. Er sagte, die Kerle hätten auch gedroht, Lena etwas anzutun. Ich will es gar nicht wiederholen …"

„Wiederholen Sie es bitte!", forderte Junkel.

„Sie … sie sollen gedroht haben, die Lena …, die Lena … also kurz: Die Lena, die gehöre mal richtig durchge … na Sie wissen schon …" Es fiel Bernd Pollak sichtlich schwer, solche Einzelheiten auszubreiten.

„Einmal richtig durchgevögelt!", vervollständigte Alfred, der in solchen Dingen nicht so sprachlos war. Junkel schickte ihm einen bösen Blick zu, der in etwa besagte: Halte dich raus!

Pollak nickte: „Ja, so haben die Kerle dem armen Markus gedroht."

„Er kam da also nicht raus, oder sah jedenfalls keinen Ausweg", so fasste Junkel zusammen.

Wieder nickte Pollak.

„Und dann ist Lena Wintermatten bei diesem Fabian gelandet?"

„Der Fabian hat das geglaubt. Aber gleichzeitig hat er gemerkt, dass Lena immer noch an Markus hing. Und so haben die beiden Burschen Streit miteinander angefangen."

„Markus und Fabian?"

„Ja", bestätigte Pollak. „Einmal sind sie in der Küche mit den großen Messern aufeinander losgegangen. Wenn die anderen nicht dazwischen gegangen wären …"

Er ließ offen, was dann passiert wäre. Junkel hatte auch so genug gehört: „Haben Sie sich gegenseitig gedroht? Haben Sie Morddrohungen gehört?"

„Ja!", bestätigte Pollak. „Markus hat gebrüllt, ‚den bringe ich um!', und Fabian hat auch gebrüllt, ‚den mache ich kalt!' Da haben sie sich beide nichts geschenkt." Dann stockte der Hotel-Geschäftsführer kurz, als ginge ihm jetzt erst auf, was die Schlussfolgerung sein musste: „Sie glauben doch nicht etwa ...?"

Junkel schnäuzte sich in seinen vielfach benutzten Lumpen von Stofftaschentuch, stopfte den Fetzen wieder in die Jackentasche und belehrte: „Glauben tue ich überhaupt nichts. Aber wenn zwei sich gegenseitig den Tod androhen und ein paar Tage später einer von beiden tot und gefesselt oben auf der Plattform des Hochfirstturmes gefunden wird, dann müssen wir uns den Übriggebliebenen schon mal genauer anschauen."

„Gefesselt!", staunte Alfred. „Davon wusste ich nichts."

Junkel wirkte ertappt. Die Information war ihm herausgerutscht. Dass Alfred neben ihm saß und mithörte, hatte er wohl verdrängt. Jetzt war es zu spät. Notgedrungen musste Junkel mit der Wahrheit herausrücken.

„Wie gefesselt?", bohrte Alfred nach.

„Mit Kabelbindern", gab Junkel widerwillig preis. „Kabelbinder um Handgelenk und Fußgelenk, dann einmal durch die Turmwand durchgezogen und dahinter verschlossen. Keine Chance, da rauszukommen."

Die Bohrlöcher! Alfred ging ein Licht auf. Die Bohrlöcher waren die Öffnungen für die Kabelbinder gewesen.

„Und deswegen ist er erfroren, weil er am Turm festgetackert war?", fragte er zur Sicherheit.

„So ist es", antworte Junkel resigniert. Diesen Teil der Ermittlungen musste er nun wohl oder übel preisgeben. „Er muss wohl eine ganze Nacht bei bitterer Kälte von unter minus zehn Grad da oben gefesselt gewesen sein. Irgendwann wurde er bewusstlos, dann ist er gestorben, erfroren. Dann wurde er eingeschneit und ist zugefroren, bis ihr den Toten gefunden habt."

„Aber er hat doch bestimmt um Hilfe gerufen?"

„Das mag sein. Ganz sicher!" Junkel verzog säuerlich das Gesicht. „Aber es herrschte drei Tage und Nächte am Stück Sturm. Da gehen Hilferufe leicht unter. Die Wirtsleute waren im Haus. Da haben sie nichts gehört. Der Turm pfeift und heult ständig, wenn es draußen stürmt. Und offiziell war er ja geschlossen. Niemand konnte ahnen, dass dort oben ein hilfloser Mensch in seinen Fesseln hing. Keine Chance!"

„Poaah!" Das musste Alfred erst einmal verdauen. Aber so, wie es der Oberkommissar skizziert hatte, war der ganze Tatverlauf sehr plausibel. Nur die Bohrlöcher und die verwendeten Kabelbinder, die ließen ihm keine Ruhe. Doch dann ging ihm noch ein Licht auf, und nach dem ersten Schrecken fasste er es in Worte: „Das bedeutet aber, dass der oder die Täter ihr Opfer absichtsvoll auf den Turm gelockt haben. Und dass sie dort schon die Bohrlöcher hatten und den Kabelbinder …"

Als Junkel nicht widersprach, sondern ausdruckslos nickte, fügte Alfred hinzu: „Das bedeutet also, die Tat war von langer Hand geplant …"

# PER ASPERA AD ASTRA

Die zweite Latein-Nachhilfestunde schenkte der ersten nichts. Alfred fühlte sich an Domina-Spielchen erinnert. Zuerst wurde er mit Latein gequält. Das war sicher schlimmer als einmal mit der Ledergeisel den nackten Hintern poliert zu bekommen. Alfred murkste sich durch den Abschnitt 23 der Kaisergeschichte „De vita Caesarum" des römischen Schriftstellers Gaius Suetonius Tranquillus, in welcher es um die Nöte des Kaisers Augustus nach der Schlacht im Teutoburger Wald ging. Alfred wurde dabei von der unerbittlichen Dr. Silvia Winkrewcz gequält wie einst Heerführer Varus von Arminius dem Cherusker. Es war aber auch zum Verzweifeln. Der Text begann mit zwei ellenlangen Schachtelsätzen, die Alfred so katastrophal falsch übersetzte, dass die Winkrewcz nicht bereit war, ihm auch nur den Ansatz ihres Dekolletés zu zeigen. Sie blieb in ihrem Kostüm hochgeknöpft wie eine frigide Suffragette, obwohl Alfred genau wusste, dass unter der Verpackung lüsterne primäre und sekundäre Geschlechtsmerkmale wohnten und nur auf ihre Entfesselung warteten. Alfred musste Wort für Wort in die Satzungetüme einsteigen und Kasus, Tempus, Numerus, Genus und Modus eines jeden einzelnen Wortes sezieren. Was dabei herauskam, war weit entfernt von dem, was er zu Hause auswendig gelernt hatte, nachdem er den gesamten Sueton, Divus Augustus 23 dem Google-Übersetzer überantwortet hatte. Endlich hatte er sich durchgeackert. „Alfredus, libidinem redde", fordert ihn die Winkrewcz anschließend in Anlehnung an das berühmte Augustus-Zitat „Varus, gib mir meine Legionen zurück!" kühl auf und knöpfte dabei ihre Verpackung auf. Dieser Teil der Nachhilfestunde bereitete Alfred keine Mühe, im Gegenteil, Tempus verging im Fluge, Genus war eindeutig, im Modus variierten sie von Numerus zu Numerus, bis sie beide, Alfred und die lateinische Silvia, erschöpft auf dem Boden des Dozentenbüros nebeneinander zum Liegen kamen. Nackt und auf dem Rücken. Alfred mit Bisswunden am Bauch und am Oberschenkel. Aber ohne neuen Knutschfleck am Hals.

„Du wirst die Lateinprüfung schaffen!", prognostizierte die bereits wieder erkaltende Nachhilfelehrerin. „Aber wir brauchen noch zwei oder drei Nachhilfestunden. Nächsten Mittwoch wieder. Hier! Gleiche Zeit!"

Das kam einem Befehl gleich. Alfred wurstelte sich zurück in seine Klamotten und verließ den sündigen Ort. Einerseits beschwingt, auch mehr als hormonell befriedigt, andererseits aber auch mit dem Anflug eines schlechten Gewissens. Er machte sich Sorgen, weil Vanessa sich seit Tagen nicht mehr gemeldet hatte. Stattdessen bekam er neuerdings wieder Kurznachrichten von Anna. Kleine, harmlose Signale, die aber alle mit „Lieber Alfred" begannen. Er konnte sich keinen Reim darauf machen. Eindeutig war Anna auf Versöhnungskurs. In ihrer letzten WhatsApp Nachricht hatte sie sogar ein weiteres Treffen im Villinger angeregt. Kaffeetrinken! Schön! Alles zu seiner Zeit. Jetzt galt seine Sorge Vanessa. All seine Versuche, sie per WhatsApp, per Mail, per Anruf oder live bei ihr zu Hause, im Institut, im Légère oder sonst einer der üblichen Kneipen zu treffen, etwas von ihr zu sehen oder zu hören, wenigstens befreiend mit ihr zu streiten, schlugen fehl. Sie war komplett von der Bildfläche verschwunden. Vielleicht bei ihren Eltern, die Alfred vage in einem fernen anderen Bundesland wusste. Aber so etwas hätte sie mitgeteilt. Oder? War sie etwa immer noch sauer wegen des Knutschflecks? Alfreds Unbehagen wuchs von Tag zu Tag. Vanessa war seine wichtigste Vertraute. Wie konnte sie ihn so im

Stich lassen? Jetzt, wo er ihren schlauen Kopf so gut hätte gebrauchen können.

Er fühlte sich nämlich kurz vor der Aufklärung des Mordfalles Haber. Nach allem, was Junkel und auch der Hotel-Geschäftsführer Pollak in Breitnau erzählt hatten, lief es auf eine Eifersuchtsgeschichte hinaus. Irgendwie musste der düpierte Jungkoch Fabian Waldhorn seinen Kollegen auf den Hochfirstturm gelockt haben, dort gefesselt und allein gelassen und damit seinen Tod billigend in Kauf genommen haben. Das war plausibel.

Allerdings passten ein paar Rädchen noch nicht ineinander. Alfred hing noch an der Frage, wieso das Ganze im Hochfirstturm geschehen war. Das machte im Hinblick auf einen Täter Fabian Waldhorn nicht wirklich Sinn. Das hätte eher zu den Gerechten Rechten gepasst. Aber warum hätten die ihren Kumpanen umbringen sollen? Vielleicht, weil er drohte, auszusteigen? Das wäre ein Motiv gewesen.

Er hatte darüber auf der Heimfahrt nach Freiburg mit Oberkommissar Junkel diskutiert. Aber Junkel ließ sich nicht in die Karten schauen. Alfred war gezwungen gewesen, mit Junkel in dessen Fiesta nach Freiburg zu fahren, weil er den roten Flitzer infolge des plötzlich wieder aufkommenden Schneefalls in Breitnau auf dem Parkplatz des BASF-Heims hatte stehen lassen müssen. Mit den Sommerreifen hatte er keine Chance, vom BASF Hotel hinauf in den Ort oder gar bis nach Neustadt zu kommen. Die Straßen lagen schon wieder zehn Zentimeter unter Schnee.

„Ich passe gut darauf auf", versprach Geschäftsführer Pollak. „Hier steht der Wagen gut, meinetwegen den ganzen Winter."

Also saß Alfred bei Junkel im Auto. Junkel hustete und schnäuzte während der Fahrt in einem fort und rauchte dazwischen Zigaretten, die Alfred ihm drehen musste.

„Sie führen planmäßig Ihr baldiges Hinscheiden herbei", lästerte Alfred und meinte es ernst. Der Zustand des Oberkommissars war besorgniserregend, aber noch besorgniserregender war sein unvernünftiges Verhalten.

„Du kannst ruhig du zu mir sagen, wenn du mir meinen baldigen Tod verkündest."

„Ich bleibe lieber beim Sie", meinte Alfred. „Sonst verlier ich komplett den Respekt vor Ihnen. Kriminalkommissar ist Kriminalkommissar."

„Nicht mehr lange", knurrte Junkel, während er um den Kreuzfelsen kurbelte und über einen Lastwagen schalt, der mit durchdrehenden Reifen eineinhalb der zwei bergwärts führenden Fahrbahnen blockierten. Hinter ihm hatte sich bereits eine lange Schlange gebildet.

„Immer die gleichen Idioten", schimpfte Junkel. „Die fahren unten ins Höllental rein, obwohl dort Schneekettenpflicht ausgeschildert ist. Aber sie glauben immer, dass sie durchkommen. Und dann hängen sie irgendwo fest und der ganze Verkehr bricht zusammen."

„Wieso nicht mehr lange?", fragte Alfred. Er hatte sich nicht ablenken lassen.

„Man wird mich suspendieren", kündigte Junkel trocken an. „Ich weiß es seit gestern. Die alte Kuh von Leber-Semmlich hat es mir angekündigt."

Einen Augenblick lang blieb Alfred stumm. Junkel klang sehr verbittert.

„Was genau wirft man Ihnen vor?"

„Oh, alles Mögliche. Die Leber-Semmlich findet, dass ich mich gegenüber jungen Kolleginnen ungebührlich benehme, und sie hat drei oder vier so dumme Mäuschen gefunden, die entsprechende Anschuldigungen gegen mich erhoben haben. Es hat ein richtiges Verfahren gegeben ..."

„Dumme Mäuschen?", fragte Alfred mit ironischem Unterton.

„Na ja, junge Polizistinnen halt." Junkel zeigte sich einsichtig: „Ich weiß schon, dass ich sie anders bezeichnen sollte. Ist jetzt aber auch egal. Die Hühner haben sich instrumentalisieren lassen."

„Junkel, ehrlich gesagt, Sie bieten auch einiges an Angriffsfläche. Haben Sie die Polizistinnen angefasst?"

„Hä?"

„Na, sind Sie irgendwie zudringlich geworden. Sexuelle Belästigung oder so?"

„Sieh mich an, Jungchen. Sehe ich wie ein Sittenstrolch aus?"

Ja, genauso sah er aus. Aber das konnte Alfred schlecht sagen. „Ich kenne Sie nicht als jemand, der übergriffig gegen Frauen wird. Was also haben Sie angestellt?"

Junkel seufzte. Inzwischen waren sie in der großen Kehre vor dem Hofgut Sternen angekommen, und auf der Gegenfahrbahn rutschten und schmiergelten die LKW aus Ungarn, Bulgarien, Moldawien und Rumänien um die Wette. Junkel fluchte über jeden Einzelnen. Dazwischen versuchte er, sein Dilemma zu erklären: „Eine hab ich mal ein Flittchen genannt. Die andere blöde Schlampe. Mehr sexuelle Belästigung war nicht. Vielleicht hab ich auch mal irgendwas über ihre Titten oder ihren Arsch gesagt. Aber mein Gott! Das mache ich schon immer so, seit vierzig Jahren. Es hat noch keiner geschadet. Die sollen sich mal nicht so haben …"

„Die Zeiten haben sich geändert."

„Ich sei nicht mehr tragbar, sagt meine Chefin, die leitende Kriminaldirektorin Dr. Gerda Leber-Semmlich. Sie hat mich schon lange auf dem Kieker. Jetzt soll ich in den vorzeitigen Ruhestand versetzt werden."

„Ist doch auch nicht so schlecht."

„Kommt drauf an. Ich muss so etwas wie ein Schuldeingeständnis unterschreiben. Dann bekomme ich eine Dienstun-
fähigkeitsbescheinigung. Mit der werde ich dann in den vor-
gezogenen Ruhestand geschickt. Mit einem Abschlag auf
meine Ruhestandsversorgung von 14,4 Prozent."

„Klingt nach viel."

„Ist es auch. Völlig unakzeptabel."

„Sie werden nicht unterschreiben?"

Junkel kurvte um einen liegengebliebenen Pakettransporter
herum, der mit zwei Rädern neben der Straße im Schnee
stand. Die Scheibenwischer rasten gegen pflaumengroße
Schneeflocken an. Sicht gleich Null. Auf der B31 herrschte
Chaos, aber Junkel schlängelte sich kaltblütig hindurch wie
ein Rallyefahrer.

„Ich werde nicht unterschreiben!", bestätigte Junkel.

„Und dann?" Alfred wusste schon, was jetzt kam.

„Dann werde ich vom Dienst suspendiert."

„Was bedeutet das?" Alfred bemühte sich, sachlich und
nicht zu mitleidsvoll zu klingen.

„Paragraf 60 Bundesbeamtengesetz: Disziplinarverfahren
und dann Beendigung des Beamtenverhältnisses. Ruhege-
halt wird aberkannt."

„Sie wehren sich?"

Der Fiesta geriet ins Schleudern. Junkel fing ihn geschickt
wieder ab und driftete an einem querstehenden Wohnwa-
gengespann vorbei. „Vollidiot, Penner, Versager!", fluchte
Junkel. So kannte Alfred den Oberkommissar gar nicht. Der
brüllte seinen ganzen Frust hinaus.

„Ich wehre mich", bestätigte Junkel. „Ich gehe in das Disziplinarverfahren. Mal sehen, ob die blöde Schlampe mit ihren an den Haaren herbeigezogenen Behauptungen durch-
kommt. Die hat doch … die ist doch … die ist wahrscheinlich
schon lange nicht mehr richtig durchgevögelt worden."

„Junkel, Sie vergessen sich!", mahnte Alfred. „So wird das nichts mit der Rehabilitation."

„Ja, ja, ich sehe es ein. Das schon lange nicht mehr durchgevögelt, das nehme ich zurück." Er ließ eine kurze Pause entstehen, ehe er mit grimmiger Wut fortfuhr: „Ich meinte natürlich noch nie. Sie ist wahrscheinlich noch nie richtig durchgevögelt worden."

„Ihr Verteidiger wollte ich nicht sein", seufzte Alfred resigniert.

Sie erreichten Falkensteig, wo Junkel mit 55 Sachen in die Blitzerfalle fuhr, die hier Tempo 30 überwachte. Danach wurden die Straßen einigermaßen schneefrei und sie erreichten zügig Freiburg.

Als Junkel Alfred vor der Jugendstilvilla in der Wiehre ablud, wo Alfreds WG im zweiten Obergeschoss hauste, gab er ihm noch eine etwas kryptische Botschaft mit auf den Weg: „Wenn sie mich aus dem Verkehr ziehen, Alfred, dann bin ich auch den Fall los. Dann kommt es auf dich an."

„Wie, wieso?"

„Du weißt am meisten darüber. Und du kriegst die Fäden zusammen, davon bin ich überzeugt. Denk daran: Kabelbinder! Turmschlüssel! Stimmen im Turm! Dort steckt die Lösung."

Das waren etwas eigenwillige Zurufe, über die Alfred noch irritiert nachdachte, als er schon oben im Haus in die Wohnung schlurfte und durch den Flur seinem Zimmer zustrebte. Die cremige Charmebolzenstimme von Tim Joy hielt ihn auf: „Hey Alfred, bist du es? Komm doch mal rein."

Alfred betrat Tim Joys Zimmer, das Heiligtum. Die Bildschirme, die eine Wand an der Breitseite nahezu komplett bedeckten, flirten und flimmerten und warfen rätselhafte Grafiken, Zahlenreihen und Diagramme aus. Auf einem lief ein Porno, auf einem die RTL-Show „Deutschland sucht den

Superstar". Tim Joy war multimedial. Er setzte seine Kopfhörer ab und drehte sich auf seinem fahrbaren Bürostuhl, der aussah wie ein Rollstuhl für Stephen Hawkin, zu Alfred hin. Der Stuhl hätte normalerweise für zwei Personen gereicht. Tim füllte ihn mit seiner Körpermasse alleine aus.

„Was gibt's?"

„Du wolltest doch Infos über einen gewissen Peter Stirling?"

„Ach ja!" Das hatte Alfred schon wieder vergessen. Der Feigling Peter Stirling. Er hatte Tim Joy beauftragt, mal im Netz über den jungen Historiker zu recherchieren. Dahinter steckte kein konkreter Verdacht, eher so ein vages Bauchgefühl, dass man dem Typen vielleicht mal auf den Zahn fühlen musste. „Ist was mit ihm?", fragte Alfred.

Tim Joy kramte in dem Berg von Ausdrucken, die sich auf seinem zentralen Steuercockpit stapelten, bis er die gesuchten Blätter in seinen dicken Fingern hatte.

„Hat er nicht behauptet, er sei Abkömmling eines amerikanischen Fliegers?"

„Ja, das hat er."

„Schonmal falsch! Sein Daddy war ein Engländer." Triumphierend hielt Tim Joy das unscharfe Foto einer Abstammungsurkunde in die Höhe. Sein massiger Körper bebte bei dieser Bewegung wie der Leib eines Sumoringers, der sich auf seinen Gegner stürzt. Es kam noch dicker: „Er heißt auch nicht Stirling. Er heißt Stichling! Sein Großvater stammte aus Deutschland."

„Das ist ja ein Ding", kommentierte Alfred.

„Er ist auch kein Historiker", legte Tim Joy nach. „Von wegen! Er ist Naturwissenschaftler. Chemiker und Physiker. Er hat sogar einen Doktortitel. Er arbeitet an einem Institut in Südlondon. Irgendwas mit Materialforschung. Warte, ich kann dir den Namen und die Firmenadresse raussuchen ..."

„Lass mal", wehrte Alfred ab. „Das hat noch Zeit." Er war echt konsterniert. Was bezweckte Peter Stirling mit seinen Lügen? Warum gab er sich als Amerikaner und als Historiker aus? Hier tauchte ein völlig neues Rätsel auf.

„Weißt du noch mehr?"

Tim Joy nickte. Er zog einen neuen Wisch aus seinem Stapel, um daraus vorzulesen: „Am 22. Februar 1945 flogen britische Bomber am Nachmittag einen Angriff auf den Neustädter Bahnhof. Sie warfen insgesamt 25 schwere Bomben auf die Güterhalle und auf die Gleisanlage. Die Güterhalle wurde dabei vollständig zerstört, ebenso die meisten Bahngleise, auch zwei Wohnhäuser an der Neustädter Gutachstraße. Es wurde auch das Neustädter Elektrizitätswerk getroffen, so dass die Stadt mehrere Stunden ohne Strom war."

„Was willst du mir damit sagen?"

Tim Joy räkelte sich wie ein Schwabbelmonster. Sein dickes Mondgesicht strahlte: „An jenem 22. Februar verschwand auf Nimmerwiedersehen einer der vier Soldaten von der Fliegerabwehr oben auf dem Hochfirst. Es war der Soldat Egon Stichling. Der Großvater von unserem Peter Stichling."

„Ach nein!" Jetzt war Alfred endgültig platt. „Das ist ja ein Ding. Wie hast du das rausgefunden?"

„Alles im Netz", behauptete Tim Joy. „Man muss nur an den richtigen Stellen suchen. Zum Beispiel bei der britischen Militärbehörde. Besser gesagt bei der Spionageabwehr. Willst du die ganze Geschichte hören?"

„Aber ja! Raus damit!"

Tim Joy erzählte: „Der Bombenangriff vom 22. Februar hätte verhindert werden können. Die Flugabwehr auf dem Hochfirst hatte die anfliegenden Bomber schon früh ausgemacht und sollte die Flak-Stationen warnen, die damals rund um Neustadt für solche Fälle aufgebaut waren. Aber sie gaben falsche Positionen an. Die Koordinaten stimmten nicht, und die Flak feuerten sonst wo hin, nur nicht auf die britischen Bomber."

„Und daran war Egon Stichling schuld?"

„Genau, so war es. Er war ein Agent der Briten. Schon seit Beginn seiner Stationierung auf dem Hochfirst lieferte er Falsch- und Störmeldungen. Und er sorgte stets dafür, dass angreifende Bomber unversehrt blieben."

„Und an jenem Nachmittag am 22. Februar kamen ihm seine Kameraden auf die Schliche?"

„Das ist anzunehmen", bestätigte Tim Joy. „Denn Egon Stichling verließ an jenem Tag seinen Posten, tauchte im Hochfirstwald unter und war nie wiedergesehen."

„Er schlug sich bis zur Front durch und auf die andere Seite?", spekulierte Alfred. „Oder er hatte heimliche Helfer in der Umgebung und konnte sich bis zum Kriegsende dort verstecken. Waren ja nur noch zwei Monate."

„Es ist wahrscheinlich egal, wie er es geschafft hat", meinte Tim Joy. „Jedenfalls ist er durchgekommen und hat den Zweiten Weltkrieg überlebt. 1946 taucht er plötzlich in London auf und gründet dort eine Familie. Peter Stichling ist sein Enkel."

Alfred ließ die Neuigkeiten auf sich wirken. Er grübelte. Die Dinge nahmen eine seltsame Wendung und wurden nicht einfacher. Was wollte Peter Stichling alias Stirling? Nach was suchte er? Es hatte irgendetwas mit dem Hochfirstturm zu tun. Mit den Stimmen im Turm.

Alfred holte sich ein Bier in der Küche, Tim Joy trank Vanille-Cola aus der Literflasche. Sie rätselten und spekulierten gemeinsam über die neuen Informationen. Zwischendrin fragte Alfred nach ihrem gemeinsamen WG-Mitbewohner: „Wo ist eigentlich Hugo?"

Tim gab sich erstaunt: „Das weißt du nicht?"

„Woher auch. Ich war die letzten Tage oben in Neustadt."

„Hugo ist auf dem Kriegspfad", sagte Tim. „Er hat da so einen neuen linken Kumpel, Leo heißt der, und zusammen haben sie was ausgeheckt."

„Ach du Scheiße!", Alfred schwante nichts Gutes. „Weißt du, was sie vorhaben?"

Tim nickte. Sein schwerer Kopf wippte wie eine Weltkugel auf einem Drehgestell.

„Dann raus damit. Was geht da vor?"

„Du kennst doch Hugo", besänftigte Tim. „Er kündigt die Weltrevolution an und ist dann zufrieden, wenn er einem afrikanischen Dealer hundert Gramm Marihuana abnimmt. So schlimm wird es schon nicht werden."

„Was hat er vor?" Alfred legte Nachdruck in seine Stimme.

„Ganz genau weiß ich es auch nicht. Er will einen Schuppen abfackeln, hat er gesagt. Einen Nazi Schuppen. Leo soll ihm dabei helfen!"

„Hat er gesagt, wo? Wie der Schuppen heißt?"

„Nein!", sagte Tim und machte eine hilflose Geste mit seinen beiden schweren Kranarmen. „Er hat nur gesagt, wie seine Operation heißt. Er nennt sie Operation Schluckspecht!"

# PARAPSYCHOLOGIE

Peter Stirling, der in Wahrheit Peter Stichling hieß und ein
Doktor der Physik war, war ein schlaues Kerlchen. Er hatte
sich kurzfristig oben im Hochfirst Rasthaus in einem der
fünf Gäste-Doppelzimmer einquartiert. Er besaß somit einen exklusiven Logenplatz, als die Wissenschaftler vom Institut für Parapsychologie in Freiburg aufmarschierten und
ihrerseits für zwei Wochen die übrigen vier Zimmer und
Betten im Hochfirst Rasthaus belegten. Die Behörden hatten dem Institut genau diese zwei Wochen bis Weihnachten
eingeräumt, um dem Stimmen-Phänomen im Turm auf die
Spur zu kommen. Solange durften nur die Wissenschaftler
in den Turm.
Alfred konnte Linus überreden, mit ihm auf den Hochfirst
zu fahren. „Ich habe einen Termin bei den Geisterjägern",
köderte er ihn. Ein gewisser Doktor Walter von Lucadou ist
der Chef. Weißt du, wie ich ihn dazu gebracht habe, mich
für ein Interview zu empfangen?"
„Keine Ahnung!" Linus war lustlos und unmotiviert. Seit
er sich von seiner langjährigen Cindy getrennt hatte, war er
ungenießbar. Wäre nicht Alfred gewesen, er hätte sich überhaupt nicht mehr unter die Menschheit begeben.
„Ich habe rausgefunden, dass er gebürtiger Neustädter ist.
Sein Vater war hier in Neustadt schon Arzt, Professor sogar.
Er hatte eine Praxis, zuerst in der Schillerstraße, später in
der Mozartstraße. Er war Facharzt für Innereien und so. Er
war ganz baff, als ich ihm das erzählt habe. Und da war es
gar nicht mehr schwer, einen Interviewtermin zu bekommen."
So fuhren sie also wieder einmal hinauf auf den Hochfirst.
Und dort sah Alfred dann zu seiner Überraschung am

Stammtisch den Feigling Peter Stirling alias Peter Stichling sitzen. Mit dem hatte er nun überhaupt nicht gerechnet, er wähnte ihn über alle Berge. Aber die Überraschung beruhte auf Gegenseitigkeit. Auch Peter Stirling war auf die Begegnung nicht vorbereitet. Ihm fiel die Kinnlade herunter, als Alfred mit Linus im Schlepptau den Gastraum betrat.

Die Wirtsleute hingegen begrüßten Alfred fast euphorisch: „Wie schön, dich heil und gesund wiederzusehen. Wir dachten schon, die Nazis hätten dich erwischt, neulich, als du aus dem Fenster gesprungen bist."

„Wusstet ihr nicht, dass Nazis noch nie einen Krieg gewonnen haben?", fragte Alfred extra laut, während er sich auf einen Stuhl am Stammtisch fallen ließ. „Entweder haben sie ihre Gegner unterschätzt, oder sie wurden von Geheimagenten an den Gegner verraten." Er ließ absichtsvoll eine kurze Pause eintreten, dann setzte er noch hinzu: „Nicht wahr Peter? Du kennst dich doch mit Spionen aus."

Peter Stirling errötete zwar, wahrte aber die Kontrolle. „Tut mir leid, dass ich einfach weggefahren bin. Ja, ich gebe zu, ich hatte Schiss. Sorry, das war feige."

„Sehr feige!", bestätigte Alfred.

„Ich mache es wieder gut", versprach Peter Stirling. „Komm, ich lade dich zum Essen ein!"

Hunger hätte Alfred schon gehabt. Er blätterte kurz in der Speisekarte. Wurstsalat ging nicht mehr. Apfelstrudel ging auch nicht mehr. Brägele auch nicht. Er entschied sich für Elsässer Flammkuchen mit Bergkäse und Speck. Irgendwann musste es ja klappen. „Aber erst bin ich zum Interview verabredet."

Kaum hatte er es ausgesprochen, öffnete sich auch schon die Tür zum Treppenhaus und es erschien der Meister persönlich. Dr. rer. nat. Dr. phil. Walter von Lucadou, seines Zeichens Leiter der parapsychologischen Beratungsstelle

Freiburg. In seinem Schlepptau hatte er gleich vier Frauen, die alle wie seine Sekretärinnen und Ehefrauen in einem aussahen, in Wirklichkeit aber war es eine Doktorin, eine Diplom-Psychologin, eine Psychotherapeutin und eine Pädagogin – ausgewiesene Koryphäen ihres Faches: Das Team, das den Turm untersuchen sollte. Von Lucadou stellte jede einzeln vor. Unter dem Eindruck dieser akademischen Würden musste Alfred auch ein wenig aufschneiden: „Journalist und Historiker", so stellte er sich vor. „Wir haben telefoniert. Ich bin wegen des Interviews gekommen."

Eine der vier Frauen baute sich vor der Theke auf und hielt fuchtelnd der Wirtin etwas unter die Nase: „Hier, sehen Sie mal, was ich in meinem Zimmer im Nachttisch gefunden habe. Da müssen Sie mal ein Wörtchen mit Ihrem Zimmerservice reden."

Wirtin Eva nahm das Bündel, das die Wissenschaftlerin ihr unter die Nase hielt. „Was ist das? Plastik?"

„Das sind Kabelbinder", klärte die Frau empört auf. „Oben im Zimmer in meinem Nachttisch! Ich kriege echt Kopfkino …"

„Ich weiß wirklich nicht … Keine Ahnung, wie die Dinger dorthin gekommen sind", entschuldigte sich die Wirtin. Das muss mir beim Bettenmachen entgangen sein …" Sie deponierte das Bündel Kabelbinder unter dem Tresen.

Alfred sagte nichts. Er verfolgte den Vorgang aufmerksam, aufs Höchste alarmiert durch die Kabelbinder. Das konnte kein Zufall sein. Er beobachtete Peter Stichling, aber der saß ahnungslos am Tisch und zeigte kein Interesse an dem Thema.

Während die Frauen sich nun zum Essen an einen der Vierertische in der Ecke setzten, nahm Dr. von Lucadou Platz am Stammtisch bei Alfred, Linus und Peter Stichling. Es handelte sich bei Lucadou um einen schlanken Mann mit auffälligem Ziegenbart, von dem Alfred wusste, dass er bereits die Siebzig überschritten hatte, der aber wie ein gut erhaltener Mitfünfziger wirkte.

„Sie müssen mir erst einmal erklären, was Parapsychologie überhaupt ist", eröffnete Alfred sein Interview, nachdem sie sich kurz mit ein bisschen Small Talk warmgeredet hatten und alle Getränke serviert waren.

„Mir auch, mir müssen Sie das auch erklären", mischte sich Linus ein. „Ich kenne nur Paragliding."

Alfred warf ihm einen bösen Blick zu. Das war sein Interview. Er wollte nicht, dass Amateure wie Linus dazwischen quatschten.

Dr. von Lucadou tat so, als habe er den dämlichen Einwand von Linus überhört und hob stattdessen zu einer langatmigen Erklärung an: „Unter Parapsychologie wird die Anwendung empirischer Forschungsstrategien auf Erlebnisse und Verhaltensweisen des Menschen verstanden, die aus dem bisher bekannten Erklärungsrahmen der etablierten Disziplinen von Psychologie, Biologie und Physik herauszufallen scheinen. Damit steht die Parapsychologie notwendigerweise im Schnittpunkt ganz unterschiedlicher Disziplinen und muss interdisziplinär betrieben werden. So umfasst die experimentelle Parapsychologie gleich mehrere Forschungsbereiche."

Alfred, der sein Smartphone zur Tonaufzeichnung mitlaufen ließ, unterbrach vorsichtig: „Können wir uns auf die Wichtigsten konzentrieren? Die wichtigsten Forschungsbereiche?"

Dr. Lucadou zwirbelte seinen Bart, nahm die Lesebrille ab und setzte sie wieder auf, dachte kurz nach und nickte dann: „Meinetwegen. Betrachten wir nur den kognitiven Aspekt und den motorischen Aspekt. Das müsste fürs Erste reichen."

„Sehe ich auch so", bestätigte Alfred.

„Unter dem kognitiven Aspekt wird als außersinnliche Wahrnehmung die Frage untersucht, ob und unter welchen Bedingungen Menschen in der Lage sind, Informationen außerhalb bisher bekannter und definierter sensorischer Kanäle aufzunehmen und – oder abzugeben."

„Zum Beispiel Geisterstimmen?", unterbrach Alfred.

„Ja", bestätigte Dr. von Lucadou bedächtig, „Zum Beispiel Geisterstimmen!"

„So wie im Turm", platzte es aus Peter Stichling heraus.

„Was wissen Sie davon?", fragte der Wissenschaftler zurück. Stichling deutete auf Alfred: „Von ihm. Von seiner News-Plattform. Goodwood! Dort kann man alles nachlesen."

Alfred stoppte die Aufnahme und scrollte nach seinem 30-sekündigen Mitschnitt der Turmstimmen. Er spielte ihn Dr. von Lucadou vor: „Flaaaaak auf halb sieben. … krrrrchhh krrrchh … Striiiiiich … wie … ter … Titisee! … krrrrchhh … krrrchh … Jeeeetz halb acht …"

Lucadou lauschte gespannt. „Nochmal!", verlangte er. Die vier Frauen am Nachbartisch standen auf und gesellten sich im Halbrund dazu: „Nochmal", forderten auch sie. Alfred wiederholte den Vorgang. Ziemlich verrauscht kam es aus dem Smartphone: „„Flaaaaak auf halb sieben. … krrrrchhh … krrrchh … Striiiiiich … wie … ter … Titisee! … krrrrchhh … krrrchh … Jeeeetz halb acht …"

Von Lucadou kratzte sich am Kopf. „Sehr technisch", stellte er schließlich fest. „Können Sie uns die Aufnahme zur Verfügung stellen?"

„Schon geschehen!" Alfred drückte auf „Senden" und die Datei flog als WhatsApp Anhang zu Dr. von Lucadou.

„Sie haben von zwei wesentlichen Fachrichtungen gesprochen", nahm Alfred den Faden wieder auf. Von Lucadou, der immer noch nachdenklich über die Stimmenaufnahme sinnierte, nickte: „Das andere ist der motorische Aspekt. Wir nennen es Psychokinese."

„Au ja", das kenne ich!", platzte Linus heraus.

„Wie?" Alfred war baff, Dr. von Lucadou staunte und nahm wieder seine Lesebrille ab.

„Na ja", sagte Linus leicht verlegen. „Ich meine, das kenne ich. Psychokinese. Gucky beherrscht Psychokinese. Er kann alleine mit seinen Gedanken Gegenstände bewegen."

„Wer ist Gucky?", fragte Dr. von Lucadou überfordert. Er sah aus wie ein Nobelpreisträger, dem man soeben das Gegenteil von seiner Haupttheorie bewiesen hatte.

„Gucky der Ilt? Ihr kennt Gucky nicht?" Linus schaute ungläubig. „Aber den kennt doch jeder. Das ist eine Bildungslücke."

Alfred schwante Schreckliches.

Dr. von Lucadou flüsterte lahm „Ein Ilt?"

Jetzt klärte Linus auf: „Gucky ist der treueste Begleiter von Perry Rhodan. Er ist ein Ilt. Das sind Wesen von einem anderen Planeten. Sie sind Telekineten, Telepathen und Teleporter."

„Und Perry Rhodan ist die Hauptfigur in einem Groschenroman", ging Alfred dazwischen. „Das ist Science-Fiction. Fantasy. Das gibt es nicht wirklich."

Dr. von Lucadou wirkte erleichtert, aber auch irgendwie enttäuscht. Seine vier Frauen kehrten kichernd wieder zu ihren Essen zurück. Linus griff zum Bier. Peter Stichling grinste. Alfred zuckte entschuldigend mit der Schulter. Von Lucadou fuhr ungerührt in seinem Vortrag fort: „Die Psychokinese untersucht die Frage, ob und unter welchen Bedingungen Menschen eine direkte psychische Wirkung auf physikalische Systeme ausüben können. Also genau das, was dieser, dieser äh Glucky, was der angeblich kann: Gegenstände mit dem Willen bewegen, über Entfernungen zu transportieren, sie zu verformen und dergleichen."

„Uri Geller!", schlug Alfred vor.

„Der Löffelbieger?", fragte Linus dazwischen.

Dr. von Lucadou räusperte sich despektierlich. Es war nicht ganz klar, ob dies Linus' abfälliger Bezeichnung oder eher der genannten Person galt. Aber er nickte dazu und sagte vorsichtig: „Jedenfalls geht es um physikalische Vorgänge, die den bisher bekannten und akzeptierten naturwissenschaftlichen Erklärungsmodellen zu widersprechen scheinen."

Alfred fasste intuitiv zusammen: „Das ist also alles irgendwie Psi!"

„Ganz genau", bestätigte Dr. von Lucadou.

„Und jetzt vermuten Sie, dass es sich bei den Stimmen im Turm um solche Psi-Phänomene handelt?", setzte Alfred sein Interview fort. Das Smartphone zeichnete wieder auf.

„Oh nein", wehrte der Wissenschaftler ab. „Ich vermute erst einmal gar nichts. Ich untersuche nur. Ich als Parapsychologe beschäftige mich noch mit weiteren Anomalien, mit allen merkwürdigen physikalischen Phänomenen oder mit ungewöhnlichen menschlichen Erfahrungen."

„Dann halten Sie die Stimmen im Turm eher für ein merkwürdiges physikalisches Phänomen?"

„Junger Mann!", warnte Dr. von Lucadou mit lauter werdender Stimme. „Legen Sie mir nichts in den Mund, was ich nicht gesagt habe. Wir sind erst heute hier oben angekommen. Wir wissen noch gar nichts. Morgen gehen wir zum ersten Mal auf den Turm. Und dann untersuchen wir ihn vom Fundament bis hinauf zur letzten Antennenspitze. Wir haben dazu zwei Wochen Zeit. Danach weiß ich vielleicht mehr. Dann dürfen Sie nochmal fragen. Vorher lasse ich mich nicht auf Mutmaßungen ein."

„Sie schließen also merkwürdige physikalische Phänomene oder eine außersinnliche Wahrnehmung nicht aus", fasste Alfred zusammen.

„Ich schließe gar nichts aus. Das Interview ist beendet. Ich habe Hunger. Vielen Dank!" Der Parapsychologe erhob sich, deutete eine knappe Verbeugung an und gesellte sich an den Tisch zu seinen Frauen. Alfred stoppte die Aufnahme. „Geiles Interview", freute er sich. „Das stelle ich morgen eins zu eins bei Goodwood Wälder-News ein." Er klopfte Linus auf die Schultern: „Damit kannst du Anzeigen verkaufen, Mann! Du verdienst dich noch dumm und dämlich."

Linus knurrte unverständlich.

Wirtin Eva fragte vom Tresen herüber: „Kann ich jetzt den Flammkuchen bringen?" Alfred nickte.

Dann versuchte er den Freund aufzuheitern: „Vergiss Telekinese und Telephatie. Geld verdient man mit Teleshopping!"

„Jedenfalls bald nicht mehr mit Versicherungen. Das Geschäft läuft immer schleppender", klagte Linus. „Keiner braucht mehr einen Makler. Alle gehen auf die Vergleichsportale im Internet. Unser Geschäft ist ein Auslaufmodell."

„Siehst du", fühlte Alfred sich bestätigt. „Deswegen machen wir Goodwood Wälder-News. Auch der Journalismus verlagert sich ins Internet." Mit einem Blick zu Peter Stichling, der gegenüber am Kachelofen saß, an seiner Bratwurst nagte und sich ganz klein und unsichtbar machte, wechselt er abrupt das Thema: „Und Sie, Stirling? Wie halten Sie's mit Internetrecherche?"

Stirling alias Stichling wehrte handwedelnd ab. „Ich setze auf herkömmliche Archive und auf Dokumente. Im Netz geistert zu viel ungeprüftes Fake-Zeugs herum."

„Ich habe im Netz den Namen des Neustädter Soldaten gefunden, von dem Sie letztens gesprochen haben. Sie wissen schon, der von der Flugabwehr, der die Feinde gewarnt hat …"

Stichling verschluckte sich fast an seiner Bratwurst. Alfred ließ ihm Zeit und begutachtete derweil den Flammkuchen, den Wirtin Eva ihm auf einem großen Holzbrett serviert hatte.

„Im Netz …?", stammelte Stichling hilflos.

„Vielleicht ist es ja Fake", ließ Alfred seinen Gegenüber zappeln. Er hatte seine Freude daran, wie Peter Stichling bleich und bleicher wurde. „Er hieß Egon Stichling! Sagt Ihnen der Name etwas?"

Stichling schluckte trocken. Seine Blicke irrten umher, als suchten sie irgendwo nach einem Strohhalm. Alfred war unerbittlich: „Er ist am 22. Februar 1945 desertiert. Nach einem Bombenangriff, den er durch falsche Positionsangaben maßgeblich mitermöglicht hat."

Stichling stöhnte: „Das steht alles im Netz?"

„Stimmt es denn?", fragte Alfred scheinheilig, obwohl er genau wusste, dass er sich auf die Recherche von Tim Joy zu hundert Prozent verlassen konnte.

„Es …, es … es deckt sich mit meinen Informationen."

„Wissen Sie, was aus ihm geworden ist?" Alfred säbelte boshaft an seinem Flammkuchen herum und stopfte sich große Streifen davon in den Mund. „Sie recherchieren den Fall doch schon länger." Er mampfte genüsslich.

Stichling ließ sich Zeit mit einer Antwort. Er überlegt. Dann fragte er vorsichtig: „Was wissen Sie noch?"

Alfred schluckte seinen Bissen und erwiderte dann vergnügt: „Dass Sie mich angelogen haben. Das weiß ich ziemlich sicher."

„Aus dem Netz …?" Stichling war vorsichtig geworden.

Alfred aß unbekümmert weiter und antwortete mit vollem Mund: „Bisher weiß ich es noch exklusiv. Aber ich überlege, ob das auch eine Story für Goodwood Wälder-News ist: Sie sind gar kein Historiker. Sie sind ein Physiker?"

Stichling sonderte einen undefinierbaren Laut ab. Alfred ließ nicht locker: „Was suchen Sie? Was interessiert Sie an dem Turm wirklich? Und was hat das mit dem Spion Egon Stichling zu tun?"

Stichling schob sich aus der Bank. „Ich muss jetzt ins Bett. Ich habe Kopfschmerzen. Entschuldigen Sie. Das Essen geht auf mich." Er erhob sich.

Alfred fuchtelte mit der Gabel: „So leicht kommen Sie nicht davon! Egon Stichling war Ihr Großvater! Streiten Sie das ab?"

Stirling alias Stichling schritt hastig um den Stammtisch herum und strebte der Tür zum Treppenhaus zu: „Ich sage nichts mehr. Das sind Dinge, die gehen niemanden etwas an. Lassen Sie mich in Ruhe!"

„Ich krieg`s auch ohne Sie raus", rief Alfred dem entfliehenden Peter Stichling nach.

„Warum hat er überhaupt gelogen?", fragte Linus, als Peter Stichling endgültig verschwunden war. „Es gibt doch überhaupt keinen Grund, die Geschichte von seinem Großvater so zu verheimlichen. Da muss er sich doch nicht als Historiker tarnen."

„Gute Überlegung", lobte Alfred und vertilgte den letzten Bissen seines Flammkuchens. „Also, was will er verbergen? Dass er ein Verwandter des Weltkriegssoldaten Egon Stichling und Physiker ist." Er schob das leere Flammkuchenbrett in die Tischmitte. „Das sind die zwei Punkte, auf die wir uns konzentrieren müssen: Warum ist es von Bedeutung, dass Egon Stichling sein Großvater war, warum ist es von Bedeutung, dass er selbst Physiker ist?"

Linus, der manchmal schwer von Begriff sein konnte, war an dieser Stelle gedankenschneller als Alfred. Er erklärte:

„Ist doch klar. Von seinem Großvater weiß er irgendetwas. Ein Vermächtnis, ein Geheimnis. Er hat irgendeine Information, die mit dem Turm zusammenhängt und die er nur von seinem Großvater haben kann."

„Wow!" Alfred zeichnete mit seiner Gabel einen Kreis in die Luft. „Das ist Logik!" Er klopfte Linus anerkennend auf die Schulter. „Und das andere?", fragte er dann. „Das mit dem Physiker? Warum sollte das ein Geheimnis bleiben?"

Linus deutete zum Nachbartisch in der Ecke, wo angeregt miteinander plaudernd der Parapsychologe Dr. von Lucadou mit seinen vier weiblichen wissenschaftlichen Hilfskräften saß.

„Dort sitzt die Antwort!", meinte Linus im Tonfall der Überzeugung: „Merkwürdige physikalische Phänomene. Schon vergessen?"

Alfred ließ geräuschvoll Luft entweichen: „Die Stimmen im Turm!", entfuhr es ihm. „Stichling weiß etwas über die Stimmen im Turm!"

„Bingo!", sagte Linus. Sie orderten noch ein Bier.

# GLÜHWEIN BIS ZUM UMFALLEN

Am gleichen Abend wurde Alfred auch noch von Anna geküsst. Das hätte er sich auch nicht träumen lassen. Eigentlich wollten Linus und Alfred nach dem Interview mit dem Psi-Guru von Lucadou auf kürzestem Wege in die Spritz. Aber als sie zu diesem Zweck Linus Winter-Golf auf dem Parkplatz hinter der BZ abstellten, stach ihnen der abendliche Auflauf auf dem weihnachtlich beleuchteten Rathausplatz ins Auge.

„Was ist da los?", fragte Alfred, der als Pendler zwischen Neustadt und Freiburg nicht auf dem Laufenden war.

„Weißt du nicht?", fragte Linus. „Das ist der literarische Adventskalender. Jeden Abend im Advent gibt es eine Lesung im Rathaus."

„Und die Buden da auf dem Rathausplatz?"

Linus erklärte: „Das sind ein Glühweinstand und eine Wurstbude. Auf dem Platz bewirtet jeden Abend ein anderer Verein oder eine andere Organisation, während drinnen im Rathaus die Lesung stattfindet. Es liest auch jeden Abend jemand anders. Meistens bekannte Leute aus der Stadt. Und danach stehen die Leute noch draußen beisammen und werden bewirtet."

„Hast du Lust auf Glühwein?", fragte Alfred.

„Warum nicht?" Linus war nicht abgeneigt.

„Es ist kalt", wandte Alfred ein. „Dein Pelzmantel liegt in Breitnau im roten Flitzer. Ich brauche eine Jacke."

Linus war großmütig. In seinem Wagen lag hinten drin ein gelber Steppanorak, eine glänzende Daunenjacke von Boss. „Nagelneu!", warnte Linus. „Hat fünfhundert Stutz gekostet."

„Ich passe drauf!", versprach Alfred.

Sie überquerten die Hauptstraße mitten auf der Kreuzung, ohne den zwanzig Meter entfernten Ampelübergang zu nehmen, und näherten sich vorsichtig der Menschentraube. Einige drängten ins Rathaus, wo soeben die Lesung begann. Andere blieben draußen stehen, schenkten sich die Lesung und widmeten sich sofort dem weihnachtlichen Beisammensein. Alfred und Linus interessierten sich ebenfalls nicht für die Lesung. Sie wussten nicht einmal, wer da drinnen im Rathaus aus welchem Buch vorlas. Glühwein war wichtiger. Alfred erkannte hinter dem Glühweinstand bekannte Gesichter: Peter, Micky, Matze und Tschorli. Die Hornochsen! Das war also der Verein, der an diesem Abend bewirtete.

Den ersten Glühwein bekam Alfred von Vereinspräsident Peter spendiert. „Auf unseren frischgebackenen Hornschlittenpiloten Alfred ein dreifach kräftiges Horn – Heil, Horn – Heil, Horn – Heil!", so schallte es weihnachtlich über den Rathausplatz. Alt-Ratsschreiber Lothar Huber, einer der Mitorganisatoren des Adventslesens spendierte die zweite Glühweinrunde: „Auf die tollen Geschichten in den Goodwood-News. So was hat schon lange in Neustadt gefehlt", meinte er und klopfte dabei Alfred unentwegt auf die Schulter. Dann gab Linus eine Runde aus. Anschließend bekam Alfred einen weiteren Glühwein von Micky spendiert, seinem Piloten bei der wilden Abfahrt vom Hochfirst. „Feuertaufe bestanden!", meinte Micky anerkennend. „Am 2. Januar ist Hornschlittenrennen in Sankt Märgen. Da brauche ich noch einen Copiloten. Was ist, bist du dabei?"

„Selbstverständlich. Kein Problem", prahlte Alfred, vom vielen Glühwein übermütig geworden. „Darauf ein dreifach kräftiges Horn – Heil, Horn – Heil, Horn – Heil!"

Bei Glühwein liegt die Betonung auf „Glüh". Das erklärte Alfred der Runde in fachkundiger Weise: „Man muss schnell trinken, sonst wird er kalt." Die Umstehenden nickten zustimmend. Damit sind schon das ganze Dilemma und auch der weitere Verlauf des Abends erklärt. Wer wie Alfred und Linus in einer kalten Adventsnacht schnell vier Glühwein nacheinander trinkt – das Bier zuvor oben auf dem Hochfirst noch gar nicht mitgezählt – der ist bereits auf Betriebstemperatur, noch ehe die einstündige Lesung drinnen im Rathaus zu Ende ist.

Die ersten Besucher strömten bereits wieder zum Rathausportal heraus. Offenbar war die Lesung drinnen im Sitzungssaal zu Ende gegangen.

„Warum habe ich davon nichts gewusst?", fragte Alfred den Alt-Hauptamtsleiter Huber. „Jeden Abend Party hier vor dem Rathaus! Finde ich klasse."

Lothar Huber zuckte in gespielter Unwissenheit mit den Schultern: „Steht jeden Tag in der Badischen Zeitung!", belehrte er. „Die muss man halt schon noch lesen. Heute sowieso."

„Wieso, was ist heute?", fragte Alfred unwissend, während Linus sich an der jetzt länger werdenden Schlange erneut für einen Glühwein anstellte.

„Wegen der Anna, der BZ-Redakteurin", antwortete Huber. „Die ist doch heute dran mit ihrer Lesung."

„Ach!" Einen Moment lang war Alfred sprachlos. Dann deutete er auf die Rathaustür, aus der immer noch Besucher der Lesung herauskamen. „Sie ist ... da drin? Sie hat heute vorgelesen?"

„Ja, klar. Da kommt sie auch schon", bestätigte Huber und winkte Anna über den Köpfen der Leute zu: „Hey, hey Anna. Hier bin ich." Da Huber an diesem Abend der Hauptorganisator aus der Gruppe jener Ehrenamtlichen war, welche dieses Adventslesen für die Neustädter Bevölkerung veranstalteten, war er für Anna die Anlaufstation. Sie kam mit roten Bäckchen und strahlenden Augen. Sie sah blendend aus. Und das Beste: Von Peter Sterzer keine Spur. Offenbar war sie alleine. Wie es schien war ihre Lesung ein voller Erfolg gewesen. Links und rechts klopften ihr die Leute auf die Schulter. „Das war schön, sehr schön", lobte einer. Eine Frau sagt: „Die Geschichte ist so richtig unter die Haut gegangen. Hat mich ganz berührt." Und wieder ein anderer sagte: „Und Sie haben eine so schöne, sanfte Stimme. Das haben Sie richtig gut gemacht!"

Anna strahlte unter all dem Lob. Das viele Händeschütteln und Schulterklopfen von allen Seiten lenkte sie ab. Erst als sie direkt bei Lothar Huber stand, der sie zur Begrüßung von allen Seiten busselte, entdeckte sie auch Alfred. Und sie freute sich: „Ach, Alfred. Du?" Sie schenkte ihm ihr strahlendstes Lächeln und Alfred schmolz dahin. „Wie schön, dass du auch bei meiner Lesung warst. Wie hat es dir gefallen?"

Man liest bei der Adventslesung im Rathaus von einer kleinen Bühne herunter, die gut beleuchtet ist, während die Zuhörer alle im Sitzungssaal im Dunkeln sitzen. So sieht derjenige, der auf der Bühne steht, die Gesichter der Zuschauer und Zuhörer nicht. Er kann nicht erkennen, wer im Publikum sitzt. Nur so war es möglich, dass Anna nun glaubte, auch Alfred sei unter den Zuhörern gewesen. Er wollte diesem Glauben nicht gleich widersprechen, und flunkerte unter dem Einfluss von vier Glühweinbechern munter: „Ja, hat mir sehr gut gefallen, Anna. Ging richtig unter die Haut. Und dass ich deiner Stimme nicht widerstehen kann, das weißt du sowieso."

Anna lächelte beseelt und drückte Alfred links und rechts ein Küsschen auf die Wange. Wie schön, wie ungezwungen. Vielleicht konnten sie sich ja doch wieder vertragen.

„Und ich. Mich hast du vergessen", beklagte sich Lothar Huber und forderte Gleichbehandlung ein. Auch er bekam seine Busserl.

Inzwischen tauchte Linus wieder auf, in jeder Hand einen Glühweinbecher. Alfred drückte seinen großzügig Anna in die Hand. „Hier, wir teilen." Aber sie winkte ab und streichelte sich sanft über den Bauch: „Schon vergessen, Alfred? Ich bin schwanger. Kein Alkohol."

Sie standen noch fast eine ganze Stunde beisammen und plauderten fröhlich miteinander, so als hätte es das letzte Dreivierteljahr der Funkstille zwischen ihnen nie gegeben. Linus, Lothar Huber, Micky, Peter und all die anderen, die um sie herumstanden, waren vergessen. Es war, als wären sie gar nicht anwesend. Nur Anna und Alfred. Einmal strich Anna Alfred sogar zärtlich über die Wange: „Du bist aber auch einer ...", sagte sie liebevoll, nachdem er ihr von seinem Hornschlittenabenteuer am Hochfirst berichtet hatte. Und sie kam ihm auch kollegial auf die Spur: „Du bist doch nicht ohne Grund auf dem Hochfirst unterwegs. Jede Wette, dass du mal wieder deine Finger nicht aus diesem Mordfall herauslassen kannst." Sie sagte es schmeichelnd und kokett, ohne Vorwurf. Er räumte sein Interesse an dem Fall freimütig ein. Sie unterhielten sich darüber. Anna kündigte an: „Morgen habe ich einen Termin mit diesem Parapsychologen. Er nimmt mich mit in den Turm."

Alfred biss sich auf die Lippen. Das hätte er sich denken können. Anna recherchierte natürlich auch hinter diesem Fall her. Und sie hatte die bessere Idee gehabt. Mit Dr. von Lucadou in den Turm zu gehen und ihm bei der Arbeit zuzusehen, das war natürlich noch prickelnder, als nur ein Interview mit ihm zu machen.

„Glückwunsch!", sagte Alfred. Und er meinte es ehrlich. Aus irgendeinem Grund traf er endlich mal den richtigen

Ton bei Anna. Wahrscheinlich waren es die mittlerweile fünf Glühwein, die er intus hatte. Sie machten ihn locker, entspannt, unverkrampft und mutig, aber sie waren in ihrer Wirkung noch so, dass er keine Ausfälle hatte, nicht lallte, nicht unangenehm wurde, keine blöden Bemerkungen machte. Als Anna sich nach einer wie im Fluge vergangenen Stunde schließlich verabschiedete, geschah dies in einer Atmosphäre entspannter Vertrautheit, ja fast alter Nähe. Aber der Höhepunkt kam erst noch. Anna nahm Alfreds glückstrunkenes Gesicht in beide Hände und zog es zu sich herunter. Sie küsste ihn auf den Mund. Sie küsste ihn auf den Mund! Sie küsste ihn auf den Mund.

Und kurz, ganz kurz, vielleicht für den Bruchteil einer Sekunde, den Hauch eines Augenblicks, ganz, ganz flüchtig nur, war ihm, als spürte er ihre Zunge nach der seinen tasten. Schon war es wieder vorbei und sie löste sich von ihm. „Alfred, Tschüss. Schön war's!", trillerte sie ihm zu, winkte mit den Fingerspitzen und ließ im Weggehen noch den nächsten Lockvogel fliegen: „Und melde dich mal, in den nächsten Tagen. Dann gehen wir wieder Kaffeetrinken im Villinger."

Weg war sie.

Alfred wurde nicht auf der Stelle bewusstlos, aber es hätte nicht viel gefehlt.

War das ihre Zunge gewesen?

Sie hatte ihn noch nie so geküsst. Noch nie. Selbst in ihrer besten gemeinsamen Zeit nicht. Und jetzt das! Was war da los?

„Hey Alfred, bist du besoffen?", fragte Linus, der sich in der vergangenen Stunde bewusst ferngehalten hatte, nun aber sorgenvoll vor Alfred stand, der wie paralysiert hinter Anna her starrte. Linus rüttelte Alfred zurück in die Adventsnacht.

„Ich könnte noch einen vertragen", sagte Alfred, nachdem er wieder einigermaßen beisammen war, und deutete auf den Glühweinstand der Hornochsen. Dort hatte sich die Traube der Gäste merklich verkleinert, aber einige Standhafte harrten immer noch aus. Alfred war so voller Euphorie, dass er nunmehr nicht nur einen, sondern unendlich viele Glühweine vertragen konnte. Es wurde sowieso lustig am Glühweinstand, je länger der Abend voranschritt. Man sang ein Hornschlittenlied. Es war nicht gerade für den Advent gemacht. Aber niemand störte sich daran. Tschorli bot eine Wette an, einen heißen Glühwein auf Ex zu trinken! Die anderen Hornochsen redeten es ihm aus. Linus lallte „Von draus vom Walde komm ich her ...", und berichtete in immer neuen Varianten vom legendären Nikolausabend mit Alfred. Und Alfred trank Glühwein und war glücklich.

Dann veranstalteten sie ein Schneeballschießen quer über den Hirschenbuckel, hinüber zur Leuchtreklame am Kronetheater. Tschorli verwettete eine Runde Glühwein, dass er die Schaukästen am Eingang des Kinos treffen würde. Sein erster Schneeball landete an der Glasscheibe der Kinotür, sein Zweiter am Kopf des Kinobetreibers, der infolge des ersten Wurfes ungehalten herausgestürmt kam, und sein dritter Wurf ging weit darüber in die Leuchtanzeige, wo dem Filmtitel „Es war einmal in Hollywood" infolge des Treffers das Ypsilon verlustig ging und hinunterpolterte vor die Füße des Kinobetreibers. „Hey ihr Vollidioten!", brüllte der Kinobetreiber, traute sich aber nicht zu den Übeltätern herauf, weil er weiteres Bombardement fürchten musste und selber ein Pazifist war.

Alfred trank Glühwein und war glücklich.

Nach Tschorlis Runde verkündete Micky, dass nunmehr die letzte Literflasche im Glühweintopf heißgemacht werde, weil man nämlich noch Abbauen und Aufräumen müsse.

Lothar Hubner hatte bei seinem Abgang angemahnt, dass nun alsbald Feierabend zu machen sei. Er war bereits seit über einer Stunde verschwunden. Von Feierabend noch keine Spur. Sie tranken eine Runde auf Lothar Huber. Dann noch eine auf den Feierabend.

Die Hornis begannen damit, ihre Siebensachen zusammenzupacken. Die Kasse wurde geschlossen, die Müllsäcke zugebunden, die leeren Glühweintassen eingesammelt.

Alfred trank Glühwein und war ... ja, immer noch glücklich, aber jetzt auch sternhagelvoll. Er vertrug nichts mehr. Keinen einzigen weiteren Schluck. Nichts ging mehr. Es würgte ihn, wenn er nur Glühwein roch. Alles an ihm roch nach Glühwein. Die verklebten Finger, die rote Tropfspur auf dem gelben Daunenanorak, die Tasse, die er noch in der Hand hielt. Selbst die Zigaretten schmeckten nach Glühwein. Es würgte ihn. Er spürte, wie sich in seinem Magen etwas regte, was vor kurzem noch Elsässer Flammkuchen mit Bergkäse und Speck gewesen war. Oh weia! Das ging nicht gut. Er stolperte die Treppe vom Rathausplatz zum Hirschenbuckel hinunter, wankte Richtung Kronetheater, wollte weiter zum dunklen Fußweg, der hinter dem Pfefferhäusle zur Salzstraße hinunterführt und der für nächtliche Zecher seit Jahren ein beliebter Platz zum Entleeren war, doch er schaffte es nicht bis dahin. Der Elsässer Flammkuchen mit Bergkäse und Speck erblickte ungefähr an jener Stelle wieder das Licht der Welt, wo zuvor das Ypsilon gelandet war.

# ANTIFASCHISTISCHE EINHEITSFRONT

Die erste Silvesterrakete schlug exakt um 21.03 Uhr im Windfang der Gaststätte Schluckspecht in Kirchzarten ein. Um 21.28 Uhr stand die Gaststätte in Flammen. In den 25 Minuten dazwischen schossen Hugo und sein eifriger Helfershelfer Leo rund 150 Silvesterraketen auf den Schluckspecht ab. Manche davon mit Draht zu Dreier- oder Fünferpacks zusammengebunden. Hugo und Leo knieten auf der Laderampe eines VW-Caddy, den sie sich ohne Wissen des Eigentümers aus dem Fuhrpark einer Malerfirma entliehen hatten, und sie feuerten ihre Silvesterraketen aus mitgebrachten Weinflaschen heraus waagrecht quer über die Straße auf den Eingang und die große Frontscheibe des Schluckspecht. Die Scheibe ging nach dem vierten oder fünften Raketenaufprall in die Brüche. Von da an flogen die Raketen ins Innere der Gaststätte und sorgten dort für ein Feuerwerk der Extraklasse.

Schon nach den ersten Einschlägen ergriffen einige verschreckte Gäste der Bierkneipe eiligst die Flucht. Mit ihnen auch die weibliche Bedienung. Der Stammtisch von der Gerechten Rechten ging zunächst hinter der Theke in Deckung. Dann wagten sich Django und Bruno zum Eingang, riskierten einen Blick nach draußen. Sie zogen die Köpfe aber sofort wieder ein, als ihnen die ersten Raketen um die Ohren flogen. Hinter den beiden kam nun Lederjacken-Tom herausgestürzt. Er fuchtelte mit beiden Armen und brüllte über die Straße: „Hört auf! Hört auf! Seid ihr wahnsinnig?"
„Verpiss dich! Zurück in dein Rattenloch", brüllte Hugo zurück, und Leo zielte mit der nächsten Rakete auf Toms Unterleib. Der Schuss ging knapp daneben, die Rakete hüpfte über den Asphalt und blieb in einem Gullydeckel hängen.

Es rumste vernehmlich, als sie ihren Funkenregen in den Untergrund spuckte. Lederjacken-Tom trat den Rückzug ins Innere des Schluckspechtes an. Als nun aber infolge des Beschusses der Vorhang hinter der zerschossenen Frontscheibe der Kneipe in Flammen geriet und wenig später auch die ersten Tischdecken, da wurde es auch den harten Rechten mulmig. Eiligst suchten sie durch den Hinterausgang das Weite. Keiner aus der Truppe wagte einen Gegenangriff gegen die unerbittliche Artillerie auf der anderen Straßenseite.

Nur der glänzend gegelte Barkeeper Hotte unternahm einen Löschversuch. Hier ging es um seine Existenz, denn der Schluckspecht war seine Kneipe. Er schüttete einen Putzeimer voller Wasser über den vordersten brennenden Tisch. Aber schon züngelten die ersten Flammen an den Tapeten empor. Auch die hölzernen Stützpfeiler der Theke kokelten bereits. Außerdem flogen im Sekundentakt immer neue heulende, pfeifende, sich überschlagende, funkensprühende Geschosse ein. Hotte musste den Kopf einziehen. Dann warf er sich auf den Boden seiner Kneipe und robbte auf allen Vieren dem rückwärtigen Ausgang entgegen. Der Schluckspecht war nicht mehr zu retten. Die mit Sprüchen versehenen Holzbrettchen über der Theke fielen glühend von der Wand. „Ein Mädchen und ein Gläschen Wein, kurieren alle Not." Das galt jetzt nicht mehr. Der Schluckspecht stand bereits in Flammen.

Dennoch sprang Hugo jetzt von der Pritsche des VW Caddy und eilte dem Eingang zu. Leo stellte den Beschuss ein. Hugo hatte eine Farbsprühdose in der Hand. Dies war ein politischer Anschlag. Man musste schließlich als antifaschistische Einheitsfront eine Bekennerbotschaft hinterlassen. Hugo wagte sich in die Kneipe, die schon mächtig qualmte und aus der ihm erste Flammen entgegenzüngelten. Im Innern sprühte er mit roter Farbe die für „Antifaschistische Einheits-Front" stehende Buchstabenkombination „AEF" überall hin, wo er sich noch hinwagen konnte: An die Wand, auf den Fußboden, auf die Theke. Hinter der Theke platzen bereits die ersten Flaschen im Regal. Die Holztheke stand in Flammen. Hugo fiel die metallene Geldkassette ins Auge, die wohl als Kasse des Schluckspechtes diente. Kurz entschlossen griff er sich das Stück und zog es aus dem Feuer. Weil die Kassette bereits glühend heiß war, wickelte er sie mit dem Vorderteil seines Pullovers ein, der sofort zu qualmen begann. Dann warf er seine Farbsprühflasche in die Flammen und ergriff die Flucht ins Freie.

Drinnen explodierte die Farbdose. Hugo gab Leo ein Zeichen, und der Beschuss des Schluckspecht ging weiter.

Inzwischen sammelten sich in sicherem Abstand immer mehr Schaulustige. Menschen schrien durcheinander. Einige zückten ihre Handys, einerseits, um Polizei und Feuerwehr zu rufen, andererseits, um das Geschehen abzufilmen. Manche brüllten zu den beiden Männern auf dem Pritschenwagen hinüber: „Hört auf ihr Arschlöcher. Was soll das?" Diese Zwischenrufer verstummten aber, als Hugo kurzerhand das Feuer auch auf sie eröffnete.

„Nieder mit den Faschisten! Nieder mit den Nazis! Raus mit den braunen Socken", so brüllte seinerseits Leo zurück. Seine hellen Kinderaugen glänzten vor Begeisterung. „Die antifaschistische Einheitsfront mistet den Nazistall aus", rief er dem Publikum zu. Von den Nazis war jedoch nichts zu sehen. Die hatten sich alle verdrückt.

Aus der Ferne heulte eine erste Polizeisirene.

Hugo und Leo sahen sich an. „Abhauen?", fragte Leo.

Hugo schoss noch eine letzte Leuchtrakete ins Ziel. Aus der offenen Front des Schluckspecht schlugen die Flammen bereits meterhoch empor. Mit einem Krachen zersprang die

Schluckspecht-Leuchtreklame und die meisten Buchstaben wurden davongesprengt. Jetzt hieß der Laden nur noch „… echt". Nun ertönten auch Feuerwehrsirenen. Jetzt war es höchste Zeit, abzuhauen. Hugo und Leo sprangen von der Pritsche. Hugo warf sich hinters Steuer. Der VW Caddy sprang an, der Motor heulte gequält, als Hugo im zweiten Gang anfuhr, und jaulte noch mehr, als Hugo den Wagen mit Vollgas und immer noch im zweiten Gang zum Ortsausgang trieb, am Bahnhof vorbei Richtung Burg-Birkendorf.

Die Schadensbilanz war erheblich. Der Schluckspecht brannte vollkommen aus. Das Gebäude, in dem sich die Kneipe befand, erlitt einen kolossalen Wasserschaden infolge der Löscharbeiten. Alle Hausbewohner konnten sich rechtzeitig in Sicherheit bringen. Es wurde niemand verletzt. Die Sachverständigen der Kripo zählten später über 150 Feuerwerksraketen. Sie räumten aber ein, dass es wohl noch mehr gewesen sein müssen, denn etliche seien vollkommen verbrannt.

Die Täter entkamen unerkannt.

Sie flohen hinauf in den Hochschwarzwald. Nach Neustadt. „Ich hab dort oben ein Büro", behauptete Hugo, während er den VW-Caddy im zweiten Gang durch das verkehrsberuhigte Burg-Birkendorf jagte. Erst an der Abfahrt zur B31 Richtung Himmelreich sprang das Getriebe vom zweiten in den vierten Gang. Das lag aber daran, dass Leo einfach mal an der Schaltung gerührt hatte.

Während Hugo nun also im vierten Gang und weiterhin mit Vollgas durchs Höllental Richtung Hochschwarzwald dröhnte, untersuchte Leo auf dem Beifahrersitz die erbeutete Thekenkasse, die nicht einmal verschlossen war. Er zählte 278 Euro und 24 Cent. Unter dem Einsatz für die Münzen, den man herausheben konnte, fand er sechs identische Schlüssel. Einer trug einen von Hand beschrifteten Anhänger, darauf stand: „Turm!" Leo grinste über die Beute. In seinem Bubigesicht stand immer noch die Begeisterung über den gelungenen Anschlag.

Sie zogen, nachdem sie gegen Mitternacht Neustadt erreicht hatten, am Automaten bei der Metzgerei Kopfmann ein paar Dosen Büchsenwurst und stellten dann den Wagen direkt neben der Kirche am Polizeirevier ab. Hugo belehrte seinen jungen Kumpanen, dass dies das beste Versteck sei: „Dort sucht die Polizei nie. Die werden fünf Tage brauchen, bis sie das Auto entdecken." Vom Parkplatz gingen sie den Adlerbuckel hinunter, schlichen sich zum Hintereingang, der durch ein schmales Treppenhaus hinauf zum Büro von Goodwood führte. „Dort können wir ein paar Tage unterkriechen", versprach Hugo. „Bis sich der Rauch verzogen hat."

Hugo besaß einen Schlüssel für das Goodwood-Büro. Aber er musste zusammen mit Leo die Tür mit Gewalt nach innen aufdrücken. Denn unmittelbar hinter der Tür lag ein schweres, schnarchendes Hindernis, das sie mit vereinten Kräften in den Raum hineinschoben. Sie verzichteten darauf, das Licht anzumachen. Hugo erkannte den Liegenden auch so. Es handelte sich bei dem Hindernis nämlich um keinen Geringeren als Alfred, den Chefredakteur von Goodwood. Dieser lag wie ein Bewusstloser auf dem Fußboden, den Kopf auf einen gelbglänzenden, zusammengerollten Steppanorak von Hugo Boss gebetet, und er gab hin und wieder beängstigend unrhythmisch Apnoe-Geräusche von sich. Hugo schloss die Tür hinter sich und kniete sich neben Alfred nieder. Er klopfte ihm mit der flachen Hand auf beide Backen, abwechselnd links und rechts. Alfred zeigte keine Regung. „Besoffen!", kommentierte Hugo. „Und er stinkt furchtbar nach Glühwein. Ist ja nicht auszuhalten."

„Ziemlich eng hier", meinte Leo mit Blick auf den verbliebenen Fußbodenplatz. „Wie sollen wir hier pennen?"

Hugo schob den weiterhin schnarchenden Alfred vor sich her: „Den stopfen wir ins Klo! Dann reicht der Platz hier für uns beide!" So machten sie es. Alfred wurde zusammengeringelt vor der Kloschüssel deponiert. Danach rauchten sie aus Hugos Kraut selbstgedrehte Stinkbomben, futterten die Wurstbüchsen aus dem Kopfmann-Automaten leer, beglückwünschten sich gegenseitig zum gelungenen Kampfeinsatz und legten sich dann ebenfalls zum Schlafen nieder. Vollkommen mit sich im Reinen.

Alfred erwachte an den Klogeräuschen in seinem Kopf. Es war, als hätte man ihm eine Klospülung direkt ins Hirn gepflanzt, und da tobte sie sich nun aus und rauschte. Solange, bis Alfred merkte, dass sich das Rauschen gar nicht in seinem Kopf abspielte. Das war, weil Hugo auf Alfreds Arm trat, als er sich leise wieder aus dem kleinen Klokämmerchen zurückziehen wollte. Alfred stöhnte, ließ einen Schrei fahren und versuchte, sich aufzurichten. Dabei stieß er sich den Kopf an der Kloschüssel.

„Schlaf weiter!", beschwichtigte Hugo, der sich zum schmalen Türschlitz hinauszwängen wollte. Die Tür konnte nicht weiter geöffnet werden, weil Alfreds Hintern im Weg war. Abrupt setzte Alfred sich auf. „Was ist …? Wo bin ich? Was machst du hier?"

Es brauchte einige Sekunden, bis Alfred seine Umgebung realisierte. Der von rostroten Glühweinspuren verunstaltete gelbe Steppanorak brachte ihm die Erinnerung an den Vorabend zurück. Wie war das gewesen? Ziemlich viel Glühwein. Ein Kuss von Anna. Ein unrühmlicher Abgang Richtung Kino. Dann war plötzlich Linus verschwunden gewesen. Und so hatte Alfred beschlossen, im nahegelegenen Goodwood-Büro zu übernachten. Da war er nun.

„Hugo!", brüllte er.

Hugo steckte seinen Kopf wieder zum Türspalt herein und versuchte, Alfred die Situation zu erklären. Er berichtete vom Überfall auf den Schluckspecht, vom erfolgreichen „Ausräuchern" der Gerechten Rechten, von der hastigen Flucht nach Neustadt, vom Kumpan Leo, der sich als „aufrechter Marxist" erwiesen habe und noch unter dem Schreibtisch schlafe. Hugo endete seinen Bericht damit, dass er und Leo nun die Absicht hatten, sich ein paar Tage im Goodwood-Büro zu verstecken. „Untertauchen", nannte er es.

Alfred stand inzwischen. Er ließ sich am Waschbecken zur Linderung seines dröhnenden Schädels kaltes Wasser ins Genick laufen und hörte sich Hugos Räuberpistole an.

„Hier könnt ihr auf keinen Fall bleiben", stellte er schließlich fest. „Es reicht, dass die Nazis mir einmal dieses Büro verwüstet haben. Das brauche ich kein zweites Mal."

„Bist du anständig links, oder was ist los", geiferte aus dem Hintergrund die vorlaute Stimme von Leo. Alfred mochte ihn nicht. Er war ihm schon bei der ersten Begegnung damals im Schluckspecht unsympathisch gewesen.

„Ich bin neutral", rief er zurück und drehte den Wasserhahn ab. „Weder links noch rechts." Er schob Hugo von der Toilettentür weg und betrat das kleine Büro. Unter dem Schreibtisch saß in Unterhosen und T-Shirt der schmächtige Leo und versuchte sitzend in seine Jeanshose zu kommen.

„Du kannst neutral sein, und trotzdem einem Bolschewisten Exil gewähren", meinte Leo frech. „Die Schweiz hat das auch getan, mit dem Genossen Wladimir Iljitsch."

„Mit wem? Von was redest du?"

„Lenin! Von Lenin rede ich. Er lebte im Exil in der Schweiz. Bis es endlich in Russland mit der Revolution losging." Er steckte endlich im rechten Hosenbein, jetzt nahm er das lin-

193

ke in Angriff. Im gleichen rotzigen Ton wie bisher stichelte er: „Und du willst ein Historiker sein? Was ist das für
ein Geschichtsstudium, wenn du nicht einmal weißt, dass
Wladimir Iljitsch Lenin jahrelang im Exil in der Schweiz
gelebt hat?"

„Halt endlich dein Maul", fauchte Alfred. „Zieh dir deine
Sachen an und dann verschwinde. Das hier ist mein Büro."

Hugo mischte sich ein: „Er meint es nicht so, Alfred. Er
kämpft für die Weltrevolution. So wie ich. Wenn du ihn
rauswirfst, dann musst du auch mich rauswerfen. Und du
weißt, ich bin nachtragend."

Alfred antwortete nicht, denn etwas geriet in sein Blickfeld,
was ihn sofort alarmierte. „Was ist denn das?", fragte er und
zeigte auf Leos halb hochgezogene Jeanshose. Dort baumel-
te aus der linken Hosentasche ein ganzes Bündel weißer
Plastikstreifen. Kabelbinder. Weiße Kabelbinder."

Leo schaute ertappt drein und zog das Bündel aus der Hose.
„Ach das?" Er starrte das Bündel an, als müsse er sich erst
erinnern, wie diese Kabelbinder in seine Hosentasche geraten waren. „Das ist …, die sind …, die waren in der Geldkassette."

„Welche Geldkassette?"

Leo zog die kleine Blech-Kasse aus dem Schluckspecht hinter dem Schreibtisch hervor. „Hier! Diese Kassette." Er öffnete den Deckel und zog den Einsatz heraus. „Hier unten
drunter, da waren diese Dinger. Zusammen mit den Turmschlüsseln." Er holte jetzt aus seiner anderen Hosentasche
die sechs Schlüssel hervor, die er schon im Auto aus der
Kassette gefischt hatte. „Könnten zu eurem Turm da oben
passen!" Er reichte Alfred die Kabelbinder, die Schlüssel
und die leere Kassette. Das Geld hatten Leo und Hugo bereits auf der Fahrt untereinander aufgeteilt.

Alfred wog die Kabelbinder in seiner rechten und die Schlüssel in seiner linken Hand, als müsse er ihre Echtheit prüfen. Nachdenklich besah er sich die Fundstücke. Dann steckte er beides bei sich in die Hosentasche.

„Hey! Was soll das?", protestierte Leo. „Gib das wieder her!"

Alfred weigerte sich: „Wieso? Gehört dir doch gar nicht. Das behalte ich." Er grinste Leo an: „Im Gegenzug dürft ihr ein paar Tage hier im Büro bleiben. Aber denkt bloß nicht, dass ich mich um euch kümmere, Essen und Trinken und so. Das ist euer Ding, und ich will nichts damit zu tun haben." Er wandte sich zu Hugo um, der ungerührt an der Wand lehnte und eine süßlich riechende Zigarette rauchte. „Hör zu, Hugo. Ich muss wieder nach Freiburg, Lateinstunde, du weißt ja. Ich lasse euch hier allein. Aber macht bloß keinen Blödsinn, verstanden." Und mit einem Blick zum Rechner, der auf dem Schreibtisch stand: „Und die Goodwood-Sachen werden nicht angerührt. Ohne Kennwort kommt ihr sowieso nicht ins System. Also versucht es erst gar nicht."

Hugo grinste und qualmte. Seine trüben, schwarzen Katzenaugen verengten sich zu schmalen Schlitzen. Was in seinem Indianerschädel vor sich ging war nicht auszumachen.

„Kannst du das hier noch mitnehmen und irgendwo unauffällig entsorgen?", fragte Leo und streckte Alfred die leere Geldkassette entgegen. „Wir haben vergessen, das Ding aus dem Autofenster zu werfen."

Alfred nahm die Geldkassette entgegen.

„Und das hier bitte auch noch", sagte Hugo. Er hielt Alfred die beiden leeren Wurstbüchsen hin. „Vermüllt sonst nur das Büro!"

„Leck mich!", fluchte Alfred. Aber er nahm die Büchsen mit.

Erst als er schon draußen war, fiel ihm ein, dass er etwas vergessen hatte. Er wollte doch eigentlich am Bildschirm das Bild stürzen, das er im Büro der Bürgermeisterin gemacht hatte. Da gab es noch ein Geheimnis: Die zwei Post-it Zettel auf der schwarzen Kladde. Dann halt beim nächsten Mal.

# BERGE VON SCHNEE UND PROBLEMEN

„Es war eine Wette! Na klar, es war eine Wette!" Alfred klopfte sich bei dieser Erkenntnis auf den Oberschenkel. „Sag ich doch!", bekräftigte Linus, der am Steuer saß. Sie fuhren nach Breitnau, um dort Alfreds roten Flitzer abzuholen.

Und während sie sich auf der Fahrt mit Theorien zum Tod des jungen Markus Haber beschäftigten, war ihnen plötzlich die Erkenntnis gekommen. Linus, ansonsten nicht der oberste Kriminalist, hatte damit angefangen: „Ich glaube, der Kerl ist freiwillig auf den Turm gegangen."

„Hey, spinnst du. Er wurde da oben ermordet, planmäßig", widersprach Alfred. „Und soviel dürfte auch dir einleuchten, mein lieber Linus, dass es dem Mörder irgendwie gelungen sein muss, den jungen Haber auf den Turm zu locken."

„Ich bleibe dabei, er ist freiwillig mitgegangen."

„Keiner friert freiwillig auf einem Aussichtsturm fest. Bei diesen Temperaturen steigt man bestimmt nicht einfach so da rauf." Alfred tippte sich an die Stirn, zum Zeichen, was er von dem Gedanken hielt.

„Du bist auch freiwillig hinauf, Alfred. Hast du das schon vergessen?", hakte Linus nach. Er steuerte seinen Winter-Golf soeben von der B500 in die Ortseinfahrt Breitnau hinein. Die Straße war schneefrei. Es müsste möglich sein, auch mit Sommerreifen den roten Flitzer heil nach Neustadt zurückzubringen, so hatten sie überlegt. Wegen des roten Flitzers wäre Linus aber nicht gefahren. Er hatte sich bei Alfred gemeldet, weil er seinen Pelzmantel zurückhaben wollte. „Wir haben da ein Treffen der dreißig erfolgreichsten Versicherungsmakler des vergangenen Jahres. Tolle Sache. Oben auf dem Feldberg", so hatte er es Alfred berichtet. „In-

centive Event! Verstehst Du? Die Versicherungswirtschaft
zahlt. Mit Gala im Feldberger Hof und drei Tagen kostenlos
Skifahren. Ich bin dabei. Und da es ein bisschen mondän
zugeht, will ich meinen teuren Pelzmantel tragen."

„Tja!"

„Was tja?"

„Der Pelzmantel ist im roten Flitzer. Und der rote Flitzer
steht in Breitnau beim BASF-Heim", gestand Alfred.

So fuhren sie nun also nach Breitnau. Alfred konnte auf diese Weise seinen roten Flitzer wieder abholen, Linus bekam
seinen Pelzmantel wieder. Alfred, der die notdürftig von den
Glühweinflecken gesäuberte gelbe Steppdaunenjacke trug,
hegte die vage Hoffnung, dass sich das gute Stück Pelzmantel inzwischen selbstgereinigt und geflickt hatte. Er zitterte
dem Moment der Wahrheit entgegen. Aber er wusste auch
nicht, wie er ihn hätte verhindern können. Also fuhr er mit
Linus sehenden Auges ins Unheil. Und Linus war es, der ihn
jetzt auf die richtige Idee brachte, als er sagte „Du bist auch
freiwillig hinauf, Alfred. Hast du das schon vergessen?"

„Das ist was anderes. Bei mir war es eine Wette ...", erwiderte Alfred

„Na also!", triumphierte Linus. „Was, wenn es bei Markus
Haber auch eine Wette war?"

Alfred schlug sich mit der flachen Hand gegen die Stirn:
„Mensch, du hast recht. Das wäre eine Erklärung. Man hat
ihn mit einer Wette auf den Turm gelockt."

Er wägte den Gedanken eine Weile prüfend ab. Als sie
schließlich in der Ortsmitte abbogen in die Straße am Tal-
grund, hinunter zum BASF Heim, war Alfred bei der Erkenntnis angekommen: „Ich glaube, das waren seine Kumpels von den Gerechten Rechten. Die müssen ihn irgendwie
dazu gebracht haben, auf den Turm zu steigen."

„Warum?"

„Um ihn oben umzubringen natürlich. Er wollte aussteigen, hast du das schon vergessen? Er hat vielleicht damit gedroht, zur Polizei zu gehen, wer weiß."

„Hat die Wirtin vom Hochfirst Rasthaus nicht erzählt, dass die Nazis einen Mords-Schiss vor dem Turm haben? Wegen der Stimmen?"

„Das hat sie", bestätigte Alfred. „Gleichzeitig sind sie aber auch fasziniert. Sie haben sich Schlüssel besorgt. Sie sind ständig da oben rumgeschlichen. Diese ganze Militärvergangenheit des Turms, die Funksprüche, die Fliegerabwehr, und dann die Stimmen aus der Vergangenheit." Alfred redete sich in Fahrt: „Hey, Alter, das musst du dir mal vorstellen. Auf so was fahren diese Nazis doch ab. Vielleicht glauben sie, das Gespenst von Adolf Hitler steckt im Turm."

„Es ist eher Physik", korrigierte Linus. „Hast du heute Morgen nicht die Zeitung gelesen?"

Doch, das hatte Alfred. Zu seinem Leidwesen musste er zugeben, dass Anna eine hervorragende Reportage von ihrer Turmbegehung mit dem Parapsychologen Dr. von Lucadou geschrieben hatte. Tolle Reportage mit tollen Bildern, die der blöde Peter Sterzer gemacht hatte. Und neben vielen anderen spannenden Einzelheiten war der Absatz über die Physik im Turm für Alfred am aufschlussreichsten gewesen.

„Schauen Sie", so zitierte Anna in ihrem Artikel den Wissenschaftler," viele Menschen fragen sich: Gibt es Botschaften aus dem Jenseits – oder sind Menschen, die von übersinnlichen Erfahrungen berichten, schlicht und einfach verrückt? Oder gibt es glaubwürdige Antworten darauf, warum es mehr Dinge zwischen Himmel und Erde gibt, als unsere Schulweisheit sich träumen lässt."

„Und, gibt es solche glaubwürdigen Antworten?", so hatte Anna in ihrem Artikel rhetorisch zurückgefragt und dann ihren Lesern erklärt: „Ja, solche Antworten gibt es. Davon ist Dr. von Lucadou überzeugt, denn er hat mit seinem Team in den vergangenen Jahren und Jahrzehnten unzählige Menschen kennengelernt, die ungewöhnliche, paranormale, okkulte oder unerklärliche Erfahrungen gemacht haben. Und in ganz vielen Fällen, so ist sich der Parapsychologe sicher, landet man bei physikalischen Phänomenen, die die Erklärung liefern. „Sie müssen sich einmal vorstellen, dass es in der Natur vielleicht noch deutlich mehr Naturgesetze gibt, als nur diejenigen, welche wir Menschen bereits ergründet, bewiesen und berechnet haben. Vielleicht gibt es sogar noch mehr unentdeckte als bekannte physikalische Gesetze. Und weil wir sie nicht kennen, bezeichnen wir ihre Erscheinungsformen als ungewöhnlich, paranormal oder okkult, letztlich als unerklärlich."

Annas Artikel war nicht reißerisch und sie verzichtete auch auf Spekulationen hinsichtlich der Stimmen und des Mordes auf dem Turm. Aber sie zitierte eine der Frauen aus Dr. von Lucadous Team mit den Worten: „Viele werden von unerklärlichen Ereignissen in den Tod getrieben. Stimmen im Kopf oder in der Wohnung haben schon viele Menschen wahnsinnig gemacht. Wir hatten in der Praxis schon Fälle, wo sich jemand wegen solcher Stimmen aus Verzweiflung aus dem Fenster gestürzt hat. Alles ist möglich."

„Nein, Suizid ist es nicht gewesen", so schloss Alfred kategorisch die Lektüre ab. Einen Suizid mit Kabelbinder konnte er sich nicht vorstellen. Das mit Markus Haber war eindeutig ein Mord gewesen.

Nun bogen sie in den Hof beim BASF Heim ein. Die Stunde der Wahrheit. Doch vom roten Flitzer war nichts zu sehen. Dort, wo Alfred den Wagen zurückgelassen hatte, befand sich jetzt ein Schneeberg von den Dimensionen eines Einfamilienhauses. Schon kam Geschäftsführer Bernd Pollak aus dem Haus gestürmt, als habe er nur auf Alfreds Ankunft gewartet.

„Es tut mir schrecklich leid", so eröffnete er bereits im Herbeieilen und knöpfte dabei sein feines Sakko zu. „Sie sehen ja die Bescherung. Als der Schneepflug kam, war ich leider nicht im Haus. Und dann ...", er machte eine hilflose Geste zu dem Schneeberg hin, „... dann war es zu spät."

„Wollen Sie damit sagen, dass darunter mein roter Flitzer steckt?"

Bernd Pollak zuckte bedauernd mit den Schultern: „Normalerweise parkt da niemand. Das ist die Fläche, wo der Bauhof immer den Schnee hinschiebt."

Eine Weile standen sie ratlos vor dem riesigen Schneehaufen. Bernd Pollak erbot sich, seinen Hausmeister mitsamt Schneefräse auszuleihen, außerdem stellte er Schaufeln und zwei Schneehexen zur Verfügung: „Man müsste den Wagen leicht ausgraben können", so machte er Alfred Mut. „Einfach von unten her den Schnee wegräumen."

Der Hausmeister bestätigte diesen Optimismus: „Ich fahre mit der Fräse unten ran und spucke den Schnee heraus. Ihr schaufelt ihn dann weg." Schon warf er seine Maschine an.

In diesem Moment sah Alfred aus den Augenwinkeln in der Tür, die vom Hof zur BASF-Gaststätte führte, das Mädchen Lena auftauchen. Sie trug zwei gelbe Müllsäcke nach draußen, deponierte sie an der Hauswand und verschwand dann wieder im Gebäude. Alfred kam eine Idee: „Könnte ich mal mit Ihrer Angestellten sprechen?", fragte er den Geschäftsführer. „Mit der Lena? Ich habe sie gerade hinein gehen sehen."

„Meinetwegen, fragen Sie sie. Ich habe nichts dagegen." Bernd Pollak war kooperativ wie schon gegenüber der Polizei. Halb scherzhaft schickte er Alfred noch hinterher: „Aber halten Sie Lena nicht zu lange von der Arbeit ab."

„Fang du schon mal an", brüllte Alfred seinem Kumpel Linus gegen den Schneefräsenlärm zu. „Ich habe noch eine Kleinigkeit drinnen zu erledigen. Bin gleich wieder da." Damit ließ er Linus mit dem Schneeberg alleine und verschwand durch die gleiche Tür ins Gebäudeinnere, die zuvor Lena genommen hatte. Er fand sie im großen Speisesaal, wo sie die Salattheke für den Abend richtete.

Der Gedanke, die junge Frau auszufragen, war ihm spontan gekommen, als er sie in der Tür gesehen hatte. Jetzt musste er schnell entscheiden, wie er es angehen wollte. Er fiel mit der Tür ins Haus: „Hallo, du bist Lena, nicht wahr? Mein Name ist Alfred. Ich bin derjenige, der Markus Haber auf dem Hochfirstturm gefunden hat."

Lena fuhr erschrocken herum. Ihr rundliches Gesicht lief rot an. Sie hatte ihr schulterlanges, braunes Haar zu einem schlichten Pferdeschwanz geknüpft. Nach Alfreds Kriterien war sie nicht besonders hübsch, aber sie sah vital und lebensfroh aus. Sie hatte lustige braune Augen, die jetzt aber erschrocken blickten. „W ... w ... was ... was wollen ... was willst du?"

„Nur ein paar Fragen. Ich arbeite mit der Polizei zusammen. Ich bin Privatdetektiv." Er kramte eine verknitterte Visitenkarte mit Eselsohren aus seinem Geldbeutel. Die letzte von dieser Sorte, die er noch besaß. Lena las laut vor: „Privatdetektiv – Recherche – Überwachung – Ermittlungen. Detektei A.L.F. Red."

„Ich habe der Polizei schon alles gesagt", flüsterte Lena und reichte Alfred die Visitenkarte zurück. Er steckte sie wieder ein. Lena schien keineswegs irritiert, dass der Privatdetektiv, der den Fall ihres ermordeten Freundes recherchierte, auch gleichzeitig derjenige war, der den Toten auf dem Turm entdeckt hatte.

„Kommissar Junkel. Vermutlich hast du mit dem gesprochen?", so platzierte Alfred den Namen des Kommissars. Er erhoffte sich damit Lenas Misstrauen abzubauen. Tatsächlich funktionierte es. „Wir können hinsitzen", sagte sie. Sie machte auf Alfred einen sehr gefestigten Eindruck. Keinesfalls weinerlich oder verzagt. Vielleicht hatte sie sich längst mit Fabian Waldhorn über den Verlust ihres Ex-Freundes hinweggetröstet.

„Ich weiß von Markus' zweifelhaften Freunden aus dem Dreisamtal", so eröffnete Alfred das Gespräch. Er zählte die Namen auf, die er kannte, erwähnte den Schluckspecht, den Gruppennamen Gerechte Rechte und weitere Einzelheiten. Etwa: „Die Gruppe interessierte sich sehr für den Hochfirstturm. Hast du eine Vorstellung, warum?"

Lena nickte. Sie zögerte nicht lange mit der Antwort: „Markus hat es mir erzählt. Dort oben spukt es. Er hat gesagt, man hört im Turm Stimmen aus dem Zweiten Weltkrieg. Stimmen von Soldaten."

„Ja, so hört es sich an", bestätigte Alfred. „Ich habe sie auch schon gehört."

„Bruno ist ihr Anführer", fuhr Lena ungefragt fort. „Der Anführer der Gerechten Rechten. Der Django ist aber am meisten besessen. So ein richtig brutaler Typ. Daheim verprügelt er die Mia. Das ist seine Freundin. Sie arbeitet im Schluckspecht als Bedienung. Der Django macht mir am meisten Angst. Der hat mich immer so angeschaut, ... so gierig."

Alfred ging nicht darauf ein: „Hatten die Kerle denn irgendeine Erklärung für die Stimmen im Turm? Oder was stellten sie sich dort vor?", fragte er.

„Sie hatten Schiss! Sie hatten Schiss vor den Stimmen. Alleine traute sich keiner von ihnen in den Turm hinein, schon gar nicht hinauf auf die Aussichtsplattform. Auch Markus hatte Schiss. Er hat gesagt, die Stimmen gehörten Toten."

„Aber gleichzeitig waren sie fasziniert von diesen Stimmen, weil sie aus der Zeit der Naziherrschaft stammten", kombinierte Alfred.

„Irgendwas in diese Richtung. Was weiß ich, was in diesen verkrüppelten Köpfen vor sich geht? Der Bruno hat mal behauptet, mit den Stimmen spreche Adolf Hitler zu ihnen. Der Führer wolle ihnen Botschaften in die Gegenwart senden, sei aber in der Vergangenheit gefangen. Irgend so ein gequirlter Quark."

„Kann man wohl sagen", pflichtet Alfred bei, machte sich aber eifrig Notizen. Er wartete, ob Lena weitere Einzelheiten einfielen. Als sie nichts mehr hinzufügte, fragte er: „Dann wäre es für einen dieser Nazis eine ziemliche Mutprobe gewesen, alleine in einer Winternacht auf den Turm zu klettern."

„Oh ja", bestätigte Lena. „Das kann man wohl sagen."

„Auch für Markus?"

„Auch für Markus." Lena zog tief die Luft ein, so als müsse sie ein drohendes Schluchzen unterbinden. „Auch für ihn. Der Turm machte ihm Angst."

Alfred hielt fest: „Die Nazis wussten also von den Stimmen im Turm. Wahrscheinlich haben sie sie ein paar Mal schon gehört. Sie fürchteten sich davor, weil sie keine Erklärung dafür hatten, aber gleichzeitig waren sie fasziniert, weil die Stimmen irgendwie zu ihrer kruden Naziverehrung passten. Sie haben sich auch Schlüssel zum Turm besorgt, aber alleine traute sich keiner von ihnen da hinein. Und es wollte auch keiner lange drinbleiben."

Lena nickte zu jeder Feststellung.

„Und trotzdem ist Markus in der Nacht seines Todes dort hinaufgeklettert", fasste Alfred zusammen. Wieder nickte Lena.

„Warum?" Diese Frage kam hart und unnachgiebig. Alfred war planmäßig darauf zugesteuert.

Lena seufzte. Jetzt kamen ihr doch zaghaft zwei kleine Tränchen, die sie hastig und verlegen wegwischte. „Er hat von einer Mutprobe gesprochen. Am Abend vorher."

„Wer? Markus?"

„Ja! Am Abend vor seinem Tod war er noch mit mir zusammen. Er war fest entschlossen, sich von den Gerechten Rechten loszusagen. Er hat es mir versprochen." Ihre Stimme wurde brüchig: „Nur noch eine Mutprobe, so hat er zu mir gesagt, dann lassen sie ihn gehen. Sie verlangen eine Mutprobe von mir, so hat er berichtet. Er wollte aber nicht sagen, was das für eine Mutprobe sein sollte. Jetzt weiß ich es. Es war der Turm, nicht wahr?" Wieder konnte sie eine Träne nicht verhindern.

„Ja, es war der Turm", wiederholte Alfred. Er sah jetzt klarer. Dennoch konnte er sich am Schluss des Gesprächs eine überraschende Volte nicht verkneifen: „Und Fabian Waldhorn? Was hat der damit zu tun?"

Lena sah auf: „Ach, das weißt du auch schon!"

Gar nichts wusste Alfred. Er hatte nur aufs Geradewohl in den Nebel gestochen. Er sah Lena scharf an: „Ich weiß ziemlich viel. Was meinst du genau?"

„Na das mit Fabians Verhaftung. Er wurde doch heute Morgen von Kommissar Junkel verhaftet. Er steht unter Mordverdacht."

Alfred verzog ungläubig das Gesicht. Hatte er etwas übersehen? Was wusste Junkel, was er noch nicht wusste? War es doch ein Mord aus Eifersucht gewesen?

„Mord ... verdacht", wiederholte er ungläubig.

„Lena, der Salat!" Das war die Stimme von Bernd Pollak. Der Geschäftsführer war hereingekommen, um nach dem Rechten zu sehen. „Der Salat muss fertig angerichtet sein."

Pollak hörte sich ungeduldig an: „In zwanzig Minuten kommen die ersten Gäste. Spute dich. Du hast ja noch gar nicht richtig angefangen."

Lena sprang auf. Mit einem entschuldigenden Blick zu Alfred machte sie sich wieder an die Arbeit.

„Ach da sind Sie ja", sagte Pollak, als er Alfred sitzen sah. „Ihr Kollege ist schon ungeduldig. Er hat zusammen mit unserem Hausmeister den ganzen Schneeberg abgetragen."

„Sie sind fertig?", fragte Alfred ungläubig. „Das Auto ist freigeschaufelt?"

„Ja", bestätigte Pollak. „Ganze Arbeit. Jetzt sitzen sie drüben in der Bierstube und wollen noch was trinken. Und ich glaube, Ihr Kumpel ist ziemlich sauer auf Sie."

„Weil ich nicht mitgeholfen habe?", fragte Alfred und erhob sich zögernd.

„Nein! Deswegen nicht. Irgendetwas war mit dem Auto. Ich hab's nicht richtig gesehen. Ich glaube, da lag ein toter Hund auf dem Rücksitz. Darüber hat er sich aufgeregt."

Der Pelzmantel.

Alfred überlegte, was zu tun sei. Wenn er ins Bierstüble ging, dann konnte er sich auf etwas gefasst machen. Linus war gewaltbereit. Und sein Frustpotenzial war zur Zeit sowieso besonders hoch, weil der Kumpel immer noch daran kaute, dass die blonde Barbie Cindy ihn verlassen hatte.

Kurzerhand verließ Alfred das BASF Heim durch die gleiche Hintertür, durch die er hereingekommen war. Tatsächlich war der Schneeberg auf dem Parkplatz nahezu abgetragen. Der rote Flitzer stand freigeschippt und startklar in seiner vollen Pracht vor Alfred. Hoffentlich sprang der Wagen gleich an. Alfred setzte sich hinters Steuer. Auf dem Rücksitz lag noch der zerfledderte Pelzmantel. Er stank tatsächlich wie ein toter Hund. Alfred betätigte den Zündschlüssel.

„Rrrrrtttttrrrrr", machte der Wagen. Und dann noch einmal

„„Rrrrrttttrrrrr". Und dann dazwischen das erste „Whopp-whopp!" Noch eines. Und dann sprang der Motor an und brummte und rasselte wie eine Ankerkette.

„Tschüss Linus! Ein Andermal wieder! Und vielen Dank auch für das Freischaufeln! Reg dich erst mal wieder ab! Schlaf ein paarmal drüber!"

Alfred fuhr vom Hof. Hinunter nach Freiburg.

# FINIS

Just in jenem Moment, als Dr. Silvia Winkrewcz mit bis zur Hüfte gerafftem Kostümrock rücklings unter Alfred auf ihrer Schreibtischplatte liegend, mit rudernden Armen sämtliche Utensilien zu Boden fegte, ging die Tür zu ihrem Dozentenbüro auf. Im Türrahmen erschien Vanessa mit gezückter Kamera. Schon hatte sie die erste Bildserie geschossen, wie eine Furie vor dem Schreibtisch von links nach rechts hüpfend, so dass ihr auch kein Detail dieser pikanten Szene entging. „Du Scheißkerl, du Scheißkerl, du Scheißkerl!", so fluchte sie tränenerstickt. „Hab ich es doch gewusst! Ich hab's gewusst, ich hab's gewusst!" Bevor Alfred gewahrte, wer da seinen nackten Hintern für die Ewigkeit festhielte, hatte Dr. Silvia Winkrewcz den Ernst der Lage erkannt. Sie stieß Alfred von sich und schrie geistesgegenwärtig dazu: „Hilfe, Hilfe! Er vergewaltigt mich! Er vergewaltigt mich! Hilfe! Zu Hilfe!"

Ja, sie war ein schlaues Biest, diese Lateinlehrerin. Sie hatte zu Hause einen Mann und zwei halbwüchsige Kinder. Und sie wusste genau, dass ihre Ehe, ihre kommunalpolitischen Ambitionen und möglicherweise ihre Universitätskarriere unrühmlich beendet sein würden, wenn eine Affäre mit einem ihrer Lateinstudenten bekannt werden sollte. Da war es besser, das unfreiwillige Opfer einer Vergewaltigung zu spielen. Dieser lüsterne und nichtsnutzige Latein-Nachhilfeschüler Alfred, unbegabt und sittlich völlig ungeeignet, hatte die Situation ausgenutzt; alleine mit der wehrlosen Lateinlehrerin im Dozentenbüro, weit nach den üblichen Dienstzeiten, so dass der Verwaltungsbau nahezu leer war und er sich sicher wähnen konnte, nicht gestört zu werden. So war er über sie hergefallen, über das arme und völlig überraschte Opfer, die sittsame und hochgeknöpfte Dr. Silvia Winkrewcz, die sich mit Zähnen und Klauen wehrte. Das konnte sie sogar anhand der Bissspuren beweisen, die sie ihrem Peiniger in ihrem verzweifelten Abwehrkampf zugefügt hatte. Und klugerweise begab sie sich unverzüglich nach diesem Vorfall in die Universitäts-Frauenklinik, wo die Penetration zweifelsfrei festgestellt wurde, inklusive Sicherstellung der DNA-Spuren. Und dann gab es da ja auch noch die Fotos der Studentin Vanessa, die zum Glück rechtzeitig aufgetaucht und reaktionsschnell richtig gehandelt hatte.

Was Vanessa betraf, so war es die Eifersucht, die sie getrieben hatte. Ja, sie hatte Alfred hinterherspioniert. Ja, sie hatte schon bei der vorletzten Nachhilfestunde an der Tür der Lateindozentin gestanden und gelauscht. Zu diesem Zeitpunkt hatte sie aber noch keinen Nachschlüssel besessen, sie konnte nur hören, dass es mitnichten lateinisch zuging, hinter der Tür. Ja, sie hatte ganz gezielt diese nächste Lateinstunde abgewartet, sich im Gebäude versteckt, den richtigen Moment abgewartet, die Bürotür mit dem inzwischen beschafften Ersatzschlüssel geöffnet, die Kamera gezückt und die kompromittierende Szene fotografiert. Was bezweckte sie damit? Sie wusste es nicht genau. Alfred ertappen! Ihn in flagranti erwischen! Ihm danach eine Szene machen! Ihm das Versprechen abringen, die Finger von der Rivalin zu lassen! Wie es hätte weitergehen sollen, nach diesem Fotoüberfall, das hatte Vanessa sich nicht überlegt und bestenfalls vage weitergedacht. Sie war einfach nur ein schrecklich eifersüchtiges und verzweifelt in Alfred verliebtes Mädchen, das sich nicht mehr zu helfen wusste. Und so nahm die Katastrophe ihren Lauf!

Alfred wurde vor die Stabsstelle „Gender und Diversity" der Albert-Ludwigs-Universität zitiert. Das Tribunal bestand aus vier Frauen, der Stabsstellenleiterin, ihrer Stellvertreterin, der Referentin des Universitätkanzlers und der Prorektorin für „Redlichkeit in der Wissenschaft, Gleichstellung und Vielfalt". Zuvor hatten sie Vanessa einvernommen und zur Herausgabe der Fotos genötigt, die eine unmissverständliche Sprache sprachen.

Man habe zwei Möglichkeiten, so wurde Alfred eröffnet: Der naheliegende Weg sei eine förmliche Anzeige des Opfers Dr. Silvia Winkrewcz. Das arme Opfer scheue aber einen solchen Schritt wegen ihres wissenschaftlichen Rufes, ihrer Reputation in der Kommunalpolitik, vor allem aber wegen ihrer Familie und des Schutzes ihrer Privatsphäre. Wenn es aber nicht anders ginge, dann sei sie bereit, den Vorfall zur Anzeige und vor Gericht zu bringen. Das universitäre Inquisitionsgericht beschied Alfred: Ein solches förmliches Verfahren würde unweigerlich zur strafrechtlichen Ahndung des Vorgangs und selbstverständlich zur Zwangsexmatrikulation des Täters führen.

„Und was wäre die andere Möglichkeit?", fragte Alfred vorsichtig, nachdem man ihm diese erste Variante in ihren schrecklichsten Farben ausgemalt hatte.

„Das Opfer hat uns gebeten, Ihnen folgenden Vorschlag zu unterbreiten: Sie könnten der armen Frau Doktor Winkrewcz all die Peinlichkeiten und Nöte ersparen, all das Leid und Spießrutenlaufen, das unweigerlich mit einem solchen Prozess verbunden wäre, wenn sie ein Schuldeingeständnis unterschreiben und freiwillig die Universität verlassen. Damit bewahren Sie sich auch die Möglichkeit, Ihr Studium an einer anderen Universität abzuschließen, sie werden nicht zwangsexmatrikuliert." Alfreds Einwand „Aber ich bin unschuldig! Das war einvernehmlicher Sex!" wurde nicht ernsthaft diskutiert. „Das sagen alle!", beschied ihn die Gender- und Diversity-Beauftragte. „Wir können auch die ganz harte Keule herausholen!"

Da saß Alfred also in der Falle.

Auch Jochen Schiller, der angehende Staranwalt, WG-Genosse und Geschäftspartner bei Goodwood, konnte Alfred keine Hoffnung machen. „Von der Uni fliegst du so oder so. Da finden sie immer einen Paragrafen, mit dem sie dich entfernen können", sagte Schiller, als sie abends in der WG-Küche zusammensaßen. Gleichzeitig relativierte er diesen Umstand: „Dann machst du die Prüfung eben in Konstanz oder Heidelberg. Kein Problem. Da kommst du glimpflich raus." Dann wurde er aber pessimistischer: „Den Vergewaltigungsprozess könnten wir vielleicht gewinnen, wenn wir Vanessa dazu bringen, entsprechend auszusagen. Sie ist Zeugin. Und auch noch eine Frau. Das könnte für diese Hexe von Lateinlehrerin gefährlich werden." Jochen Schiller spielte nachdenklich mit seinem Handy herum. „Soll ich Vanessa mal anrufen?"

„Untersteh dich!", warnte Alfred. „Mit der rede ich kein Wort mehr."

„Hey, sie liebt dich!"

„Sie ist an allem schuld. Diese blöde Ziege. Muss sie mir hinterherspionieren?"

„Alfred, du musst sie verstehen. Sie hat die letzten Wochen gelitten wie ein Hund. Sie wusste, dass du eine Liebschaft hast. War ja nicht zu übersehen. Sie war wahnsinnig vor Eifersucht. Sie konnte nicht mehr schlafen und nicht mehr essen. Sie musste sich Gewissheit verschaffen. Das war zwanghaft. Sie hatte keine böse Absicht. – Und jetzt tut es ihr furchtbar leid. Sie möchte im Boden versinken vor Scham. Ja, sie schämt sich wahnsinnig für ihr Verhalten und ihre Eifersucht. Und sie würde zu deinen Gunsten aussagen. Dazu ist sie bereit."

„Du hast mit ihr gesprochen …?"

Jochen Schiller zögerte kurz mit der Antwort, gab es dann aber zu. „Ja, ich habe mit ihr gesprochen. Selbstverständlich habe ich das. Sie war ja bei mir und hat mir ihr Herz ausgeschüttet. Die ganze Nacht hat sie geheult."

„Auch das noch", seufzte Alfred. Er hatte keine Lust auf heulende Weiber. Er hatte überhaupt die Nase voll vom anderen Geschlecht. Ging denn immer alles schief in seinem Leben? Er verbarrikadierte sich zwei Tage lang voller Selbstmitleid in seinem WG-Zimmer, haderte mit seinem Schicksal und verfluchte die Nymphomanin Silvia Winkrewcz. Dann verfluchte er seinen eigenen Schwanz. Das hätte er ahnen müssen, dass die Winkrewcz eine verfluchte Venusfalle war. Nun war es zu spät.

Nach diesen zwei Tagen begab er sich in Begleitung seines Rechtsbeistandes Jochen Schiller zur Universität und hinterlegte dort die geforderte schriftliche Schuldeingeständniserklärung. Im Gegenzug nahm Jochen Schiller eine vorbereitete Verzichtserklärung in Empfang, mit der Dr. Silvia Winkrewcz von jeglichen rechtlichen Schritten und einer Öffentlichmachung der Vorgänge absah.

Als er von diesem Termin nach Hause in seine WG zurückkehrte, stand im Treppenhaus Vanessa vor der Tür. Er sah sie erst in letzter Sekunde, bevor er den Schlüssel in die Wohnungstür steckte. Sie hatte im Halbschatten auf der Treppe gesessen.

„Alfred", flüsterte sie leise, fast flehend.

Alfred erstarrte wie von einem Stromschlag getroffen. Er antwortete nicht gleich. Dann fiel ihm nichts anderes ein als: „Wer hat dich reingelassen?"

„Der arbeitslose Geiger Zupf von oben, von der vierten Etage", flüsterte Vanessa.

Es entstand eine Pause des beklemmten Schweigens. Dann drehte Alfred entschlossen den Schlüssel im Schloss. Es war nicht seine Art, mit Frauen zu streiten. Er konnte ihr nicht von Angesicht zu Angesicht sagen: „Verschwinde, du blöde Kuh!" Er konnte sie nicht anschreien. Er konnte nicht ausflippen. Er konnte keinen Tobsuchtsanfall bekommen, und schon gar nicht konnte er auf Vanessa losgehen und sie ordentlich verprügeln, wie er es vielleicht mit Linus bei einem vergleichbaren Streit getan hätte. Er konnte keinerlei solche Reaktionen gegenüber Vanessa zeigen, wie er sie auch gegenüber keiner anderen Frau hätte zeigen können. Das lag generell nicht in seinem Wesen. Auf ihre Art waren Frauen für Alfred heilig. Er konnte sie verfluchen, er konnte ihnen das Herz brechen, er konnte sich völlig dämlich, manchmal auch rücksichtslos ihnen gegenüber benehmen – was häufig geschah – aber niemals konnte er verbal oder tätlich aggressiv gegen Frauen werden.

Aber klein beigeben konnte er auch nicht.

So sagte er nur: „Schönen Abend noch", und schlüpfte mit diesen Worten in die Wohnung hinein. Die Tür schloss er hinter sich. Vanessa blieb im Treppenhaus.

Trotzig ging er in die Küche, um sich ein Bier aus dem Kühlschrank zu holen. Da rief ihn aus dem vorderen Zimmer im Gang die sanfte Stimme von Tim Joy: „Hey Alfred! Was ist los? Da draußen vor der Tür sitzt Vanessa im Treppenhaus. Willst du sie nicht reinlassen?"

„Was weißt du denn …?" Mit der geöffneten Bierflasche in der Hand ging Alfred in Tim Joys Zimmer hinüber.

„Ich sehe sie", sagte Tim Joy und deutete auf einen seiner Monitore. „Schau! Da sitzt sie?"

Alfred betrat das magische Kontrollzentrum und stierte auf den Bildschirm. Tatsächlich war Vanessa zu sehen, wie sie schluchzend auf der Treppe saß, den Kopf in die Hände gestützt.

„Du hast wieder eine Überwachungskamera im Treppen-
haus installiert?", staunte Alfred. „Hat dir die Polizei das
nicht verboten?" Alfred spielte auf Tims Vergangenheit an.
Wegen diverser Datenvergehen und Internetdelikten hatte
Tim über ein Jahr im Knast gesessen. Derzeit war er nur auf
Bewährung auf freiem Fuß.

„Nur die Kameras draußen hat sie untersagt. Im Garten und
am Gehweg. Öffentlicher Raum. Das ist etwas anderes als
im privaten Umfeld." Er grinste zufrieden. Dann fiel ihm
etwas ein: „Die Polizei war übrigens da. Sie hat geklingelt,
und ich habe sie reingelassen. Drei Leute. Dein Kommissar
Junkel war auch dabei."

„Er ist nicht mein Kommissar. Was wollten sie?"
Bedauernd hob Tim die massigen Schultern: „Dachte, er
wäre dein Kumpel, so wie der hier ein und aus geht. Sie
haben nach Hugo gesucht."

„Der ist untergetaucht", belehrte Alfred.

„Kein Wunder! Irgendwas hat er ja immer ausgefressen."

„Hat die Polizei gesagt, warum sie nach Hugo sucht?"
Tim nickte: „Räuberische Brandstiftung, Körperverletzung,
Mitgliedschaft in einer extremistischen Vereinigung, unerlaubter Waffenbesitz, Störung des öffentlichen Friedens, Autodiebstahl, Hehlerei … Eine ganze Latte!"

Alfred winkte ab: „Eigentlich will er nur die Welt retten."
Er schaute wieder auf den Bildschirm. Vanessa saß noch im
Treppenhaus und schluchzte. Er musste den Blick abwenden.
„Lass sie bloß nicht rein", forderte er von Tim. „Sie hat hier
nichts mehr verloren."

Tim Joy stellte keine weiteren Fragen. Alfred ertränkte seinen Ärger mit Bier. Dann begab er sich in das Zimmer von
Jochen Schiller, das dieser nur sehr sporadisch bewohnte,
das aber luxuriös ausgestattet war, und warf sich dort vor die
Glotze. Schillers wandfüllender Flachbildfernseher war das

einzige Fernsehgerät in der Wohngemeinschaft. Gemeinhin sahen Alfred und Hugo sich dort Fußballspiele an und bisweilen „Germany's next Topmodel", das sie „Weibergucken" nannten. Jetzt zappte Alfred wahllos durch die Programme. Als er sich das zweite Bier aus der Küche holte, machte er einen Abstecher zu Tim Joy und sah dort, dass Vanessa immer noch auf dem Treppenabsatz saß wie ein Häufchen Elend. Auch nach dem dritten Bier war es noch so.

Nach dem vierten Bier sagte Tim Joy: „Hol sie rein! Wenn du es nicht tust, dann mache ich es."

Alfred schnaubte trotzig. Tim Joy verließ zum allerersten Mal, seit Alfred ihn kannte, seinen Schutzanzug der Emotionslosigkeit und fuhr Alfred an: „Du holst sie jetzt rein, du sturer Idiot! Sie ist das beste Mädchen, das man sich denken kann. Wenn du sie noch länger da draußen sitzen lässt, dann ist das das Ende unserer Freundschaft. Das war's dann für uns mit Internet-Recherche, mit Goodwood, mit gemeinsamer WG. Verstanden! Das ist mein voller Ernst. Hol sie rein!"

So hatte Alfred seinen Kumpel Tim Joy noch nie erlebt. Er zögerte, überlegte kurz, sah das zu höchster Entschlossenheit aufgeblasene Mondgesicht Tims, seinen giftigen Blick und die zornig aufgestellten Augenbrauen, und entschied, dass es besser war, sich nicht mit dem Kumpel anzulegen.

Er ging zur Wohnungstür, öffnete sie und sagte kühl zu Vanessa: „Du kannst reinkommen!" Und während sie wie ein geprügelter Hund hereinschlich, dabei nicht wagte, Alfred in die Augen zu schauen, griff sich dieser den gelben Steppanorak vom Garderobenhaken im Flur, warf sich die Jacke über und verließ die Wohnung. Im Hinausgehen murmelte er noch in die Wohnung hinein: „Mach was du willst!"

Er selbst strebte der Innenstadt zu. Dann verbrachte er seine Nacht eben im Légère.

# EIN ERFOLGREICHER ERMITTLER

Ein Spezialeinsatzkommando der Bereitschaftspolizei aus Umkirch stürmte in einer konzertierten Aktion ein Tattoo-Studio und sieben verschiedene Wohnungen in Freiburg und in mehreren Orten des Dreisamtales. Die Einsatzkräfte verhafteten sieben Männer und drei Frauen, von denen zwei aber am gleichen Abend wieder auf freien Fuß gesetzt wurden. Die Wohnungen und das Tattoo-Studio, das einem gewissen Bruno gehörte, wurden durchsucht. Computer, Waffen, Propagandamaterial und verbotene Devotionalien aus der NS-Zeit, Hakenkreuzfahnen, Uniformen und ähnliches Gerümpel wurden beschlagnahmt. Zu den Verhafteten gehörten Django, Bruno, der Typ im Tarnanzug, der gescheitelte Barkeeper Hotte, die Bedienung Mia, weitere Mitläufer. Die illegale rechtsextremistische Organisation Gerechte Rechte war damit schwer getroffen. An einer Kellerwand im Partykeller von Djangos Wohnung entdeckten die Beamten ein wandhohes Hakenkreuz. Die Namen und Adressen hatte die Polizei von einem Informanten erhalten, den sie in die rechte Szene des Dreisamtales eingeschleust hatte.

Aber der Fahndungserfolg war unbefriedigend. Denn eigentlich wollte die Polizei der Gerechten Rechten die Vorbereitung eines terroristischen Anschlages nachweisen. Dass dies nicht gelungen ist, „daran ist dein blöder Kumpel Hugo mit seinem noch blöderen Kumpel Leo schuld", behauptete Oberkommissar Junkel, der Alfred die Geschehnisse des Tages im Telegrammstil unterbreitete. Sie saßen an der Bartheke im Légère, wohin es Alfred zu später Stunde unfreiwillig verschlagen hatte.

Das Légère war wie immer voll. Und deshalb hatte er Oberkommissar Siegfried Junkel auch erst entdeckt, als er direkt vor ihm an der Theke stand. Junkel belegte dort einen Barhocker. Neben ihm saß Lederjacken-Tom. Die beiden unterhielten sich angeregt. Alfred stolperte dazwischen.

Lederjacken-Tom erwies sich als der Polizeispitzel, der versucht hatte, sich bei den Gerechten Rechten einzuschleimen. Das erklärte einiges. Zum Beispiel, warum seinerzeit im Schluckspecht die Polizei so schnell an Ort und Stelle gewesen war.

„Ich war fast soweit!", klagte Tom, nachdem Junkel in groben Zügen Alfred alles erklärt hatte, was in den letzten Stunden geschehen war. „Sie haben begonnen, mir zu vertrauen. Sie wollten mich einweihen. Ich durfte schon in Djangos Partykeller. Ich war bei Bruno zum Tätowieren angemeldet." Er zupfte an seinem Ohr: „Ein nettes kleines Hakenkreuzchen, ungefähr hier!" Er ließ das Ohr wieder los.

„Ich wusste, sie bereiten eine große Sache vor. Einen Sprengstoffanschlag. Ein Massaker. Irgendetwas in diese Richtung. Und dann hat dein Kumpel Hugo alles versaut. Er und dieser pubertierende Flegel Leo. Die beiden haben alles zunichte gemacht", schimpfte Tom.

Junkel pflichtete ihm bei: „Hugo gehört hinter Gitter. Der ist gemeingefährlich." Energisch kippte er sich einen Cognac hinter die Binde. Danach wischte er den Mund mit dem Ärmel seiner Jacke ab, der so aussah, als habe er schon zahlreiche Cognacorgien überstanden.

„Ich verstehe nicht …", stellte Alfred sich blöd.

Lederjacken-Tom mischte sich ein: „Der komplette Schluckspecht ist ausgebrannt. Die Kneipe, das Hinterzimmer, das Lager. Damit sind einmalige Beweise vernichtet. Alles belastende Material ist zerstört, verbrannt, verglüht, unbrauchbar. Nur weil diese beiden Vollidioten Hugo und Leo meinten, sie müssten dort den Überfall auf Pearl Harbor nachspielen."

„Das lief ein bisschen anders", protestierte der Historiker in Alfred.

„Egal! Die zwei haben alles versaut. Fünf Monate Polizeiarbeit – futsch. Für die Katz!" Lederjacken-Tom spülte seinen Ärger mit einem Bier hinunter.

„Du weißt nicht zufällig, wo die beiden stecken?", fragte Junkel so harmlos, wie es ihm nur möglich war. Nicht harmlos genug. Alfred durchschaute ihn. Er schüttelte bedauernd den Kopf: „Vielleicht haben sie sich nach Südamerika abgesetzt", schlug er vor.

„Halt mich nicht für blöd", zischte Junkel. „Ich krieg die beiden noch, verlass dich drauf. Das habe ich dem Beuge versprochen."

„Wer ist der Beuge?", fragte Alfred Lederjacken-Tom bei günstiger Gelegenheit, als Junkel gerade auf die Toilette verschwunden war.

„Landeskriminaldirektor Jens Beuge? Das ist ein verdammt hohes Tier bei der Landespolizeidirektion in Stuttgart. Junkels ehemaliger Vorgesetzter."

„Oh, der Name sagt mir was", erinnerte sich Alfred. „Das war der Chefermittler damals im Fall der Morde in der Rothaus-Brauerei. Dann wurde er versetzt nach Stuttgart. Und Junkel bekam hier in Freiburg eine neue Vorgesetzte."

„Genau. Die leitende Kriminaldirektorin Dr. Gerda Leber-Semmlich." Tom hob sein Bierglas und prostete Alfred zu. Dieser nahm einen Schluck und fragte dann weiter: „Ich verstehe aber den Zusammenhang nicht …"

„Also pass auf!" Lederjacken-Tom kam mit dem Gesicht ganz nahe an Alfreds Gesicht heran. „Ganz vertraulich! Das kannst du hoffentlich für dich behalten. Und sag bloß nichts zu Junkel."

Alfred schwur und legte drei Eide ab.

"Es ist so", erläuterte Tom nun im Flüsterton: „Junkel stand kurz vor der Suspendierung. Er hat sich da in einen Krieg mit seiner Chefin Leber-Semmlich begeben, den er nicht gewinnen kann. Aber Junkel ist schlau. Er hat seine alten Beziehungen zu Landeskriminaldirektor Beuge spielen lassen. Der Beuge schützt ihn. Aber nur, weil Junkel dienstlich liefert. Die Ermittlungserfolge sprechen für Junkel. Erst hat er den Mordfall vom Hochfirstturm aufgeklärt. Und nun auch noch die Zerschlagung der Gerechten Rechten. Damit macht Junkel politisch soviel Punkte, die Leber-Semmlich kann ihn gar nicht mehr entlassen …"

„Stopp! Stopp, stopp, stopp!", befahl Alfred. „Was heißt hier, er hat den Mordfall vom Hochfirstturm aufgeklärt? Davon weiß ich ja noch gar nichts."

„Frag ihn selber. Da kommt er ja wieder", sagte Tom und setzte sich wieder in seinem Barhocker auf, als sei nichts gewesen. Mit dem rechten Zeigefinger an den Lippen warnte er Alfred nochmals vor dem Plaudern. Aber Junkels dienstliche Probleme interessierten Alfred nicht wirklich. Umso mehr hingegen der Mordfall Hochfirstturm.

„Ich habe den Täter und ich habe das Motiv", erläuterte Junkel auf Alfreds Fragen, nachdem er es sich wieder auf seinem Platz bequem gemacht hatte und der nächste Cognac vor ihm stand.

„Aha!", sagte Alfred nur. „Haben Sie deswegen den armen Küchenlehrling Fabian Waldhorn verhaftet?"

„Exakt", bestätigte Junkel kühl. „Er hat Morddrohungen gegen das Opfer ausgestoßen. Er ist schon einmal mit dem Küchenmesser auf ihn losgegangen. Für beides gibt es Zeugen. Er war eifersüchtig. Das genügt doch wohl als Tatmotiv?"

Alfred war sekundenlang sprachlos. Er nippte an seinem Bier. Als er sich wieder gefangen hatte, schüttelte er ungläubig den Kopf: „Junkel, das ist nicht Ihr Ernst", sagte er, mehr zu sich selbst oder zu dem Bierzapfer hinter dem Tresen als zu Junkel, der neben ihm saß. „Ich kann es nicht glauben. Haben Sie Waldhorns Alibi überprüft? Was ist mit den Nazis? Warum ging Markus Haber auf den Turm? Das können Sie doch nicht einfach alles ignorieren."

Junkel erwiderte unwillig: „Doch, kann ich!" Nachdem er seinen Cognac gekippt hatte: „Der Fall liegt jetzt beim Staatsanwalt. Ich habe meine Pflicht getan."

Dann dämmerte Alfred die Erkenntnis: Junkel hatte nur seine Haut gerettet. Er hatte einen plausiblen Tatverdächtigen im Mordfall Hochfirstturm geliefert, und er hatte eine rechtsextremistische, gewaltbereite Neonazi-Gruppe auffliegen lassen. Zwei Erfolge, mit denen sich nunmehr die leitende Kriminaldirektorin Dr. Gerda Leber-Semmlich schmücken konnte. Aber nicht, wenn sie gleichzeitig den Chefermittler vom Dienst suspendierte. So bekam alles einen Sinn. Auch das, was zuvor Lederjacken-Tom erzählt hatte.

„Verstehe!", kommentierte Alfred schließlich. Eine Spitze konnte er sich dann aber doch nicht verkneifen: „Und in Zukunft werden jüngere Kolleginnen von Ihnen mit Respekt behandelt, nicht mehr Mäuschen oder dumme Hühner genannt, und Ihre Vorgesetzte ist auch künftig keine blöde Fotze mehr. Da haben Sie ja gerade noch mal die Kurve gekriegt."

Junkel erhob sich. Seine triefenden Augen waren rotgerändert und von tiefhängenden Tränensäcken beschwert. Er sah furchtbar alt und erledigt aus. Er wischte sich fahrig durch die ungepflegten Haarfetzen, die ihm noch geblieben waren und nuschelte: „Eigentlich wollte ich heute Abend unseren Erfolg ein bisschen feiern. Das hast du mir kräftig vermiest, Alfred. Ich gehe nach Hause."

Alfred blieb mit Lederjacken-Tom alleine zurück.

„Er ist ein geschlagener, alter Mann!", fasste Tom seufzend zusammen.

„Nein. Er ist nur schlau!", widersprach Alfred. Heimlich dachte er noch weiter. Junkel würde den Mordfall Hochfirstturm nicht ruhen lassen, da war sich Alfred sicher. Der Oberkommissar hatte sich lediglich an seiner Heimatfront etwas Ruhe und Zeit verschafft. Für Alfred lag auf der Hand, dass der Küchenlehrling Fabian Waldhorn nicht der Täter sein konnte. Das passte überhaupt nicht zum Tatort und zum Tathergang. Waldhorn hätte seinem Rivalen nach der Arbeit aufgelauert und ihm hinter dem BASF Heim mit dem Küchenmesser den Garaus gemacht. Das wäre ein logisches Szenario gewesen. Aber doch nicht diese rätselhafte Geschichte auf dem Hochfirstturm. Die Kabelbinder! Mit den Kabelbindern hätte Waldhorn auch nicht operiert. Das war nicht seine Handschrift. Aber wessen Handschrift war es dann? Die Gerechte Rechte?

„Haben Sie eigentlich in Ihrer Zeit als Undercover-Nazi bei den Gerechten Rechten irgendetwas von denen über den Mordfall Hochfirstturm gehört?", fragte er Lederjacken-Tom, der nun ebenfalls Anstalten machte, nach Hause zu gehen.

Tom verzog die Lippen: „Sie sprachen nicht gerne über die Sache", so erinnerte er sich. „Ich wollte ja nicht direkt danach fragen, das hätte mich sofort verdächtig gemacht." Er überlegte kurz: „Ich glaube, sie hatten großen Respekt vor der Sache. Für Django und Bruno hatte das Ganze etwas mit den Stimmen im Turm zu tun. Die Stimmen, darum kreisten ihre sämtlichen Diskussionen, wenn es um den Turm ging. Bruno meinte einmal, als die Rede auf den toten Haber kam, der habe ja nun doch Mumm bewiesen, aber es habe ihm nichts genutzt. Ob vielleicht noch jemand auf den Turm steigen wolle. Er, Bruno, jedenfalls, er wolle da nicht mehr hinein."

„Das klingt nicht danach, als wären die Nazis die Mörder gewesen", sinnierte Alfred.

„Nein, ganz gewiss nicht", bestätigte Tom. „Im Gegenteil. Der Mord hat ihnen Angst eingejagt. Seither mieden sie den Turm." Er griff nach seiner Lederjacke und schlüpfte hinein: „Schönen Abend noch! Vielleicht sieht man sich mal wieder."

Als irgendwann weit nach Mitternacht auch der letzte Gast das Légère verlassen hatte und das Personal sich zum Feierabendbier in der abgedunkelten Gaststube sammelte, musste auch Alfred den Heimweg antreten. Er tat es melancholisch angeheitert, leicht schwankend, aber im Geiste stabil. Dass bei ihm zu Hause noch die Angelegenheit Vanessa wartete, hatte er mehr oder weniger verdrängt.

Sie lag bei ihm im Zimmer auf der Bodenmatratze, die Alfred als Bett diente, und schlief friedlich. Alfred, der sich bereits im Dunkeln bis auf die Unterhosen ausgezogen hatte, wäre beinahe über sie und auf sie drauf gefallen. Im letzten Moment erkannte er sie. Weich und zart waren ihre Züge, umgeben von ungezähmtem Strubbelhaar. Ihre magere Brust hob und senkte sich unter der Bettdecke, die Hüftrundungen zeichneten sich ab. Sie atmete regelmäßig. Ein ganz starker Impuls lockte Alfred, sich einfach dazu zu legen, zu ihr unter die Decke zu schlüpfen, sich eng an sie zu kuscheln, an dieses warme, treue, liebesbedürftige Mädchen. Einfach dazu liegen, und alles wäre gut.

Alfred konnte nicht über seinen Schatten springen.

Er schlich sich aus seinem eigenen Zimmer hinaus, schloss leise die Tür und wandelte durch den Flur hinüber in Jochen Schillers Zimmer. Dort war ein Bett frei.

Es war noch drei Tage bis Weihnachten!

# DIE GEISTER, DIE MICH RIEFEN

„Der zwangsläufige kapitalistische Untergang wird nicht kommen. Da es sich beim Kapitalismus um einen Parasiten an der Gesellschaft handelt, ist weder mit seiner Selbsterlahmung zu rechnen, so lange es eine Gesellschaft gibt, die er aussaugen, unterdrücken und für seine Zwecke missbrauchen kann, noch mit einem Selbstgesunden der Gesellschaft aus sich selbst von innen heraus. Letztere wird niemals die Kraft zur Selbstheilung aufbringen. Vergleichen wir den Kapitalismus mit einem stetig sich ausbreitenden Fußpilz. Wer einmal von ihm befallen ist, der muss keine Hoffnung hegen, dass er von alleine wieder verschwindet. Nur mit Gewalt, mit der geballten chemischen Keule wird man ihn wieder los. Und das ist die Analogie zum Kapitalismus. Nur mit Gewalt kann eine Gesellschaft ihn abschütteln. Dann aber entsteht die große Frage: Wie gelangen wir überhaupt noch zum Endziel unserer Bestrebungen? Vom Standpunkt des wissenschaftlichen Sozialismus äußert sich die historische Notwendigkeit der sozialistischen Umwälzung vor allem in der wachsenden Anarchie des kapitalistischen Systems, die es auch in eine ausweglose Sackgasse drängt ...“
Unglaublich! Was war das für ein wirres Zeug? Alfred traute seinen Augen nicht.
Als Alfred am Morgen in Jochen Schillers Bett aufwachte, fand er zwei WhatsApp Notizen vor. Die erste stammte von Peter Stichling und war vielversprechend: „Habe was herausgefunden. Können wir uns heute treffen?“ Die zweite war ein Gau und stammte von Anna: „Hey Alfred! Was ist auf deiner Goodwood-Seite los? Seid ihr völlig übergeschnappt?“ Daraufhin rief Alfred an seinem Laptop www. goodwood-waelder-news.de auf und fand dort als Aufma-

cher den Text „Wie der Hochschwarzwald zur Keimzelle des bolschewistischen Weltumsturzes werden kann." Jetzt saß er vor diesem Text und rieb sich die Augen. Das durfte nicht sein. Das musste sofort verschwinden. Es war keine Frage, dass Hugo für diesen Text verantwortlich war. Hugo, der zusammen mit seinem ebenso verrückten Kumpel Leo oben in Neustadt saß und sich im Goodwood-Büro versteckt hielt. Wie hatte er es geschafft, das Kennwort zu knacken und ins Content Management System zu kommen? Dort durften nur Alfred und Tim Joy aktiv Texte einstellen. Alfred rief die Goodwood Büronummer an, er versuchte es auf Hugos privater Handynummer, er schrieb SMS, Mails und WhatsApp Nachrichten an Hugo, aber er erreichte ihn nicht.

Wütend scrollte er durch Hugos Text. Das war ein ganzes Manifest. Es hörte nicht auf, ein seitenlanges Elaborat. An beliebiger Stelle las Alfred stichprobenartig: „… worauf reduziert sich notwendigerweise die aktive Teilnahme der Gewerkschaft an der Bestimmung des Umfangs und der Preise der Warenproduktion? Auf ein Kartell der Arbeiter mit den Unternehmern gegen den Konsumenten, und zwar unter Gebrauch von Zwangsmaßregeln gegen konkurrierende Unternehmer, die den Methoden der regelrechten Unternehmerverbände in nichts nachstehen …"

In Unterhosen, wie er aus dem Bett geschlüpft war, stürmte Alfred hinüber ins Zimmer von Tim Joy. Der saß wie immer auf dem riesigen Zahnarztstuhl in seinem Cockpit und war soeben mit Frühstücken beschäftigt. Auf dem Mischpult standen zwei große Tüten von McDonalds. Er selbst hielt in der einen Hand einen angebissenen Big Mac, in der anderen einen Literbecher Coca-Cola. Tim Joy saugte am Trinkhalm und schaute erschrocken drein, als Alfred hereingestürmt kam, das Laptop vor sich hertragend und brüllte: „Schau dir das an! Schau dir das an!"

Tim vertilgte in aller Seelenruhe seinen Big Mac, während er sich auf dem Bildschirm von Alfreds Laptop den alles erschlagenden Text über Hugos Weltrevolution zu Gemüte führte. „Den Vergleich mit dem Fußpilz finde ich ziemlich originell", sagte er schließlich, nachdem er den letzten Bissen mit Cola hinuntergespült hatte. „Auf den wäre Rosa Luxemburg niemals gekommen."

„Das muss verschwinden!", forderte Alfred. „Wenn das noch lange auf unserer Seite oben steht, dann können wir Goodwood einsammeln. Dann liest uns niemand mehr und es schaltet ganz sicher auch niemand mehr Anzeigen."

Da mochte Alfred richtig liegen. Im Augenblick blinkte mitten in Hugos Text das fröhliche Werbebanner von Treschers Schwarzwaldhotel am Titisee „Holiday Check – Unser Hotel gehört zu den beliebtesten Hotels weltweit – Buchen mit einem Klick", und seitlich lief mit dem Text von Hugo der Skyscraper: „SUVerän ans Ziel – mit dem Autocenter Wittmer". Ja, Linus hatte tolle, solide Werbekunden angeworben. Gute, namhafte Firmen. Wenn die aber heute Morgen auf die Plattform Goodwood gingen und sahen, in welchem Textumfeld ihre Werbung lief, dann war es vorbei mit dem Geschäft.

„Kannst du das Zeug löschen?", fragte Alfred seinen Kumpel Tim. „Und dann die Seite so blockieren, dass Hugo nicht mehr drankommt? Kennwort sperren! System einfrieren? Irgendetwas in diese Richtung?"

„Kein Problem", schnurrte Tim Joy seelenruhig. Schon flogen seine Wurstfinger über die Tastatur, die zuvor noch als Unterlage für zwei McDonalds-Tüten gedient hatte. Auf einem der Bildschirme in Tims Kontrollzentrum flimmerten Zahlenreihen und kryptische Buchstabenkombinationen. Es war eine Sache von zwei Minuten.

„Jetzt ruf nochmal die Homepage auf!", forderte Tim Alfred auf. Tatsächlich: Auf www.goodwood-waelder-news.de war Hugos Text verschwunden. Stattdessen stand auf der Startseite jetzt ein schönes Panoramabild vom Titisee, das Alfred kürzlich mal vom Hochfirstturm aus geschossen hatte. Es zeigte tiefverschneite Wälder und den zugefrorenen See, eine malerische Winteridylle. Und daneben blitzte jetzt das Werbebanner „Badeparadies Titisee – Mehr. Urlaub. Erleben." Linus' neuester Kunde.

„Jetzt besser?", fragte Tim zufrieden.

„Perfekt!"

„Ich setze alles zurück, kille die Zugangsdaten und programmiere neu", versprach Tim Joy. „Dann kriegst du ein neues Kennwort, okay?" Er wartete keine Antwort ab, sondern fuhr sogleich fort: „Aber ich würde dir dringend raten, fahre hinauf nach Neustadt und lege Hugo das Handwerk. Sonst wird er es wieder versuchen. Notfalls musst du ihn rauswerfen …"

„Sehe ich genauso", bestätigte Alfred. „Ich mache mich auf den Weg!"

Ohne zu überlegen hastete Alfred über den Flur zu seinem Zimmer, um sich dort anzuziehen. Erst als er die Tür schon weit aufgerissen hatte und das frisch gemachte Bett sah, fiel ihm Vanessa wieder ein. Vanessa! Wo ist sie geblieben? Sie hatte heute Nacht doch hier auf Alfreds Matratze geschlafen.

Vanessa war bereits ausgeflogen. Still und heimlich hatte sie die Wohnung verlassen. Aber das Bett war gemacht und auf dem Kopfkissen lag ein großes Blatt Papier. Darauf stand, mit Filzstift geschrieben: „Ich liebe dich!"

Alfred schnaubte! Das hatte ihm noch gefehlt. Gefühlsduselei. Im ersten Moment wollte er das Papier zerknüllen, doch dann überlegte er es sich anders. Er legte das Blatt zurück auf das Kopfkissen. Um Vanessa würde er sich später kümmern. Jetzt musste er erst einmal Ordnung bei Goodwood schaffen.

Die Onlineplattform war nun zu so etwas wie Alfreds letzter Zukunftshoffnung geworden. Wenn er das Studium nicht zu Ende bringen konnte, und danach sah es aus, dann musste er Plan B verfolgen. Als freier Mitarbeiter der BZ war er verbrannt. Als Redakteur beim Südkurier und Hochschwarzwald Kurier sowieso. Entweder er verließ den Hochschwarzwald und wagte irgendwo anders einen Neuanfang, oder er biss sich hier mit Goodwood durch. Jochen Schiller vertraute ihm und hatte genug Geld im Rücken, um die Plattform zu finanzieren. Und Dank Linus' Vertriebskünsten kamen ja auch schon die ersten Einnahmen herein. Warum eigentlich nicht? Vielleicht war dies Schicksal? Vielleicht wollten höhere Mächte, dass Alfred diesen Weg ging?

So und ähnlich waren seine Gedanken, während er den roten Flitzer hinauf in den Hochschwarzwald steuerte. Er parkte auf dem Parkplatz bei der Polizei, wo tatsächlich noch der Pritschenwagen des Freiburger Malergeschäfts stand, den Hugo und Leo bei ihrem Angriff auf den Schluckspecht benutzt hatten. Es hingen insgesamt vier Strafzettel an der Windschutzscheibe. Der arme Malermeister.

Im Büro von Goodwood hing eine Geruchswolke von saurem Schweiß, süßem Gras und von Büchsenwurst in verschiedenen Verwesungsstadien.

„Boah – wie stinkts denn hier?", waren Alfreds erste Worte, als er das kleine Büro betrat. Er riss sofort das Fenster auf, das zum Hinterhof hinausging. Dabei stolperte er über Hugo, der sich in seinem Schlafsack unter dem Fenster breit gemacht hatte. Leo lag unter dem Schreibtisch. Beide fuhren benommen auf. Es war zwölf Uhr mittags und Alfred hatte sie aufgeweckt.

In der Mitte des Raumes stapelten sich leere Fleischsalat-becher, Wurstbüchsen und Einschweißfolien von der Metz-gerei Kopfmann. Sie stammten alle aus dem Automaten, den die Metzgerei vor ihrem Laden an der Straße aufgestellt hatte.

„Könnt ihr euren Müll nicht wegbringen", schimpfte Alfred, während er auch die Klotür aufriss, um dort das Fenster zu öffnen. „Man lässt euch eine Woche hier alleine, und es sieht aus wie im Saustall!"

Hugo kroch aus seinem Schlafsack. Er hatte kurze krum-me Beine und einen kastenartigen muskulösen Oberkörper, über den sich einige lebensgefährlich anmutende Narben zogen. Vage wusste Alfred von Hugos Vergangenheit als Urwaldkämpfer für irgendwelche Rebellenarmeen in Süd-amerika. Aber er hatte nie näher nachgefragt und Hugo hatte auch nie von sich aus davon erzählt. Jedenfalls sah man ihm den Kämpfer an, während das dünne, unbehaarte Brüstchen seines Kumpels Leo eher nach Hauptdarsteller in „La Boum – Die Fete" aussah.

„Wir haben uns hier versteckt", versuchte Hugo eine Erklä-rung. „Nur in der Nacht sind wir raus. Untergrund, du ver-stehst?"

„Das ist vorbei", ignorierte Alfred Hugos Erklärung. „Dieser Müll hier verschwindet! Und ihr verschwindet auch, sofort!"

„Aber wieso", beschwerte sich Leo. „Hier sind wir sicher."

„Pustekuchen", erwiderte Alfred, während er damit begann, die Hinterlassenschaften in einen blauen Müllsack zu stop-fen, den er in der Toilette gefunden hatte. „Die Bullen sind hinter euch her. Sie können jeden Moment hier auftauchen."

„Sauerei! Wer hat uns verpfiffen?", fragte Hugo empört.

„Niemand hat euch verpfiffen. Ihr selber! Hugo, du Horn-ochse! Dein blödsinniger Artikel auf Goodwood! Was glaubst du, was Kommissar Junkel denkt, wer den geschrieben hat?" Alfred war auf Streit gebürstet. Deshalb war er im Ton unversöhnlich. „Und was glaubst du, wo Junkel zuerst nach dir suchen wird?"

Hugo schien betroffen. Zerknirscht räumte er ein: „Daran habe ich gar nicht gedacht."

„Der Artikel war sensationell", mischte sich Leo vorlaut ein.

„Du hältst die Klappe!", warnte Alfred. „Ob ein Artikel sensationell ist oder nicht, das beurteile immer noch ich. Und der hier ... der hier ..." Er musste sich beherrschen, um nicht aus der Haut zu fahren. „Der war weder sensationell noch von mir freigegeben. Wie seid ihr überhaupt ins System gekommen ..."

Jetzt grinste Leo frech. Er hob die Schreibtischunterlage aus Kunststoff an und zog darunter einen Zettel hervor. In der Handschrift von Alfred standen dort eine Reihe von Kennworten und Geheimziffern und dahinter in Klammer jeweils, welchem Zweck sie dienten. Von Kicker-Tippspiel bis Onlinebanking bei der Sparkasse war alles dabei. Und selbstverständlich auch der Zugangscode für das Content Management System von Goodwood.

Alfreds Fehler!

„Jedenfalls müsst ihr hier verschwinden!"

„Und, hast du eine Idee, wohin?" Hugo fragte in aller Gelassenheit. Er schien sich keine allzu großen Sorgen zu machen.

In der Tat hatte Alfred eine Idee. Die hatte er sich während der Fahrt nach Neustadt ausgedacht. Sie räumten das Büro einigermaßen auf, Hugo und Leo packten die Schlafsäcke und ihren sonstigen Krempel zusammen, danach deponierten sie einen prall mit leeren Wurstbüchsen und anderem Müll gefüllten blauen Plastiksack auf dem Parkplatz bei der Polizei, direkt neben dem Malerwagen, ehe sie in Alfred roten Flitzer stiegen. Bei dieser Aktion fiel ihm auf der anderen Straßenseite das Rathaus ins Auge. Jetzt erinnerte er sich auch wieder, was er im Büro von Goodwood vergessen hatte. Er wollte doch eigentlich am Rechner noch das Bild stürzen, das er von der schwarzen Kladde im Amtszimmer der Bürgermeisterin gemacht hatte, um zu identifizieren, was auf den gelben Post-it Zetteln gestanden hatte. Das musste er unbedingt beim nächsten Mal machen, wenn er wieder im Büro war.

„Wir fahren hinauf auf den Hochfirst", kündigte Alfred an. „Heute ist dort oben der letzte Tag im Projekt von Doktor von Lucadou. Dann reist er ab und alle Zimmer sind wieder frei. Ich quartiere mich dort ein, um den Turm zu untersuchen. Habe ich schon mit Jochen Schiller klargemacht. Geht auf Geschäftskosten. Recherche für Goodwood. Zur Not könntet ihr mit mir das Zimmer beziehen. Es ist ein Doppelzimmer. Dann verbringt ihr die Weihnachtstage dort oben, wo euch niemand suchen wird."

Weder Hugo noch Leo fanden den Vorschlag gut. Im Gegenteil. „So ein Quatsch!", waren sie sich einig.

Aber Alfred versuchte sie zu überzeugen: „Dort oben treffe ich mich gleich mit Peter Stichling. Das ist ein Wissenschaftler. Er will den Turm untersuchen, sobald Lucadou mit seiner Truppe verschwunden ist. Ihr könntet mir dabei helfen, ihn im Auge behalten." Alfred zögerte kurz, wie viel er preisgeben sollte, dann fuhr er fort: „Ich glaube, er hat etwas mit dem Mord zu tun. Auf jeden Fall ist er verdächtig. Vielleicht könnt ihr was rauskriegen?"

„Spinnst du?", empörte sich Leo. „Halt an! Lass mich aussteigen."

„Warum?" Alfred befand sich schon auf dem Weg durch die Unterstadt. „Das ist doch ein prima Versteck."

„Halt an und lass mich raus", befahl Leo energisch. „Nicht mit mir!" Er war nicht zu überzeugen. Im Gegenteil. Er tobte und trampelte vom Rücksitz aus mit den Füßen gegen Alfreds Sitzlehne. Alfred lenkte den Wagen auf einen Parkplatz am Postplatz. „Was ist denn los?", fragte er genervt. „Ich besorge euch ein todsicheres Versteck, und ihr macht so einen Laden."

„Erstens verkrieche ich mich nicht im Wald und zweitens habe ich bessere Möglichkeiten", belehrte Leo. Er deutete auf den nahen Bahnhof: „Ich steige in den Zug und weg bin ich. Was ist, Hugo? Kommst du mit?"

Auch Hugo stieg aus: „Tschüss Alfred! Danke für die Hilfe. Aber deine Geschichten da oben auf dem Turm, die musst du selber lösen. Nicht unsere Sache!"

„Wo wollt ihr hin?", fragte Alfred ratlos. „Es wird nach euch gefahndet!"

Hugo drehte sich noch einmal um und grinste sein breitestes Schamanengrinsen: „Wir fahren jetzt ein paar Tage Zug." Er deutete auf den Bahnhof. „Verstehst du, wir steigen in den erstbesten Zug ein, Breisgau S-Bahn zwischen Villingen und Kaiserstuhl. Hin und her, hin und her." Er lachte fröhlich. „Da sucht uns niemand. Man kann im Zug schlafen, man kann dort essen und trinken, man kann dort aufs Klo und sich waschen. Wir gehen in den Untergrund und das ist unsere Untergrundbahn." Hugo schien mächtig Spaß an dieser Vorstellung zu haben. Mit Leo war er sich darin einig.

„Und wenn nach ein paar Tagen Ruhe eingekehrt ist, dann kommen wir wieder zurück ins Goodwood-Büro", drohte Leo an. „Dort hat es uns gut gefallen!"

Und mit diesen Worten schulterten die beiden ihre Schlafsäcke, kletterten über den Schneebord am Straßenrand und schlurften hinüber zum Bahnhof.

Alfreds schöner Plan war im Eimer.

Dennoch fuhr er auf den Hochfirst hinauf. Die Straße war geräumt. Er hatte versprochen, sich oben im Rasthaus mit

Peter Stichling zu treffen. Nach der WhatsApp Nachricht vom Morgen schien es für Stichling dringlich zu sein.

Alfred hatte doppeltes Glück. Denn erstens war der Parapsychologe Dr. Walter von Lucadou mit seinem Frauenteam noch nicht abgereist, sondern saß im Turmrasthaus beim Mittagessen, und zweitens war der Turm schon wieder geöffnet. Kaum waren die Wissenschaftler abgerückt, war nämlich Peter Stichling schon wieder hinaufgestiegen.

„Unser Gast ist oben auf dem Turm, der Peter Stirling", sagte Wirtin Eva. „Der konnte es gar nicht erwarten, endlich da hinauf zu kommen. Aber während die Wissenschaftler da drin waren", sie nickte zu dem Tisch hinüber, an dem Dr. Lucadou und seine Truppe saßen, „da war der Turm ja für alle anderen gesperrt."

Alfred fragte höflich um Erlaubnis und setzte sich dann zu Dr. Lucadou an den Tisch: „Kann ich ein paar Fragen stellen? Darf ich daraus einen Artikel für meine Plattform machen?"

„Wir können keine Ergebnisse präsentieren", warnte Dr. Lucadou vor zu großen Erwartungen. „Wir werden Wochen oder Monate brauchen, bis wir alles ausgewertet haben."

„Können Sie kurz beschreiben, was Sie gemacht haben? Was haben Sie untersucht? Und wie?"

Lucadou legte sein Besteck zur Seite: „Wir haben den Turm vermessen, wir haben ihn abgehört, wir haben mehrere Nächte in ihm verbracht, wir haben Materialproben genommen, von der Treppe, von der Außenwand, von der Aussichtsplattform. Wir haben Infraschall gemessen, Funkstrahlung, Radioaktivität, Elektrosmog – alles, was man messen kann."

„Und, haben Sie auch die Stimmen gehört?", Alfred lauerte gespannt.

„Aber sicher! Wir haben mehrere Sequenzen aufgezeichnet. Wissen Sie, was auffällig ist?"

Alfred verneinte. Wirtin Eva brachte ihm ein Bier. Er hatte überhaupt nicht bestellt. Man kannte ihn inzwischen hier oben.

„Wir haben festgestellt", fuhr Lucadou mit kaum zu überhörendem Forscherstolz fort, „dass die Stimmen nur unter ganz besonderen äußeren Umständen zu vernehmen sind. Es müssen bestimmte physikalische Aggregatszustände herrschen."

„Das verstehe ich nicht", gab Alfred offen zu. „Können Sie das für einen Laien wie mich erklären."

Lucadou nickte. Eine der Frauen am Tisch assistierte ihm: „Nur bei einer bestimmten Luftfeuchtigkeit und bei einem ganz bestimmten Luftdruck ertönen die Stimmen. Außerdem müssen Minustemperaturen herrschen. Es gibt ein schmales Fenster. Sobald zum Beispiel der Luftdruck darunterfällt oder darübersteigt, verstummen die Stimmen. Man hört sie einfach nicht mehr."

Alfred atmete vernehmlich aus: „Und was schließen Sie daraus?"

„Was ich von Anfang an gedacht habe", sagte Lucadou: „Es handelt sich um ein physikalisches Phänomen. Es ist rein von physikalischen Gegebenheiten abhängig. Natürlich haben wir immer noch keine präzise Erklärung, aber wir können ausschließen, dass es sich um eine kognitive oder eine motorische paranormale Situation handelt."

„Aha!", sagte Alfred, nur damit er überhaupt etwas sagte. Dann fiel ihm noch eine Frage ein: „Und die Stimmen selbst. Woher kommen die?"

„Es sind keine echten Stimmen", mischte sich jetzt die Frau wieder ein. „Jedenfalls keine lebendigen Stimmen. Es sind technische Aufzeichnungen. Wenn ich es nicht besser wüsste, würde ich sagen, es sind Tonbandmitschnitte von Funksprüchen aus dem Zweiten Weltkrieg."

„Unzusammenhängendes Zeug", ergänzte Lucadou. „Zufallssequenzen! Sie ergeben in ihrer Gesamtheit keinen Sinn. Willkürliche Schnipsel!"

Alfred trank ein paar Schlucke Bier und verdaute die Informationen. „Kann man denn wenigstens diese Funksprüche dem Turm zuordnen? Sind es Funksprüche, die vom Turm aus abgesendet wurden?"

„Das ist eine sehr gute Frage", lobte Dr. von Lucadou. „Vieles spricht dafür. Aber wir sind keine Historiker. Es müsste jetzt ein Fachmann die Informationen aus den Funkspruchschnipseln abgleichen mit dem, was hier vor über 75 Jahren konkret passiert ist. Stimmen die Koordinaten überein, die Daten, die Uhrzeiten, die Inhalte? Ich kann es Ihnen aus dem Stehgreif nicht sagen."

„Ich hätte noch tausend Fragen", sagte Alfred bedauernd, als sich der Parawissenschaftler und seine Mannschaft erhoben. Die voll beladenen Fahrzeuge der Experten von der parapsychologischen Beratungsstelle standen abfahrtsbereit vor der Tür. Ihre Mission hier oben auf dem Hochfirst war beendet.

Dr. von Lucadou griff in seine Aktentasche und förderte ein Buch zutage: „Hier, das ist für Ihre tausend Fragen. Ich schenke es Ihnen!"

Die Wissenschaftler verließen das Gasthaus. Alfred besah sich das Buch. Der Titel lautete: „Die Geister, die mich riefen". Autoren: Walter von Lucadou und Peter Wagner.

# BEGEGNUNG IM TURM

Nein, Alfred hatte keinen Hunger. Er wehrte alle diesbezüglichen Fragen von Wirtin Eva ab. „Nein! Nein! Nein! Ich bestelle heute nichts zum Essen. Bitte heute nicht. Ein andermal wieder." Alfred glaubte nicht an Orakel und schlechte Omen, aber das mit dem Essen im Rasthaus auf dem Hochfirst hatte ihm bisher kein Glück gebracht. Er wollte die unselige Serie unterbrechen. Außerdem schien ihm die Gelegenheit günstig, von Wirtin Eva einen kleinen Gefallen zu erbitten.

„Kann ich für ein paar Tage das Zimmer haben, in dem zuletzt die Frau aus Dr. Lucadous Team übernachtet hat?"

„Welche Frau?", fragte Eva Ulrich. „Es waren drei Frauen bei ihm?"

„Ich meine die mit den Kabelbindern. Erinnern Sie sich. Eine von den Frauen hat doch Kabelbinder in ihrem Zimmer gefunden."

„Ja, ich erinnere mich. So was Blödes!" Es war Eva Ulrich peinlich. So etwas durfte in ihren Augen nicht passieren. „Normalerweise finde ich alles, was die Gäste vergessen oder liegenlassen. Kabelbinder im Nachttisch – damit rechnet doch keiner. Und außerdem", so hob entschuldigend einen Zeigfinger, „wir schauen ja nicht nach jedem Gast in die Nachttischschublade, ob der dort etwas hinterlassen hat. Die Dinger sind mir einfach nicht aufgefallen …"

„Ich hätte gerne das gleiche Zimmer. Geht das?"

Eva Ulrich sah Alfred misstrauisch von schräg unten an, während sie ihren Eintrag ins Gästebuch vornahm. „Ist was mit dem Zimmer?"

Alfred tippte seinerseits mit dem Zeigefinger auf das Gästebuch. Ihm kam gerade ein Gedanke: „Können Sie anhand des Gästebuchs nachvollziehen, wer alles zuletzt vor der Frau aus dem Lucadou-Team in diesem Zimmer übernachtet hat?"

Die Wirtin richtete sich auf. Wieder sah sie Alfred prüfend an. „Sie suchen nach etwas Bestimmtem? Kann das sein?"

„Ich weiß es selber nicht", räumte Alfred ein. Er ging im Kopf seine Verdächtigen durch: „Kann es sein, dass hier mal einer der Nazis übernachtet hat? Der Bruno oder der Django?"

Die Wirtin schüttelte den Kopf. „Das wüsste ich. Nein! Von denen ist niemand über Nacht geblieben."

„Und was ist mit Markus Haber, dem Mordopfer?"

Sie schüttelte erneut den Kopf. „Wir dachten, dass er mit den anderen Typen wieder vom Berg gefahren ist, damals, in jener Nacht?"

„Welche Nacht?"

„Na die Nacht, wo sie ihn auf den Turm getrieben haben."

Alfred merkte auf. „Das haben Sie mir ja noch gar nicht erzählt."

Jetzt wirkte Eva Ulrich empört: „Ja glauben Sie denn, das erzähle ich jedem? Das habe ich der Polizei erzählt. Die weiß alles."

„Erzählen Sie es mir auch? Bitte!", Alfred legte seinen treudoofen Dackelblick auf. „Wie war das in jener Nacht?"

Eva Ulrich seufzte: „Na ja, der Polizei habe ich es ja schon dreimal erzählt. Es war drei Tage bevor ihr Hornschlittenfahrer den Toten gefunden habt. Drei Tage vorher war es. Da saßen diese ganzen Typen bei uns am Stammtisch, und sie haben die ganze Zeit von den Stimmen im Turm geredet."

„Und Markus Haber war dabei?", fragte Alfred dazwischen.

„Der war dabei. Um den ging es ja. Die ganze Zeit redeten sie davon, dass er sich nicht hinaufwagen würde auf den

Turm. Er sei ein Feigling, eine Memme. Sie haben ihn ganz verrückt gemacht. Und ein Bier nach dem anderen getrunken."

„Haber war betrunken, als er auf den Turm stieg?"

„Das auch", bestätigte die Wirtin. „Alle waren betrunken. Aber den Haber haben sie schließlich dazu gebracht, wozu sie alle anderen viel zu feige waren. Sie haben ihn in den Turm geschickt, und er ist hinaufgegangen."

„Wie haben sie das angestellt?"

„Er wollte doch aus der Gruppe aussteigen. Darum stritten sie den ganzen Abend. Und dann haben die anderen dem armen Kerl versprochen, dass sie ihn in Zukunft in Ruhe lassen, wenn er sich auf den Turm traut."

Den Rest der Geschichte kannte Alfred. Haber war also tatsächlich die Wette eingegangen, hatte den Turm bestiegen und war dort oben geblieben. Drei Tage später hatten Alfred und der Hornschlittenfahrer Tschorli den Toten gefunden.

„Haben die Anderen nicht irgendwann nach dem Haber gesucht?", fragte Alfred. „Die müssen sich doch gesorgt haben, als er nicht mehr vom Turm herunterkam."

„Habe ich auch gedacht", bestätigte die Wirtin. „Die sind irgendwann alle nach draußen. Sie haben gezahlt und haben erklärt, sie würden jetzt ihren Kumpel vom Turm holen." Sie formulierte jetzt ganz bedächtig, so als wolle sie auf keinen Fall etwas Falsches oder ein Wort zu viel sagen: „Ich hab da nicht mehr nachgeschaut. Wir waren ja froh, dass die Kerle endlich verschwanden. Ich habe dann gleich gehört, wie sie in ihre Autos gestiegen sind. Die dröhnen ja wie Traktoren, diese Kisten. Dann sind sie weggefahren, und selbstverständlich haben wir angenommen, sie haben ihren Kumpel Markus Haber mitgenommen."

„Sie sind nicht nochmal auf den Turm, um selber nachzuschauen?", fragte Alfred vorsichtshalber.

„Wo denken Sie hin? Das war für mich erledigt. Es war kalt, und es hat zu schneien begonnen. Wir haben den Turm abgeschlossen, und das war's dann."

„Keine Rufe gehört? Schreie vom Turm oder sowas?"

Jetzt wirkte Eva genervt: „Wie oft soll ich es noch sagen? Das hat die Polizei auch schon fünfmal gefragt. Nein, wir haben nichts gehört. Am gleichen Abend ging noch der Schneesturm los und dann hat es drei Tage lang geschneit und es war eisig kalt. Kein Mensch ist in dieser Zeit auf den Turm. Der Wind hat so laut geheult, da hätte man da oben alles Mögliche veranstalten können, niemand hätte es gehört."

„Verstehe!", sagte Alfred nachdenklich. Im Geiste malte er sich die Lage von Markus Haber aus. Möglicherweise war der arme Junge stunden- oder gar tagelang dort oben gefesselt bei Bewusstsein gewesen und hat um sein Leben geschrien. Und niemand hat ihn gehört. Das hatte ihm schon Junkel so erklärt: Irgendwann war er bewusstlos geworden und ist dann erfroren. Der Alkohol hat möglicherweise noch das Seinige zum baldigen Tod beigetragen.

„Wir können nichts dafür", bekräftigte jetzt Wirtin Eva noch einmal, obwohl Alfred nichts geäußert hatte. „Wir haben nichts gewusst. Nichts geahnt. Wenn wir das geahnt hätten …" Sie klang sehr betroffen. Zugleich schien ihr bewusst zu werden, dass sie vielleicht zu viel verraten hatte. „Das wollen Sie aber nicht auf Ihrer Wälder-Seite schreiben, oder?"

„Nein, nein, nein!", log Alfred. „Ich sammle nur Informationen. Deswegen interessiert mich auch das Gästebuch, und wer sonst so alles in den Tagen vor dem Mord bei Ihnen übernachtet hat."

„Also der Django und der Bruno auf jeden Fall nicht. Und auch sonst keiner aus der Truppe. Auch der Haber nicht."

„Hatten Sie vielleicht in jüngster Zeit mal einen Gast, der Fabian Waldhorn hieß?"

„Nicht, dass ich wüsste", verneinte Eva Ulrich. Dennoch blätterte sie in ihrem Gästebuch nach, ob sie den Namen finden konnte. Fehlanzeige.

„Vielleicht ein gewisser Tom? So ein Typ mit Lederjacke. Hat der einmal bei Ihnen übernachtet?"

Wieder verneinte die Wirtin.

„Vielleicht eine junge Frau? Lena Wintermatten? Aus Breitnau?"

„Das glaube ich kaum."

„Schlagen Sie bitte nach. Schauen Sie die letzten Wochen durch", bestand Alfred auf exakte Auskunft. Aber die Gastwirtin fand in ihrem Gästebuch auch den Namen Lena Wintermatten nicht. Alfred kam noch ein Gedanke: „Hat vielleicht Ihr jetziger Gast schon früher einmal hier übernachtet? Der Peter Stichling?"

„Er heißt Peter Stirling", korrigierte die Wirtin. „Das wüsste ich, wenn der schon mal dagewesen wäre. Der ist erst zwei Tage vor den Parawissenschaftlern eingezogen."

Mehr fiel Alfred nicht ein. In seiner Verzweiflung fragte er: „Oder ein Leo? Ein Hugo?" War jemand mit diesem Namen in den letzten Wochen mal Gast hier oben?"

„Also jetzt nerven Sie aber wirklich", sagte die Wirtin gereizt. Sie schob Alfred das Gästebuch hin: „Schauen Sie doch einfach selber nach. Ich habe die Faxen dicke."

Alfred zog das dicke Gästebuch zu sich heran, drehte es um und blätterte die Seiten zurück. Zimmer für Zimmer und Tag für Tag verfolgte er die Belegung bis in die Tage und Woche vor Markus Habers Tod. Und da fand er es, das fehlende Puzzleteil. Ein Name, der alles verriet. Ein Name, der genau für jenes Zimmer eingetragen war, in dem später die Kabelbinder aufgetaucht waren. Exakt in den drei Tagen vor Markus Habers Tod. Alfred, als er den seltsamen, außergewöhnlichen Namen las, war sofort elektrisiert. Das konnte kein Zufall sein! Er sah auf, ob die Wirtin Eva ihn beobachtete. Nein, sie war mit dem Abräumen des Tisches beschäftigt, an dem zuvor Dr. Lucadou mit seiner Mannschaft gegessen hatte. Alfred strich sich mit beiden Händen fahrig die Haare glatt. Nur die Ruhe bewahren. Nur nichts anmerken lassen. Aber innerlich triumphierte er: „Jetzt habe ich dich! Denkst wohl, das war furchtbar schlau. Ha, ha! Das war furchtbar dumm."

Er klappte das Gästebuch zu und versuchte möglichst beiläufig zu klingen, als er sagte: „Leider Fehlanzeige! Habe nichts gefunden. Ich gehe jetzt mal rüber in den Turm. Mal sehen, was der Peter dort treibt. Er wollte sich mit mir treffen." Es sollte möglichst so wirken, als sei er bestens freundschaftlich mit Peter Stichling vertraut. Aber Eva Ulrich achtete gar nicht auf Alfred. Sie hatte zu arbeiten. „Ja, ja", sagte sie nur. Und denkt daran wieder abzuschließen, wenn ihr fertig seid."

Alfred verließ das Gasthaus und stapfte durch den rund um den Turm niedergetrampelten Schnee zum Turmeingang. Die Besonderheit des Hochfirstturmes besteht in der gegenläufigen Wendeltreppe, das heißt, Aufstieg und Abstieg verlaufen getrennt und die Besucher, die die 123 Stufen hinaufsteigen, begegnen den Menschen, welche hinabsteigen nicht, sie können sie auch nicht sehen. Schon das finden viele Turmbesucher gespenstisch. Man hört Schritte auf den Treppenstufen, die von oben herabkommen, und man glaubt, nun müsse einem sogleich ein Turmbesucher begegnen, doch das passiert nicht. Stattdessen hallen die Schritte vorbei und entschwinden nach unten. So erging es jetzt auch Alfred. Er hörte, während er bei seinem Aufstieg ungefähr bei Stufe 75 angekommen war, auf der absteigenden Wendeltreppe Geräusche eines anderen Menschen. Es waren keine Schritte, eher ein Kratzen und Schaben. Laut und deutlich.

„Hey, Stichling!", rief Alfred aufs Geradewohl gegen die Blechtreppe. Im Dämmerlicht des Turminnern stiegen feine Atemwölkchen auf. Es war frostig kalt im Turm. Alfred rief: „Stecken Sie auf der anderen Seite? Ich bin's, Alfred! Hören Sie mich."

Auf der anderen Seite wurde das Kratzen lauter. Es klang so, als versuche jemand, mit einem eisernen Schaber die Turmwand aufzukratzen. Alfred rief noch einmal. Etwa Schweres fiel auf der Gegenseite auf die Eisentreppe. Dann polterte etwas Metallisches ein paar Treppenstufen abwärts. Es folgten Schritte. Dann kurze Stille. Dann wieder Kratzen und Schaben.

Alfred wurde aus den Geräuschen nicht schlau. Wieder rief er Peter Stichlings Namen. Er bekam keine Antwort. Nun erfüllte ein lautes Dröhnen das Turminnere. Das Dröhnen kam von der anderen Seite. Es klang, als habe jemand einen riesigen Staubsauger in Gang gesetzt. Vorsichtig legte Alfred ein Ohr ans Eisenblech. Vielleicht konnte er so mehr herausfinden.

In genau diesem Moment wurde aus dem Dröhnen ein schrilles Bohrgeräusch. Die eisernen Stufen vibrierten und ungefähr einen Zentimeter neben Alfreds Ohr durchbrach mit metallischem Sirren ein eineinhalb Zentimeter dicker und mehr als zehn Zentimeter langer Bohrer das Metall. Wütend rotierte er in die Luft hinein. In Alfreds Ohr hätte er gewaltigen Schaden angerichtet. Alfred sprang von der Wand wie von einer Tarantel gestochen. In seiner Panik rutschte er gleich mehrere Treppenstufen abwärts. Laut brüllte er: „Stichling, um Himmels Willen. Du hättest mich fast umgebracht. Was soll das? Antworte endlich! Ich weiß, dass du da auf der anderen Seite bist."

Der Bohrer überdröhnte alles. Er rotierte immer noch wie eine aggressive Hornisse. Endlich wurde die Maschine abgestellt und der Unbekannte auf der anderen Treppenseite zog den Bohrer wieder auf seine Seite zurück. Alfred wiederholte seinen Fluch: „Stichling, du Arsch! Was machst du da?"

Wieder kam keine Antwort. Wütend setzte Alfred seinen Aufstieg fort. Dem Kerl würde er es zeigen. Er kletterte hinauf bis auf die Turmplattform, die vollkommen von Schnee und Eis befreit war. Das war sicher Lucadous Werk. Dann stieg er auf der anderen Seite wieder ab. Während der ganzen Zeit lauschte er, ob vielleicht wieder die geheimnisvollen Funkstimmen zu vernehmen wären. Aber der Turm blieb stumm. Er hatte die Stufen gezählt und wusste, wo beim Abstieg die Stelle war, wo der Andere gebohrt hatte. Aber von Stichling keine Spur. Alfred untersuchte die Turmwand. Er fand das Bohrloch, die Stelle, an der ihm auf der anderen Treppenseite beinahe ein 150 Millimeter-Bohrer eine unfreiwillige Schädelöffnung verpasst hätte. Er bemerkte auch Kratzspuren an der Blechwand. Hier hatte jemand eine handflächengroße Stelle freigeschabt, an der Alfred aber nichts Besonderes entdecken konnte. Was ging hier vor?

„Stichling?", so rief er fragend in die Tiefe hinunter. Zu seiner Überraschung bekam er eine Antwort: „Hier! Hier unten beim Ausgang bin ich."

Peter Stichling stellte sich blöd, oder er war ahnungslos oder taub. Auf jeden Fall behauptete er steif und fest, er habe Alfred oben im Turm nicht gehört. „Ich habe gebohrt und die Turmwand untersucht, ehrlich. Tut mir leid, wenn ich dich erschreckt habe."

Sie standen unten auf dem Treppenabsatz, die Ausgangstür des Turmes war einen Spalt geöffnet und ließ Licht herein. Alfred begutachtete misstrauisch die Utensilien, die Peter Stichling bei sich hatte: Akku-Bohrer, Taschenlampe, Hammer, Spachtel, Schraubenzieher, ein Eimer, auf dessen Grund sich Metallspäne, Farb- und Rostreste sammelten.

„Was suchst du?", fragte Alfred ganz direkt. Dabei griff er nach dem Bohrer: „Darf ich mal!" Stichling war überrumpelt. Ehe er seinen Griff um den Akku-Bohrer festigen konnte, hatte Alfred ihm die Maschine schon abgenommen. Alfred stand oben an der Treppe, drei Stufen über Stichling. Er reckte die Bohrmaschine über seinen Kopf, so dass Stichling sie nicht mehr zurückholen konnte.

„Was soll das? Was hast du vor?"

Alfred gab keine Antwort, sondern wandte sich um und machte sich erneut an den Aufstieg, hinauf zur Turmplattform, wenngleich jetzt auf der abwärts führenden Treppe. Er kam mächtig ins Schnaufen, bis er endlich oben war. Stichling hatte keine Anstalten gemacht, ihm zu folgen. Alfred suchte oben auf der Plattform die Bohrlöcher, die die Stelle markierten, an der Markus Haber erfroren war. Er probierte aus, ob Stichlings Bohrer in die Löcher passte. Bingo! Es war exakt die gleiche Bohrgröße. Auch die Löcher oben auf der Plattform waren mit einem 150 Millimeter-Stift gebohrt worden. Das konnte ein Zufall sein. Aber an Zufälle glaubte Alfred nicht.

„So Freundchen, jetzt bist du mir eine Erklärung schuldig", freute sich Alfred. Den Bohrer hielt er sich wie eine Waffe vor die Brust, als er 123 Stufen später endlich wieder unten bei Peter Stichling stand.

„Wem gehört dieser Bohrer?", fragte Alfred ganz direkt. Er richtete die Bohrerspitze direkt auf Stichlings Kopf, als wolle er ihn gleich aufspießen.

„Mach das Ding weg!", forderte Stichling

„Antworte!" Probeweise betätigte Alfred den Einschaltknopf. Rasselnd surrte der Bohrer los und Alfred erschrak so stark, dass er sofort wieder losließ. Aber er ließ nicht locker: „Wem gehört dieser Bohrer?"

„Wir gehen rüber ins Gasthaus", bestimmte Stichling. „Hier friert man sich den Arsch ab und mir ist das nicht geheuer mit dir. Das ist ja lebensgefährlich."

Alfred blieb nichts anderes übrig, als ihm hinüber ins Gasthaus zu folgen. Zwei Tische waren mit Gästen besetzt, Winterwanderer, die Tee mit Rum tranken und Rührei mit Speck aßen. Wirt Reinhard Ulrich stand an der Theke. Stichling reichte ihm Hammer, Schraubenzieher und Spachtel: „Hier bringe ich Ihre Sachen zurück. Auch die Bohrmaschine." Zu Alfred gewandt und Richtung Ulrich nickend: „Das sind seine Werkzeuge!"

Damit war diese Frage auch beantwortet. Oder noch nicht ganz: „War der Bohrstift schon im Bohrerfutter? In der Fassung? Oder hast du ihn eingelegt?"

Stichling ließ sich am Stammtisch neben der Theke nieder: „Ich habe gar nichts gemacht. Ich habe den Bohrer so benutzt, wie der Wirt ihn mir überlassen hat."

„Warum hast du überhaupt in der Turmwand herumgebohrt? Was suchst du?"

„Ein Bierchen?", fragte Wirt Ulrich dazwischen. Er schien nichts von der Spannung zu spüren, die zwischen Alfred und Stichling herrschte.

„Ich gebe einen aus", sagte Stichling.

Seufzend setzte sich Alfred zu diesem seltsamen Wissenschaftler an den Stammtisch. Er überlegte kurz. Es war nicht unwahrscheinlich, dass es sich um die gleiche Bohrmaschine handelte, mit welcher der Täter oben auf der Plattform die Löcher gebohrt hatte. Aber wenn es die Bohrmaschine des Wirtes war, die möglicherweise frei zugänglich irgendwo im Haus deponiert war, dann hatte das im Hinblick auf Stichling wenig zu sagen. Jedenfalls war es kein Beweis für Stichling als Täter. Reinhard Ulrich bestätigte Alfreds Vermutung. Der Bohrer lag zusammen mit weiterem Werkzeug immer frei zugänglich im Nebenraum: „Den kann jeder mitnehmen und wieder zurückbringen. Das würde ich nicht bemerken." Alfred entschied, dass er die Bohrmaschine an sich nehmen musste, um sie Oberkommissar Junkel zur Untersuchung auf Fingerabdrücke zu übergeben. Aber er verband damit wenig Hoffnung. In der Mordnacht war es eisig kalt gewesen, und der Täter hatte vermutlich Handschuhe getragen. Dennoch bat er Ulrich darum, ihm die Maschine mitzugeben. Der Wirt hatte nichts dagegen und auch Stichling reagierte nicht auf diesen Wunsch Alfreds. Das bestärkte Alfred in seiner Gewissheit: Stichling hatte nichts mit dem Mord zu tun.

# TARNFARBE

Stichling gönnte sich einen Teller badischer Käsespätzle mit Salat. Alfred saß daneben und fastete eisern. Das war nur mit etlichen Bieren zu ertragen. Während Stichling aß, wurde er gesprächig. „Du hast dich bestimmt gewundert, warum ich dich um dieses Treffen gebeten habe?"

„Mich wundert gar nichts mehr", behauptete Alfred. Aber er war gespannt, was Stichling wollte.

„Ich komme mit meinen Turmrecherchen nicht mehr vom Fleck", erklärte Stichling mit vollem Mund. Die Käsespätzle dufteten verführerisch. Alfred wartete.

„Du kennst dich doch in der Stadtgeschichte von Neustadt aus. Mir fehlen da ein paar wichtige Informationen, und ich dachte, wenn mir einer helfen kann, dann bist du das."

„Möglich", erwiderte Alfred wortkarg. Er wollte nicht durch vorschnelles Fragen seine Neugierde verraten. Stichling musste schon selbst aus der Deckung kommen. Das tat er auch ohne Umwege: „Im Zweiten Weltkrieg haben die Einheiten, die den Turm als Beobachtungsposten für die Flugabwehr beschlagnahmt haben, als erste Maßnahme dem Turm einen Tarnanstrich verpasst. Wusstest du das?"

„Ich weiß nur, dass der Turm nach dem Krieg zweimal kurz hintereinander neu gestrichen wurde." Alfred erinnerte sich an die Recherchen, die Vanessa für ihn erledigt hatte.

Stichling bestätigte diese Informationen: „Unmittelbar nach Kriegsende haben die französischen Besatzer sofort einen ersten Anstrich über die alten Tarnfarben gelegt. Als dann der Turm von den Franzosen wieder freigegeben und zurück in die Obhut des Schwarzwaldvereins gegeben wurde, hat der Schwarzwaldverein 1953 einen weiteren Neuanstrich veranlasst."

„Ich verstehe nicht, auf was du hinauswillst?"

Stichling gönnte sich wieder einen Bissen. Dann fuhr er fort: „Dann blieb der Turm 65 Jahre lang unverändert, ehe mit der Generalsanierung 2018 der alte Anstrich entfernt wurde. Es kam wieder ein neuer Schutzanstrich drauf."

„Ist das wichtig?" Noch immer stand Alfred auf dem Schlauch.

Jetzt rückte Stichling aber endlich mit seinem Anliegen heraus: „Kannst du für mich herausfinden, welcher einheimische Neustädter Maler damals für die Wehrmacht den Tarnanstrich aufgebracht hat? Das wäre sehr wichtig für meine Recherchen."

„War es denn ein einheimischer Maler?"

„Eindeutig ja! Das geht zweifelsfrei aus den Tagebüchern meines …" Stichling brach abrupt ab. Jetzt hatte er mehr gesagt, als er wollte.

„Sei nicht kindisch", half Alfred ihm über die Schrecksekunde: „Ich weiß doch, dass du der Enkel von Egon Stichling bist, dem Soldaten, der damals die eigenen Leute verraten hat und dann desertiert ist. Das habe ich dir doch beim letzten Mal schon auf den Kopf zugesagt."

„Ja, es stimmt", räumte Stichling kleinlaut ein.

„Spielt das überhaupt eine Rolle? Warum hast du das verheimlicht?"

„Es war mir unangenehm. Ich habe mich geschämt. Er war doch ein Deserteur und ein Verräter …"

„Für die gute Sache", versuchte Alfred zu mildern. Er war sich nicht sicher, ob Stichlings Einlassungen ehrlich gemeint waren. Es schien auch so, als ob Stichling schon einen Haken hinter diesen Aspekt gemacht habe, denn er kehrte wieder zu seinem eigentlichen Anliegen zurück: „Wie ist das mit dem Maler? Kannst du das herausfinden?"

„Kein Problem!", behauptete Alfred. Er hatte keine Ahnung, wie er das anstellen sollte.

Stichling bohrte noch weiter: „Angeblich hat der Maler damals die Tarnfarbe selbst hergestellt. Es herrschte kriegsbedingt ja Mangel an allen möglichen Rohstoffen. Der Maler hat dann wohl eine eigene Mischung zusammengemixt und damit den Turm angestrichen."

„Das steht im Tagebuch deines Opas?", fragte Alfred ungläubig. „Mit solchen Details hat er sich beschäftigt."

„Ja, das hat er", bestätigte Stichling. Dann wurde er wieder wortkarg.

Alfred schaffte es, nicht schwach zu werden. Er wartete ab, bis Stichling mit dem Essen fertig war. Sie sprachen über Belanglosigkeiten. Alfred verkündete, dass er sich für einige Nächte bis über die Weihnachtsfeiertage zu Recherche-Zwecken im Hochfirst Rasthaus einquartiert habe. Das schien Stichling überhaupt nicht zu gefallen. Er zog sich alsbald auf sein Zimmer zurück. Den Eimer, den er im Hochfirstturm bei sich getragen hatte, nahm er mit.

Es war noch früh am Abend. Alfred hatte noch keine Lust, zu Bett zu gehen. Außerdem plagte ihn der Hunger. Also setzte er sich in seinen roten Flitzer und fuhr noch einmal hinunter in die Stadt. In der Spritz würde er noch ein Holzfällersteak mit Pommes kriegen.

Auf der Fahrt durch den Wald gingen ihm die letzten Stunden noch einmal durch den Kopf. Irgendetwas an Peter Stichlings Geschichte gefiel ihm nicht. Als möglichen Täter hatte Alfred ihn zwar von seiner Liste gestrichen, aber trotzdem spielte Stichling nicht mit offenen Karten. Gut, das mit dem Opa, das war jetzt geklärt. Aber Stichling hatte immer noch nicht mit seiner Lüge aufgeräumt, er sei ein Historiker. Wie Alfred aufgrund der Recherchen von Tim Joy wusste, war Stichling promovierter Physiker. Dass Stichling diesen

Umstand geheim hielt, musste etwas zu bedeuten haben, es machte ihn wieder verdächtig. Und was sollte diese komische Suche nach dem Maler, der den Tarnanstrich am Turm aufgebracht hatte? Von unterwegs klingelte Alfred bei Tim Joy an, die eine Hand am Lenkrad, die andere am Handy, und verteilte Aufträge: „Du musst mir noch einmal helfen, Tim. Versuche mal, so viel wie möglich herauszufinden über Tarnfarbe im Zweiten Weltkrieg. Tarnfarbe, die man in Deutschland damals verwendete, zum Beispiel, um Bunker anzustreichen, oder Fahrzeuge und Artillerie. Und dann schau noch mal nach diesem Physiker Peter Stichling. Wo arbeitet er genau? Was ist sein Spezialgebiet? Über was hat er promoviert?"

Tim Joy fragte nicht. Er brummte zustimmend, druckste dann aber erkennbar herum und wollte nicht auflegen. Alfred spürte es. „Was ist? Willst du noch etwas loswerden?"

Im Flüsterton sagte Tim: „Vanessa ist hier. Sie bewegt sich nicht von der Stelle. Sie will hier warten, bis du wiederkommst."

Alfred seufzte. Einerseits gab es ihm einen Stich ins Herz. Er vermisste Vanessa. Er spürte erst jetzt, wie sehr sie an seiner Seite zur selbstverständlichen Begleiterin geworden war, wie er sich auf sie verlassen hatte, wie einig sie stets miteinander gewesen waren. Andererseits kam überhaupt nicht in Frage, dass er klein beigab. Er war ein Kerl! Sie hatte ihm den ganzen Schlamassel mit der Uni eingebrockt. Der Rauswurf! Das war unverzeihlich.

„Du verrätst ihr nicht, wo ich stecke", vergatterte Alfred seinen WG-Genossen Tim. „Wehe!"

Tim brummte irgendetwas, was Alfred als Zustimmung wertete. Schließlich kam ihm dann doch noch ein versöhnliches Wort über die Lippen: „Sag ihr, sie kann in meinem Zimmer pennen! Meinetwegen bis nach Weihnachten. Ich bin ein paar Tage beschäftigt. Ich maile dir auch gleich noch ein paar Texte für Goodwood. Es gibt da interessante Entwicklungen rund um den Hochfirstturm."

Alfred hätte sich natürlich denken können, dass Vanessa wusste, dass er sich in Neustadt aufhielt und den Mordfall vom Hochfirstturm weiter recherchierte. So hätte er sich auch denken können, dass Vanessa nicht in Freiburg bleiben und auf ihn warten würde. Alfred hätte mit ein bisschen Nachdenken vieles vorhersehen können. Aber er dachte nicht nach. Er dachte an die Spritz und an das Holzfällersteak.

Der Stammtisch in der Spritz ist eine Fundgrube an Wissen und Halbwissen. Gleichzeitig ist er ein Hort der Meinungsvielfalt. Sechs Gäste am Stimmtisch verkörperten in der Regel sieben Meinungen. Als Alfred an diesem Abend dazukam, saßen bereits der Polizist Knoddle dort, der alte Ganghoferbart Karle, Stromy der Alleswisser und Alleskönner, Ex-Feuerwehrkommandant Langhans, Locke von der Narrenzunft und Pfundle der Speckexperte. Alfred wurde mit lautem Hallo begrüßt und sogleich hochgenommen: „Großartige Vorführung kürzlich! Ehrlich! So gut war das Kinoprogramm schon lange nicht mehr", lästerte Stromy. Es war klar, er sprach von Alfreds Aussetzer beim Glühweinabend vor dem Rathaus.

„Wir haben früher auch mal einen über den Durst getrunken", räumte Karle der Zauselbart ein. „Aber doch nicht so! Wir haben uns immer noch unter Kontrolle gehabt."

„Er verträgt nichts", mutmaßte Pfundle.

„Glühwein ist tückisch!", bestätigte Knoddle.

„Man muss auch wissen, wann genug ist", belehrte Langhans, der Älteste in der Runde. Alfred hatte ihn schon mehrfach angezapft, wenn er etwas aus der jüngeren Geschichte der Stadt wissen musste. Langhans war alteingesessener Neustädter, kannte jeden, wusste alles und besaß ein vorzügliches Langzeitgedächtnis. Gegen welchen Gipsermeister der alte Buchhändler anno 1950 beim Zegospiel im Rößle sein Auto verspielt hat, wer außer dem Hotelier und dem Fuhrunternehmer damals alles noch mitgespielt und welches Blatt auf der Hand gehabt hatte, das alles wusste Langhans noch. Und noch viel mehr: „Der hat immer CDU gewählt. Aber in der Kirche war er nie." Solche und ähnliche Details konnte man ihm über längst verstorbene Zeitgenossen und längst vergangene Ereignisse entlocken. Neustadt-Wikipedia. Alfred kam, während er seine Bestellung aufgab, ein Gedanke: „Sag mal, Langhans. Weißt du vielleicht noch, welche Maler in Neustadt während des Zweiten Weltkrieges ein Geschäft hatten?"

Der Stammtisch schaltete sich sofort ein. Jede Menge Namen wurden in den Raum geworfen: Beha, Hipfel, Dietrich! Langhans unterbrach sie alle mit einem Machtwort: „Alles falsch! Die kamen erst nach dem Krieg. Der Dietrich war vor dem Krieg. Im Krieg gab es andere Maler in Neustadt." Jetzt war Alfred gespannt.

„Das war der alte Hartfelder unten an der Schützenstraße, dann der Janz in der Scheuerlenstraße, und der Beckert. Und der Höly natürlich. Aber das war eher ein Künstler, genauso wie der Tscholl." Langhans überlegte kurz: „Ich glaube, der Janz war der größte von allen. Der hatte zwanzig Angestellte."

Marina, die Wirtin der Spritz kam an den Tisch. Sie hatte mit einem Ohr mitgehört, so wie es ihre Gewohnheit war. Sie brachte ein ziemlich abgegriffenes Buch mit. „Hier", sagte sie und legte den Schinken vor Alfred auf den Tisch. „Das ist die Neustadt Chronik. Da steht alles drin."

Alfred las den Titel: „Hundert Jahre in der Wälderstadt, 1900–2000." Er fand die Namen der Maler im Register im

Anhang des Buches und schlug einen nach dem anderen nach. Unterdessen deklinierte die Stammtischrunde auf eigene Faust einen jeden der zuvor genannten Maler durch. Mit einem Ohr hörte Alfred zu. Interessante Lebens- und Firmengeschichten wurden da tollkühn in wenige Sätze zusammengefasst: „Der hat in den 70er Jahren Pleite gemacht, nachdem sein Sohn bei einem Betrug aufgeflogen ist. Dann musste er den Laden verkaufen …", so hieß es über den einen, „der hat zwar jede Menge Kinder gehabt, aber keines wollte das Geschäft übernehmen. Das gibt es jetzt auch nicht mehr", so die Kurzgeschichte vom nächsten. „Der hat doch nur Bauernschränke und Holztüren bemalt", so erfuhr der geneigte Zuhörer über den dritten, und „von dem gibt es im ganzen Hochschwarzwald Lüftlmalerei an jedem zweiten Haus" über den vierten.

„Könnte einer der Maler im Dritten Reich vielleicht den Auftrag bekommen haben, den Hochfirstturm mit Tarnfarbe anzustreichen?", fragte Alfred.

Dazu wusste der Stammtisch nichts Konkretes. Stattdessen erhob sich eine Diskussion über den Hochfirstturm, ob er überhaupt einen Anstrich habe, wie hoch er sei, wie alt, wie viele Treppenstufen. Und natürlich wurde über die Geisterstimmen diskutiert, die inzwischen durch alle lokalen und überregionalen Medien gegangen waren.

„Ich habe noch nie Stimmen da drin gehört", belehrte der Langhans. „Und ich kenne auch keinen, der jemals was gehört hat. Das ist doch alles erfunden!" Damit war das Thema für ihn erledigt. Knoddle von der Polizei widersprach aber: „Wir waren mit diesen Wissenschaftlern im Turm. Sie haben uns Aufnahmen abgespielt. Es gibt solche Stimmen wirklich …" Zur Bekräftigung nahm er einen genussvollen Schluck aus seinem Rotweinglas. Stromy brachte eine ganz eigene Theorie ins Spiel: „Die Stimmen kommen von den

Funkantennen da oben. Der ganze Turm ist voll von den Antennen von Fernsehsendern, Feuerwehr und Netzbetreibern. Deswegen gibt's auch überhöhte Strahlung. Jede Wette, dass die an den Stimmen schuld sind?"

„Das sind angeblich Funksprüche aus dem Zweiten Weltkrieg", wandte Pfundle ein. „Wo sollen die 75 Jahre später herkommen? Nein, nein, irgendwas ist schon dran an der Geistertheorie. Es gibt eben Dinge zwischen Himmel und Erde, die kann der Mensch nicht erklären und nicht begreifen."

Alfred vertilgte währenddessen sein Holzfällersteak und hörte interessiert zu. Aber es war klar, dass substanziell neue Informationen vom Stammtisch nicht zu erwarten waren. Er verabschiedete sich deshalb bald, lieh sich von der Wirtin Marina noch die Neustadt-Chronik aus, und kehrte dann zurück zu seinem Quartier oben auf dem Hochfirst.

Endlich alleine in seinem Zimmer im Obergeschoss des Hochfirst Rasthauses, beschäftigte Alfred sich mit der Chronik. Schnell entnahm er daraus, dass die Neustädter Nazis eine Stammkneipe hatten, ihr Parteilokal, den Engel in der Hauptstraße, und dass dort der Wirt Emil Beckert hieß. Dieser Beckert wiederum war der Vater des jungen Malers Beckert gewesen, der in jener Zeit die meisten offiziellen Aufträge von Stadt. Kreis und Parteiorganen bekam. Deshalb war es auch sehr wahrscheinlich, dass es dieser Maler Beckert gewesen sein musste, der dem Turm einen Farbanstrich verpasst hatte. Und zwar mit einer selbst hergestellten Tarnfarbe. Was war daran so interessant für Peter Stichling? Der Anruf von Tim Joy kam gerade zur rechten Zeit, um Alfred für diese Frage die Antwort zu liefern.

„Er ist Materialforscher. Stichling ist Spezialist für Materialforschung und Materialentwicklung", so berichtete Tim Joy von seinen Recherchen. „Er leitet in England ein Privatinstitut, das neue Materialien für die Industrie entwickelt. Und pass auf, jetzt kommt's." Er ließ eine Kunstpause entstehen.

„Was kommt?", fragte Alfred wie gewünscht."

„Jetzt kommt der Link zu deinem Mordfall! Er forscht und entwickelt an Materialen mit Speicherfähigkeit. Sein Spezialgebiet sind Silizium-Quarz Stoffe, die sich für industrielle und gewerbliche Großanwendungen eignen und über kommerziell nutzbare Speichereigenschaften verfügen."

„Ich verstehe nicht …?"

Tim Joy half Alfred auf die Sprünge: „Hast du schon einmal von künstlichen Textilien gehört, bei denen zum Beispiel im Ärmel Materialien verbaut sind, mit denen man seine Bankdaten speichern kann und dann wie mit einer EC-Karte überall bezahlen? Oder man kann Telefonieren. Man spricht in den Ärmel, der funktioniert wie ein Smartphone? Das gibt es bereits. Stell dir vor, man könnte in seinem Ärmel auch große Datenmengen speichern. Oder Tonträger. Dann hörst du künftig Musik über den Anorak. Oder stell dir vor, sowas kann eine Farbe. Dann speichert man alle Informationen zu einem Gebäude mit Hilfe des Anstrichs."

„Und an sowas forscht Peter Stichling? Das ist ja irre." Alfred trat an sein Zimmerfenster. „Wundermaterial!", murmelte er. Die Winternacht hatte sich längst über den Hochfirstgipfel gelegt, doch der Turm ragte als schwarze Säule gegen den Himmel. Alfred hatte ihn direkt vor der Nase. Er ahnte, auf was Tim Joys Recherchen hinausliefen: „Könnte es sein, dass die Stimmen im Hochfirstturm von einem solchen Wundermaterial gespeichert wurden?"

„Es könnte sein, dass Peter Stichling das glaubt", bestätigte Tim Joy. „Und deshalb sucht er jetzt im Turm danach. Das wäre auch eine Erklärung für seine Geheimnistuerei."

Alfred verstand nicht: „Warum?"

„Na denk doch mal nach. Wenn es wirklich ein Material am Turm gibt, mit dem man Funksprüche speichern kann – oder sonstige physikalisch erzeugte Töne, dann wäre das eine kleine Sensation. Das Patent darauf könnte Gold wert sein."

„Die Tarnfarbe!", sagte Alfred, den plötzlich die Erkenntnis überkam. „Die Tarnfarbe!"

„Was redest du?" Jetzt stand Tim Joy auf dem Schlauch.

„Ich erkläre es dir später, Tim", brach Alfred das Gespräch ab. „Du hast mir sehr geholfen, danke. Das ist eine ganz heiße Spur!"

Es war eine heiße Spur. Aber nicht im Mordfall Haber, sondern im Rätsel Stichling. Nachdenklich stierte Alfred hinaus auf den Turm. So ungefähr mussten vor ihm auch die früheren Bewohner des Zimmers den Turm gesehen haben. Schwarz und bedrohlich. Und man konnte jeden beobachten, der aus dem Gasthaus kam und der drüben den Turm betrat. Es war ein vorzüglicher Beobachtungsposten. Alfred musste wieder an den Namenseintrag aus dem Gästebuch denken. Wenn seine Vermutung zutraf, dann wusste er, wer vor der Frau aus dem Lucadou-Team in diesem Zimmer logiert hatte. Und dann wusste er auch, wer der Mörder war. Wie konnte man das beweisen?

In diesem Moment hörte Alfred glasklar die Stimme des Wirts Reinhard Ulrich, der sich mit einem Gast unterhielt: „Ich setze mich mal zu dir an den Stammtisch, Werner. Doch nichts dagegen, oder?"

Eine andere Stimme, die vermutlich dem genannten Werner gehörte, antwortete: „Nur noch schnell ein Bier. Es ist schon spät. Hab mir das Revier noch mal angesehen. Man muss langsam zufüttern, die Rehe finden in all dem Schnee nichts mehr zu fressen."

Alfred kombinierte: Der Jagdpächter. Er hatte wohl nochmal nach dem Rechten geschaut und saß jetzt unten am Stammtisch. Aber wieso konnte man in Alfred Zimmer die Stimmen so gut verstehen? Noch so ein Geistermaterial?

Alfred hörte Gläserklirren und weitere Gesprächsfetzen. Die Stimmen schienen aus der Wand zu kommen. Dann entdeckte er ihren Ursprung. Das Zimmer wurde durch Lüftungsschlitze mit warmer Luft versorgt. Diese Luft kam vom Stockwerk darunter, und zwar direkt vom Kachelofen neben dem Stammtisch. Und damit war auch klar, dass durch diesen Luftschacht die Stimmen aus der Gaststube bis in Alfreds Zimmer getragen wurden. Man konnte von hier aus sozusagen belauschen, was unten am Stammtisch gesprochen wurde.

Und damit ging Alfred noch einmal ein Licht auf! Natürlich, so musste es gewesen sein. Die Gerechten Rechten am Stammtisch, Markus Haber dabei, die Wette, die Mutprobe, Haber ging auf den Turm, und sein Mörder wusste es, denn er hatte hier oben alles mitgehört. Er hatte auf diese Gelegenheit gewartet. Denn auf dem Turm selbst hatte er schon alles vorbereitet, irgendwann während der Tage, die er hier oben eingemietet war. Der Mörder war für den Moment gewappnet, wo Haber alleine den Turm bestieg. Er hatte den Mord geplant.

Alfred schlug die rechte Faust in die geöffnete linke Hand. Das war's! Das war die Erklärung! Jetzt musste er sie nur noch beweisen.

Dann aber verpuffte seine ganze Euphorie sogleich wieder, denn es fiel ihm noch etwas ein: Was war eigentlich das Motiv? Der Tathergang schien so logisch. Aber warum? Warum musste Markus Haber sterben? Mit dieser Frage stieg Alfred schließlich frustriert ins Bett.

Noch ein Tag bis Weihnachten.

# MATERIALFORSCHUNG

Am Morgen überraschte Alfred Peter Stichling beim Frühstück mit einer Einladung: Er plane ein Experiment, ob
Stichling nicht dabei sein wolle. Das sei etwas für einen Materialforscher. Stichling erschrak wie ein ertappter Voyeur:
„Woher weißt du, dass ich Materialforscher bin?"
Alfred klärte ihn über seine Internetrecherche auf. „War
nicht besonders schwer, das alles herauszufinden. Es ist mir
nur ein Rätsel, warum du überhaupt so ein Geheimnis daraus machst."
Sie saßen gemeinsam wie ein altes Ehepaar am Frühstücks-
tisch im Hochfirst Rasthaus: Das Frühstück war reichlich
und vielseitig und Alfred, der hier oben im Rasthaus das
Pauschalangebot „5 Tage Übernachtung mit Frühstück"
für 135 Euro gebucht hatte, ein Betrag, den Jochen Schiller
großmütig als „Spesen" auf das Goodwood-Konto geneh-
migt hatte, griff beherzt bei den Rühreiern mit Speck zu.
Wirtin Eva brachte sogar noch einen Teller mit selbstgeba-
ckenen Weihnachtsbrötchen. Ihr Morgengruß „frohe Weihnachten" erinnerte Alfred daran, dass heute Heiligabend
war. Ein Tag, den er eigentlich nicht mochte, weil er ihn in
den letzten Jahren immer entweder in niederschmetternder
Einsamkeit verbracht hatte oder aber in Gesellschaft von
Saufkumpanen, so dass er mit einem Vollrausch endete.
„Ihr wisst ja, dass wir die Wirtschaft ab Mittag zu machen",
warnte die Wirtin vor. „Wegen Weihnachten. Ein bisschen
Privatleben brauchen wir auch mal …"
Das hätte keiner gesonderten Erklärung bedurft. Alfred
dachte über sein eigenes Privatleben nach, während er Kaffee
schlürfte und in der Badischen Zeitung, die ihm die Wirtin
wunschgemäß an den Tisch gebracht hatte, einen Artikel von

Anna las. Sie schrieb darin über eine chinesische Reisegruppe, die sich über Weihnachten im Hochschwarzwald aufhielt, das Hauptquartier in Drubbas Hofgut Sternen im Höllental aufgeschlagen hatte, und nun eine typische deutsche Weihnacht als touristische Attraktion erleben wollte. Anne zitierte eine 25-jährige Sasa aus Westchina: „Bei uns ist Weihnachten ein Fest, wo wir mit Freunden und Bekannten zusammen Essen gehen oder ins Kino. Das Fest hat bei uns keinen religiösen Charakter, eher ist es Kommerz und Freizeit."

Alfred las die Passage laut vor und fragte in den Gastraum hinein, in welchem sich außer ihm und Stichling noch zwei weitere Übernachtungsgäste befanden, ein Ehepaar aus der Ortenau mit Hund, ob es denn in Deutschland etwas anderes sei: „Kommerz und Freizeit. Wie bei uns!"

Das Ehepaar warf sich pikierte Blicke zu. Dem Hund war es egal, er lag unter dem Tisch und lauerte auf herunterfallende Krümel.

Alfred ignorierte die beiden Muffel und las weitere Passagen aus der Zeitung vor. Annas Artikel klärte auf, dass nur wenige Chinesen überhaupt wissen, dass Weihnachten die Geburt Jesu Christi feiert und eine tiefe religiöse Bedeutung hat. „Es ist für die meisten Chinesen einfach etwas Modisches, Trendiges." Der Artikel endete mit der Frage an die zitierte Sasa, wo denn die Reisegruppe nun den Heiligen Abend im Hochschwarzwald zu verbringen gedenke. Die Antwort lautete: „Wir gehen zum Weihnachtssingen auf dem Neustädter Rathausplatz und danach gemeinsam schön Essen im Gasthaus zum goldenen Löwen in Neustadt."

„Hast du Lust, heute Abend zum Weihnachtssingen auf dem Neustädter Rathausplatz zu gehen?", fragte Alfred seinen Tischnachbarn Stichling. Da Stichling ebenso wie Alfred alleine und ohne feste Pläne war, sagte er zu.

Alfred spürte, dass er langsam Stichlings Vertrauen gewann. Er lenkte das Gespräch gezielt auf Stichlings Geheimniskrämerei: „Wieso sollte niemand wissen, dass du ein berühmter Materialforscher bist und in England ein eigenes Institut leitest?"

„Es geht um viel Geld", verriet Stichling.

Alfred verzog die Augenbrauen. Stichling deutete die Mimik falsch: „Du glaubst mir nicht, oder?" Er sah sich verstohlen um. Die Wirtin war in der Küche verschwunden, das Ehepaar am Nachbartisch war mit Marmelade und Teebeuteln beschäftigt, der Hund döste. Dennoch schien Stichling sich beobachtet und belauscht zu fühlen: „Lass uns nach draußen gehen", schlug er vor. „Du wolltest mir sowieso etwas zeigen."

Das stimmte. Alfred hatte Stichling gebeten, ihm bei einem Experiment behilflich zu sein. Das konnte er sowieso nur im Freien machen.

„Wir machen ein großes Feuer", kündigte Alfred an. Sie trafen sich nach dem Frühstück draußen zwischen Turm und Gasthaus. Alfred trug den gelben Daunenanorak von Linus. Von seinem Kumpel hatte er seit dem Besuch im BASF Heim nichts mehr gehört. Das konnte nur bedeuten, dass Linus mal wieder stinksauer auf Alfred war. Das würde sich schon wieder legen. Alfred beschloss, Linus ein Weihnachtsgeschenk zu machen. Er hatte auch schon eine Idee.

Zunächst aber stolperte er durch den nahen Wald und suchte trockenes Holz für sein geplantes Feuer zusammen. Das war gar nicht so einfach. Der Wald lag unter einem Meter Schnee begraben. Zwar war die Straße zum Hochfirst hinauf vom Schnee geräumt und auf der Fläche vor dem Gasthaus war der Schnee niedergetrampelt, aber sobald man sich auch nur zwei Meter von den gebahnten Wegen in den Wald hinein entfernte, stand man im Tiefschnee. Trockenes

Holz war hier nicht zu finden. So bediente sich Alfred an dem kleinen Holzschuppen hinter dem Rasthaus, wo wunderbar trockene Holzscheite aufgestapelt waren, außerdem zum Anfeuern alte Bananenkartons und Gemüsekisten aus Sperrholz. Alfred errichtete in sicherem Abstand vom Haus und vom Turm auf dem Platz dazwischen einen kleinen Scheiterhaufen. Stichling half ihm dabei: „Was testen wir hier?", fragte er neugierig.

Alfred zeigte auf das eingeschneite Bänkchen, auf dem er die Geldkassette aus dem Spucknapf deponiert hatte. „Das da!"

„Eine Geldkasse? Wie interessant!" Stichling nahm die Kassette in die Hand: „SM Stahlblech", sagte er mit Kennerblick. „Nichts Besonderes!" Er öffnete den Deckel und nahm das herausklappbare Euro-Münzzählbrett heraus, dass sich darin befand. „Hartplastik!", sagte er. „Ein bisschen deformiert. Was ist da passiert?"

„Es lag im Feuer", erklärte Alfred. Er konnte schlecht die ganze Geschichte vom Überfall auf den Schluckspecht in Kirchzarten erzählen, deshalb fasste er knapp zusammen: „Die Kassette gehörte zu einer Kneipe, die fast abgebrannt wäre. Ich will rausfinden, was mit ihrem Inhalt passiert, wenn sie richtig heiß gemacht wird."

„Wir machen also dieses Feuer, damit du die Kassette hineinlegen kannst", begriff Stichling.

Alfred zeigte seinem Helfer, was genau er an der Kassette untersuchen wollte. „Wir brauchen richtige Glut, und dann ungefähr zehn Minuten, höchstens, in denen die Kassette gegrillt wird."

„Ich kann dir schon sagen, was passiert", kündigte Stichling an.

Alfred wehrte ab: „Sag nichts. Lass uns einfach das Experiment machen."

Sie zündeten mit Hilfe von Wellpappe und Zeitungspapier den kleinen Scheiterhaufen an. Bald loderten die Flammen und verbreiteten angenehme Wärme. Beide, Alfred und Stichling, hielten die Hände über die Flammen.

„Was macht eigentlich so ein Materialforscher den ganzen Tag?", fragte Alfred.

Stichling grinste und drehte seine Handrücken gegen die Flammen: „Genau das hier", sagte er fröhlich. „Wir machen Feuer und halten Sachen hinein. Dann schauen wir, was passiert."

Alfred kam schnörkellos zur Sache: „Du interessierst dich für die Tarnfarbe, die im Krieg hier am Turm aufgebracht wurde."

„Stimmt!", bestätigte Stichling. „Das habe ich dir ja schon gesagt. Die Farbe wurde unmittelbar nach dem Krieg übermalt. Nach ein paar Jahren wurde sie dann bis auf ein paar Reste abgekratzt und wieder übermalt."

„Was ist das Besondere an dieser Farbe?"

Stichling drehte sich mit dem Rücken zum Feuer. Er schwieg. Aber Alfred wollte ihn nicht so leicht davonkommen lassen. Er präsentierte seine eigene Theorie: „Peter Stichling, ich weiß, was du hier suchst. Ich weiß, dass du über Silizium und Quarz forschst. Und dass es dabei darum geht, dass diese natürlichen Materialen in der Lage sind, Daten und Informationen zu speichern." Er konnte Stichlings Gesicht nicht sehen, weil dieser ihm den Rücken zuwandte. Aber er sah, wie sich Stichling versteifte. Volltreffer!

„Und ich kenne auch deine Arbeitshypothese", fuhr Alfred über die knisternden Flammen hinweg fort: „Du glaubst, dass es sich bei den Stimmen im Turm um gespeicherte Funksprüche aus dem Zweiten Weltkrieg handelt. Und dass die Tarnfarbe das Speichermedium ist. Richtig?"

Stichling griff sich ein Holzscheit und warf ihn ins Feuer: „Du bist erstaunlich scharfsinnig, Alfred. Das muss man dir lassen. Also hör zu, ich erzähle dir eine Geschichte." Er rückte wieder näher ans Feuer, rieb sich die Hände über den Flammen und sprach ins Feuer hinein: „Mein Großvater ist nicht desertiert, weil er sich davor fürchtete, aufzufliegen. Er ist desertiert, weil er sich vor den Stimmen im Turm fürchtete. Er und die anderen Soldaten sind schier verrückt geworden. Seit dieser Neustädter Maler den Turm mit der Tarnfarbe angestrichen hatte, haben die Männer ihre eigenen Stimmen gehört. Tag und Nacht. Der Turm hat zu ihnen gesprochen. Mein Großvater hat die Ereignisse in seinem Tagebuch festgehalten. Nur so bin ich überhaupt auf diese Vorgänge gestoßen. Und da es meine Wissenschaft und mein Forschungsgebiet ist, habe ich sofort erkannt, welche Sensation möglicherweise dahintersteht. Stell dir vor, ein Farbanstrich, der Daten, Töne, Informationen aller Art speichern kann. Wer die Rezeptur für die Herstellung kennt, der ist ein gemachter Mann. Die Industrie wird ihm diesen Stoff aus den Händen reißen."

„Aber du hast die Rezeptur noch nicht entschlüsselt, stimmt's?"

Peter Stichling seufzte. „So ist es. Der Maler damals war entweder ein Genie oder er hat einfach nur aus Zufall eine Mischung mit solchen Eigenschaften hergestellt. Ich tippe auf Letzteres. Ich habe Materialproben genommen und damit begonnen, sie zu analysieren. Im Turm gibt es ja noch Reste dieser alten Tarnfarbe. Die Spur ist heiß, soviel kann ich sagen."

Das Feuer knisterte inzwischen fröhlich vor sich hin. Alfred holte die Geldkassette, schloss gewissenhaft den Deckel und schob die Kassette mit Hilfe eines Astes mitten hinein in sein Feuer, direkt zwischen die glühenden Äste. Er zog sein

Handy heraus, um die Zeit zu stoppen. „Nach acht Minuten holen wir sie heraus", kündigte er an. „So lange hat es auch im Schluckspecht gedauert."

Dann widmete er sich wieder Stichlings Thema: „Ich kann mir das nicht vorstellen. Wie soll das funktionieren, dass durch eine Farbe Funksprüche aufgefangen und gespeichert werden? Und wieso hört man diese Stimmen dann zu bestimmten Zeiten im Turm?"

„Ich versuche es zu erklären", setzte Stichling an. „Pass auf. Eisen und Stahl brauchen in der Regel einen Korrosionsschutz. Dieser kann aus einem Farbanstrich bestehen, natürlich auch aus Tarnfarben. Als Grundierung reicht üblicherweise eine Zinkstaubbeschichtung, die man vor dem Aufbringen einer Deckschicht nass anschleift, so dass darauf alle lösemittelhaltigen oder wasserlöslichen Lack- und Dispersionsfarben aufgebracht werden können."

„Ja, und?" Alfred wusste nicht, worauf der Wissenschaftler hinauswollte.

„Zink schützt aufgrund der elektrochemischen Spannungsreihe den Stahl. Wenn die Zinkoberfläche auch noch beschichtet wird, wie dies mit der Tarnfarbe am Hochfirstturm geschah, wird die Oberfläche mit einer ammoniakalischen Netzmittelwäsche bearbeitet. Als Deckbeschichtung kommt dann die Tarnfarbe dazu, in der Regel lösemittelhaltige Lacke oder Dispersionsfarben auf Alkydharzbasis."

„Du erwartest nicht, dass ich das verstehe?", sagte Alfred. Vier Minuten waren um. Er stocherte mit seinem Stock ins Feuer und legte ein paar Scheite nach.

Stichling setzte seinen Vortrag ungerührt fort: „Soweit ich den Materialproben bislang entnehmen konnte, hat der Maler, der diese Farbe zusammengerührt hat, Asche und einige Pflanzenstoffe verwendet, außerdem Kunstharz und Zinkstaub, Atresal auf der Basis von Soja- oder Hanföl, sowie glimmerhaltige Füllstoffe. Und genau hier liegt das Geheimnis?"

Das Holz im Feuer barst mit lautem Krachen auseinander. Ein Funkenregen sprühte nach allen Seiten wie ein Schwarm wildgewordener Glühwürmchen. Eines setzte sich direkt auf den Ärmel des gelben Daunen-Steppanoraks und brannte ein knopfgroßes Loch hinein, noch ehe Alfred es abschütteln konnte. „Scheiße!", fluchte Alfred. Noch zwei Minuten.

„Glimmer und Glimmerschiefer sind silikathaltige Mineralien. Im Gneis und Granit steckt Glimmerschiefer. Der ganze Hochschwarzwald ist voll davon, er besteht mehr oder weniger aus Granit und Gneis und er ist reich an Quarzen und Feldspat."

Alfred konnte damit sogar etwas anfangen. „Feldspat, Quarz und Glimmer, die drei vergesse ich nimmer", zitierte er seinen alten Erdkundelehrer. Irgendetwas war hängen geblieben.

„Sehr richtig!", griff Stichling die Eselsbrücke auf. Er stellte unvermittelt eine Frage: „Aus was bestehen Computerchips?"

„Aus Quarzkristallen, Silizium?", tippte Alfred.

„Treffer!", bestätigte Stichling. „Und zwar, weil diese Materialen höchste Speicherfähigkeiten besitzen. Ahnst du jetzt, auf was ich hinauswill?"

Noch eine Minute. Alfred behielt die Digitalanzeige auf seinem Handy im Blick. „Du willst mir sagen, dass der Maler, der seinerzeit mit irgendwelchen Ölen und Asche und Glimmerstaub und Granitquarzpulver seine Tarnfarbe angerührt hat, aus Versehen eine Zaubermischung gefunden hat, die Funksprüche speichern kann."

Stichling breitete beide Arme aus: „Ich weiß es nicht. Ich will es jedenfalls nicht ausschließen. Vielleicht hat auch die

Zinkstaubbeschichtung den letzten Effekt hergestellt. Das versuche ich ja gerade herauszufinden."

Während Alfred sich daranmachte, die Geldkassette mit seinem Ast wieder aus dem Feuer herauszuangeln, weil die Zeit abgelaufen war, schob Stichling noch ein paar Erklärungen nach: „Der Tarnanstrich hat gespeichert und die gespeicherten Funksprüche willkürlich wiedergegeben. Durch die Untersuchungen von Doktor Lucadou wissen wir aber, dass dies nur bei Temperaturen unter minus zwei Grad Celsius und bei einem bestimmten Luftdruck und einer bestimmten Luftfeuchtigkeit geschah. Mehr oder weniger also nur in kalten Winternächten. Die Flugabwehrsoldaten im Zweiten Weltkrieg, die nächtelang im harten Winter 1944 auf 1945 auf dem Turm ausharren mussten, haben diese Stimmen natürlich häufiger gehört. Als aber der Turm nach dem Krieg von den Franzosen überstrichen wurde, ging der Effekt verloren. Besucher haben ja nie auf dem Turm übernachtet. Deswegen gibt es aus der Nachkriegszeit keinerlei Meldungen mehr. Spätestens als der Schwarzwaldverein 1953 nochmals einen Anstrich darüberlegte, war das Stimmenphänomen vollkommen weg. Deshalb gab es in der ganzen Zeit seither auch nie wieder eine Wahrnehmung."

Alfred hatte die Metallkasse endlich aus dem Feuer rangiert. Mit dem Fuß schob er sie nun in den Schnee, wo sie sich zischend abkühlte.

„Wieso tauchen die Stimmen dann jetzt wieder auf?", fragte er.

„Im Jahr 2018 fand eine Generalsanierung des Turmes statt. Und da wurden die alten Farben abgekratzt und darunter kamen die Reste der alten Tarnfarbe wieder zum Vorschein. Und prompt hat es wieder angefangen. Der Turm hat die alten gespeicherten Informationen wieder ausgespuckt, nämlich die Funksprüche aus dem Zweiten Weltkrieg."

„Geile Theorie!", lobte Alfred. Vorsichtig versuchte er, die Kassette zu öffnen. Sie war noch zu heiß, um sie mit bloßen Händen anzufassen.

„Ausgerechnet die Nazis von den Gerechten Rechten waren die Ersten, vielleicht sogar die Einzigen, die die Stimmen wieder gehört haben. Bei ihren Besuchen auf dem Turm, an dem sie wegen seiner Weltkriegsvergangenheit einen Narren gefressen hatten."

„Sie hatten die Hosen voll …", warf Alfred ein, während er seine Hand im Ärmel des Anoraks versenkte, um dann mit dem Anorak als Schutz die Kassette zu öffnen. Der gelbe Anorak bekam eine schwärzliche Färbung an den Ärmelrändern.

„Die Nazis hatten keine Ahnung, was sie da hörten. Und sie konnten es sich auch nicht erklären. Für sie war es Hitlers Stimme aus dem Jenseits!"

Alfred klappte den Kassettendeckel auf. Dann nahm er das Euro-Münzzählbrett heraus, das durch die Hitze weitere Verformungen erfahren hatte. Er schaute nach, wie es seinem Experiment ergangen war, das er unter dem Münzzählbrett in die Kassette gestopft hatte. Wie erwartet und von Peter Stichling vorausgesagt: Ein eindeutiger Fall. Und für Alfred der letzte Beweis, dass er dem Mörder von Markus Haber auf der Spur war.

„Wenn es mir gelingt, die genaue Zusammensetzung der Tarnfarbe zu rekonstruieren, dann kann ich sie selbst herstellen", schwärmte Peter Stichling. „Stell dir vor, eine Farbe, die Informationen speichert. Das wird eine Weltrevolution!"

„Viel Erfolg!", wünschte Alfred. Die Farbtheorie war für ihn nicht mehr wichtig. Er war einem Mörder auf der Spur.

# DER HEILIGE ABEND

Im Büro von Goodwood Wälder-News duftete es nach Vanessa. Alfred roch es sofort. Er kannte Vanessas Duft, diese zarte Mischung aus Veilchen, Cannabis und Wodka-Lemon, ein Duft, den sie durch ihren Lebenswandel herstellte. Da sie ebenso wie Hugo und wie Jochen Schiller über einen Schlüssel zum Goodwood-Büro verfügte, war ihr Auftauchen an diesem Ort für Alfred keine Überraschung. Er fragte sich, wie lange es wohl her war, dass sie hier gewesen war. Es roch noch ganz frisch nach ihr. War sie vielleicht noch in der Nähe? Aber was suchte sie an Heiligabend im Goodwood-Büro in Neustadt?

So eine blöde Frage. Jeder hätte es Alfred sagen können. Nur er selbst kam nicht drauf.

Er selbst war gekommen, weil ihm eingefallen war, dass er ja noch dieses Foto aus dem Büro der Bürgermeisterin Folkerts hatte. Das Bild vom Schreibtisch, das er einmal auf den Kopf stellen musste, um zu lesen, was sie auf ihre Notizzettel geschrieben hatte. Als er aber Vanessas kürzlichen Besuch roch, vergaß er diese Absicht zunächst und durchsuchte das kleine Büro nach weiteren Spuren ihrer Anwesenheit. Was erwartete er? Was erhoffte er sich? Eine Notiz? Eine Nachricht? Insgeheim war es das, aber er mochte es sich nicht eingestehen.

Er warf den Rechner an und studierte dort die eingegangenen Mails, den jüngsten Browser-Verlauf und sonstige Hinweise auf fremde Nutzer. Fehlanzeige. Lediglich eine neue Mail von Oberkommissar Junkel war eingegangen: „Bitte die Bohrmaschine am Neustädter Polizeirevier abliefern. Die Kollegen geben sie dann weiter an die Spurensicherung. Bitte außerdem Nachricht über Aufenthalt von Hugo. Er

steht auf der Fahndungsliste. Und PS.: Der Fall Hochfirstturm ist abgeschlossen. Vergiss nicht: Wir haben den Täter."
Alfred fletschte die Zähne: „Du weißt so gut wie ich, dass
das nicht der Täter ist", sagte er halblaut gegen den Bildschirm. Weil er sich über Junkels Mail ärgerte, formulierte er eine Antwort: „Hallo Oberkommissar! Knapp der
Suspendierung entkommen, habe ich gehört! Glückwunsch!
Mit Ihrem Täter liegen sie falsch, der läuft noch frei herum. Aber ich stelle ihm eine Falle, direkt oben auf dem
Turm. Demnächst mehr dazu ..." Er fuhr mit dem Cursor
auf „Nachricht senden", überlegte es sich dann aber doch
anders. Nein, das musste Junkel noch nicht wissen. Sonst
kam der Oberkommissar ihm am Ende sogar noch ins Ge-
hege. Außerdem hing für Alfreds Plan alles davon ab, wann
er dem Mörder begegnen würde. Er entschied sich also dagegen, diese Mail an Oberkommissar Junkel abzuschicken.
Stattdessen parkte er sie unter „Entwürfe". Vielleicht war es
nach Weihnachten soweit.
Als er so am Rechner saß, fiel sein Blick in den Papierkorb.
Er selbst hatte ihn noch nie benutzt. Er war nagelneu. Es
durfte sich eigentlich nichts dort drin befinden. Aber er war
randvoll mit zerknülltem Papier. Er nahm einen der Papier-
ballen, glättet ihn auf der Schreibtischplatte und rechnete
mit irgendeinem Text darauf. Doch es handelte sich lediglich um eine vollkommen leere Seite. Er nahm den nächsten
Ballen. Auch dieser war einfach nur zusammengeknülltes
Druckerpapier. Alfred wühlte sich tiefer in den Papierkorb,
und dann wusste er auch, was das Ganze sollte. Die untere
Hälfte des Papierkorbs war gefüllt mit leeren Wurstbüchsen.
Sie stammten allesamt aus dem Automaten der Metzgerei
Kopfmann, und sie waren frisch. Hugo! Hugo war wieder
hier gewesen. Und wahrscheinlich mit ihm sein fadenschei-
niger marxistischer Kumpel Leo. Die beiden hatten Neu-

stadt gar nicht mit dem Zug verlassen. Sie hatten Alfred getäuscht und nur gewartet, bis er verschwunden war. Dann waren sie wieder ins Goodwood-Büro eingezogen. Das war die einzige Schlussfolgerung, die Alfred aus dem Büchsenfund ziehen konnte. Diese Halunken!

Wutschnaubend verließ Alfred das Goodwood-Büro wieder. Jetzt hatte er sich ein Bier in der Spritz verdient. Dorthin hatte er schon Peter Stichling vorausgeschickt. Die Spritz hatte auch an Heiligabend bis 16 Uhr geöffnet. Das war wenigstens ein Platz, wo man sich besinnlich auf das Fest einstimmen konnte.

Alfred hätte sich noch etwas gründlicher umschauen müssen. Insbesondere auf der kleinen Toilette, deren schmales Fenster nur angelehnt war. Kaum war das Türschloss eingeschnappt und Alfreds Schritte draußen auf der Treppe verklangen, da öffnete von außen eine Hand das Fenster, und Vanessa kletterte zitternd herein. Sie hatte draußen auf dem Fenstersims ausgeharrt, auf den sie sich eiligst geflüchtet hatte, als sie Alfreds Kommen bemerkte. Noch mal gut gegangen. Alfred hatte sie nicht bemerkt – so dachte sie. Als erstes setzte sie sich an den Rechner, um zu sehen, was Alfred dort getrieben hatte.

Alfred begab sich unterdessen zu Fuß hinauf zur Spritz. Dort hatte er zuvor schon Peter Stichling abgeladen. Dann hatte er, bevor er ins Büro gegangen war, den roten Flitzer auf den Parkplätzen beim Polizeirevier geparkt, dorthin, wo immer noch der Malerwagen aus Freiburg stand, inzwischen mit elf Strafzetteln hinter der Windschutzscheibe.

Es war früher Mittag, und in der Spritz hatten sich zum Warmtrinken ein paar Stammgäste versammelt, denen das höchste Fest der Christenheit entweder nicht viel bedeutete, oder die einfach nur zu Hause aus dem Weg sein wollten.

„Ich bin auf Geschenketour", berichtete Pfundle. „Muss noch ein paar Sachen abliefern, aber dazwischen reicht es noch auf ein Bierchen." Als Alfred sich an den Stammtisch setzte, bekam er von Pfundle ein Stück Speck in die Hand gedrückt, eingepackt in Butterbrotpapier: „Hier, kleines Weihnachtsgeschenk für dich. Ich weiß doch, dass du ein Fleischfresser bist."

„Aufmachen, anschneiden, auf den Tisch damit!", forderte Stromy. Er war der Meinung, das Stück Speck müsse sofort sozialisiert und an die Runde der Stammgäste verteilt werden. Der alte Vollbart Karle warf dazwischen: „Im Schwarzwald darf nur der mitessen, der auch ein eigenes Sackmesser dabeihat. Das weißt du hoffentlich."

Stromy grinste und holte ein abgegriffenes Taschenmesser aus seiner Zimmermannshose. Geräuschvoll donnerte er es auf den Tisch: „Reicht das?"

Auch Karle fingerte aus seiner Joppe ein „Sackmesser", wie er es nannte. Dass auch der Speckmeister Pfundle ein solches Messer besaß, war ebenfalls klar. Und auch Ties, der Monteur, zückte ein Taschenmesser und orderte bei der Wirtin „Speckbrettle für alle!". Nur Alfred und sein Gast, Peter Stichling, besaßen kein solches Messer. Das war ihr Pech. Pfundle erklärte, unter diesen Umständen könne Alfred bei seinem eigenen Speck leider nicht mitvespern. Die anderen säbelten sich ihre Stücke ab und zerlegten sie nach alter Schwarzwälder Art in feinste Streifen. „In der allergrößten Not, schmeckt der Speck auch ohne Brot", bekundete Stromy und stopfte sich eine Portion in den Mund. So verschwand Alfreds Speck binnen einer halben Stunde in den Mägen der ruchlosen Stammtischrunde. Den einzigen Dank, der Alfred widerfuhr, formulierte Ties, indem er kauend hinter seinem Bart hervor nuschelte: „Weihnachten, das Fest des Schenkens und der Freude." Dazu fuchtelte er mit seinem Sackmesser durch die Luft. „Wollt ihr mal einen Witz zu Weihnachten?", fragte er und wartete nicht auf Antworten: „Fragt die eine Gans eine andere: Sag mal, glaubst du an ein Leben nach Weihnachten?"

„Hä? Soll das ein Witz gewesen sein? Ziemlich lahm!", beklagte sich Stromy.

„Also, dann der", legte Ties nach: „Zwei Blondinen suchen im Wald nach einem Weihnachtsbaum. Nach zwei Stunden sagt die eine: Ach was soll's, dann nehmen wir halt einen ohne Kugeln."

Den fand die Stammtischrunde schon besser. „Hast du auch einen mit Sex?", fragte Stromy.

„Wie? Weihnachtswitz mit Sex?" Stripp-Ties gab sich empört, aber selbstverständlich hatte er einen auf Lager: „Warum werfen Ostfriesen an Weihnachten Viagra in den Wald? – Weil sie einen Weihnachtsbaum mit Ständer wollen."

Peter Stichling warf sich weg vor Lachen.

„Das ist frauenfeindlich", beschwerte sich die Wirtin Marina. Und ihre Bedienung Elvira gab ihr Recht. „Habt ihr auch einen Witz, bei dem die Frauen über die Männer lachen können?"

„Oha, Genderdiskussion", bemerkte Alfred spitz. Aber er hatte die Rechnung ohne Stripp-Ties den Witzekönig gemacht. „Also passt auf", sagte der. „Es steht ein kleines Mädchen mit seinem neuen Mountainbike an der Ampel. Da kommt ein Polizist zu Pferd angeritten und fragt: Na mein Kind, hast du das Fahrrad vom Christkind bekommen? – Das Mädchen sagt ja. Darauf der Polizist: Entschuldige, dann muss ich dir leider 20 Euro abnehmen. Sag dem Christkind nächstes Jahr, es soll dir ein Fahrrad mit Reflektoren schenken. Da fragt das Mädchen den Polizisten: Haben Sie das Pferd auch vom Christkind bekommen? – Der

Polizist bejaht. Daraufhin das Mädchen: Na dann sagen Sie dem Christkind nächstes Jahr, das Arschloch kommt hinten hin und nicht oben drauf!"

Ins allgemeine Gelächter nach diesem geschlechterkorrekten Witz ging die Tür zur Gaststube auf und Linus betrat die Spritz. Er wurde mit ordentlichem Hallo empfangen, da er auch zur Stammtischrunde gehörte, und er konnte in dieser Gesellschaft schlecht auf Alfred losgehen, mit dem er noch mehrere Hühnchen zu rupfen hatte. Außerdem war Heiligabend, da stritt man nicht, auch nicht über einen 3000 Euro teuren Pelzmantel. Also klopfte Linus mit den Fingerknöcheln zum Gruß auf die Tischplatte und gesellte sich zu der nachmittäglichen Runde.

Alfred nutzte die Gelegenheit: „Hey Linus. Ich habe ein Weihnachtsgeschenk für dich! Weil du immer so ein prima Kumpel bist und mir meine Macken verzeihst."

Linus wehrte ab: „Schleim dich bloß nicht ein. Das kannst du dir abschminken, dass ich dich zu mir einlade. Mein Heiligabend ist schon anderweitig verplant."

Darauf hatte Alfred gar nicht spekuliert. Er zog das schön verpackte Geschenk hervor, das er Linus zugedacht hatte. Die Hochfirst-Wirtin Eva hatte es ihm am Morgen fein in Geschenkpapier eingepackt.

„Aufmachen!", forderte Stromy. Er spekulierte auf weitere kulinarische Genüsse, die man am Stammtisch sofort hätte in Umlauf bringen können. Aber er lag falsch. Als Linus der Aufforderung nachkam und Alfreds Geschenk auspackte, fand er ein Buch mit schwarzem Einband und dem Konterfei des Spukforschers Walter von Lucadou: „Die Geister, die mich riefen."

„Vom Autor persönlich signiert", klärte Alfred auf. „Eine Rarität."

Linus knurrte unverständlich. Das war sicher nicht die Art von Geschenk, mit der er etwas anfangen konnte. Er war ein erklärter Lesemuffel. „Danke. Tolle Idee", murmelte er.

So verging der Nachmittag in der Spritz mit gegenseitigen Geschenken, mit Bier, mit Witzen und mit belanglosem Stammtischgeschwätz. Nach und nach machten sich die Stammgäste auf den Heimweg. Erst verschwand Knoddle, der Polizist, dann Karle, der Vollbart, dann Ties, dann Stromy. Dann ging auch Linus. Am Ende saß Alfred mit Peter Stichling alleine am Stammtisch. Alfred weihte Stichling in seinen Plan ein. Stichling war bereit, mitzuspielen.

„Jetzt aber leertrinken", befahl die Wirtin. „Wir schließen jetzt. Das letzte Bier geht auf mich."

Aus lauter Verzweiflung, weil sie nicht wussten, wo sie sich nach der Spritz noch hätten herumtreiben können, drängten sich Alfred und Peter Stichling mit den vielen Leuten ins Jakobusmünster zum abendlichen Weihnachtsgottesdienst. Sie fanden einen Sitzplatz in einer der vordersten Reihen. Obwohl der Kindergottesdienst gerade erst vorbei war und es noch über eine Stunde bis zur Christmette dauerte, waren schon fast alle Sitzplätze besetzt. Die Gottesdienstbesucher, die jetzt noch kamen, mussten links und rechts in den Gängen stehen.

Alfred erlebte erstmals seit vielen Jahren wieder einen Gottesdienst. Er war ja katholisch getauft, aber seit vielen Jahren abstinent. Wenn er überhaupt an etwas glaubte, dann daran, dass der Liebe Gott ihn vergessen hatte.

Stadtpfarrer Johannes Herrmann wählte für seine Weihnachtsansprache einen interessanten Einstieg: „Gell, wir freuen uns alle, dass der SC Freiburg so gut in der Tabelle steht. Ja, das ist auch eine Freude an Weihnachten." Dann aber schlug er gekonnt einen Bogen zum eigentlichen Kern seiner Predigt: „Nur der Sieg zählt. Nicht nur im Fußball. Aber was ist, wenn man verliert? Wenn man häufig verliert? Wenn man meint, der liebe Gott habe einen vergessen. Nichts will klappen im Leben. Nur Niederlagen. Man findet keine Herberge, die Mutter ist schwanger. Nur ein Stall in Bethlehem. Alles geht schief ...“

„Meine Güte“, dachte Alfred. „Kann der Kerl Gedanken lesen.“ Der Pfarrer sprach aus, was Alfred in seiner leicht bierseligen Weihnachtsstimmung melancholisch gegen die Kirchendecke starren ließ. Der Pfarrer zählte schmerzliche Lebensniederlagen auf, aus so vielen Alltagssituationen, dass jeder sich darin wiederfinden konnte: Schuljahr nicht geschafft, sitzengeblieben. Als Handwerker einen Auftrag nicht gekriegt. Von Freund oder Freundin verlassen. Den Job verloren. Er hatte sogar ein Beispiel aus seinem eigenen Metier: „Immer weniger Besucher im Gottesdienst. Das empfindet jeder Pfarrer als persönliche Niederlage. Ja, auch ich kenne solche Niederlagen.“ Dann folgte der Verweis auf Paulus und den Römerbrief 1,18-19: „Hier redet Paulus von den Niederlagen seines Lebens und es sind Niederlagen, die damit zusammenhängen, dass die Sünde uns immer wieder verführt und besiegt.“

Oh ja, wie Recht er hatte. Die Sünde! Die Lateinlehrerin. Was war daraus für eine Niederlage geworden. Alfred merkte es zuerst gar nicht, aber die Predigt fesselte ihn. Er fühlte sich ganz persönlich angesprochen. Der Pfarrer war schon längst irgendwo ganz anders: „Auch Petrus der Jünger erlebte seine größte Niederlage. Es war, als er den Herrn dreimal verleugnete. Doch Jesus Christus, Gottes Sohn, der in jener Nacht geboren wurde, die wir heute feiern, er verzieh ihm. Er baute ihn wieder auf: Weine nicht, Petrus, sagte er zu ihm. Weide meine Schafe. Und lerne, mich zu lieben und an mich zu glauben.“

Als Alfred schließlich nach dem Gottesdienst ganz benommen zusammen mit Stichling wieder ins Freie torkelte, war ihm nicht ganz klar, ob er vor Selbstmitleid zerfließen oder sich eher getröstet fühlen sollte. Jedenfalls war er von sehr weihnachtlicher Stimmung beseelt, etwas, was er sich nie hätte träumen lassen.

Unterhalb der Kirche waren der Rathausplatz und die Straßenkreuzung vor dem Rathaus überfüllt mit Menschen. Sie alle warteten auf das Weihnachtssingen – und Musizieren, das hier an Heiligabend Tradition hatte. Die Neustädter Stadtmusik stand auf der einen Seite des Rathausplatzes parat, der Männergesangverein Hochfirst auf der anderen Seite. Bürgermeisterin Folkerts trat vor das Rathausportal und hielt eine kleine Ansprache, bei der sie an die Bürgerinnen und Bürger ihrer Stadt appellierte, sie sollten zulassen und dafür sorgen, „dass es wieder mehr menschelt in unserer Stadt. Wenn es menschelt, dann ist das ein gutes Zeichen. Dann gehen die Menschen wie Menschen miteinander um …" So und ähnlich sprach die Bürgermeisterin, und Alfred fand, dass sie ihre Sache gut machte. Bei der Gelegenheit fiel ihm wieder ein, dass er vergessen hatte, sich um das Bild von der Kladde auf dem Bürgermeisterschreibtisch zu kümmern. Beim nächsten Mal! Die Stadtmusik spielte Weihnachtslieder. Der Männergesangverein sang Weihnachtslieder. Die Menschen auf dem Platz harrten aus. Alle waren friedlich gestimmt, hielten sich an den Händen oder standen Arm in Arm beieinander. Nur Alfred stand allein. Peter Stichling wollte er nicht in den Arm nehmen. Er hielt Ausschau nach bekannten Gesichtern. Nicht weit von ihm stand das Ehepaar Pollak, der Geschäftsführer vom BASF Hotel in Breitnau mit seiner Frau Petra. Alfred winkte, die beiden winkten zurück. Weiter vorne entdeckte er Rosi vom Dennebergstüble mit einem Rudel Enkelkinder um sich.

Dann sah er auch Peter von den Hornochsen und den Hinterkopf von Leuchter, seinem ehemaligen Chef.

Und dann entdeckte er Anna. Sie stand halblinks vor ihm, direkt beim Eingang zur Badischen Zeitung. Sie sah sehr schön aus. Ihr klares Gesicht strahlte im Widerschein der Lichter. Um ihren schwarzen Haarschopf hatte sie ein schlichtes Kopftuch gewunden. Die Arme hielt sie andächtig über dem Bauch gefaltet. Sie war alleine. Wo war Peter Sterzer? Alfred entdeckte ihn. Er sprang in der Menge herum und fotografierte wie ein Wilder. Er war im Dienst.

Alfred schlich sich durch die Reihen zu Anna hinüber: „Frohe Weihnachten!"

„Oh!" Sie schien sich sehr zu freuen. Sogleich hakte sie sich bei ihm ein. „Auch dir frohe Weihnachten, Alfred. Schön, dass du da bist." Das klang ehrlich. Alfred wusste gar nicht, wie ihm geschah. Ihre Nähe elektrisierte ihn. Sie war warm und weich. Ihre großen, schwarzen Haselnussaugen strahlten.

„Ist es nicht schön?", fragte sie. Der Männerchor sang: „Kommet ihr Hirten". Peter Sterzer war weit weg.

Anna drückte sich an Alfred. Sie seufzte. Er wusste vor lauter Verlegenheit nicht, wohin mit seinen Händen. Dann drückte sie ihm auch noch einen sanften Kuss auf die Wange. „Du siehst süß aus", kicherte sie. „So habe ich dich immer gemocht."

„Anna, du spielst mit mir", beschwerte sich Alfred zaghaft. „Ich kenne dich gar nicht wieder. Was ist mit dir los."

Statt einer Antwort kicherte sie nur fröhlich und drückte sich noch fester an ihn. Die Stadtmusik spielte herzerweichend „Stille Nacht, heilige Nacht". Etwa bei der Stelle „Holder Knabe im lockigen Haar", bekam Alfred von Anna den süßesten Kuss seines Lebens. Sie küsste ihn auf den Mund, und es war kein züchtiger Kuss. Alfred erwiderte die

Weihnachtsbescherung. Vom Rathausplatz erscholl „Christ, der Retter ist da! Christ, der Retter ist da!"

Endlich lösten sie sich. Anna schnaufte heftig und triumphierend. Ihre Nasenflügel bebten. Sie sah so wunderbar aus, dass Alfred sie am liebsten gleich noch einmal geküsst hätte. Stattdessen fragte er hilflos: „Aber ... was? Was ist ... Du bist verheiratet. Wenn uns Peter Sterzer sieht, dein Mann."

Mit ungewöhnlicher Schärfe fauchte sie: „Peter betrügt mich mit einer Anderen." Gleichzeitig lächelte sie wie eine Fee. „Alles gut!", sagten ihre Augen. „Frag nicht weiter nach."

„Au weia!", kommentierte Alfred. Und innerlich dachte er: „So eine Scheiße!"

„Wirst du ... willst du dich ... von ihm trennen?"

„Wo denkst du hin", sagte sie leichthin. „Ich bin schwanger." Da sollte einer aus den Frauen schlau werden. Alfred spähte herum, ob die Luft noch rein war. Aber Peter Sterzer turnte vorne für jedermann gut sichtbar auf dem Rathausbrunnen herum und schoss Fotos. Der war weit weg. Keine Gefahr.

„Er betrügt dich, aber du willst bei ihm bleiben. Weil du ein Kind von ihm kriegst. Ist es so?"

„Ungefähr!" Sie lächelte immer noch fröhlich, als habe sie soeben eine wunderbare Nachricht verkündet.

„Weiß er, dass du es weißt?"

„Nein!", jetzt hörte Alfred zum ersten Mal so etwas wie Wut und Enttäuschung aus Annas Stimme heraus. „Er hat eine Affäre mit einer kleinen rotznasigen Volontärin. Und er glaubt, keiner merkt es. Er ist ein ... ein ...", sie schnaubte verächtlich.

„Das verstehe ich nicht. Das lässt du dir einfach so gefallen."

„Nein, natürlich nicht!"

„Was willst du dann tun?"

„Ich werde ihn auch betrügen, ist doch klar."

„Uuups!" Beinahe hätte es Alfred flach hingelegt. Nur weil er noch mit Anna untergehakt war, blieb er auf den Beinen. Der Männerchor sang: „Ihr Kinderlein kommet!" Und Alfred schwante Unheimliches. Aber er sprach es nicht aus. War Anna etwa deswegen in letzter Zeit so nett, so zutraulich, so zärtlich zu ihm gewesen? Hatte sie einen Plan? Es war fast zu befürchten. Anna hatte immer einen Plan.

Nun aber kam Peter Sterzer angetrabt. Sein Job war beendet. Mit breitem Grinsen, wie es immer zu seinem Mondgesicht gehörte, strahlte er Alfred an: „Frohe Weihnachten, alter Kumpel!" Alfred hätte kotzen können. Sterzer war immer freundlich. Aber er war immer ein Arschloch. Jetzt noch mehr als sonst. Wie konnte er es wagen, Anna zu betrügen. Am liebsten hätte Alfred die Fäuste ausgepackt. Aber Annas warnende Blicke hielten ihn davon ab. Sie verabschiedete sich von Alfred, als wäre nichts gewesen: „Schönen Abend noch, Alfred. Feiere schön. Wir sehen uns, ja?" Der letzte Satz klang wie eine Abmachung. Wie ein Versprechen. Wie ein Hilferuf.

Anna und Sterzer entfernten sich. Der Platz schien sich langsam zu leeren. Da sah Alfred plötzlich von der Hauptstraße her eine seltsame Prozession heraufziehen und sich ihren Weg durch die Menge bahnen. An der Spitze ging eine junge Frau mit aufgespanntem Regenschirm, an dessen Spitze ein rot-weißes Fähnchen flatterte. Den Schirm hob die Frau hoch über ihren Kopf und kam so durch die Menge die Scheuerlenstraße heraufgeschritten. Es handelte sich um eine Asiatin. In Ihrem Schlepptau hatte sie eine Horde tratschender und schnatternder Landsleute, etwa 25 bis 30 Chinesen, die mit freudig gezückten Kameras und vorgespanntem Mundschutz unterwegs waren, um sich den Weg durch dieses seltsame Weihnachtssingen zu bahnen. Die Touristen aus Westchina, von denen Alfred in der Badischen Zeitung gelesen hatte. Sie waren auf dem Weg ins Chinarestaurant zum goldenen Löwen, direkt oben an der Ecke gegenüber dem Jakobus-Münster.

Das war ein seltsamer, äußerst kurioser Anblick. Auf der einen Seite die andächtigen Besucher des Weihnachtssingens, die meisten kurz vor dem Heimweg zur Bescherung im familiären Wohnzimmer. Auf der anderen Seite die fröhliche Schar neugieriger Asiaten, die diesen Auflauf wie eine extra für sie inszenierte touristische Attraktion begafften und fotografierten, und dabei nicht merkten, dass sie mit ihrem Auftritt selbst zur Attraktion für die Einheimischen wurden. Zusammenprall der Kulturen. Und dann noch eine Überraschung für Alfred: Am Ende des Zuges ging wiederum ein Regenschirm mit Fähnchen, aber er wurde nicht von einem Asiaten hochgehalten, sondern von keinem Geringeren als Hugo. Er trug einen Mundschutz, der sein halbes Gesicht verbarg, und ein Käppi, unter dem sein Haarschopf verborgen blieb. So konnte man ihn auf den ersten Blick kaum von den Asiaten unterscheiden. Lediglich sein breiter Seemannsgang und vor allem sein kastenförmiger Oberkörper verrieten ihn. Aber Alfred war sich sicher. Er erkannte den WG-Genossen sofort. Vor allem auch wegen seines Begleiters, des schmächtigen Leo, der in gezierten Trippelschritten daherkam, und hinter Mundschutz, Mütze und Sonnenbrille offenkundig ebenfalls versuchte, einen Asiaten zu mimen. Es gab keinen Zweifel: Diese beiden Halunken versuchten, sich unter die asiatische Touristengruppe zu mischen und sich in diesem Haufen zu verstecken. Aber zu welchem Zweck?

„Wir folgen ihnen", entschied Alfred spontan und zerrte Peter Stichling mit sich. „Da steckt was dahinter." Er kannte seinen Pappenheimer Hugo nur allzu gut.

Und so marschierten sie in das Gasthaus zum Goldenen Löwen ein.

Dort war für die Gäste aus Westchina reserviert. Das gesamte Restaurant, stilecht mit holzgetäfelter Kassettendecke, vollgestopft mit Schnitzereien, Drachen, Löwen, Schlangen Buddhas und fragilen Lampenschirmchen, stand exklusiv dieser exotischen Weihnachtsgesellschaft zur Verfügung. Hugo und Leo hatten sich frech zu einer Gruppe Asiaten an den Tisch gesetzt, als gehörten sie dazu. Alfred und Stichling wurden am Eingang von einer freundlichen Geisha abgefangen: „Gehören Sie dazu?", fragte sie in reinstem Deutsch. „Wir haben heute Abend eine geschlossene Gesellschaft."

„Wir gehören dazu", behauptete Alfred frech. Und weil er sich am Morgen bei der Zeitungslektüre einiges gemerkt hatte, fügte er hinzu: „Wir gehören zum Hofgut Sternen. Dort wohnt die Gruppe. Wir haben das Programm zusammengestellt. Betreuer sozusagen."

„Ah, ja! Dann herzlich willkommen." Alfred und Stichling wurden eingelassen. Schnell tauchten sie in das dämmrige Lokal ein und nahmen zwei freie Plätze am Tisch von Hugo und Leo ein.

„Salem Aleikum", grüßte Alfred halblaut und ließ eine fernöstliche Verbeugung mit gefalteten Händen folgen. „Oder wie sagt man bei euch Chinesen?" Die Frage war natürlich an Hugo und Leo gerichtet, denn die restlichen Gäste am Tisch verstanden kein Wort. Die Asiaten unterhielten sich in ihrer Landessprache und nahmen keine Notiz von Hugo, Leo, Alfred und Stichling.

Hugo fiel die Kinnlade herunter, als er Alfred erkannte. Leo schien ungerührt. Er antwortete auf Alfreds Gruß mit einem gekonnten „Wanshang hao; Nin hao!"

„Wow", staunte Alfred. „Du sprichst Chinesisch. Oder tust du nur so?"

Leo nahm die Sonnenbrille ab, die er bis ins Restaurant auf der Nase getragen hatte: „In der marxistisch- maoistischen Weltgemeinschaft lernt man so mancherlei", verkündete er vielsagend. „Ich spreche immer die Sprache des Volkes."

Es klang ein bisschen irre. Alfred staunte erneut, was für ein Milchgesicht Leo war. Er hatte kein einziges Barthaar, und der ganze Kerl war nicht einmal eine halbe Portion. Selbst die zierlichen Asiaten, die mit am Tisch saßen, wirkten robuster und handfester als dieser Hänfling.

„Was treibt ihr hier?", fragte Alfred, während die Bedienung in niedlichen kleinen Gläschen ein Begrüßungsgetränk auftrug, das aussah wie umgekippte Buttermilch und auch so roch.

„Siehst du doch", erwiderte Hugo frech. „Wir feiern Weihnachten. Heute gibt es Weihnachtsgans."

„Ha, ha, sehr witzig."

Aber Hugo meinte es ernst. Er erklärte es Alfred. Er habe am Morgen in der Zeitung von dieser asiatischen Gruppe gelesen und dann mit Leo beschlossen, dass dies eine gute Gelegenheit sei, kostenlos zu einem Weihnachtsmenü zu kommen. „Weißt du nicht, solche Gruppen sind meistens pauschal gebucht und mit ungewissen Teilnehmerzahlen. Es fehlt immer jemand, oder es kommt kurzfristig noch jemand dazu, das wissen die Restaurants. Also fragen sie nicht lange." Er habe also mit Leo den Plan ausgeheckt, sich ein bisschen asiatisch zu verkleiden, sich dann bei der Busankunft der Reisegruppe in der Hauptstraße unter sie zu mischen, um dann mit ihr in den goldenen Löwen zu marschieren und dort am Weihnachtsessen teilzunehmen. „Du siehst ja, es hat geklappt!", so endete Hugo seine Zusammenfassung.

Es gab eine spezielle Vorspeisenauswahl mit Frühlingsröllchen, Wantan, Hühnerspieß, Ha Kau, Siu Mai und Salat, dann als Hauptgang knusprige Ente mit verschiedenem Gemüse und als Nachspeise frittierte Banane. Bevor aber serviert wurde, hielt ein älterer Herr aus der Asiatengruppe eine feierliche Ansprache, die von viel Beifallsbekundungen und zustimmenden Rufen begleitet wurde, und die damit endete, dass alle ihr Glas mit der umgekippten Buttermilch erhoben und auf Buddha, Mao, Xi Jinping, Chackie Chan oder Bruce Lee anstießen. So ganz genau erschloss sich das nicht und Leo weigerte sich zu übersetzen.

Anstandslos wurden Alfred, Stichling, Hugo und Leo so bedient, als gehörten sie zur Reisegruppe. Alfred musste zugeben, dass Hugos Art, sich selbst zu einem Weihnachtsfestessen einzuladen, etwas für sich hatte. Bei Hugo überraschte ihn nichts mehr. Dennoch konnte er sich ein Sticheln nicht verkneifen, als die Frühlingsröllchen mit Beilagen serviert wurden: „Schmeckt besser als aus der Wurstbüchse, oder?"

Hugo und Leo warfen sich Blicke zu. „Was willst du damit sagen?", fragte Hugo vorsichtig. Alfred antwortete nicht gleich. Er war abgelenkt durch die Formen, Farben und Gerüche, die sich auf seinem Teller darboten. „Was ist das?", wollte er wissen, und stocherte dabei in einem gelblich-weißen Teig, der die Form von Muscheln hatte und von dem eine grünliche Soße abtropfte. Leo klärte auf: „Frittierte Knödel."

„Und das da? Sind das Chips?"

„Nein. Das sind Teigtaschen. Süß-sauer!"

Alfred verzog das Gesicht. Bislang war das für ihn noch kein Weihnachtsessen. Eher eine Mutprobe. „Und das hier?" Er hatte eine weitere rätselhafte Form auf seinem Teller entdeckt.

„Schweinefleisch in Ingwer in Teig. So etwas wie bei uns fleischgefüllte Pasteten."

Was hätte Alfred für eine simple fleischgefüllte Pastete gegeben. Er traf die konsequente Entscheidung, die Vorspeisen komplett auszulassen und sich ganz auf die angekündigte knusprige Ente zu konzentrieren. Bis dahin trank er umgekippte Buttermilch.

„Ihr wart wieder im Goodwood-Büro", erinnerte Alfred. „Wir hatten eigentlich ausgemacht, dass ihr untertaucht."

„Im Zug war es so kalt. Und nachts fahren keine Züge", entschuldigte sich Hugo. „Willst du, dass wir erfrieren? Wir waren nur nachts dort. Früh am Morgen sind wir immer abgehauen."

Leo schielte auf Alfreds Teller: „Isst du das nicht?", fragte er kauend, während er einen weiteren Bissen vom Hühnerspieß in den Mund stopfte. Alfred schob ihm erleichtert seinen Teller hin. „Hier, nimm!" Es war erstaunlich, welche Mengen dieses halbe Hemd vertilgen konnte.

Wie beiläufig fragte Leo: „Und? Wie weit bist du mit deinem Mordfall? Alles aufgeklärt?"

Alfred zwinkerte Stichling zu. Jetzt musste der Wissenschaftler mitspielen. Sie hatten sich zuvor abgesprochen.

Stichling sprach: „Wir werden den Mörder noch heute Nacht überführen.

Diese Ankündigung genügte, um Leo und Hugo beim Essen innehalten zu lassen. „Wie? Was? Erzähl?" Leo war ganz Ohr.

Alfred berichtete daraufhin in aller Ausführlichkeit von den Materialforschungen, die Peter Stichling an der Tarnfarbe im Turm vorgenommen hatte, vom Tarnanstrich im Zweiten Weltkrieg, von der besonderen Zusammensetzung der Farbe, von ihren ungewöhnlichen Eigenschaften, von ihrer

Fähigkeit, über Jahrzehnte hinweg Funksprüche aufzuzeichnen und zu speichern."

„Und nicht nur Funksprüche", sagte Stichling in wissenschaftlichem Ernst. „Das Material speichert in einem bestimmten Frequenzbereich auch menschliche Stimmen. Alles, was dort gesprochen wird."

„Alles?", fragte Leo ungläubig.

„Ziemlich sicher, alles!", bestätigte Stichling. „Aber es gibt ein Problem. Man kann die gespeicherten Töne nur bei bestimmten Wetter- und Temperaturverhältnissen abrufen. Niedriger Luftdruck, wie er im Winter herrscht, Minustemperaturen unter minus zwei Grad Celsius, Luftfeuchtigkeit über 80 Prozent. Nur dann funktioniert es."

Leo machte große Augen. Er schluckte schwer, so dass sein Adamsapfel hüpfte wie eine Flipperkugel. „Und das wollt ihr heute Nacht noch machen?"

Stichling nickte: „Allerdings erst gegen Morgen. So etwa gegen 5.30 Uhr herrschen die idealen Verhältnisse. Wir haben das die letzten Tage schon exakt gemessen."

Jetzt mischte sich Alfred ein: „Und stell dir vor, wenn wir mit Stichlings Methoden oben auf dem Turm, auf der Plattform die gespeicherten Töne abrufen, dann werden wir auch alles hören, was dort vor vier Wochen gesprochen wurde. In der Nacht, als Markus Haber ermordet wurde. Alles! Und anhand der Stimmen haben wir dann den Mörder und das Tatmotiv."

Einen Moment lang war es still am Tisch. Von den Nachbartischen lärmte das Geschnatter der fröhlichen Asiatengesellschaft herüber. Alfred und Stichling sahen sich unauffällig an. Hugo grinste und drehte sich eine Zigarette. Er wusste hoffentlich, dass er zum Rauchen nach draußen gehen musste. Leo blieb stumm. Er schien nachzudenken. Dann fragte er: „Woher wollt ihr wissen, dass der Mörder oben auf dem Turm mit seinem Opfer gesprochen hat? Vielleicht gibt es gar keine Töne? Keine Töne, keine Stimmen, keine Beweise?"

Lauernd fragte Alfred zurück: „Was ist deine Theorie? Haben sie gesprochen, Mörder und Opfer, oder nicht?"

Jetzt verstummte Leo endgültig. Aber seine Augen flackerten unruhig. Irgendetwas beschäftigte ihn. Er schien auch plötzlich den Appetit verloren zu haben, denn noch bevor die knusprige Ente serviert wurde, erhob er sich: „Für mich ist gut! Ich glaube, ich habe zu viel Ha Kaun und Siu Mai gegessen. Ich bin pappsatt! Ich verdrück mich!"

„He, halt, Alter! Wo willst du hin?", beschwerte sich Hugo. „Kannst doch jetzt nicht einfach so verschwinden. Was ist mit der Weltrevolution? Wollten wir nicht einen Plan machen?"

Leo winkte ab. Er wirkte verlegen und irgendwie durch den Wind. „Sorry, muss noch was erledigen. In Freiburg. Wenn ich mich spute, erwische ich noch den letzten Zug. Weltrevolution ein andermal."

Er ließ sich nicht abbringen. Hugo ging mit ihm nach draußen. Als er nach einer Zigarettenlänge zurückkehrte, schüttelte er den Kopf: „Nichts zu machen. Der Blödmann hat sich plötzlich an seine Oma erinnert, die an Heiligabend ganz alleine in Freiburg im Altersheim sitzt. Dort will er jetzt noch hin."

Alfred rieb sich die Hände, denn jetzt kam die knusprige Ente auf den Tisch. „Soll er doch wegbleiben. Er weiß gar nicht, was ihm entgeht", kommentierte er und besah sich seine Portion. Seine Vorstellung von „knuspriger Ente" speiste sich im Wesentlichen durch seine Erfahrungen mit dem fahrenden Hähnchengrill, der regelmäßig vor dem Netto-Markt in Neustadt stand. Ein knuspriges Grillhähnchen und eine knusprige Ente, so Alfreds Erwartung, dürften sich ja wohl kaum unterscheiden.

Das taten sie aber. „Was ist denn das für eine Sauce auf dem Fleisch?", fragte er entsetzt, als er sich das servierte Stück etwas genauer besah.

„Es ist Ente in Thai Kokoscurry", klärte Stichling auf, der sich dazu die festliche Menükarte zu Hilfe genommen hatte, die gleich in drei Sprachen erläuterte, mit welcher exquisiten Spezialität die Gäste es zu tun hatten. „Es ist auch noch Sesamöl und Erdnussbutter mit drin."

„Ich will es gar nicht wissen, wehrte Alfred ab. Er kratzte die Sauce von seinem Fleisch und suchte nach Anzeichen von knusprig. Er hatte eine schöne, kross gegrillte Haut erwartet. Aber die Ente war ihrer Haut beraubt und lediglich das Fleisch war knusprig angebraten. Aber durchtränkt mit einer Sauce, die Alfred sich weigerte zu probieren. Der Anblick reichte ihm. Er wandte sich an die Bedienung: „Kann man bei Ihnen auch ein Bier bekommen?"

„Abbaselfvestendlich", lispelte die Bedienung, und wenig später stand ein frisch gezapftes Ganter Bier vor Alfred. Er prostete Stichling zu: „Auf heute Nacht!"

Stichling prostete mit umgekippter Buttermilch zurück: „Auf heute Nacht!"

# DIE TURMFALLE

Der Wecker klingelte. 5 Uhr! Alfred fuhr aus den Federn, als habe man ihm einen Stromschlag verpasst. Nach dem Abend im goldenen Löwen war er ziemlich hungrig mit Stichling zurück auf den Hochfirst gefahren. Hugo hatte sich mit unbekanntem Ziel verdrückt. Alfred hatte vor Anspannung und Aufregung lange nicht einschlafen können. Und als er dann endlich doch in tiefen Schlaf versank, war die Nacht auch schon vorbei und der Wecker warf ihn wieder aus dem Bett.

Im Hochfirst Rasthaus war noch alles still. Die Wirtsleute schliefen, die übrigen Gäste schliefen, Peter Stichling schlief. Nur Alfred war schon wach. Er schlüpfte in seine Kleider. Zuletzt zog er sich den gelben Daunenanorak über. Es würde kalt werden. Alfred schlotterte bereits, wenn er nur an den kalten Turm dachte. Doch jetzt hatte er es angefangen, jetzt musste er es auch durchziehen.

Es wurde ernst!

Alfred war sich sicher, dass der Mörder im Turm auf ihn warten würde. Die Falle war perfekt gestellt. Und es gab für Alfred auch keine Zweifel mehr, wer der Mörder war. Er schlich an Peter Stichlings Zimmertür vorbei. Leises Schnarchen verriet, dass Stichling selig schlummerte. Alfred benötigte ihn nicht für seinen Plan. Stichling durfte weiterschlummern. Über die knarzenden Stufen stieg Alfred nach unten und verließ das Rasthaus. Noch lag die Nacht über dem Hochfirst. Es war kalt. Wie vorhergesagt herrschten Minustemperaturen. Die Sterne blinkten desinteressiert am nächtlichen Firmament. Sie waren weit weg. Das hier ging sie nichts an.

Alfred betrachtete den Turm, der wie ein schwarzer Krieger in den Nachthimmel emporragte. Er stand da wie seit über hundert Jahren. Kalt, unnahbar, technisch. Er hatte nichts Warmes. Er bestand aus Eisen, aus Blech, aus stählernen Trossen. Wie eine startbereite Rakete. Nur dass er keine Innereien besaß. Lediglich eine Treppe hinauf und eine Treppe hinab. Seelenlos. Alfred ging zum Eingang. Die Tür war verschlossen. Er besaß einen Schlüssel und schloss auf. Ein letztes Mal drehte er sich um und saugte das Bild vom Hochfirst Rasthaus und der dahinter aufragenden Bäume auf. War das wirklich eine gute Idee? Sollte er es wagen? Er wusste, dass er sich in Gefahr begab. Er hatte es mit einem Mörder zu tun. Aber er wähnte sich im Vorteil. Die Überraschung, so glaubte er, die Überraschung lag auf seiner Seite. Vorsichtig tastete er sich die Treppe empor. Seine Schritte hallten durch den ganzen Turm. Wenn sich tatsächlich der Mörder im Turm aufhielte, dann wusste er jetzt, dass jemand sich an dem Aufstieg gemacht hatte.

Alfred ließ sich Zeit. Nach den ersten zehn Stufen legte er eine Pause ein und lauschte. Nichts! Er nahm zehn weitere Stufen. Dann lauschte er erneut. Der Turm ächzte an seinen schweren Stahltrossen und machte Geräusche wie ein müder Hochofen. Aber er sonderte keine Stimmen ab. Und auch sonst keine weiteren Zeichen von der möglichen Anwesenheit anderer Menschen.

Ungefähr nach 50 Stufen hatte Alfred das Gefühl, es beobachte ihn jemand. Aber das war unmöglich. Es war dunkel im Turm. Und nach ihm hatte niemand den Turm betreten. Über ihm war es still. Da hörte er ein Pochen. Ein Klopfen, Schaben, Kratzen. Jemand war da. Es war jemand im Turm. Auf der anderen Treppe. Direkt Alfred gegenüber. Er vermeinte fast, einen Menschen zu riechen, Atemzüge zu hören. Wenn er selbst eine Treppenstufe nahm, dann klang es so, als stiege auf der anderen Treppe ebenfalls jemand um eine Stufe nach oben. Aber sobald er stehen blieb, um zu lauschen, wurde es auf der anderen Seite ebenfalls still. Auf diese Weise stieg er die nächsten zwanzig Stufen empor. Wer oder was auch immer sich auf der Gegentreppe befand, stieg ebenfalls aufwärts. Alfred machte sich keine Illusionen. Der oder die Unbekannte gegenüber musste ihn ebenfalls hören, genauso gut, wie er den Anderen hörte. Er klopfte mit der Faust gegen die Metalltreppe. Nichts geschah. Er trat mit dem Stiefel gegen das Blech. Keine Reaktion, keine Antwort. Da spielte jemand Katz und Maus mit ihm.

Alfred stieg weiter auf. Er hatte einen Plan. Es war seine Falle. Also durfte er sich nicht irritieren lassen. Er musste das Ding so durchziehen, wie er es sich vorher ausgemalt hatte. Also kletterte er die steilen Stufen empor, bis er oben am Ausstieg angelangt war. Auf der gegenläufigen Treppe verrieten die Schritte, dass auch dort jemand bis nach oben gestiegen war.

Der Moment der Wahrheit. Alfred stieß die Tür zur Plattform auf. Er trat ins Freie. Vor ihm stand Leo, der militante Marxist, Hugos Kumpel.

„Hab ich's gewusst", sagte Alfred und kletterte gänzlich auf die Plattform hinaus. Es lag eine dünne Decke Schnee und es war bitter kalt. Leo schlotterte wie ein Hund, der versehentlich zwei Tage in einem Gefrierwagen eingeschlossen war.

„Was hast du gewusst?", fragte Leo lauern. „Und wo ist dein Kumpel, der Wissenschaftler?"

„Ich habe gewusst, dass ich dich hier oben treffen würde." Alfred versuchte, Leo direkt in die Augen zu schauen. Aber das ging nicht, weil dieser seinem Blick auswich. „Ich wusste, dass dir das keine Ruhe lässt. Wenn der Turm Informationen speichert, die wir abrufen können. Dann bist du geliefert. Dann kommt heraus, dass du Markus Haber ermordet hast."

Leo reagierte erstaunlich ruhig: „Ich bin hier, weil mich das Experiment interessiert."

„Ha, ha!" Alfred lachte theatralisch. „Du bist hier, um das Experiment zu verhindern. Genau deswegen habe ich dir ja davon erzählt."

Leo fragte erneut: „Wo ist Stichling? Wann macht er seine Aufzeichnungen."

„Fehlanzeige!", sagte Alfred triumphierend. „Stichling liegt im Bett und schläft. Es geht um dich. Dass du hier bist, ist dein Geständnis, du hast dich verraten. Du bist gekommen, um das Experiment zu verhindern, das dich als Mörder entlarven würde. Aber dieses Experiment gibt es gar nicht."

Leo sah ziemlich blau angelaufen aus. Er war durchgefroren wie ein vor der Haustür vergessener Hund. Er zitterte und bibberte. Vermutlich hatte er schon mehrere Stunden im Turm gewartet, vielleicht sogar seit er so Hals über Kopf am Abend aus dem goldenen Löwen geflüchtet war. Genau dies war Alfreds Absicht gewesen, deswegen hatte er auch das Experiment auf den frühen Morgen gelegt. Der Mörder sollte gezwungen werden, die halbe Nacht im Turm zu warten. Dieser Plan war aufgegangen. Aber Leo sah sich noch lange nicht als überführt an: „Du hast null Komma null Beweise. Das ist alles Schwachsinn, was du da erzählst. Mich hat dieses Experiment interessiert, deshalb bin ich gekommen."

„Das hättest du aber einfacher haben können. Du hättest nicht die ganze Nacht im Turm verbringen müssen."

Leo dachte über den Einwand nach, fand aber keine schlüssige Ausrede. Also räumte er ein: „Ja, war blöd von mir. Beweist aber gar nichts. Ich wollte halt niemandem zur Last fallen."

Alfred schaute kurz über das Geländer der Aussichtsplattform. Es ging beängstigend weit nach unten. Er stellte sich lieber an die Wand zum Treppenhaus. Er traute Leo nicht. Aber er wollte ihn in die Enge treiben: „Mir machst du nichts vor, Leo. Du hast dich mehrfach verraten."

„So, so", spottete Leo. „Das möchte ich mal wissen, wo das gewesen sein soll."

Jetzt hatte Alfred ihn da, wo er ihn haben wollte: „Also pass auf", sagte er. „Als wir damals die Flucht ergriffen haben, nach dem Brandanschlag auf den Schluckspecht, da hast du doch die Turmschlüssel in der Geldkassette gefunden. Erinnerst du dich."

Misstrauisch bestätigte Leo: „Jjjj ... jaaa!"

„Und dann hast du ungefragt gesagt, diese Schlüssel könnten doch zu unserem Turm passen. Wörtlich hast du gesagt, das sind die Schlüssel für euren Turm da oben."

„Ja und?"

Triumphierend sagte Alfred: „Das war zu einem Zeitpunkt, wo du noch gar nichts wissen konntest von diesem Turm. Ich hatte noch überhaupt nichts erzählt. Du hast mehr gewusst, als du eigentlich wissen durftest."

Leo lachte scheppernd. „Ha, ha! So ein dünnes Argument. Ich habe das alles von Hugo schon erfahren. Da brauchte ich dich nicht dazu. Träum weiter, Junge."

Alfred wusste, dass das nicht stimmen konnte. Auch Hugo hatte damals noch überhaupt nichts vom Mordfall im Turm und von Alfreds Recherche gewusst. Aber es stimmte, das Argument war noch sehr dünn. „Das ist nicht alles", sagte er deshalb.

„Aha? Bin sehr gespannt." Leo verschränkte die Arme vor der Brust und sah nicht so aus wie ein überführter Mörder. Im Gegenteil. Jetzt, wo er sah, dass es das Stichling-Experiment gar nicht gab und dass Alfred alleine auf den Turm gestiegen war, bekam er direkt wieder Oberwasser.

„Du hast im Büro bei Goodwood plötzlich die Kabelbinder gehabt. Die gleichen Kabelbinder, die beim Mord benutzt wurden."

„Die stammten von den Nazis. Habe ich doch erzählt. Die waren in der Geldkassette."

Jetzt war es an Alfred, zu triumphieren: „Das kann nicht stimmen. Das waren deine Kabelbinder. Wären sie wirklich in der Geldkassette gewesen, dann wären sie bei dem Brand zu einem Plastikklumpen zusammengeschmolzen. Glaub mir, ich habe das ausprobiert. Erst gestern habe ich das in einem Feuer getestet. Deine Kabelbinder waren aber vollkommen unversehrt. Niemals waren die in der Kassette, die Hugo aus der brennenden Kneipe gerettet hat."

Ein wenig schien Leo verunsichert. Er grinste schief. „Noch mehr solche lächerlichen Beweise."

Sie hielten Abstand zueinander. Leo stand links der Ausstiegstür, Alfred rechts davon. Alfred legte nach: „Du hast hier im Hochfirst Rasthaus übernachtet. Und zwar schon vor dem Mord. Mehrere Tage, an denen du die Nazis belauscht und deinen Mordplan ausgeheckt hast. In dem Zimmer, in dem du übernachtet hast, hast du deine restlichen Kabelbinder vergessen. Sie lagen noch im Nachttisch."

„Jetzt wird es langsam lächerlich", erwiderte Leo. Aber Alfred ließ nicht mehr locker: „Ich habe dich im Gästebuch gefunden. Du hast zwar nicht unter deinem richtigen Namen eingecheckt, aber du hast dich trotzdem verraten."

Zum ersten Mal wirkte Leo unsicher. „Was soll der Scheiß?"

„Sagt dir der Name Wladimir Iljitsch was?" fragte Alfred scharf. „Der Name stand im Gästebuch. Wer außer dir würde sich so nennen. Wladimir Iljitsch! Nach dem Genossen Lenin. Der Name hat dich verraten."

„Alles Mutmaßungen und Hirngespinste". Leo trat einen Schritt näher an Alfred heran: „Das hat vor keinem Gericht der Welt Bestand. Nur Mutmaßungen, keine Beweise."

Alfred holte seinen nächsten Trumpf hervor: „Ich habe nach dem Abend im Schluckspecht dem Wirt des Rasthauses die Bilder gezeigt, die ich im Schluckspecht gemacht habe. Alle Bilder, die ich von uns und von den Nazis gemacht habe."

„Na und?"

„Ja stell dir vor, er hat alle Personen darauf erkannt, die schon mal bei ihm im Gasthaus waren oder bei ihm übernachtet haben. Und einer davon warst du. Er hat dich sofort wiedererkannt. Das könnte er sicher auch einem Richter erzählen." Triumphierend fügte Alfred hinzu: „Und deswegen hast du dich auch mit Händen und Füßen gewehrt, als ich dir und Hugo mein Zimmer im Rasthaus angeboten habe. Dann hätten die Wirtsleute dich ja sofort erkannt. Und es wäre klar geworden, dass du schon einmal hier oben warst."

Leo antwortete nicht sofort. Alfred wartete auf eine Reaktion, auf eine Antwort. Das Wortspielen und Kräftemessen war bislang so spielerisch vor sich gegangen, dass er unvorsichtig geworden war. Leo stand direkt neben ihm. Alfred rechnete mit einer frechen Antwort, aber nicht mit der unvermittelten und entschlossenen Attacke, die nun folgte. Leo stürzte sich auf ihn, packte seinen rechten Arm und schloss mit geübten Griffen und in ungeahntem Tempo Alfreds Armgelenk mit einem Kabelbinder an die Turmtür an. Der Kabelbinder kam wie von Zauberhand in Leos Hand. Aus der Jackentasche? Es ging alles so schnell, Alfred bekam die Details gar nicht mit. Ebenso schnell griff Leo nach Alfreds linkem Arm und hatte auch diesen mit einem Kabelbinder an einer Strebe des Turmaufbaus festgemacht, ehe Alfred überhaupt realisierte, was geschah. So schnell war Alfred noch nie in seinem Leben außer Gefecht gesetzt worden.

Einen Kabelbinder bekommt man nicht durch Zerren und Reißen kaputt, auch nicht durch Beißen, obwohl Alfred mit den Zähnen gar nicht dran kam. Man kann sich die Handgelenke wund schürfen. Damit wird man die Fessel eines Kabelbinders immer noch nicht los. Das wusste Leo und das wusste Alfred. Alfred war Leos Gefangener. Leo zückte ein Taschenmesser, dessen fingerlange Klinge bedrohlich glänzte.

„Du bist ein ganz besonderer Schlaumeier", sagte der schmächtige Jüngling. Er bückte sich blitzschnell und fixierte nun auch Alfreds rechten Fuß. Wie blöd war Alfred. Er wurde so überrumpelt, dass er keinerlei Gegenwehr leistete. Und schon war auch der linke Fuß mit einem Kabelbinder festgezurrt. Alfred hing am Hochfirstturm wie ein gekreuzigter Ketzer.

„Das war's für dich!", sagte Leo kalt. „Wieso musst du deine Nase in Dinge stecken, die dich nichts angehen."

Alfred war immer noch nicht vollständig über den Ernst der Lage im Klaren. Er behauptete frech: „Das ist nun eindeutig ein Geständnis. Aus der Nummer kommst du nicht mehr heraus."

Leo zischte warnend: „Ich komme schon raus. Nur du nicht." Er zückte aus seiner Jackentasche eine Rolle Panzerband, schnitt mit dem Taschenmesser einen Streifen ab und klebte ihn Alfred quer über den Mund. „Wird Zeit, dass du die Klappe hältst!"

„Mmmh … mmmmhhh ….mmmm", beschwerte sich Alfred.

Leo warf einen Blick über das Geländer. Seine Sorge galt dem Rasthaus. Aber dort war noch alles dunkel. In aller Ruhe wandte er sich wieder Alfred zu.

„Es stimmt", räumte Leo schließlich ein, nachdem er Alfred eine Weile begutachtet hatte und endgültig für ungefährlich befand. „Es stimmt, ich war hier im Rasthaus einquartiert. Natürlich habe ich diese rechten Idioten belauscht. Ich war den Kerlen schon länger auf der Spur. Ich sage dir was: Ich wollte einen von ihnen umbringen, denn das dient der gerechten Sache. Sie sind Nazis, rechte Socken der schlimmsten Sorte. Es ist um keinen von ihnen schade. Eigentlich hatte ich es auf Django oder Bruno abgesehen."

„Mmmh … mmmmhhh … mmmm", kommentierte Alfred.

„Sie waren so heiß auf den Turm und die Stimmen im Turm, dass mir klar war, dass irgendwann einer von den Kerlen da hinaufgehen würde. Sie hatten ja ständig von dieser Mutprobe geredet. Wer traut sich? Wer geht alleine hinauf? Wer hat keine Angst? – Ha, alle hatten sie Schiss. Aber ich wusste, irgendwann würde der Erste es wagen."

„Mmmh … mmmmhhh … mmmm."

„Und so konnte ich in aller Ruhe meine Sache vorbereiten. Die Löchlein bohren, den Kabelbinder schon mal einfädeln, die Turmschlüssel besorgen. Und dann musste ich die Kerle nur noch belauschen, um zu wissen, wann einer in den Turm steigt."

Panisch zerrte Alfred an seinen Fesseln. Der Kerl war verrückt. Ein Irrer. Er würde auch vor einem weiteren Mord nicht zurückschrecken.

„Man konnte ihnen so schön zuhören, weil der Kachelofen ja alles in die Zimmer transportierte, was am Stammtisch gesprochen wurde." Leo lachte zufrieden in sich hinein. „Es gab nur einen Schönheitsfehler. Nicht die Obernazis stiegen in den Turm, sondern dieser Halbrechte Markus, dieser Möchtegern-Aussteiger. Eigentlich das unpassendste Opfer. Django oder Bruno wären viel besser gewesen." Als müsste er diese Enttäuschung noch einmal verdauen, trat Leo mit dem Schuh gegen das Plattformgeländer. Es schepperte durch die Nacht.

„Ich musste halt nehmen, was kam", sprach er mehr zu sich selbst als zu Alfred. „So hat es halt den Haber erwischt. Selber schuld, der Kerl. Aber Hauptsache ein Nazi weniger!"
Unglaublich! Alfred begriff erst jetzt in der vollen Dimension, wie dieser Leo tickte. Er war nicht nur ein militanter marxistischer Bolschewist, er war auch ein Mörder, ein Irrer. Und er, Alfred, war sein Gefangener. Was würde Leo als nächstes machen?
Zunächst einmal schien Leo begeistert davon, einen Zuhörer gefunden zu haben, der sich nicht wehren konnte: „Willst du auch wissen, wie ich es geschafft habe, dass dieser Idiot von Haber sich genau vor meine Bohrlöcher gestellt hat?" Er wartete nicht auf eine Antwort, die Alfred sowieso nicht geben konnte. „Ich habe hier oben auf ihn gewartet. Und als er heraufgekeucht kam, die Hosen voll, weil es im Turm diese Stimmen herumgeisterten, da habe ich ihm gesagt, Django will ein Beweisbild, dass er auch wirklich oben war, auf der Plattform. Und deshalb habe ich ihn exakt an diese Stelle hingestellt und ihm gesagt, er soll die Arme ausbreiten und stillhalten. Für das Bild. Und dieser Doofmann hat alles befolgt. Schon hatte ich ihn am Kabelbinder." Er kicherte vor sich hin. Jetzt klang er wirklich wie ein Irrer. Er fügte noch hinzu: „Er war sogar noch doofer als du!"
Alfred zerrte und rüttelte an seinen Fesseln. Es war zwecklos. Die Kabelbinder hielten. Nein wirklich, doofer als Alfred ging es fast nicht.
Leo fuchtelte die gesamte Zeit, während er mit seinen schlauen Taten prahlte, mit dem gezückten Taschenmesser vor Alfreds Gesicht herum. Jetzt schob er es bedrohlich nahe unter Alfreds Kinn. „Ha, immer noch übermütig? Hast wohl geglaubt, du kriegst mich dran. Wo ist eigentlich dein Kumpel, dieser Stichling?" Erst jetzt schien sich Leo an ihn zu erinnern. Und an den eigentlichen Grund, warum er

sich hatte auf den Turm locken lassen. „Zeichnet der Turm wirklich Stimmen auf?" Er wurde ganz leise: „Dann muss ich vielleicht flüstern. Oder gar nichts mehr sagen, nur noch handeln." Wieder fuchtelte er mit dem Messer herum. Unversehens geriet die Klinge des Taschenmessers ins Futter des gelben Daunenanoraks. Leo zog mit kräftigem Schwung nach unten durch. Ein sechzig Zentimeter langer Schlitz tat sich am Anorak auf. Daunen quollen hervor. „Fast wie Eingeweide", findest du nicht auch", berauschte sich Leo an dem Anblick. Er fügte noch einen zweiten Schnitt hinzu, diesmal auf der anderen Seite des Anoraks. Dieses Kleidungsstück war damit endgültig erledigt.

„Du hängst hier ja friedlich noch ein Weilchen, nicht wahr?", flüsterte Leo Alfred ins Ohr. „Schön kalt! Schön einsam! Und niemand kann dich hören!" Leo trat einen Schritt zurück. „Ich lasse dich noch ein Weilchen zappeln. Bis ich herausgefunden habe, was mit diesem Stichling los ist. Nicht dass der auch irgendwo im Turm hockt. Erst kümmere ich mich um den."

Leo ließ Alfred alleine. Er stieg den Turm hinunter, diesmal auf der richtigen Seite. Er konnte sich sicher sein, dass Alfred oben auf dem Turm gefangen war und ohne fremde Hilfe niemals aus den Kabelbinderfesseln entkommen konnte. Es würde in den nächsten Tagen auch niemand den Turm besteigen, das war bei diesen Witterungsverhältnissen sehr unwahrscheinlich. Um Alfred musste Leo sich also nicht kümmern. Vielleicht endete er ebenso tragisch wie vor ihm schon der unglückliche Markus Haber. Leo wähnte sich hier sicher. Aber da gab es noch diesen Stichling, und Leo wusste nicht, wie viel dieser Stichling wusste, was Alfred ihm alles erzählt hatte, und er war sich auch nicht sicher, ob Stichling nicht doch in der Lage war, Stimmen und Gespräche zu rekonstruieren, die vielleicht dieser verhexte Turm auf rätselhafte Weise gespeichert haben könnte. Dass der Turm dazu fähig war bewiesen ja die Soldatenstimmen aus dem Zweiten Weltkrieg. Die hatte Leo selbst gehört. So also plante Leo, sich hinüber ins Rasthaus zu schleichen und dort ins Zimmer des schlafenden Stichling, um auch diesen unliebsamen Zeugen und Mitwisser für immer los zu werden. Er war endlich unten am Turm angekommen. Er stieß die kleine blecherne Ausgangstüre auf. Er trat ins Freie.

„Polizei! Du bist verhaftet!" Schon klickten Handschellen. Von zwei Seiten warfen sich schwergewichtige Bereitschaftspolizisten auf den schmächtigen Leo und drückten ihn gegen die Turmwand. Leo leistete keinen Widerstand. Er staunte nur. Vor ihm stand Oberkommissar Junkel, flankiert von weiteren Beamten, und stierte ihn aus tränenden Augen prüfend an: „Also doch! Du hattest Recht, Mädchen." Hinter Junkel wurde Vanessa sichtbar. Rotbäckig vor Kälte und Aufregung.

Vanessa stürmte an Junkel vorbei. Und noch ehe die zahlreichen Polizisten dazwischengehen konnten, enterte sie bereits den Turm und stürmte hinauf: „Alfred! Alfred! Halte durch. Ich komme!"

# SUMMA CUM LAUDE

Alfred und Vanessa verbrachten den ersten Weihnachtsfeiertag im Bett, oben in Alfreds Zimmer im Rasthaus.

„Ich habe das Zimmer noch drei Nächte", versprach Alfred.

„Dann lass uns drei Tage und drei Nächte hier im Bett bleiben", schnurrte Vanessa und schmiegte sich an Alfred. Sie hatte ihn wieder. Sie hatte ihn gerettet, sie hatte sich versöhnt – und sie hatten sich beide alles gegenseitig verziehen. Und jetzt schnurrte sie wie ein Kätzchen und verriet Alfred, wie sie ihm auf die Spur gekommen war: „Im Goodwood-Büro, da hattest du am Rechner eine Mail an Oberkommissar Junkel vorbereitet, aber nicht abgeschickt. Als ich das gelesen hatte, da war mir klar, dass du hier oben auf dem Turm den Täter stellen willst." Sie seufzte gespielt, wie eine Mutter, die über ein ungehorsames Kind seufzt, obwohl sie vor Liebe zu diesem Kind schier platzt.

„Ja, ich erinnere mich", bestätigte Alfred. „Eigentlich wollte ich am Rechner ja nur … na blöd, das habe ich vergessen. Ich wollte dort nur ein Foto stürzen. Ein Foto aus dem Büro der Bürgermeisterin."

„Das mit der Kladde und den gelben Post-it Zetteln?", fragte Vanessa unschuldig.

„Du kennst das Bild? Woher weißt du …?"

Vanessa gurrte und streichelte Alfred sanft: „Es war ja nicht zu übersehen. Du hattest es direkt auf dem Desktop gespeichert. Da ich zuerst nicht wusste, nach was ich eigentlich suchen soll, habe ich natürlich auch das Bild aufgemacht."

„Verstehe!"

Es entstand eine kurze Pause.

„Und ich habe es gestürzt."

„Du hast was?"

„Ich habe es gestürzt. Es hat mich einfach interessiert, was auf den Post-its steht. Und da sie auf dem Kopf standen und kaum zu lesen waren, habe ich das Bild einmal gespiegelt."

Alfred klopfte mit der flachen Hand auf das Bett: „Das wollte ich schon lange. Dann sag, was steht drauf auf den Zetteln?"

Er hatte eigentlich die ganze Zeit die Hoffnung gehegt, aus den Notizen auf diesen Zetteln irgendeine geheime kommunalpolitische Angelegenheit herleiten zu können, irgendeinen nichtöffentlichen Vorgang, der sich zum Ausschlachten für Goodwood eignete. Aber Vanessa enttäuschte ihn: „Auf dem einen Zettel stand: Butter noch einkaufen! Und auf dem anderen Zettel stand: Carlos Deutschlehrerin anrufen, wegen Drei minus."

Alfred stöhnte. Dennoch zog er Vanessa an sich und küsste sie kurz auf den Mund. „Hast du gut gemacht! Überhaupt, du hast alles gut gemacht. Besonders meine Rettung!"

Sie gab den Kuss zurück. Dann erklärte sie: „Ich habe Junkel alarmiert, und der hat mich Gott sei Dank ernst genommen und sich hinter dem Turm im Wald mit seinen Leuten auf die Lauer gelegt."

„Was? Er war schon da, als ich mit Leo hinaufgegangen bin?"

„Na klar. Seine Leute waren sogar vorher schon oben auf dem Turm. Den ganzen Heiligabend haben sie dort oben verbracht. Wehe, wenn das umsonst gewesen wäre. Aber dein Junkel ist ein Schlauer. Der hat den ganzen Tag und die ganze Nacht seinen Leuten gesagt: Vertraut dem Mädchen. Sie haben oben auf der Turmplattform Mikrofone angebracht, so dass er alles mithören konnte, was ihr gesprochen habt."

Alfred lachte in sich hinein: „So ist Leos Horrorvision sogar noch wahr geworden. Der Turm hat mitgeschnitten und ihn überführt."

„So ungefähr. Kann man so sagen!", bestätigte Vanessa. Sie räkelte sich. Sie räusperte sich. Sie nahm Anlauf, etwas zu sagen, ließ es aber dann. Alfred kannte sie. So wie sie unruhig war, hatte sie etwas auf dem Herzen. Sie konnte ihre Gefühlslagen nie verbergen.

„Ist noch etwas?"

Ganz verlegen sagte sie: „Ja! Ich habe noch ein Weihnachtsgeschenk für dich. Von mir und von Tim!"

„Von Tim Joy?", fragte Alfred ungläubig, während Vanessa sich über die Bettkante beugte und aus ihrem Rucksack eine Plastikhülle fingerte. Darin befand sich ein Dokument. Sie wedelte damit über Alfreds Kopf.

„Was ist das?"

„Schau es dir an!"

Alfred zog die kartonierte, gelbliche Urkunde aus der Folie und starrte völlig paralysiert darauf. Es handelte sich um ein Masterzeugnis. Ein Abschlusszeugnis der Philosophischen Fakultät der Albert-Ludwigs-Universität Freiburg. Und sie bescheinigte einem gewissen Alfred, dass dieser durch das Abfassen einer Masterarbeit mit dem Titel „Ursachen, Anlässe und Folgen der Löffinger Hexenprozesse während des Dreißigjährigen Krieges unter besonderer Berücksichtigung des spätmittelalterlichen Frauenbildes und Volksaberglaubens im Hochschwarzwald" und durch das Ablegen zweier erfolgreicher Prüfungen in den Fächern Neuere und Neueste Geschichte sowie Wissenschaftliche Politik seine wissenschaftliche Befähigung nachgewiesen habe, und zwar mit der Gesamtnote Summa cum laude.

„Wow!! Alfred war sprachlos.

„Fälschung von Tim", klärte Vanessa auf. „Er hat die Systeme der Uni gehackt, sich dieses Dokument heruntergeladen und ausgefüllt, und auch die Unterschrift des Dekans kunstvoll darauf platziert."

Alfred lachte fröhlich: „Das habt ihr super hingekriegt. Toller Gag! Aber wenn ich mich irgendwo mit diesem Wisch bewerbe, dann fliegt die Sache auf, sobald jemand bei der Uni recherchiert."

„Nein!", erwiderte Vanessa ebenso fröhlich und wuschelte dabei Alfred durchs Haar: „Tim hat für dich auch eine Stammakte in den digitalen Uni-Systemen angelegt. Wenn dort jemand recherchiert, dann wird der Computer dich immer als geprüften und ordnungsgemäß bestandenen Master ausspucken. Das ist save. Du bist ein Master!"

Alfred war vollkommen geplättet. Vielleicht kullerte ihm auch eine kleine Träne aus dem Augenwinkel. Jedenfalls fühlte er warm, ganz warm für Vanessa. Er nahm sie in die Arme und zog sie zu sich heran. Dann küssten sie sich, weich und innig. Ein langer, langer, langer Kuss. Alfred schloss dabei die Augen und verglich mit Annas Kuss. Auch der war lang, lang, lang und innig gewesen.

Irgendwie war das Leben doch nicht so übel.

# WISSENSCHAFTLICHER NACHTRAG

Kann man eine Masterabschlussurkunde der Freiburger Albert-Ludwigs-Universität fälschen? Nein, auf keinen Fall!

Kann man sich in die Software der Universität hacken und darin eine Prüfung und einen Abschluss simulieren, der für alle Zeiten Bestand hat? Nein, auf keinen Fall!

Kann der Farbanstrich eines Turmes Funksprüche speichern? Dr. von Lucadou fragen!

Ist es möglich, dass solche gespeicherten Funksprüche bei bestimmten Wetterlagen dann auch wieder laut zu hören sein können? Auch Dr. von Lucadou fragen!

Stimmt es, dass auf dem Turm im Zweiten Weltkrieg Luftabwehr stationiert war? Ja, das stimmt, ebenso wie alle anderen Daten und Fakten zur Turmgeschichte!

Stimmt es, dass bei der Weltkriegsbesatzung auch Spione waren? Weiß man nicht, wird aber unter Einheimischen bis heute gemunkelt.

Hat es die Bombardierung Neustadts am 22. Februar 1945 wirklich gegeben? Ja!

Kann ein Mensch ohne Schaden zu nehmen ein Dutzend Glühwein und vorher zwei Bier trinken? Er kann. Aber er sollte es eigentlich nicht tun.